저체온증

Harðskafi (English title : Hypothermia)
by Arnaldur Indriðason

이 도서의 국립중앙도서관 출판예정도서목록(CIP)은 서지정보유통지원시스템 홈페이지(http://seoji.nl.go.kr)와 국가자료종합목록 구축시스템(http://kolis-net.nl.go.kr)에서 이용하실 수 있습니다. (CIP제어번호 : CIP2017009317)

저체온증

아르드날뒤르 인드리다손 장편소설

김이선 옮김

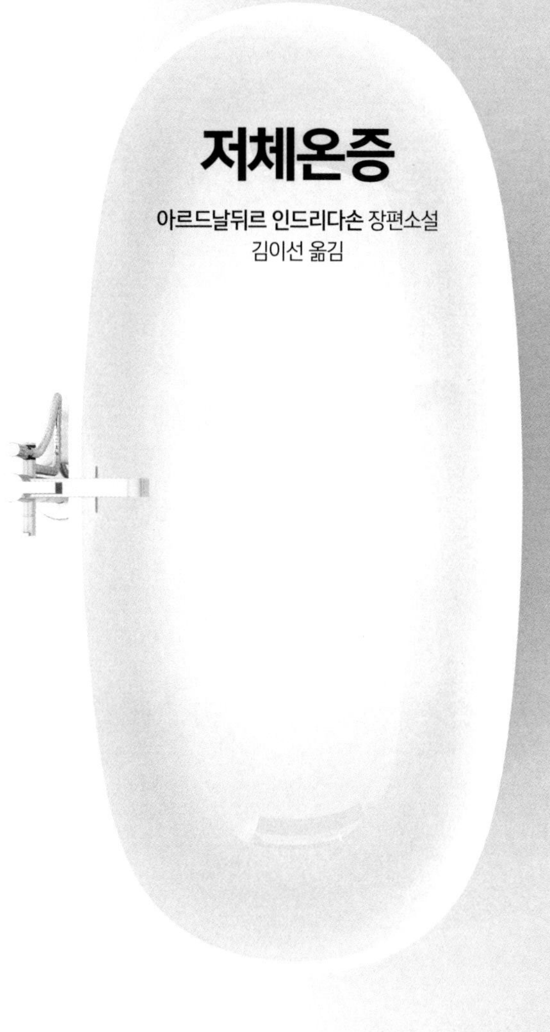

엘릭시르

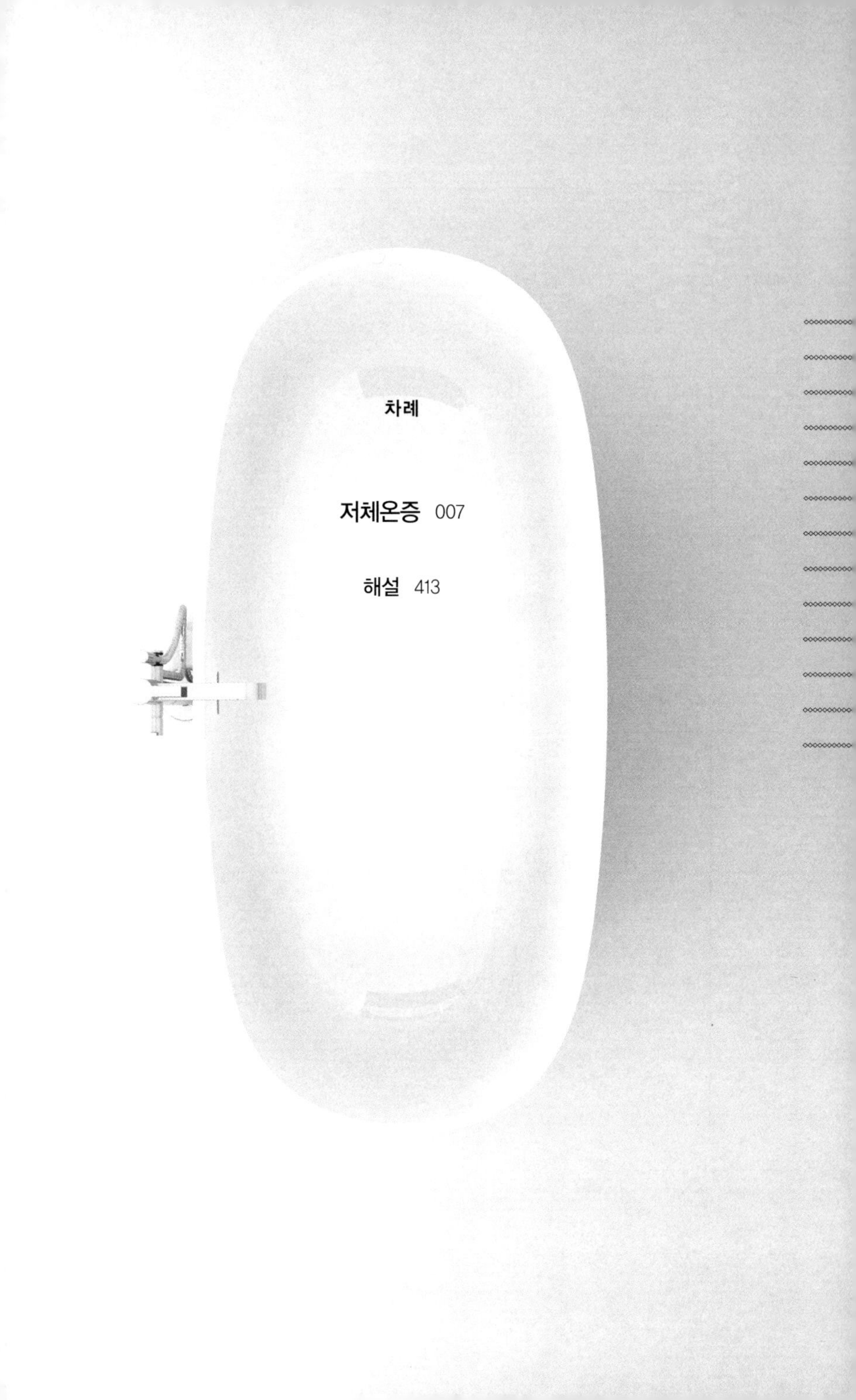

차례

"형은 동상에서는 회복되었지만
자신이 겪은 시련 탓에 침울하고
침잠하는 성격이 되었다고 한다."

'에스키피외르뒤르헤이디 황야의 비극'

장례식이 진행되는 동안, 마리아는 넋이 나가 있다시피 했다. 그녀는 발드빈의 손을 잡고 앞쪽 신도석에 멍하니 앉아 있었을 뿐, 주변 상황도 의식이 치러지는 과정도 좀체 인식하지 못했다. 교구 신부의 장례미사 기도, 조문객들의 모습, 성가대의 노랫소리가 비애에 찬 후렴구 속으로 한데 뒤섞였다. 앞서 신부가 찾아와 적어 갔기 때문에 마리아는 기도의 내용을 알고 있었다. 어머니 레오노라의 학문적 경력, 끔찍한 병마와의 싸움에서 보여준 용기, 평생 사귀어온 각계의 친구들, 그리고 어느 정도는 어머니의 발자취를 따라온 외동딸 마리아에 초점이 맞춰진 기도였다. 신부는 그 참혹한 가을날의 장례식에 참석한 사람들을 증인 삼아 레오노라가 학문적으로 거둔 뛰어난 성과와, 우정을 가꿔나가기 위해 사람들에게 기울였던 정성을 간단히 언급했다. 조문객의 대다수는 동료 교수들이었다. 레오노라는 마리아에게 지식인 계층에 속하는 것이 얼마나 보람 있는 일인가에 대해 이야기하곤 했다. 마리아는 모르는 척 넘겨왔지만 오만함이 느껴지는 이야기였다.

마리아는 묘지의 가을빛과 무덤으로 이어지는 자갈길 위에 얼어붙은 물웅덩이들과, 운구 행렬의 발아래서 바지직 부서지는 살얼음 소리를 기억했다. 그녀는 쌀쌀한 바람과 어머니의 관 위로 성호를 긋는 자신의 모습을 기억했다. 병마가 어머니를 해칠 것이 분명해지고부터 마리아가 수도 없이 했던 상상이 현실이 되었다. 그녀는 무덤 아래 놓인 관을 응시하며 마음속으로 짧은 기도문을 윈 후, 손을 내밀어 성호를 그었다. 그리고 발드빈이 그녀를 이끌어 갈 때까지 미동도 없이 무덤가에 서 있었다.

그녀는 사람들이 조문을 하기 위해 다가오던 모습을 기억했다. 그중에는 뭐라도 해줄 일이 없겠느냐며 도움을 제안하는 사람들도 있었다.

마리아의 마음은 늦은 밤, 모든 것이 다시 잠잠해지고 스스로의 생각에만 몰두할 수 있었을 때에야 호수로 돌아갔다. 그제야, 모든 것이 끝나고 고단했던 하루를 되돌아보면서야, 그녀는 친가 쪽에서는 아무도 장례식에 나타나지 않았다는 것을 깨달았다.

1

자정이 조금 지난 시각, 긴급구조센터 상황실에 휴대전화로 전화 한 통이 걸려 왔다. 불안한 목소리의 여자가 울먹이며 외쳤다.

“그 애가…… 마리아가 목숨을 끊었어요……. 저는…… 정말 끔찍해요……. 끔찍해요!”

“전화하시는 분 성함이 어떻게 되십니까?”

“카…… 카렌이에요.”

“전화하시는 곳은요?” 상황실 오퍼레이터가 물었다.

“저는…… 여기는…… 그 애의 별장이에요…….”

“어딘데요? 어디 있는 겁니까?”

“……싱그바들라바튼 호수요……. 그 애의 별장이에요. 제발 서둘러주세요……. 전…… 전 여기 있을 테니…….”

카렌은 별장을 영영 못 찾는 줄 알았다. 그곳에 마지막으로 갔던 뒤로 어느덧 사 년 가까이 시간이 흘렀다. 마리아가 만전을 기하자며 자세한 위치를 알려주었는데도, 카렌은 길을 가다 보면 기억이 나겠지 하는 생각에 한 귀로 흘려버렸다.

카렌이 레이캬비크를 떠난 것은 저녁 8시가 지나 캄캄하게 어두운 때였다. 그녀는 모스펠스헤이디 황야를 지났다. 도시로 가는 자동차의 전조등이 간간이 그녀를 지나쳐 가긴 해도 오가는 차량이 거의 없는 곳이었다. 단 한 대의 차만 동쪽으로 향하고 있었고, 그녀는 동행에 감사하며 붉은 미등을 놓치지 않고 따라갔다. 어둠 속에서 혼자 운전하는 것을 좋아하지 않기 때문에 업무가 발목을 잡지 않았다면 좀더 일찍 길을 나섰을 터였다. 그녀는 대형 은행의 홍보부서에서 일했는데, 회의와 전화 업무가 끝 간 데 없이 이어졌던 것이다.

보이지는 않았지만, 오른쪽으로 그리만스페들 산을, 왼쪽으로는 스카울라페들 산을 지나쳐 가고 있을 터였다. 이어 그녀는 어린 시절 여름방학 때 이 주를 보낸 적이 있는 빈다스흘리드 캠프로 빠지는 갈림길을 지나쳤다. 그녀는 편안한 속도로 붉은 미등을 따라갔고, 곧 두 차는 각자의 길로 헤어졌다. 붉은빛은 속도를 높여 어둠 속으로 사라졌다. 그녀는 그 차가 칼디달뤼르 산길을 따라 북쪽에 있는 워사흐리기르 통행로 쪽으로 향하고 있는 것일까 궁금해졌다. 자신도 종종 그 길을 이용하곤 했던 것이다. 그곳은 륀다레이캬달뤼르 계곡을 지나 보르가르피외르뒤르 피오르로 이어지는 아름다운 길이었다. 칼디달뤼르 산길 중간에 있는 산드클뤼프타바트 호수에서 보냈던 달콤한 여름날의 기억이 되살아났다.

카렌은 우회전을 해 싱그베들리르 국립공원의 칠흑 같은 어둠 속으로 들어섰다. 주위가 어둑해서 지형지물을 식별하기가 어려웠다. 좀더 일찍 길을 벗어나야 했던 것일까? 갈림길에서 이쪽 길이 싱그바들라바트 호수로 이어지는 길이 맞나? 방향을 다음 갈림길에서 바꿨어야 했나? 너무 멀리 온 건가?

그녀는 두 차례 길을 잘못 들어 되돌아오기를 반복해야 했다. 목요일 저녁이라 별장들은 대부분 비어 있었다. 그녀는 먹을거리며 읽을 책들을 가지고 왔다. 마리아 말로는 얼마 전 별장에 텔레비전을 들였다고 했다. 그러나 카렌이 이곳에 온 목적은 잠을 자는 것, 휴식을 취하는 것이었다. 최근에 있었던 경영권 인수 실패로 은행 분위기는 흡사 정신병원 같았다. 그녀는 대주주들의 파벌 간 알력의 틈바구니에서 더이상 배겨낼 재간이 없었다. 두 시간 간격으로 언론에 기사가 나갔고, 알고 보니 엎친 데 덮친 격으로 특정 파벌이 해고시키려고 벼르고 있는 경영자 한 명에게 일억 크로나의 퇴직금이 약속되어 있었다. 이사회는 대중의 분노를 자극하는 데 성공했다. 카렌은 그 뒤 몇 주째 상황 수습을 하다 인내심이 한계에 다다르자 도시를 떠나기로 했다. 마리아가 별장을 며칠 빌려주겠다는 제안을 한 적이 몇 번 있었기에 카렌은 전화를 해보았다. "물론이지." 마리아는 대번에 승낙했다.

카렌은 낮게 자란 관목들 사이로 난 인적 드문 길을 따라 천천히 차를 몰았고, 마침내 자동차 전조등이 호숫가의 별장을 비추었다. 마리아는 열쇠를 하나 주며 여분의 열쇠를 보관해두는 장소도 알려주었다. 별장에 여분의 열쇠를 숨겨두는 것은 종종 유용하기 마련이다.

그녀는 내일 아침 싱그베들리르 국립공원의 가을빛 속에서 깨어나게 될 것을 고대하고 있었다. 기억하기로, 사람들은 가을이면 이 국립공원으로 모여들었다. 때를 다해가는 적갈색 주황색 잎사귀들이 시야를 가득채우며 펼쳐지는 싱그바들라바튼 호숫가 이곳만큼 가을에 찬란한 빛을 뽐내는 곳은 드물었다.

그녀는 차에서 짐을 부려 문가의 데크로 옮겼다. 그런 다음 자물쇠에 열쇠를 끼워 문을 열고 전등 스위치를 더듬어 찾았다. 부엌으로 이어지는 복도에 전깃불이 들어왔다. 그녀는 조그만 여행가방을 집안에 들인 후 침실로 갔다. 놀랍게도 침대가 정돈되어 있지 않았다. 마리아답지 않았다. 화장실 바닥에 수건 한 장이 떨어져 있었다. 부엌에서 불을 켠 순간 그녀는 뭔가 이상한 것이 있다는 사실을 직감했다. 어둠을 두려워하는 것도 아닌데 갑작스레 몸이 불안한 반응을 보였다. 거실은 컴컴했다. 창문 너머로 어둠에 잠긴 환상적인 호수 풍경이 보였다.

카렌은 거실 불을 켰다.

천장을 가로지르는 네 개의 튼실한 들보 중 하나에 누군가의 몸이 등을 보인 채 매달려 있었다.

충격에 사로잡힌 카렌은 엉망으로 벽을 향해 뒷걸음질을 치다 나무 벽에 머리를 쿵 찧었다. 주위가 캄캄해졌다. 가느다란 푸른 줄로 들보에 매달린 몸이 어두운 거실 창문에 비쳤다. 얼마나 시간이 흘렀을까. 그녀는 한 발짝 다가갈 용기를 내보았다. 한순간에 적막한 호수 풍경이 잊지 못할 공포소설의 배경으로 둔갑했다. 모든 세부 사항이 그녀의 뇌리에 아로새겨졌다. 원래 있어야 할 부엌에서 떠나와 간소한 거실에 잘못 자리잡은, 들보에 매달린 몸 아래 모로 쓰러진 등받이 없는 의자. 푸른색 줄, 창문에 비친 광경, 싱그베들리르 국립공원의 어둠, 들보에 매달려 움직이지 않는 인간의 몸.

카렌은 조심스레 다가가 시퍼렇게 부풀어오른 얼굴을 흘깃 보았다. 그녀의 끔찍한 직감이 맞았다. 친구인 마리아였다.

2

카렌이 전화를 하고 나서 긴급구조대가 현장에 도착하기까지는 찰나의 시간이 지난 듯했다. 의사 한 명과 인근 도시인 셀포스의 경찰관 몇 명이 동행했다. 사건을 담당하게 된 셀포스 범죄수사과에서 아는 것이라곤 자살한 여자가 수도 레이캬비크의 그라바르르보귀르 만灣 가까이에 살고 있으며, 기혼에 아이는 없다는 사실뿐이었다.

별장은 낮은 목소리로 소곤대는 사람들로 들어찬 듯 보였다. 그들은 이 자리를 거북해하고 낯설어하는 사람들처럼 여기저기 우두커니 서 있었다.

"전화 주신 분인가요?" 젊은 형사가 물었다.

시체를 발견한 사람이라고 전해 들은 여자를 향해서였다. 그녀는 실의에 빠져 바닥에 시선을 고정한 채 부엌에 앉아 있었다.

"네, 제가 카렌이에요."

"원하신다면 저희가 트라우마 심리 상담사를……."

"아뇨……. 괜찮습니다."

"잘 아시는 분인가요?"

"마리아하고는 어릴 적부터 친구예요. 제게 별장을 빌려줬어요. 전 여기서 주말을 보낼 예정이었어요."

"뒤쪽에 차가 있는 걸 못 보셨나요?" 형사가 물었다.

"못 봤어요. 누가 있을 거라는 생각을 못 했거든요. 침대가 정돈되어 있지 않아서 이상하다 싶던 차에 거실로 들어섰는데……. 이런 일은 처음이에요. 불쌍한 마리아! 우리 마리아 불쌍해서 어떡해요!"

"마지막으로 대화를 나누신 게 언제지요?"

"며칠 전이었어요. 별장 빌려주겠다는 얘기를 하면서."

"본인도 이곳에 있겠다는 말을 하던가요?"

"아뇨. 그런 얘기는 없었어요. 물론 며칠 동안 빌려줄 수 있다고는 했어요. 문제없다고."

"그분께서는…… 상태가 괜찮으셨나요?"

"네, 그렇게 생각했어요. 열쇠를 넘겨받느라 들렀을 때도 평상시와 달라 보이지는 않았어요."

"그러니까 그분이 친구분께서 이곳에 오리라는 것을 알고 있었다는 말씀이시죠?"

"네, 그 말씀은……."

"친구분께서 자기를 발견하리라는 것을 알았다는 뜻이지요."

형사가 대답했다.

그는 카렌과 대화를 시작하면서 등받이 없는 의자를 끌어와 앉았다. 그녀가 그를 뚫어져라 보면서 팔을 붙잡았다.

"그러니까……."

"선생님께서는 그분을 발견하게 되어 있었는지도 모릅니다. 아직은 아무것도 모르지만요." 형사가 말했다.

"그 애가 이 상황을 만들었다고 보는 이유가 뭔가요?"

"그저 추측일 뿐입니다."

"맞는 말씀이긴 해요. 그 애는 내가 주말에 여기 묵으리라는 걸 알았어요. 내가 여기 온다는 걸 알았어요. 언제…… 그 애가 언제 그랬죠?"

"아직 정확한 사망 일시는 듣지 못했습니다만 의사 말로는 늦어 봐야 어제저녁이었다는군요. 그러니 스물네 시간 전쯤이 되겠지요."

카렌은 두 손으로 얼굴을 감쌌다.

"세상에, 정말이지…… 정말이지 믿기지 않는 일이에요. 별장을 빌려달라고 하지 말았어야 했는데. 그 애 남편에게는 얘기하셨나요?"

"경찰이 지금 가는 중입니다. 그라바르보귀르 지역에 살지 않나요?"

"네. 그런데 어떻게 이럴 수가 있죠? 어떻게 이런 일을 할 수가 있었을까요?"

"절대적인 절망감에서죠." 형사가 의사에게 손짓을 하며 말했다. "정신적인 고통. 그분에게서 눈치 못 채셨나요?"

"마리아는 이 년 전에 어머니를 여의었어요. 암이었죠. 그 애에게는 끔찍한 타격이었고요."

"그렇군요."

카렌의 입술이 바르르 떨렸다. 형사는 의사의 도움이 필요하느냐고 물었다. 그녀는 고개를 저으며 괜찮다고, 그보다 집으로 돌아가고 싶다고 했다. 문제될 것은 없었다. 필요하다면 나중에 다시 얘기를 나눠도 될 터였다.

형사가 별장 앞 진입로까지 그녀를 배웅하며 차문을 열어주었다.

"괜찮겠습니까?" 그가 물었다.

"네, 아마도요. 감사합니다."

형사는 그녀가 시동을 걸고 떠나는 모습을 지켜보았다. 다시 안으로 들어왔을 때는 사람들이 줄을 자르고 시체를 내려 바닥에 뉘어놓은 상태였다. 그는 시체 곁에 무릎을 꿇고 앉았다. 죽은 여자는 흰 티셔츠와 청바지 차림이었지만 양말은 신고 있지 않았다. 날씬했고 홀쭉한 얼굴에 짧은 밤색 머리였다. 몸에도 집안에도 저항의 흔적은 보이지 않았다. 여자가 들보에 올가미를 매기 위해 딛고 올라갔을, 넘어진 등받이 없는 의자가 전부였다. 푸른색 줄은 아무 DIY용품점에서나 구할 수 있는 물건이었다. 줄은 그녀의 가느다란 목을 깊숙이 파고들어 있었다.

"산소 부족입니다." 긴급구조대원들과 얘기를 나누던 지역 경찰의가 소견을 말했다. "불행히도 목이 부러지지 않았어요. 그랬다면 좀더 빨리 숨이 끊어졌을 텐데 말이죠. 올가미가 목을 죄어

질식했어요. 시간이 좀 걸렸을 겁니다. 저들이 언제쯤 이송해도 되는지 묻는군요."

"얼마나 걸렸을까요?" 형사가 물었다.

"이 분 정도. 더 짧았을 수도 있고요. 그러곤 의식을 잃었을 겁니다."

형사는 자리에서 일어나 집안을 훑었다. 평범하기 그지없는 아이슬란드 스타일의 별장이었다. 가죽소파 세트와 두 개의 안락의자가 놓여 있고, 신식으로 개조된 부엌에는 근사한 식탁이 자리하고 있었다. 거실 벽 쪽에는 가지런히 꽂힌 책들이 보였다. 선반으로 걸어가보니 욘 아르나손의『민화 모음집』다섯 권의 갈색 가죽 책등이 눈에 띄었다. 유령 이야기로군, 형사는 생각했다. 다른 선반에는 프랑스 소설과 아이슬란드 소설 들이, 도자기 장식과 사진 액자들 사이사이에 꽂혀 있었다. 그중에 한 여자를 각기 다른 연령대에 찍은 것으로 보이는 사진 석 점이 있었다. 벽에는 그래픽 프린트들과 자그만 유화 한 점, 수채화들이 걸려 있었다.

형사는 침실로 보이는 곳을 훑어보았다. 침대 시트 한쪽에 사람 몸 모양의 자국이 나 있었다. 침대 머리맡 탁자 위에 쌓인 책 중 맨 위로 파그리스코귀르 출신의 작가 다비드 스테반손이 쓴 시집이 보였다. 그 옆으로는 작은 향수병이 있었다.

단순히 호기심 때문에 하는 집안 구경이 아니었다. 그는 저항의 흔적을 찾고 있었다. 여자가 자발적으로 부엌에 가 의자를 들고 와서, 들보 아래 놓고, 그 위로 올라가 자기 목에 줄을 건 것이 아니라고 짐작할 만한 증거. 그러나 그가 발견한 것이라곤 견딜 수 없이 차분한, 나아가 점잖기까지 한 죽음의 흔적들뿐이었다.

셀포스 범죄수사과의 동료가 그의 생각을 방해하며 물었다.

"뭐가 있어?"

"전혀. 자살이야. 분명해. 다른 가능성을 암시하는 게 없어. 자살이 분명해."

"그렇게 보이는군."

"떠나기 전에 들보에서 줄을 끊어두는 게 좋지 않을까? 남편이 있다면서, 그렇지?"

"그래, 그렇게 해줘. 곧 남편이 올 테니."

형사는 바닥에서 올가미를 집어 올려 손바닥에 놓고 뒤집어보았다. 전문가의 솜씨는 아니었다. 매듭이 서툴게 매어져 있어서 올가미가 부드럽게 당겨지지 않았다. 자기라면 좀더 나았을 텐데 하는 생각이 들었지만, 그라바르보귀르 만 가까이에 사는 평범한 기혼 여성에게 흠잡을 데 없이 묶은 올가미를 기대하는 것은 말도 안 됐다. 목을 매달아 죽기 위해 특별히 방법을 연구하고 조목조목 준비한 것처럼 보이지는 않았다. 차근차근 계획된 행동이었다기보다는 순간적인 광기의 결과이지 싶었다.

그는 바깥 베란다로 이어지는 문을 열었다. 두 발짝 내려가 몇 미터만 걸어가면 호숫가였다. 지난 며칠 한파가 닥쳐 호숫가를 따라 살얼음이 끼어 있었다. 바위 사이사이에 종잇장같이 얇게 얼어붙은 곳도 보였다. 아래에서 호수의 물이 소용돌이치고 있었다.

3

에를렌뒤르는 차를 몰아 그라바르보귀르의 태없는 단독주택으로 갔다. 그 집은 근사한 빌라들이 들어선 거리의 막다른 골목 끝에 뚝 떨어져 있었다. 하얀색이나 파란색이나 빨간색으로 칠해진 빌라들은 차고가 있고 차가 두 대씩 있는 비슷비슷한 모습이었다. 거리는 밝고 깨끗했고, 정원은 보기 좋게 가꿔져 있었으며, 잔디밭은 말끔했고, 나무와 관목 들은 깔끔하게 가지치기가 되어 있었다. 보는 곳마다 네모반듯하게 손질된 산울타리도 있었다. 문제의 집은 다른 집들보다 오래되어 보였다. 내닫이창도 없고 유리온실도 없고 현관문 옆쪽으로 허세 부린 기둥도 없는 것이, 아예 스타일이 다른 집이었다. 거실에 멀리 코들라피외르뒤르 만의 북쪽 시작점과 에샤 산이 바로 보이는 넓은 전망창이 있고 평지붕을 인 하얀색 건물이었다. 집 주변으로는 딱 보기에도 잘 가꿔진, 조명이 아름답게 비추는 큰 정원이 있었다. 물싸리와 양지꽃, 해당화와 팬지 들은 가을을 맞아 모두 시들어 있었다.

북풍과 한파로 때아닌 추위를 맞이한 요즘이다. 마른 돌풍이 나뭇잎들을 길가로, 막다른 골목의 끝으로 휘몰았다. 에를렌뒤르는 주차를 마치고 집을 올려다보았다. 안으로 들어가기 전에 그는 깊은 한숨을 내쉬었다. 이번 주만 해도 벌써 두 번째 자살 사건이다. 어쩌면 가을이 시작되며, 곧 다가올 길고 음침한 겨울 생각이 늘어난 탓일 수도 있었다.

레이캬비크 경찰을 대표하여 남편과 접촉하는 것은 관례라도 된 듯 그의 몫으로 떨어졌다. 셀포스 경찰서에서는 이미 그 사건을, 소위 '적절한 조치'를 취하기 위해 레이캬비크로 넘기기로 결정한 터였다. 사제 한 명이 남편에게 보내졌다. 에를렌뒤르가 도착했을 때 그들은 부엌에 앉아 있었다. 사제가 문을 열어주고 그라바르보귀르 교구의 신부라고 자신을 소개하며 부엌으로 에를렌뒤르를 안내했다. 마리아는 다른 성당에 다녔지만 그곳의 신부와는 연락이 닿지 않았다.

호리호리하고 체격이 다부진, 흰 셔츠에 청바지 차림의 남편은 부엌 식탁 의자에 고요히 앉아 있었다. 에를렌뒤르는 자기소개를 했고 둘은 악수를 나눴다. 남편의 이름은 발드빈이었다. 교구 신부는 부엌 문가에 서 있었다.

"별장으로 가야겠습니다." 발드빈이 말했다.

"네. 시신은……." 에를렌뒤르는 입을 열었지만 말을 잇지 못했다.

"듣기로는……." 발드빈 역시 마찬가지였다.

"원하신다면 저희가 동행하겠습니다. 그런데 시신은 레이캬비크로 이송되었습니다. 바론스티귀르 거리에 있는 대학 병원 영안실입니다. 셀포스에 있는 병원보다는 나을 것 같아서 그리했습니다만."

"감사합니다."

"시신 확인을 해주셔야 합니다."

"그렇겠지요. 물론입니다."

"부인은 싱그베들리르에는 혼자 갔습니까?"

"네, 이틀 전에 일을 하겠다고 갔습니다. 오늘 오후에 돌아올 예정이었고요. 늦을 것 같다고 했습니다. 아내는 주말에 친구에게 별장을 빌려주었습니다. 내게 거기 좀더 있으면서 친구를 기다려볼까 한다고 했어요."

"부인을 처음 발견한 사람이 카렌이라는 친구분입니다. 그분을 아십니까?"

"네."

"선생님은 댁에 계셨습니까?"

"네."

"부인과 마지막으로 대화를 나누신 게 언제입니까?"

"어제저녁입니다. 잠자리에 들기 전에요. 아내는 별장에 가면서 휴대전화를 가지고 갔습니다."

"오늘은 하루 종일 소식을 듣지 못하셨단 말씀이지요?"

"네, 전혀요."

"싱그베들리르에서 남편분을 기다리던 게 아닙니까?"

"아뇨, 저희는 집에서 주말을 보낼 예정이었습니다."

"그런데 그날 저녁에 별장에서 친구분을 기다리고 있었다?"

"그렇게 생각됩니다. 신부님이 말씀하시기로는 마리아가 아마…… 어제저녁에…… 그랬다고……."

"법의학자가 아직 정확한 사망 추정 시각을 내주지는 않았습니다."

발드빈은 침묵했다.

"부인께서 전에도 시도한 적이 있습니까?"

"시도라니, 자살 말입니까? 아뇨, 그럴 리가. 전혀 없습니다."

"부인께서 심각한 상태였다는 걸 알고 계셨습니까?"

"많이 우울해하고 침체되어 있긴 했지요. 하지만 이렇게까지는…… 이건……."

그는 눈물을 터뜨리고 말았다.

신부가 에를렌뒤르와 시선을 마주치며 지금은 이 정도로 하는 게 좋겠다는 신호를 보냈다.

"죄송합니다." 에를렌뒤르는 식탁 의자에서 일어났다. "나머지 얘기는 차후에 더 나누도록 하지요. 이곳으로 와 같이 계셔줄 분께 전화를 하시겠습니까? 아니면 심리 상담사라도. 저희가……."

"아뇨……. 감사합니다."

나오는 길에 에를렌뒤르는 커다란 책장들이 줄지어 선 거실을 지나왔다. 아까 진입로에 차를 세우면서는 차고 앞에 주차된 날렵

한 SUV를 보았다.

왜 이런 집을 놔두고 죽었을까? 그는 궁금해졌다. 이곳에 의지하고 살 게 아무것도 없었던 것일까?

부질없는 생각이었다. 경험상 자살의 동기들은 예측 불가능하고 개인의 재정 상황과도 관련이 없었다. 대부분의 자살은 남은 사람들에게 엄청난 충격을 안겨준다. 나이를 불문하고 누구나 실행에 옮길 수 있는 일이기도 하다. 청소년, 중년층과 노년층. 하루아침에 모든 것을 끝내기로 결심한 사람들. 오랜 우울증과 좌절된 시도의 전력이 있는 경우도 가끔 있었지만, 친구와 가족들이 놀라움을 금치 못하는 경우가 다분했다. "그 친구가 그런 감정 상태였다는 건 전혀 몰랐어요." "그녀는 아무 말도 하지 않았어요." "어떻게 우리가 알 수 있었겠어요?" 남겨진 가족의 심정은 처참했고, 그들의 눈에는 의문이 가득했으며, 목소리는 차마 믿지 못하겠다는 감정과 공포로 얼룩졌다. "왜 그랬을까요? 내가 눈치챘어야 하는 게 아닐까요? 내가 뭘 좀더 잘할 수 있지 않았을까요?"

남편은 에를렌뒤르를 현관까지 배웅했다.

"부인께서 어머님을 여읜 지 얼마 안 됐다고 들었습니다."

"맞습니다."

"부인께서 심하게 가슴 아파 하셨습니까?"

"마음이 많이 상했지요. 하지만 이건 도무지 이해가 안 되는 일입니다. 최근에 많이 우울해하긴 했지만 정말이지 이해가 안 됩니다."

"당연히 그러실 겁니다."

"경찰에선 많이 접하시겠지요? 제 말은 그러니까, 자살 사건 말입니다." 발드빈이 말했다.

"슬프게도 늘 있는 일입니다." 에를렌뒤르가 대답했다.

"아내가…… 고통스러워했습니까?"

"아뇨, 고통은 겪지 않으셨습니다." 에를렌뒤르가 단호하게 말했다.

"저는 의사입니다. 거짓말하실 필요는 없습니다."

"사실입니다."

"아내는 꽤 오랫동안 우울증을 앓았습니다. 하지만 달리 도움을 구하려 하지 않았지요. 도움을 받았어야 했는지도 모릅니다. 제가 그녀의 마음을 좀더 살폈어야 했던 건지도 모르겠군요. 아내와 장모님은 각별한 사이였습니다. 마리아는 장모님을 잃고 쉽사리 마음을 추스르지 못했지요. 장모님은 겨우 예순다섯 살이었습니다. 죽기에는 이른 나이였지요. 암이었습니다. 돌아가시기까지 마리아가 돌봐드렸고요. 아내가 장모님의 죽음이 남긴 상처를 극복했는지에 대해선 장담할 수 없습니다. 아내는 무남독녀였어요."

"견디기 힘드셨을 것 같군요."

"아내의 심정을 헤아리기란 힘든 일이지만요."

"물론입니다. 부인의 아버님께서는?"

"돌아가셨습니다."

"부인께 신앙이 있었습니까?" 에를렌뒤르가 현관 서랍장 위에 놓인 예수상을 보면서 물었다. 옆에 성경책이 놓여 있었다.

"성당에 다녔습니다. 저보다 훨씬 신실했지요. 나이가 들면서 더욱 그랬고."

"발드빈 씨는 신앙이 없으십니까?"

"있다고 말할 수는 없습니다."

발드빈은 깊은 한숨을 내쉬었다.

"정말이지…… 정말 믿을 수가 없습니다. 죄송하지만 제가……."

"네, 결례가 많았습니다. 이제 끝났습니다."

"저는 그럼 바론스티귀르로 가보겠습니다."

"네, 경찰 소속 법의학자가 시신을 부검할 겁니다. 이런 경우에 거쳐야 하는 절차입니다."

"이해합니다." 발드빈이 말했다.

곧이어 집은 텅 비었다. 에를렌뒤르는 신부와 발드빈의 뒤에서 좁은 길을 따라갔다. 진입로에서 나오는 동안 백미러를 힐긋 보니 거실 커튼이 움직이는 듯했다. 그는 브레이크를 밟고 백미러를 응시했다. 창가에는 아무런 움직임이 없었다. 에를렌뒤르는 브레이크에서 발을 떼고 다시 운전을 이어가면서 잘못 봤다고 판단했다.

마리아는 레오노라가 죽고 나서 처음 몇 달 동안은 슬픔에 겨워 몸을 가누지 못했다. 방문은 모조리 거절했고 전화도 받지 않았다. 발드빈이 이 주 휴가를 내기도 했지만, 그가 뭘 해주려 하면 할수록 그녀는 혼자 있겠다고 고집했다. 그가 무기력과 우울증에 도움이 되는 약을 어렵사리 구해주기도 했지만 그녀는 먹으려 들지 않았다. 그녀를 돌봐줄 만한 정신과 의사를 알아 와도 거절했다. 마리아는 혼자 힘으로 슬픔을 이겨내야 한다고 말했다. 시간이 걸릴 것이고 좀더 기다려달라고 했다. 전에도 그런 적이 있으니 이번에도 해내겠다고 했다.

마리아는 불안과 우울, 식욕부진과 체중 감소, 에너지를 고갈시키는 슬픔이라는 세계 이외에는 모든 것에 무감각해지는, 정신이 마비되는 느낌에 익숙했다. 그녀는 그 안에 아무도 들이지 않았다. 마리아는 아버지가 죽은 후에도 비슷한 상태에 빠진 적이 있었다. 그러나 그때는 어머니가 버팀목이 되어주었다. 아버지가 죽고 나서 처음 몇 년 동안 마리아가 끊임없이 꾼 아버지 꿈은 떨쳐버릴 수 없는 악몽으로 변하곤 했다. 그녀는 망상으로 고생했다. 아버지의 모습이 눈앞에 너무나 생생하게 나타나 간혹 아버지가 아직 살아 계신 건 아닌가, 죽지 않은 건 아닌가 하는 생각에 빠지기도 했다. 그녀는 깨어 있는 동안 온갖 곳에서 아버지의 존재를 느꼈고, 그의 시가 냄새를 맡기도 했다. 아버지가 바로 옆에 서서 자신의 모든 움직임을 지켜보는 것 같은 느낌이 들 때도 있었다. 자신이 유일한 자식이라 아버지가 천국에 가서도 자신을 찾아오는 것이라 믿었다.

합리주의자였던 어머니 레오노라는 그런 이미지와 소리와 냄새는 슬픔에 대한 자연스러운 반응이며, 아버지의 죽음에 딸이 보일 수 있는 정신적 반응의 한 부분이라고 했다. 각별한 사이였기 때문에 그의 죽음이 너무 충격으로 다가와 그녀의 감각들이 그의 존재를 만들어내는 것이라고 했다. 그것이 간혹은 이미지로, 냄새로 나타나는 것이라고. 레오노라는 그것을, 머릿속 심상을 진짜라고 믿어버리는 내부의 눈이 불러오는 환상이라고 했다. 충격으로 예민해진 상태에다 그녀의 감각은 과민하고 유약하여, 시간이 지나면 사라질 비정상적인 현상을 만들어냈다는 것이다.

"어머니가 말하는 내부의 눈이 아니면 어떡하죠? 아버지가 죽고 나서 내가 본 것이 두 세계 사이의 경계라면? 아버지가 나를 찾아오고 싶었던 거라면 어떡해요? 무슨 말을 전하고 싶었던 거라면 어떡해요?"

마리아는 어머니의 침대 가장자리에 앉아 있었다. 레오노라가 자신의 운명을 피해갈 수 없으리란 것이 분명해지고 나서부터 모녀는 죽음에 대해 허심탄회하게 얘기를 나누었다.

"네가 가져다준 빛과 터널에 관한 책들을 다 읽었어. 어쩌면 사람들이

하는 말에 뭔가가 있을지도 모르지. 영원으로 향하는 터널 이야기 말이야. 영생. 나도 곧 알게 될 거다." 레오노라가 말했다.

"너무나 생생한 기록들이 많아요. 죽었다가 돌아온 사람들에 대한 기록들 말이에요. 죽음 직전까지 갔던 경험들이며, 죽음 이후의 삶에 대한 기록들이며."

"이 문제는 자주 얘기를 했잖니……."

"사실일 수도 있잖아요? 일부라도요."

레오노라는 옆에 앉은 딸을 반쯤 감은 눈으로 바라보았다. 딸은 마음을 제대로 가누지 못하고 있었다. 레오노라의 병은 그녀 자신보다도 딸인 마리아에게 더 심각한 영향을 미치고 있다고 해도 과언이 아니었다. 마리아는 어머니의 죽음이 다가오고 있다는 생각을 견디지 못했다. 레오노라가 죽고 없으면 세상천지에 그녀는 혼자가 될 터였다.

"나는 합리주의자이기 때문에 그 사람들이 하는 말을 믿지 않아."

그들은 오랫동안 침묵 속에 앉아 있었다. 마리아는 고개를 숙인 채였고, 레오노라는 삼 년에 걸쳐 싸우다 이제 마침내 패배하고만 암과의 전쟁 탓에 쇠약해진 몸으로 졸다 깨다를 반복했다.

"내가 너에게 신호를 보내마." 레오노라가 반쯤 감은 눈으로 속삭이듯 말했다.

"신호요?"

레오노라는 약에 취해 정신이 몽롱한 가운데 희미한 미소를 지었다.

"단순한 것으로…… 하는 게 좋겠지."

"뭐를요?" 마리아가 물었다.

"그러려면…… 만질 수 있는 것이어야 해. 꿈이나 막연한 느낌 같은 것은 안 돼."

"무덤에서 제게 신호를 보내겠다는 말씀이에요?"

레오노라가 고개를 끄덕였다.

"안 될 것 없잖니? 상상의 산물에 불과한 것이 아니라면 말이야. 사후 세계가."

"어떻게 신호를 보내실 건데요?"

레오노라는 자는 것처럼 보였다.

"있잖니……. 내가 제일 좋아하는…… 작가."

"프루스트요."

"그래……. 그 사람 책을…… 잘 보고 있도록 해……."

레오노라는 딸의 손을 잡았다.

"프루스트야." 그녀는 기진맥진한 목소리로 말하고 마침내 잠이 들었다. 저녁 무렵 레오노라는 혼수상태에 빠졌다. 그리고 의식을 회복하지 못한 채 이틀 후에 세상을 떴다.

레오노라의 장례식이 있고 나서 석 달 뒤, 마리아는 아침나절에 벌떡 깨어나 침대 밖으로 나왔다. 발드빈은 아침 일찍 일하러 나갔고, 그녀는 악몽과 심각한 만성 스트레스와 신경쇠약에 시달려 무기력하고 지친 상태로 집에 홀로 있었다. 부엌으로 가려는 순간, 본능적으로 혼자가 아니라는 것을 느꼈다.

처음에 그녀는 공포에 사로잡혀 주위를 돌아봤다. 도둑이 들었다고 생각했다. 그녀는 거기 누구냐고 큰 소리로 외쳐 물었다.

그녀는 그 자리에 얼어붙어 꼼짝 못하고 서 있었다. 그때 갑자기 어머니의 향수 냄새가 희미하게 났다.

마리아는 정면을 응시했다. 어둑한 거실의 책장 곁에 서 있는 어머니가 보였다. 그녀에게 말을 하고 있었다. 그러나 그녀는 알아들을 수 없었다.

움직여볼 생각도 하지 못한 채, 그녀는 오랫동안 어머니를 응시했다. 그리고 레오노라는 나타났을 때처럼 홀연히 사라졌다.

4

자기 아파트로 돌아온 에를렌뒤르는 부엌 불을 켰다. 둔중한 베이스 소리가 위층에서 쿵쾅거리며 들려왔다. 최근에 이사를 온 젊은 부부는 저녁마다 시끄러운 음악을, 가끔은 귀가 멀어버릴 크기로 틀어놓았고 주말마다 파티를 열었다. 그들을 찾아오는 손님들은 새벽 시간까지 끔찍한 소음을 울려대며 계단을 오르락내리락했다. 부부는 같은 건물 거주자들에게서 불평을 샀고 조심하겠다는 약속을 했지만, 말에만 그치고 지금까지 지키지 않고 있었다. 에를렌뒤르에게 그 부부가 틀어놓는 것은 음악이라기보다는 거친 울부짖음이 간간이 섞인 둔중한 베이스 비트의 무한 반복에 지나지 않았다.

문을 두드리는 소리가 들렸다.

"불이 켜진 것을 봤어요." 에를렌뒤르가 문을 열자 아들인 신드리 스나에르가 말했다.

"들어오너라. 막 그라바르보귀르에 갔다가 돌아온 참이야."

"뭐 재미있는 일이라도 있어요?" 신드리가 문을 닫으며 물었다.

"언제나 재미있는 일이 있지. 커피 줄까? 아니면 뭐 다른 거 마실래?" 에를렌뒤르가 대답했다.

"물이면 돼요. 나 휴가야. 이 주 썼어요." 신드리가 담뱃갑을 꺼내며 말했다. 그리고 위층에서 울려대는 록 음악 소리에 귀를 기울이면서 천장을 올려다봤다. 에를렌뒤르는 이제 신경도 안 쓰는 소리였다. "뭐예요?"

"새로 이사 온 사람들." 에를렌뒤르가 부엌에서 큰 소리로 말했다. "그나저나 에바에게선 무슨 소식 없니?"

"최근에는 없었어요. 요전날 어머니와 다퉜다던데."

"어머니와 다퉜다고?" 에를렌뒤르가 부엌에서 나오며 말했다. "뭣 때문에?"

"아버지요, 들은 바로는."

"둘이 나 때문에 다툴 일이 뭐가 있어?"

"직접 물어봐요."

"그 녀석 아직도야?"

"네."

"아직도 마약을 한다고?"

"아뇨, 그건 아니고. 하지만 같이 모임에 가지는 않아요."

에를렌뒤르는 신드리가 단주 모임에 나가 도움을 받는다는 것을 알았다. 아직 어린데도 신드리는 심각한 알코올의존증과 약물 의존증으로 고생을 했는데, 혼자 힘으로 새사람이 되었고 병증에서 완벽하게 벗어나기 위해 필요한 단계들을 밟아나갔다. 누나인 에바는 최근에는 마약을 하지 않았지만, 스스로 두 발로 설 수 있으리란 믿음에서 치료와 모임을 거부하고 있었다.

"그라바르보귀르에는 무슨 일로 갔어요? 무슨 사건이라도 터졌어요?"

"자살 사건." 에를렌뒤르가 말했다.

"그게 범죄나 뭐 그런 건가……?"

"아니, 자살은 범죄가 아니지. 살아 있는 사람에게는 범죄일지도 모르지만." 에를렌뒤르가 말했다.

"내 주변에도 자살한 녀석이 하나 있어요."

"그래?"

"심미라는 친구요."

"누군데?"

"괜찮은 친구였어요. 위원회에서 같이 일했어요. 천하태평인 친구였지. 말은 별로 없었지만. 어느 날 그냥 목을 매어버리더라고요. 직장에서. 차고가 하나 있었는데 거기서 목을 맸어요. 작업장 감독이 발견해서 내려줬죠."

"왜 그랬는지 알아?"

"몰라요. 어머니랑 같이 사는 친구였는데, 한번 술을 같이 마신 적이 있어요. 그때가 살면서 처음으로 술을 먹은 거라 다 토해버리더라고요."

신드리는 고개를 저었다.

"이상한 데서 바보 같은 친구였구나." 에를렌뒤르가 말했다.

쾅쾅 울려대는 베이스 소리는 도무지 멈출 기미가 보이지 않았다.

"이 소리 좀 어떻게 할 수 없어요?" 신드리가 천장을 힐끗 보면서 물었다.

"저 사람들, 누구 말도 안 들을걸."

"내가 가서 한소리 하고 올까?"

"네가?"

"원하면 가서 저놈의 것 좀 꺼달라고 하죠."

에를렌뒤르는 잠시 생각했다.

"한번 해보든가. 나는 귀찮아서 올라가지 않았거든. 그런데 에바와 너희 어머니가 싸웠다고?"

"난 상관없는 일이에요. 그런데 그 자살 사건에 뭐 이상한 점이라도 있어요? 그라바르르보귀르 일요."

"아니, 그냥 비극일 뿐이다. 가장 안 좋은 경우지. 아내가 별장에서 자살했을 때 남편은 도시의 자기네 집에 있었거든."

"남편은 아무것도 몰랐대요?"

"그랬다더구나."

신드리가 나간 직후, 위층에서 들려오던 록 음악 소리가 멈췄다. 에를렌뒤르는 천장을 올려다봤다. 그런 다음 걸어가 현관문을 열었다. 그는 신드리 스나에르를 외쳐 불렀지만 신드리는 가고 없었다.

며칠 후 에를렌뒤르는 싱그베들리르 별장에서 발견된 시신을 부검한 법의학자의 보고를 받았다. 목을 매어 죽은 통상적인 자살 사건과 다른 특이점은 전혀 없었다. 신체 상해도 없었고 혈액검사에서 이물도 발견되지 않았다. 마리아는 건강했고 병도 없었다. 생물학적 이유를 가지고서는 그녀가 삶을 끝장내기로 한 연유가 설명되지 않았다.

에를렌뒤르는 입수한 정보를 알려주기 위해 남편인 발드빈을 다시 찾아가기로 했다. 그는 점심을 먹고 그라바르보귀르 만 방향으로 차를 몰았다. 엘린보르그가 지원차 동행하기로 했다. 그녀는 당연히 해야 할 일이라며 귀찮을 것 없다고 했다. 시귀르뒤르 올리는 감기 때문에 병가를 내고 집에서 자리보전중이었다. 에를렌뒤르는 슬쩍 손목시계를 보았다.

발드빈은 그들을 거실로 들어오게 했다. 그는 무기한으로 휴가를 낸 상태였다. 그의 어머니가 와서 이틀 정도 머물다 갔다. 동료들과 친구들이 들르거나 위로의 전갈을 보내왔다. 그는 장례식을 준비했고, 몇몇 지인이 부고 기사를 준비중이라는 것을 알고 있었다. 그는 커피를 준비하면서 에를렌뒤르와 엘린보르그에게 이런 근황들을 이야기했다. 그는 기분이 가라앉아 있었고, 모든 행동이 느릿느릿했지만 자신을 잘 추스르는 듯이 보였다. 에를렌뒤르는 부검 결과를 설명했다. 부인의 죽음은 자살로 판명됐다고 전했다. 그리고 재차 조의를 표했다. 엘린보르그는 거의 아무 말도 하지 않았다.

"누구와든 함께 계시는 게 좋습니다.이런 상황에서는 말입니다." 에를렌뒤르가 말했다.

"여동생과 어머니가 챙겨주고 있습니다. 하지만 혼자 있고 싶은 때도 있으니까요." 발드빈이 말했다.

"그럼요, 옳은 말씀입니다. 어떤 사람들에게는 그게 최선의 치료책이기도 합니다." 에를렌뒤르가 말했다.

엘린보르그는 그를 힐끔 보았다. 에를렌뒤르는 삶에서 다른 어떤 것보다 고독을 귀하게 여기는 사람이었다. 그녀는 자기가 이 집에서 에를렌뒤르와 뭘 하는 걸까 싶었다. 아까 그는 법의학자의 보고를 전달하기만 하면 된다고 했다. 오래 걸리지도 않을 거라고 했다. 그런데 지금 그는 자살한 여자의 남편과 마치 오래된 친구처럼 앉아 대화를 주고받고 있었다.

"자꾸 자책을 하게 돼요. 뭔가 했어야 됐던 게 아닐까 하는 생각이 듭니다. 제가 뭘 좀더 잘할 수 있지 않았을까 하는 생각 말이지요." 발드빈이 말했다.

"자연스러운 반응입니다. 경찰 일을 하다 보면 흔히 보게 되죠. 이런 일이 일어날 때쯤이면 가족들은 대개 힘이 닿는 한 모든 일을, 거의 모든 일을 해본 상태입니다." 에를렌뒤르가 말했다.

"전 이런 일이 일어날 줄 몰랐습니다. 정말로요. 지금껏 살면서 그녀가 그랬다는 소식을 들었을 때만큼 충격을 받은 적이 없습니다. 제 기분을 상상도 못 하실 겁니다. 저는 의사로서 다양한 상황에 익숙합니다. 그러나 이런…… 일이 일어났을 때는…… 누구도 익숙하게 받아들일 수 없을 겁니다."

발드빈은 말할 필요가 있다고 느꼈는지 아내와는 대학에서 만났다는 이야기를 했다. 마리아는 역사와 프랑스어를 전공했다. 그는 입시 준비 과정에서는 연기를 공부했고 한동안 연기 학교에 적을 뒀다가, 후에 방향을 바꿔 의학을 택했다고 했다.

"마리아 씨는 학자였습니까?" 엘린보르그가 물었다. 그녀는 지질학 학위를 땄지만 그쪽 일은 한 적이 없었다.

"네, 집에서 일했습니다. 지하에 서재가 있거든요. 가르치는 일도 좀 했고 연구소나 기업체를 위한 역사 프로젝트를 맡았지요. 연구를 했고 글도 썼습니다."

"이 지역에는 언제 이사를 오셨습니까?" 에를렌뒤르가 물었다.

"죽 이 집에 살았습니다." 발드빈이 거실을 둘러보며 말했다. "제가 아직 학생이었을 때 아내와 장모님과 함께 이사를 왔죠. 마리아는 무남독녀였기 때문에 장모님이 돌아가신 후 이 집을 물려받았습니다. 이 지역에 개발계획이 세워지고 대규모 공사가 시작되기 전에 지어진 집입니다. 이 집이 다른 집들과 좀 멀찍이 떨어져 있다는 건 알아채셨을 겁니다."

"다른 집들보다 오래되어 보이기는 하더군요." 엘린보르그가 말했다.

"장모님은 여기서 돌아가셨죠." 발드빈은 말을 이었다. "이 집에 있는 침실에서. 암 진단을 받고 돌아가실 때까지 삼 년이었어요. 병원엔 들어가지 않으셨죠. 집에서 삶을 마치고 싶다고. 마리아가 내내 간호를 했습니다."

"부인이 힘드셨겠습니다. 신앙이 있는 분이었다고 하셨지요?"

에를렌뒤르가 말했다.

그는 엘린보르그가 시계를 흘끔거리는 것을 눈치챘다.

"네, 그랬습니다. 어린 시절부터 쭉 그랬습니다. 장모님이 편찮으시고 나서는 모녀끼리 종교에 대한 얘기를 많이 나눴지요. 장모님은 그런 분이었습니다. 열린 분이었지요. 자신의 병과 죽음에 대해 말하는 것을 꺼리지 않으셨어요. 그런 태도는 장모님이 슬픔을 견디는 데 도움이 많이 되었을 것이라 생각합니다. 결국엔 죽음을 받아들이셨을 거예요. 어쩌면 그 상황에 처한 사람 누구라도 받아들이는 식이었겠지만 말입니다. 제 직업이 직업이라 익숙한 일입니다. 물론 누구도 다가오는 죽음을 진심으로 두려워하지 않기란 힘든 일입니다. 하지만 스스로에게나 가족에게 두려워하지 않는다는 느낌을 남기고 죽을 수는 있겠지요."

"그분의 따님인 부인 역시 죽음을 두려워하지 않았다는 말씀을 하시는 겁니까?" 에를렌뒤르가 물었다.

발드빈은 생각에 잠겼다.

"모르겠습니다. 누가 됐든, 그녀처럼 죽는 사람이 죽음을 진심으로 받아들이는지는 모르겠군요."

"하지만 부인분은 죽음에 대해 많은 생각을 했지요."

"늘 그랬습니다."

"장인은 어땠습니까?"

"오래전에 돌아가셨습니다."

"네, 그리 말씀하셨지요."

"전 뵌 적이 없습니다. 아내가 어렸을 때 돌아가셨으니까요."

"어쩌다가?"

"여름 별장에 갔다가 호수에서 익사하셨다더군요. 싱그베들리르 국립공원에서요. 조그만 보트를 타고 나갔다가 호수에 빠지셨다고 합니다. 아주 추운 날이었는데 본래 끽연가셨고 몸 쓰는 일 하던 분이 아니다 보니…… 익사하셨지요."

"그렇게 어렸을 때 부모를 잃는다는 건 비극이지요." 엘린보르그가 말했다.

"마리아는 현장에 있었습니다."

"부인분이요?"

"겨우 열 살이었다는군요. 마리아에게 굉장한 영향을 끼쳤지요. 아내가 그때 일을 전부 극복했다고는 생각지 않습니다. 장모님이 암에 걸려 돌아가시고 나니 이중으로 충격이 가해진 거지요."

"견뎌야 할 것이 많았겠습니다." 엘린보르그가 말했다.

"네, 그 사람이 견뎌야 할 것이 많았습니다." 발드빈이 고개를 숙이며 말했다.

5

며칠 후 에를렌뒤르는 사무실에 앉아 커피를 마시며 오래된 실종 사건 파일을 넘기고 있었다. 그때 누가 프런트 데스크에서 그를 찾는다는 연락이 왔다. 카렌이라는 여자라고 했다. 싱그베들리르의 별장에서 마리아의 시체를 발견한 친구의 이름이라는 것을 기억해낸 에를렌뒤르는 프런트 데스크로 갔다. 갈색 가죽 재킷에 청바지 차림의 여자가 그를 기다리고 있었다. 재킷 안에는 두터운 흰색 터틀넥 스웨터를 받쳐 입고 있었다.

"마리아 일로 얘기를 나누고 싶었어요. 형사님께서 이 사건을 담당하고 계시죠, 그렇죠?" 인사를 나눈 뒤 그녀가 말했다.

"네. 하지만 사건이라고 말하기는 뭣한 것이 이미……."

"잠시 얘기 좀 할 수 있을까요?"

"어떻게 아는 사이라고 하셨죠?"

"어릴 적부터 친구였어요." 카렌이 대답했다.

"아, 그러셨지요."

에를렌뒤르는 사무실로 여자를 안내했고, 여자는 그의 맞은편에 앉았다. 사무실이 후끈한데도 여자는 가죽 재킷을 벗지 않았다.

"이상한 점은 아무것도 발견하지 못했습니다. 그 이후 상황이 궁금하시다면." 그가 말했다.

"머릿속에서 그 애 생각을 지워버릴 수가 없어요. 언제나 눈앞에 마리아가 보여요. 그 친구가 그래야 했다는 게 얼마나 충격인지 모르실 거예요. 그렇게 죽은 모습을 제가 발견해야 했다니요. 그 애는 무슨 말이든 다 했지만 이런 얘기는 한 적이 없어요. 우리는 서로를 신뢰했어요. 저만이 마리아를 속속들이 알았을 거예요."

"그러니까, 뭡니까? 카렌 씨는 친구분이 자살했을 거라고 생각지 않으신다는 뜻입니까?"

"네."

"그럼 어떻게 된 일일까요?"

"모르겠어요. 하지만 그 애는 그러지 않았을 거예요."

"왜 그런 말씀을 하시는 거지요?"

"그냥 그런 확신이 들어요. 전 마리아를 알고 그 애라면 절대로 자살하지 않았을 거라고 확신해요."

"자살은 사람들을 놀라게 하기 마련입니다. 카렌 씨에게 언급한 적이 없다고 해서 친구분이 자살하지 않았을 거라고는 말할 수 없습니다. 자살이 아니라는 다른 암시도 전혀 없고요."

"게다가 저로선 발드빈이 그 애를 화장했다는 것도 약간 이상하다는 생각이 들어요." 카렌이 덧붙였다.

"무슨 뜻입니까?"

"이미 장례식이 치러졌어요. 모르셨어요?"

"네." 그라바르보귀르 지역 외곽의 집을 처음 방문한 때로부터 며칠이 지났는지를 머릿속으로 가늠해보면서 에를렌뒤르가 대답했다.

"그 애가 화장을 원한다는 말을 들어본 적이 없어요. 한 번도요."

"원했다면 카렌 씨께 말했을 거라고 생각하십니까?"

"그랬을 거라고 생각해요."

"두 분이서 장례 절차라든가 하는 것에 대해 얘기를 나눠본 적이 있습니까? 유품을 어떻게 했으면 좋겠다든가 하는."

"아뇨." 카렌이 완강하게 말했다.

"그러니까, 사실은 친구분이 화장을 원했는지 원하지 않았는지 알 수 있는 근거는 없다는 말씀이시지요?"

"네. 하지만 그냥 아는걸요. 전 마리아를 안다고요."

"카렌 씨는 마리아 씨를 알았습니다. 이 사무실에 오신 이유가 친구분의 죽음에 의심스러운 구석이 있다고 믿는다는 말을 공식적으로 하기 위해서입니까?"

카렌은 잠시 생각에 잠겼다.

"전 모든 일이 아주 이상하다고 생각해요."

"이상한 일이 발생했다는 카렌 씨의 의심을 뒷받침할 만한 실질적인 증거는 아무것도 없으신 거고요."

"네."

"그렇다면 해드릴 수 있는 일이 별로 없습니다. 친구분과 남편의 관계에 대해서는 아시는 게 있습니까?"

"네."

"말씀해보시죠."

"괜찮았어요." 카렌이 주저하듯 말했다.

"친구분께 일어난 일과 남편 사이에 무슨 연관이 있을 거라고는 생각지 않으신다는 겁니까?"

"네. 어쩌면 누군가 싱그베들리르 별장 문으로 들어왔을 거예요. 그 주변은 온갖 사람들이 돌아다니니까요. 이를테면 외국인 관광객이라든가. 그런 쪽으로도 확인해보셨나요?"

"그런 추측을 할 근거는 전혀 없습니다. 도착하실 즈음에 친구분이 별장에서 기다리고 있겠다고 했나요?" 에를렌뒤르가 말했다.

"그런 얘기는 없었어요."

"남편분에게는 카렌 씨를 기다리겠다고 얘기했습니다."

"왜 그런 말을 했을까요?"

"혼자 있고 싶었는지도 모르지요." 에를렌뒤르가 말했다.

"발드빈이 그 애의 어머니에 대해서도 말하던가요?"

"네, 어머니를 여읜 것이 친구분께 굉장한 상실감을 안겼다고 하더군요."

"어머니와 마리아 사이는 아주 각별했어요. 제가 아는 어떤 관계보다 각별했죠. 꿈이 진실을 보여줄 수 있다고 믿으세요?" 카렌이 말했다.

“죄송하지만 그게 지금 이 일과 무슨 관련이 있습니까?”

에를렌뒤르는 강하게 나오는 여자의 태도에 놀랐다. 그러나 무엇이 그녀를 그렇게 몰아가는지는 이해했다. 절친했던 친구가 이해하고 받아들이기 불가능한 행동을 저질렀다. 마리아가 불행한 일로에 있었다면, 카렌은 자기가 알아야 했고 뭔가를 했어야 한다고 생각하고 있었다. 지금이라도, 이미 늦어버렸지만, 뭔가를 하고 싶을 것이다. 적어도 그 비극적 사건에 대해 일말의 결론이라도 가져야 할 것이었다.

“사후 세계는 어떤가요?” 여자가 물었다.

에를렌뒤르는 고개를 저었다.

“저로선 무슨 말씀을…….”

“마리아는 믿었어요. 그 애는 꿈을 믿었어요. 꿈이 자기에게 뭔가를 말해줄 거라고, 자기를 인도해줄 거라고. 사후 세계도 믿었고요.”

에를렌뒤르는 침묵했다.

“그 애 어머니가 메시지를 보내기로 했어요. 사후 세계가 있다면 말이지요.” 카렌이 말했다.

“잠시만, 말씀하시는 내용을 이해하지 못하겠습니다.”

“마리아는 어머니가 돌아가시기 전에 함께 나눈 많은 얘기가 진실이라면, 어머니가 알려줄 거라고 했어요. 사후 세계가 있다면 어머니가 저세상에서 신호를 보낼 거라고요.”

에를렌뒤르는 헛기침을 했다.

"저세상에서 신호를 보낸다고요?"

"네, 사후 세계가 있으면요."

"어떤 것인지 아십니까? 어떤 신호를 보낼 거라고 하던가요?"

카렌은 대답하지 않았다.

"받았다고 하던가요?" 에를렌뒤르가 물었다.

"무슨 말씀이신지?"

"친구분이 저세상에서 어머니가 보낸 메시지를 받았나요?"

카렌이 에를렌뒤르를 물끄러미 바라봤다.

"저를 바보라고 생각하시는 거죠?"

"그럴 리가 있습니까. 저는 카렌 씨에 대해 전혀 모릅니다."

"헛소리를 지껄인다고 생각하시는군요!"

"아닙니다. 하지만 말씀하시는 내용과 경찰이 무슨 상관인지 잘 모르겠습니다. 설명해주시겠습니까? 사후 세계로부터의 메시지라니요! 그런 것을 어떻게 조사한다는 말씀입니까?"

"형사님은 제 얘길 들으셔야 해요."

"듣고 있습니다." 에를렌뒤르가 말했다.

"아뇨, 그렇지 않아요." 카렌은 가방을 열더니 카세트테이프를 꺼내 책상에 올려놓았다. "이게 도움이 될지도 몰라요."

"뭡니까?"

"일단 듣고 나서 말씀하시죠. 들어보시고 형사님 생각을 말씀해 주세요."

"저는 못……."

"저를 위해서가 아닙니다. 마리아를 위해서 들어주세요. 듣고 나면 그 애의 기분을 아실 거예요."

여자가 자리에서 일어났다.

"마리아를 위해서 들어주세요." 카렌은 이렇게 말하고 사무실을 나갔다.

에를렌뒤르는 그날 저녁 테이프를 가지고 집으로 갔다. 그것은 아무런 표시가 없는 평범한 카세트테이프였다. 에를렌뒤르에게는 낡은 라디오 카세트가 있었다. 테이프를 틀기 위해 사용해본 적이 없어서 작동 가능 여부는 알지 못했다. 그는 꼭 들어야 할까 생각하며 오랫동안 테이프를 들고 서 있었다.

마침내 그는 카세트를 찾아 열림 버튼을 누른 뒤 테이프를 넣고 재생 버튼을 눌렀다. 처음에는 아무 소리도 나지 않았다. 몇 초가 지나도록 아무 소리가 나지 않았다. 에를렌뒤르는 죽은 여자가 좋아하는 음악을, 신앙이 있었으니 교회음악 같은 것을 듣게 되리라 짐작했다. 잠시 후 조그맣게 딸깍하는 소리가 들리더니 테이프가 쉭쉭거리기 시작했다.

"가수면 상태에 빠지게 되면……." 저음의 남자 목소리였다.

에를렌뒤르는 볼륨을 높였다.

"이후 저는 저 자신을 느끼지 못할 것입니다. 저를 통해 말을 할지, 제게 상황을 밝힐지 선택하는 것은 망자들입니다. 저는 그들과 사랑하는 사람들을 접촉시켜주는 통로일 뿐입니다. 얼마나 오래 지속되는가는 접촉의 성격에 따라 달라집니다."

"네, 알겠어요." 고음의 여자 목소리가 대답했다.

"말씀드린 것을 가지고 오셨습니까?"

"좋아하시던 점퍼와 늘 끼고 계시던, 아버지가 주신 반지를 가져왔어요."

"감사합니다. 제가 착용하는 편이 좋겠군요."

"여기요."

"나중에 테이프를 달라고 하십시오. 요전날에는 잊어버리고 가셨더군요. 그러기가 쉽습니다."

"네."

"좋습니다. 이제 무슨 일이 일어날지 한번 볼까요. 두렵지는 않으시죠? 처음에 오셨을 때는 약간 긴장된다고 하셨습니다. 이런 의식에서 무슨 일이 일어날지 불안을 느끼는 사람들도 있습니다."

"아뇨, 지금은 괜찮아요. 두려웠던 건 아니에요, 조금 확신이 없었을 뿐이죠. 처음 해보는 일이니까요."

긴 휴지.

"흐릿하게 물이 반짝이고 있습니다."

침묵.

"여름이고, 덤불이 있고, 물이 반짝이고 있습니다. 호수 위에 비친 햇살 같군요."

"네."

"호숫가에 보트가 있네요. 짐작 가는 게 있습니까?"

"네."

"작은 보트입니다."

"네."

"비어 있습니다."

"네."

"짐작 가는 게 있습니까? 당신은 이 보트를 알고 있습니까?"

"아버지한테 작은 보트가 하나 있었어요. 싱그바들라바튼 호숫가에 있는 우리 가족 별장에요."

에를렌뒤르는 카세트를 껐다. 그는 이것이 교령 의식에서 녹음된 내용이라는 것을 깨달았다. 고음의 목소리는 자살한 여자의 음성이 분명했다. 여자의 아버지가 싱그바들라바튼 호수에서 익사했다고 한 남편의 말을 제외하고 그가 아는 내용은 없었다. 여자의 목소리를 들으니 어쩐지 희한한 느낌이 들었다. 다른 사람의 사생활을 엿보는 기분이랄까. 그는 움직이지 않고 오랜 시간 카세트 앞에 서 있었다. 호기심이 의심을 앞섰고, 그는 다시 재생 버튼을 눌렀다.

"시가 냄새가 나는군요. 담배를 피우셨습니까?" 영매의 목소리였다.

"많이요."

"당신이 몸조심하기를 원하십니다."

"고마워요."

여자의 말 뒤로 긴 휴지가 이어졌다. 에를렌뒤르는 침묵에 귀를 기울였다. 테이프가 쉭쉭거리는 소리가 유일하게 들리는 소리였다. 그러다 갑자기 영매가 말을 하기 시작했는데, 이제는 완전히 다른, 깊고 거칠고 걸걸한 목소리였다.

"조심해! ……넌 네가 무슨 짓을 하고 있는지 몰라!"

화가 서린 목소리에 에를렌뒤르는 깜짝 놀랐다. 그러나 다음 순간, 목소리는 변해 있었다.

"견디기 괜찮으셨습니까?" 영매가 물었다.

"그런 것 같아요. 그런데 그건……?" 고음의 목소리를 가진 여자가 대답했다.

여자는 주저했다.

"당신이 알 만한 사람이 접촉했던가요?" 영매가 물었다.

"네."

"좋습니다. 저는…… 왜 이렇게 춥죠……? 이가 떨릴 지경이네요."

"목소리가 달라지셨던데……."

"달라졌다고요?"

"네, 당신의 목소리가 아니었어요."

"뭐라고 하던가요?"

"제게 조심해야 한다고 했어요."

"그것이 무엇이었는지는 저도 알지 못합니다. 저는 아무것도……." 영매가 말했다.

"떠오르는 게 있어요……."

"뭐죠?"

"아버지가 떠올라요."

"이 한기……는 그곳에서 온 게 아니에요. 지금 제가 느끼는 이 강렬한 한기, 이건 당신과 직접적으로 연결되어 있는 겁니다. 뭔가 위험한 게 있어요. 당신이 아셔야 하는 뭔가가 있습니다."

에를렌뒤르는 손을 뻗어 테이프를 껐다. 더이상은 듣고 있을 수 없었다. 무례한 행위 같았다. 카세트테이프의 내용에는 그의 양심을 찌르는 구석이 있었다. 마치 문가에 귀를 대고 있는 기분이었다. 마치 그 여자가 남긴 기억을 더럽히는 것 같아 더이상 계속 엿들을 수가 없었다.

6

노인은 프런트 데스크에서 에를렌뒤르를 기다리고 있었다. 부인과 같이 오곤 했었는데 이젠 부인이 저세상으로 간 터라 홀로 에를렌뒤르를 만나러 왔다. 부부는 지금껏 삼십 년 가까이 정기적으로 사무실을 찾아왔다. 처음엔 매주였고, 그다음은 매달이었고, 얼마간은 일 년에 몇 번이더니 차츰 일 년에 한 번, 최종적으로는 이삼 년에 한 번씩 아들의 생일에 찾아왔다. 해가 지나면서 에를렌뒤르는 그들과 그들이 자기를 찾아오게끔 만드는 슬픔에 익숙해졌다. 그들의 작은아들인 다비드는 1976년 집을 나가 돌아오지 않았다.

에를렌뒤르는 노인과 악수를 나눈 뒤 사무실로 안내했다. 가면서 어떻게 지냈느냐고 물었다. 노인은 얼마 전에 요양원으로 들어갔지만 행복하지 않다고 말했다. "사방이 온통 노인네들뿐이라."

그는 택시로 경찰서까지 왔는데, 얘기가 끝나면 자기를 바래다줄 차를 불러줄 수 있겠느냐고 물었다.

"사람을 시켜 지내시는 곳까지 모셔다드리게 하겠습니다." 에를렌뒤르는 말하면서 노인을 위해 사무실 문을 열어주었다. "그러니까 요양원은 그다지 활기가 넘치는 곳은 아닌가 보군요."

"그다지요." 노인이 자리에 앉으며 말했다.

그는 아들 소식이 없나 해서 들른 것이었다. 물론 아무 소식도 없으리라는 것을 오래전부터 알고 있기는 했다. 에를렌뒤르는 보기 드문 이 끈덕짐을 이해하여 언제나 부부를 정중하게 맞았으며 그들의 말에 사려 깊게 귀를 기울였다. 그는 그들이 뉴스를 놓치는 법이 없다는 것을 알고 있었다. 그들은 신문을 읽고, 라디오를 듣고, 텔레비전을 봤다. 누가 어딘가에서 아들의 실종과 관련된 단서를 발견할지도 모른다는 실낱같은 희망 때문이었다. 그러나 그토록 오랜 세월이 흐르도록 단 하나의 단서조차 발견되지 않았다.

"그 아이, 오늘로 마흔아홉 살이 되었을 겁니다." 노인이 말했다. "축하 파티를 연 마지막 생일이 스무 번째 생일이었지요. 대학 친구들을 다 초대했는데, 귄소륀과 나는 그동안 밖에 나가 있어야 했어요. 파티는 새벽까지 계속됐습니다. 스물한 번째 파티는 열 수 없었고요."

에를렌뒤르는 고개를 끄덕였다. 경찰은 그들의 아들이 실종된 사건 관련하여 어떠한 단서도 찾을 수 없었다. 신고는 다비드가 집을 나선 지 서른여섯 시간이 지나 접수되었다. 그는 친구 집에서 늦게까지 공부를 하다가 아침에 친구와 같이 거기서 등교를 하곤 했고, 그날은 부모님께 저녁에 친구네 집에 갔다가 자고 올 수도 있다는 말을 했다. 아들과 친구는 기말고사 준비를 하고 있었다. 이듬해 봄에 졸업 예정이었다. 그는 서점에 간다는 말도 했다. 다음날 아들이 학교에서 돌아오지 않자 부모는 여기저기 전화를 걸어 행방을 수소문하기 시작했다. 아들은 그날 아침 수업에도 가지 않은 것으로 드러났다. 친구에게 전화를 해봤더니 그는 다비드가 자기집에 온 적이 없고, 그날 저녁 계획에 대해서 들은 적도 없다고 했다. 친구가 다비드에게 영화를 보러 가지 않겠느냐고 제안했지만, 다비드가 뭔지는 밝히지 않고 달리 할 일이 있다고 했다는 것이다. 다른 친구와 지인들도 다비드의 행방을 전혀 몰랐다. 집을 나섰을 때 그는 가벼운 옷차림이었다.

신문마다 광고를 싣고 텔레비전에도 나가 아들을 찾는다고 호소해봤지만 모든 일이 헛수고로 돌아갔고, 시간이 지나면서 부모와 형의 희망은 사라져갔다. 그들은 다비드가 자살을 했을지도 모른다는 주위의 암시에는 귀를 닫았다. 다비드에게 어울리지 않는 일이라는 태도도 변함없었다. 그러나 실종된 이유를 설명할 방법 없이 몇 주가 흐르고 몇 달이 지나자, 에를렌뒤르는 그들에게 어떤 가능성도 배제해서는 안 된다고 말했다. 그 젊은이가 산을 올라가거나 자신을 돌아보는 여행을 떠날 계획이 아니었던 거라면, 에를렌뒤르도 별다른 가능성을 발견할 수 없는 사건이었다. 다른 가능성이 없진 않았다. 다비드가 잘못해서 범죄 집단과 불화를 빚는 바람에, 알 수 없는 이유로 그들에게 처리되어 시체가 유기되었을 것이라는 설명도 가능했다. 그러나 가족과 친구들은 일언지

하에 단호하게 부정했다. 다비드는 누구와 싸움이란 것을 해본 전력도 없거니와 실종으로 이어질 만한 일체의 범죄행위에도 가담한 적이 없다고 했다. 경찰 조사에서 드러난바, 그는 비행기를 타고 해외로 떠난 것도 아니었으며 배의 탑승객 명단에도 이름이 없었다. 전국 어느 서점의 직원도 다비드가 사라진 날 가게에서 그를 목격했다고 진술하지 못했다.

노인은 에를렌뒤르가 건네는 머그잔을 받아들고, 딱히 뜨거운 것도 아닌데 요란한 소리를 내며 커피를 마셨다. 에를렌뒤르는 부인의 장례식에 참석했었는데, 친구도 친척도 많아 보이지 않았다. 다른 아들은 이혼을 했고 자식이 없었다. 소규모 여성 성가대가 오르간 옆에 서서 노래를 불렀다. "들어주소서, 천국의 창조주여……."

"아들 일과 관련해서 무슨 소식이 있소?" 노인이 커피를 반쯤 마시고 나서 물었다. "새로운 소식은?"

"아니요, 죄송하지만 새로운 소식이 없습니다." 에를렌뒤르는 지금껏 몇 번을 반복했을지 모를 대답을 재차 했다. 그는 노인의 방문을 자기에게 떨어진 시련으로 여기지 않았다. 에를렌뒤르 입장에서 무엇보다 견디기 힘든 건 다른 부분이었다. 사랑하는 아들에게 일어난 일이 자기들에게 얼마나 끔찍한 지옥을 안겼는지, 왜 그런 일이 일어나야 했는지, 어떻게 아무 소식도 없을 수 있는지 되풀이해서 말하는 노인의 항변을 묵묵히 듣는 것 말고는 달리 해줄 수 있는 일이 없다는 점이었다.

"물론, 형사님들도 업무가 많으시겠지요." 노인이 말했다.

"끊임없이 밀려듭니다."

"네, 그렇지요. 하지만…… 아닙니다. 이제 돌아가는 게 좋겠군요." 하지만 말하고 나서도 노인은 움직이지 않았다. 할말이 더 있는 듯했다. 그러나 그들이 할 말은 이미 끝났다.

"새로운 소식이 있으면 연락드리겠습니다." 에를렌뒤르가 노인이 망설이는 태도를 눈치채고 말했다.

"네……. 그런데…… 실은, 이 사람이 형사님을 다시는 성가시게 하지 못할지도 모르겠습니다. 이제 쓸데없는 짓은 하지 말아야 할 때가 된 건지도 모르지요. 사람들이 그러는데……." 그는 기침을 했다. "내 폐에 먼지 같은 게 있다나 그래요. 언제나 멍청이처럼 담배를 피워댔죠. 이제 그것들이 자업자득으로 돌아오려는 참인지, 그래서 나도 이제는 언제 내가……. 뭐, 내가 들이마신 시멘트 가루도 도움이 되지는 않았겠지. 그래서 형사님께 작별 인사도 드리고, 모든 일에 대해서, 그 끔찍했던 날 처음 우리를 만나러 왔을 때부터 지금까지 우리를 위해 해주신 일들에 대해서 고맙다는 말씀을 드리러 왔습니다. 가까운 사이도 아니었지만 형사님은 우리를 도와줄 것 같았지요. 그래주셨고. 물론 그 아이는 죽었고, 그런 지가 오래되었을 테지요. 벌써 오래전부터 우리도 알고 있었어요. 하지만 사람은…… 우리는…… 목숨이 붙어 있는 한 희망을 품지 않습니까, 안 그래요?"

노인이 자리에서 일어났다. 에를렌뒤르 역시 자리에서 일어나 노인을 위해 문을 열어주었다.

"희망은 언제나 있습니다. 폐는 상태가 어떤가요?"

"그래봐야 늙어빠진 몸이라오. 이제 다 됐어요. 완전히 다 됐어요. 진단을 받고 나서는 숨쉬는 것조차 고역입니다."

에를렌뒤르는 함께 프런트 데스크로 내려가 노인을 요양원까지 데려다줄 경찰차를 수배해줬다. 그들은 경찰서 앞 계단에 서서 작별 인사를 나누었다.

"안녕히 계시오, 형사님." 노인이 말했다. 그는 고된 육체노동 탓에 몸이 마르고 등이 굽었다. 가는 회색 머리카락은 한줌에 잡힐 듯했다. 노인은 예전에 석공이었는데, 이제 그의 얼굴이 그가 다루던 시멘트 가루 같은 회색으로 변해 있었다.

"건강 잘 돌보시길 바랍니다." 에를렌뒤르가 말했다.

그는 차에 오르는 노인의 모습을 지켜보았고, 경찰차가 모퉁이를 돌아 사라질 때까지 눈을 떼지 않았다.

마리아와 가장 유대가 깊은 교구 신부는 에이뵈르라는 신부로, 그라바르보귀르가 아니라 이웃 교구의 신부였다. 그녀는 마리아의 죽음과 마리아가 스스로 목숨을 버리는 것 외에 다른 선택의 여지가 없다고 느꼈다는 사실에 충격을 받고 슬픔을 감추지 못했다.

"가슴이 찢어질 것 같다는 말을 드려 뭣하겠습니까?" 그녀는 해질 무렵 성당 사무실에 앉아 있는 에를렌뒤르에게 말했다. "한창 때인 사람이 다른 선택은 없다는 듯 목숨을 버릴 생각을 하다니요. 누군가 충분히 일찍 개입했더라면, 경험상 정신적인 고난과 시련으로 고통받는 사람을 돕는 게 불가능한 일이 아닌데 말입니다."

"마리아 씨가 어떤 상태였는지 무슨 낌새 같은 건 눈치채지 못하셨습니까?" 에를렌뒤르가 물었다. "신자였고 이 성당에 다닌 걸로 압니다만."

"자매님이 어머님을 여의고 심적 상태가 악화일로였다는 건 알았습니다. 하지만 그런 극단적인 조치에 의지할 거라는 낌새는 전혀 없었어요."

신부는 얼추 사십 대로, 자주색 정장을 잘 차려입고 보석을 잔뜩 걸치고 있었다. 반지가 세 개에 목에는 금목걸이를 둘렀고, 귀걸이도 큼지막했다. 그녀는 자살한 교구민에 대해 물어볼 것이 있다며 경찰이 찾아오자 놀란 기색이 역력했다. 그녀는 즉각 경찰이 관여할 문제냐고 물었다.

"아뇨, 물론 아닙니다." 에를렌뒤르는 대답하고, 사건 조서 마무리 때문이라고 즉석에서 핑계를 둘러댔다. 마리아와 연락을 하고 지냈던 사이라고 들었기에 달리 들려줄 말이 있지 않을까 싶었고, 미래에 발생할 유사 사고에 대비할 수 있는 기회이지 않을까 생각했다고 했다. 불행하게도 자살은 경찰의 책상에 안착한 인간사의 한 단면에 불과하고, 기분 좋다고 할 만한 일도 아니지만 원인과 결과를 알아보고 직업상 도움을 받고 싶다고 했다. 에이뵈르는 이 침울한 경찰이 마음에 들었다. 믿을 만한 구석이 있는 사람이라고 직감했기 때문이다.

"마리아 씨가 신부님에게 죽음에 대해서 얘기한 적이 있습니까?" 에를렌뒤르가 물었다.

"네, 있습니다. 어머니와, 아시는지 모르겠지만 어린 시절에 발생한 사고에 대해서였지요." 에이뵈르가 대답했다.

"아버지가 익사한 사고를 말씀하시는 겁니까?"

"맞아요. 자매님은 어머니를 여의고 참혹한 상태였습니다. 제가 장례식을 집전했지요. 저는 레오노라 자매님이 병이 들고 나서 그 모녀와 더 가까워졌습니다. 레오노라 자매님은 용감하고 특출한 여성이었어요. 무엇도 두려워하지 않았으니까요."

"그분은 무엇을 하셨습니까?"

"직업을 말씀하시는 건가요? 대학교수였지요, 프랑스어를 가르치는."

"따님은 역사학자였고요. 그래서 집에 책이 그렇게 많았던 것이군요. 마리아 씨는 우울증을 앓았습니까?" 에를렌뒤르가 말했다.

"기분이 굉장히 처져 있었다고만 말해두지요. 형사님이 다시는 이 질문을 반복하지 않으셨으면 좋겠군요. 저는 형사님과 이런 문제를 논의해서는 안 되는 처지입니다. 정확히 말해 자매님은 비탄에 잠기긴 했지만 제게 기대지는 않았어요. 하지만 저는 자매님께서 큰 역경에 처해 있다는 인상을 받았지요. 성당에 오긴 해도 제게 마음의 문을 열지는 않았습니다. 자매님을 위로하기가 쉽지 않았어요. 자매님은 대단히 화가 나 있었습니다. 어머니가 긴 투병 후 결국 돌아가신 것, 어머니를 그런 죽음으로 이끈 힘에 대해서요. 어머니가 서서히 기운이 다해 돌아가시는 모습을 지켜본 후에는 믿음을, 항상 가지고 있었던 어린아이 같은 믿음을 조금 잃지 않았나 싶습니다."

"하지만 신은 알 수 없는 방식으로 나아가시지요, 안 그렇습니까? 그분만이 이 모든 고난의 요지를 알고 계시지요?" 에를렌뒤르가 말했다.

"그러한 믿음이 우리를 구원할 수 있으리라고 믿지 않았다면 저는 이 길에 있지 않을 거예요. 믿음이 없다면 우리가 어떻게 되겠습니까?"

"마리아 씨가 초자연적 힘에 관심이 있었다는 것에 대해 아시는 바가 있습니까?"

"아니요. 그렇다고는 말씀드리지 못하겠네요. 이야기했듯이 자매님은 사생활에 대해 속을 터놓는 경우가 드물었고 조심스러워했어요. 특히 이야기하지 않는 부분도 있었죠."

"이를테면 어떤 측면을 말씀하시는 겁니까?"

"자매님은 꿈을 믿었습니다. 깨어 있는 동안에는 볼 수 없는 것들에 대해 꿈이 깨달음을 준다고 믿었지요. 시간이 지나면서 믿음이 더욱 강해졌는지, 급기야 꿈이 또 다른 세계로 통하는 일종의 문이라고 믿는 것 같았습니다."

"사후 세계 말입니까?"

"정확히 무엇이었는지는 모릅니다."

"그래서 뭐라고 말씀해주셨습니까?"

"성당에서 전하는 복음이지요. 우리는 심판의 날에 부활할 것과 영생을 믿습니다. 사랑하는 사람들과의 재결합은 부활절 메시지의 본질이에요."

"마리아 씨도 그런 종류의 재결합을 믿었습니까?"

"전 자매님이 거기에서 분명히 위안을 얻었다고 느꼈습니다."

에를렌뒤르가 마리아의 남편인 발드빈을 또 한 차례 짧게 방문할 때 엘린보르그는 다시금 동행에 나섰다. 교구 신부를 만난 다음날이었다. 에를렌뒤르는 수첩을 놓고 온 것 같다는 핑계를 지어냈다. 엘린보르그는 그라바르보귀르의 집 거실에서 그의 옆에 서서, 방문 취지를 설명하는 에를렌뒤르를 바라보았다. 그는 평생 수첩이라곤 없이 사는 사람이었다.

"여기서는 못 봤는데요." 발드빈이 거실을 훑어본 후 말했다. "혹시 발견하면 연락드리겠습니다."

"감사합니다. 귀찮게 해드려 죄송합니다." 에를렌뒤르가 말했다.

엘린보르그는 어색한 미소를 지었다.

"그런데 말입니다, 관여할 일은 아닌 줄 압니다만 부인께서는 죽음을 모든 것의 끝이라고 여기셨습니까?" 에를렌뒤르가 물었다.

"모든 것의 끝이라니 무슨 말씀이신지?" 발드빈이 놀란 얼굴로 되물었다.

"그러니까, 마리아 씨가 사후 세계를 믿으셨습니까?"

엘린보르그는 에를렌뒤르를 빤히 쳐다보았다. 그가 이런 질문을 하는 것은 처음 들었다.

"그랬다고 생각합니다. 아내는 여느 신자들처럼 부활을 믿었습니다."

"어려운 시기를 지나고 있거나 사랑하는 사람을 잃는 경험을 하면, 사람들은 답을 구하게 되지요. 때로는 영매나 심령술에서 구하기도 하고요."

"저는 그런 일은 잘 모릅니다. 왜 그런 질문을 하시는 거죠?" 발드빈이 물었다.

에를렌뒤르는 카렌이 건네준 카세트테이프에 대한 얘기가 목구멍까지 올라왔지만 이내 마음을 바꿔 먹었다. 다음 기회에 하는 것이 좋겠다 싶었다. 카렌을 끌어들여 그녀의 의심을 언급하는 것이 현명치 못한 처사라는 생각이 들었다. 그녀와의 신의를 저버려선 안 됐다.

"생각나는 대로 해본 소리입니다. 저희가 괜히 불편을 드렸군요. 폐를 끼쳐 죄송합니다." 에를렌뒤르가 말했다.

엘린보르그는 미소를 지으면서 남자의 손을 잡고 위로의 말과 함께 작별 인사를 건넸다.

"이게 다 무슨 소리예요?" 차에 올라탄 후 에를렌뒤르가 천천히 차를 움직이자 그녀가 화난 목소리로 물었다. "그 여자는 자살을 했는데 사후 세계니 어쩌니 하는 헛소리나 하고 다니시다니요! 예의도 모르는 분이셨습니까?"

"그 여자, 영매를 만나러 갔었어." 에를렌뒤르가 말했다.

"그걸 어떻게 아시는데요?"

에를렌뒤르는 카렌이 준 테이프를 꺼내 내밀었다. "사망자가 참석한 교령 의식의 녹음테이프야."

"교령 의식?" 엘린보르그는 깜짝 놀랐다. "그 여자가 그런 걸 하러 갔었다고요?"

"테이프를 다 들어보지는 않았어. 남편에게 들려줄 요량이었지만…….”

“그런데요?”

“영매를 추적해보고 싶네. 그 영매가 무슨 농간을 벌인 건 아닌지, 비극을 일으키려고 무슨 짓을 한 게 아닌지 궁금해졌거든.”

“영매가 그 여자를 상대로 농간을 벌였다고 생각하는 겁니까?”

“그렇네. 그 사람, 호수 위의 보트를 본 척했어. 시가 냄새를 맡은 척하고. 그런 헛소리들을 했다고.”

“그 여자 아버지의 익사 사고를 암시했단 말이에요?”

“그래.”

“영매를 믿는 거 아니셨어요?”

“차라리 요정을 믿지.” 에를렌뒤르가 막다른 골목을 나오면서 대답했다.

7

그날 저녁 집에 도착한 에를렌뒤르는 납작한 플라트브뢰이드 빵 위에다 버터를 바르고 훈제 양고기를 올린 후, 커피 머신을 작동시킨 다음 카렌이 준 카세트테이프를 라디오 카세트에 다시 넣었다.

그는 마리아의 자살에 대해, 그런 행위로 치닫게 한 절망과 그 뒤에 숨어 있었을 전적으로 정신적인 고통에 대해 생각했다. 에를렌뒤르는 스스로 목숨을 버린 사람들이 남긴 유서를 읽은 적이 있었다. 몇 줄짜리도 있었고, 단 한 줄이나 고작 한 단어일 때도 있었다. 행위의 이유들을 조목조목 길게 나열해놓은, 일종의 사과문인 경우도 있었다. 때로 유서는 침실 베개 위에 남겨져 있었다. 어떤 때는 차고 바닥이었다. 아버지인 경우도, 어머니인 경우도, 청소년인 경우도, 노인인 경우도 있었다. 그들은 세상에 혼자인 사람들이었다.

재생 버튼을 누르려는데 문을 두드리는 소리가 들렸다. 그는 걸어가 문을 열었다. 딸 에바 린드가 미끄러지듯 그를 지나쳐 집안으로 들어왔다.

"방해된 건 아니죠?" 무릎까지 오는 검은색 가죽 코트를 벗으며 그녀가 물었다. 안에는 청바지와 두꺼운 스웨터를 받쳐 입고 있었다. "밖이 구역질나게 춥네요. 이 강풍은 끝나지도 않는대요?"

"안 끝날 것 같구나. 이번 주 내내 이런다는 예보야." 에를렌뒤르가 대답했다.

"신드리가 왔었어요?" 에바 린드가 물었다.

"그래. 커피 마실래?"

"네. 뭐래요?"

에를렌뒤르는 부엌으로 들어가 커피를 준비했다. 저녁에는 카페인 섭취량을 줄이려고 노력하는 참이었다. 두 잔이 넘어가면 종종 수면 장애가 생기기 때문이다. 그렇다고 밤에 깨어 있어서 무슨 문제가 생기는 건 아니었다. 사건을 붙들고 늘어지기에 그만한 시간은 없었다.

"별다른 얘기는 없었다. 네가 어머니와 다퉜다는 말은 하더라만. 나와 관계된 문제 같다고 하던데?" 부엌에서 나온 에를렌뒤르가 말했다.

에바 린드가 가죽 코트에서 담뱃갑을 꺼내더니 손톱으로 한 개비 끄집어내서는 불을 붙였다. 그녀는 거실을 향해 담배 연기를 길게 훅 뿜었다.

"노인네가 미치려고 하더라고."

"왜?"

"내가 둘이 만나야 한다고 했거든."

"네 어머니와 내가? 뭣하러?" 에를렌뒤르가 놀란 목소리로 물었다.

"어머니도 딱 그렇게 말하더라고요. '뭣하러?' 그냥 만나는 거죠. 만나서 얘기하는 거야. 생전 말을 안 하고 살겠다는 이런 짓거리는 집어치우고 말이지. 그러지 못할 이유가 없잖아요?"

"뭐라던?"

"잊어버리래요. 이미 끝난 일이라고."

"그래서 싸웠다고?"

"네. 어떻게 생각해요?"

"나? 아무 생각도 없다. 그 사람이 원치 않는다면 그것으로 끝이지."

"그것으로 끝이라고요? 최소한 말이라도 하면서 지내면 안 되는 거야?"

에를렌뒤르는 잠시 생각에 잠겼다.

"에바, 대체 왜 이러는 거니? 오래전에 끝난 일이라는 걸 너도 알잖아. 우린 말을 안 하고 지낸 지 벌써 몇십 년째다."

"그러니까예요. 신드리와 내가 태어난 후로 줄곧 그런 거잖아."

"네가 병원에 있을 때 네 어머니하고 마주쳤다. 유쾌하지 않았어. 힘 빼지 말고 잊어버려라. 우리 둘 다 원치 않는 일이야."

에바 린드는 몇 년 전에 유산을 했고 슬픔에서 헤어나는 데 오랜 시간이 걸렸다. 그녀는 수년간 마약을 했지만, 최근 들어서는 자발적으로 문제를 해결하기 시작했고 잘해나가고 있다고 신드리가 말했다.

"변하지 않는 거예요?" 에바가 아버지를 보며 물었다.

"그래. 변하지 않아. 그건 그렇고, 어떻게 지내니? 어딘가 달라 보이는구나, 더 자란 느낌이야."

"더 자란 느낌이라고? 나이들어 보인다는 얘기야?"

"아니, 그런 뜻이 아니야. 성숙한 것 같아. 나도 내가 무슨 말을 하려는지 잘 모르겠다. 신드리 말로는 네가 스스로 문제를 해결하고 있다던데."

"다 헛소리예요."

"그 애 말이 맞는 거지?"

에바 린드는 바로 대답하지 않았다. 그녀는 담배 연기를 빨아들이고 오랫동안 폐 속에 가둬두었다가 코로 내뿜었다.

"친구가 죽었어요. 그 애를 기억하시는지 모르겠지만."

"누구?"

"이름은 한나였어요. 아버지네 패거리가 미오드에 있는 쓰레기통 뒤에서 발견했죠."

"한나?" 에를렌뒤르는 생각을 더듬으며 조용히 말했다.

"약물 과다 복용이었어요."

"기억난다. 오래되지 않은 일이지? 헤로인을 했고. 근방에선 잘 없는 일이다, 아직까지는."

"좋은 친구였어요."

"몰랐구나."

"아는 게 있긴 해요? 그 일은 그 애가 저질렀든가, 아니면……." 에바 린드가 말했다.

"아니면?"

"좀 다르게 노력해보면 안 돼요? 이 구렁텅이에서 나를 끌어내보려고 노력해보라고요. 한 번만이라도 진심으로."

"그 애가 저질렀든가, 라니 그건 무슨 뜻이냐? 너는 네 친구가 일부러 그랬다고 생각하는 거야? 일부러 과용을 했다고?"

"몰라요. 그 애는 상관 안 했으니까. 무엇에 대해서도."

"상관하지 않았다고?"

"아무것도 신경쓰지 않았지."

"그 애의 옛날 얘기를 다시 해보거라." 에를렌뒤르는 작년 겨울 미오드에 있는 쇼핑센터 밖에서 팔에 주사기를 꽂은 채 발견된 스무 살가량의 여자아이를 기억했다. 꼴이 말이 아니었다. 청소부들이 새벽에, 벽에 등을 댄 채 얼어붙어 누워 있는 아이를 발견했다.

에바 린드가 말했다.

"왜 항상 그렇게 교수처럼 말해? 그게 무슨 상관이야? 그 앤 죽었어. 그걸로 충분하지 않아요? 그 애의 과거가 뭐가 중요해? 그 애에게 아무도 없었다는 게 뭐가 중요한데? 어쨌거나 그 애는 도움을 원치 않았을 거예요, 자기를 미워했으니까. 그러니 누가 굳이 그 애를 도우려 했겠어요?"

"너한테 소중한 친구였나 보구나." 에를렌뒤르가 조심스럽게 말했다.

"내 친구였어요. 어쨌든 그 애 얘기를 할 생각은 아니고요. 어머니를 만난다는 데 동의해요?"

"너는 내가 네 곁에 있어주지 않았다고 생각하는 거냐?" 에를렌뒤르가 물었다.

"아주 과분하게 있어줬지."

"너를 어떻게 대해야 할지 모르겠다. 어떻게 해도 너를 도울 수 없을 것 같아."

"걱정 마요. 알아서 할 테니."

"자기를 미워했다고?"

"누구요?"

"네 친구. 아까 그 애가 자기를 미워했다고 했잖아. 그래서 약물 과다 복용을 한 거냐? 자기를 경멸했다는 뜻이야?"

에바 린드는 천천히 담배를 비벼 껐다.

"모르겠어요. 자존감을 모두 잃었다고 생각해요. 자기가 어떻게 되느냐는 더이상 그 애에게 문제가 아니었어요. 여러 가지를 미워했지만 무엇보다 자기 자신을 미워했다고 생각해."

"너도 그런 상황에 처해본 적이 있니?"

"한 천 번쯤밖에 안 돼요. 그래서 엄마 만날 거예요?"

"그래봐야 뭐가 달라지겠냐? 그 사람에게 할 말도 없고 마지막으로 얘기를 했을 때도 내게 악을 썼어."

"날 위해서 그래줄 수는 없어요?"

"그런다고 뭐가 달라지겠니? 세월이 이렇게나 흐른 마당에."

"그냥 둘이서 얘기를 하면 좋겠다고요. 같이 있는 모습을 보고 싶다고. 그게 그렇게 끔찍하게 어려운 일이야? 당신들은 두 아이를 사이에 둔 사람들이잖아, 신드리하고 나."

"설마 우리가 재결합할 수 있다고 기대하는 건 아니지?"

에바 린드는 오랫동안 물끄러미 아버지를 바라봤다.

"난 멍청이가 아니야. 날 그런 멍청이라고 생각하지 마요."

그녀는 소지품을 챙기며 자리에서 일어나 잘 있으라고 인사했다.

에를렌뒤르는 에바 린드가 오늘처럼 벌컥 화를 내던 날들을 떠올리면서 자리에 앉아 있었다. 딸의 화를 돋우지 않고 얘기하는 방법은 절대로 터득하지 못할 듯했다. 전처이자 아이들의 어머니인 하들도라와 만난다는 건 말도 안 되는 일이었다. 그의 삶에서 그녀와 엮였던 시간은 이미 오래전에 끝났다. 에바 린드가 뭐라 하든, 에바가 어떤 꿈을 꾸든, 달라질 것은 없다. 하들도라와는 아무 할말이 없었다. 그녀는 이제 그에게 완벽한 이방인이었다.

카세트테이프에 생각이 미친 에를렌뒤르는 라디오 카세트가 있는 쪽으로 가 전원을 켰다. 그는 전에 들은 내용을 환기하기 위해 테이프를 약간 되감았다. "넌 네가 무슨 짓을 하고 있는지 몰라!" 으르렁거리다시피 말하는 영매의 목소리가 깊고 거칠었다. 그리고 다음 순간에 모든 것이 바뀌어 영매는 한기를 느낀다고 말했다.

"목소리가 달라지셨던데……." 여자가 말했다.

"달라졌다고요?"

"네, 당신의 목소리가 아니었어요."

"뭐라고 하던가요?"

"제게 조심해야 한다고 했어요."

"그것이 무엇이었는지는 저도 알지 못합니다. 저는 아무것도……." 영매가 말했다.

"떠오르는 게 있어요……."

"무엇입니까?"

"아버지가 떠올라요."

"이 한기……는 그곳에서 온 게 아니에요. 지금 제가 느끼는 이 강렬한 한기, 이건 당신과 직접적으로 연결되어 있는 겁니다. 뭔가 위험한 게 있어요. 당신이 아셔야 하는 뭔가가 있습니다."

침묵.

"괜찮으십니까?" 영매가 물었다.

"'아셔야 하는 것'이라니, 무슨 뜻이죠?"

"저도 모릅니다. 다만 한기는 좋은 징조가 아니에요. 그건 분명합니다."

"어머니를 불러내주실 수 있나요?"

"저는 누구도 불러내지 않습니다. 적절한 때가 오면 그분이 나타날 겁니다. 저는 아무도 불러내지 않아요."

"너무 짧았어요."

"유감스럽게도 제가 어찌할 수 있는 일이 아닙니다."

"아버진 몹시 화가 난 것 같았어요. '넌 네가 무슨 짓을 하고 있는지 몰라!'라고 했어요."

"그 메시지에서 뭘 읽어야 할지는 본인 스스로에게 물어야 합니다."

"다시 와도 될까요?"

"물론이죠. 조금이라도 도움이 되었길 바랍니다."

"그러셨어요, 감사해요. 저는 어쩌면……."

"네?"

"어머니는 암으로 돌아가셨어요."

에를렌뒤르는 영매의 공감 어린 목소리를 들었다. "그러셨군요. 그 말씀은 하지 않으셨습니다. 돌아가신 지 오래됐나요?"

"이 년이 다 되어가요."

"그분이 접촉을 해 오셨나요?"

"아뇨, 하지만 느낄 수 있어요. 어머니의 존재를 느낄 수가 있어요."

"그분이 신호를 주셨습니까? 다른 영매에게 가본 적이 있습니까?"

긴 침묵이 이어졌다.

"미안합니다. 물론 제가 상관할 바는 아니겠지요."

"제 꿈속에 와주시길 기다리고 있어요. 아직 오지 않으셨지만."

"꿈에 와주시기를 기다리는 이유는 뭔가요?"

"왜냐면 우린……."

휴지.

"말씀하세요."

"약속했거든요."

"그래요?"

"어머니는…… 우리가 나눈 얘기로는…… 어머니가 신호를 보내겠다고 하셨어요."

"어떤 신호죠?"

"사후 세계가 있다면 메시지를 보내겠다고 하셨어요."

"어떤 메시지요? 꿈을 말하는 겁니까?"

"아니요. 꿈은 아니에요. 하지만 어머니가 꿈에 나오기를 기다리고 있긴 해요. 어머니를 다시 보려고 오랫동안 기다려왔죠. 우리끼리 통한 신호는 다른 거예요."

"그 말씀은…… 그분이 보내주셨다는 건가요? 신호를요?"

"네. 그랬다고 생각해요. 요전날."

"뭐였습니까? 받으신 신호가 뭐죠? 보내기로 했던 신호는 뭐였나요?" 영매의 목소리엔 열의가 역력했다.

또다시 긴 휴지가 이어졌다.

"어머니는 대학에서 프랑스어를 가르치는 교수였어요. 가장 좋아하는 작가는 마르셀 프루스트였는데 『잃어버린 시간을 찾아서』를 가장 좋아하셨죠. 아름답게 장정된 원서로 일곱 권 세트를 모두 가지고 계셨어요. 어머니는 프루스트를 이용하겠다고 말씀하셨어요. 제가 신호를 받았다는 건, 그래요, 사후 세계가 있다는 뜻이겠죠."

"그래서 어떤 일이 일어났습니까?"

"아무래도 제가 미쳤다고 생각하시겠죠."

"아니요, 그렇지 않습니다. 사람들은 태곳적부터 사후 세계가 있는가 하는 문제에 사로잡혀왔어요. 수천 년 동안 답을 찾으려고 노력하고 있습니다. 과학적으로도 그렇고 개인적인 차원에서도, 당신과 당신 어머니처럼 말이지요. 제가 이런 이야기를 듣는 건

처음이 아닙니다. 그리고 저는 사람들을 재단하지 않습니다."

그의 말 뒤로 또다시 긴 침묵이 이어졌다. 에를렌뒤르는 정신을 집중한 채 의자에 앉아 있었다. 죽은 여자의 목소리에는 묘하게 마음을 끄는 구석이 있었다. 흔들림 없고 꼿꼿한 심지가 느껴졌다. 에를렌뒤르는 그녀가 하는 말 내용에는 전적으로 회의적인 입장이었다. 듣고 있기야 했지만 교령 의식도 쓸데없는 짓이라는 확신을 품고 있었다. 그러나 이 여자가 진심으로 사실이라 믿고 말하고 있으며 여자가 경험한 것이 그녀에게만큼은 현실이었다는 것을 믿을 수 있었다.

마침내 침묵이 깨졌다.

"처음엔, 어머니가 돌아가신 뒤에, 저는 거실에 앉아 프루스트의 작품들을 바라보았어요. 차마 눈을 뗄 생각조차 못 했죠. 아무 일도 일어나지 않았어요. 날마다 저는 책장만 바라보며 앉아 있었어요. 잠도 그 앞에서 잤어요. 몇 주가 흘러갔어요. 몇 달이 흘러갔죠. 아침에 일어나면 제일 먼저 책장을 살폈어요. 자기 전에는 마지막으로 무슨 일이 일어나지 않았는지 확인했고요. 그러다 점차 이 모든 일이 무의미하다는 걸 깨달았어요. 그 생각이 짙어지고, 책장들을 바라보기 시작한 후로 시간이 흐르면 흐를수록 어째서 아무 일도 일어나지 않는지를 잘 이해하게 됐죠."

"왜였습니까? 무엇을 깨닫게 되었죠?"

"시간이 지나면서 모든 것이 분명해졌어요. 너무나 감사했죠. 어머니는 제가 슬픔을 극복할 수 있도록 도와주셨던 거예요. 돌아가시고 난 후에 제가 집중할 일을 남겨주고 떠나신 거죠. 어머니는 자기가 무슨 말을 해도 혼자 남은 제 마음이 황폐해질 수밖에 없다는 걸 아셨어요. 그래서 제가 당신의 죽음을 잘 견뎌낼 수 있도록 최선의 노력을 다하신 거지요. 어머니가 너무 힘들어하시기 전까지 우린 오래 이야기를 나누곤 했어요. 죽음에 대해서, 어머니가 어떻게 신호를 보낼 것인가에 대해서. 하지만 그 모든 일들은, 제가 애도의 시간을 좀더 쉽게 견딜 수 있도록 한 어머니의 배려였던 거예요."

침묵.

"제 말을 이해하셨는지 모르겠네요."

"이해합니다. 계속하시지요."

"그러던 어느 날이었어요. 어머니가 돌아가시고 이 년이 다 되었을 때였지요. 그즈음은 책장이며 프루스트며 바라보는 것을 그만둔 차였어요. 어느 날 아침 일어나서 커피를 내리는 동안 신문을 집어 오러 나갔다가 부엌으로 돌아가면서 우연히 거실을 힐끗 봤어요. 그런데……."

라디오 카세트가 여자의 목소리에 이어진 침묵 속에서 쉭쉭 소리를 냈다.

"그런데요?" 영매가 속삭이듯 물었다.

"바닥에 펼쳐져 있었어요."

"뭐가 말입니까?"

"마르셀 프루스트의 '스완네 집 쪽으로'였어요. 『잃어버린 시간을 찾아서』 중 제1권이죠."

또다시 긴 침묵.

"그래서 제게 온 겁니까?"

"당신은 사후 세계를 믿나요?"

"네." 에를렌뒤르는 영매가 속삭이는 소리를 들었다. "믿습니다. 저는 사후 세계를 믿습니다."

8

다음날 아침 일찍 일어난 에를렌뒤르의 생각은 실종된 지 삼십 년이 다 되어가는 아들의 소식을 묻기 위해 경찰서로 찾아왔던 노인에게로 돌아갔다. 에를렌뒤르가 형사 생활 초기에 맡았던 사건이다. 다른 이들이 포기한 지 한참이 지난 후에도 그는 여전히 파일을 덮지 않고 있었다. 당시만 해도 범죄수사과는 레이캬비크가 아니라 코파보귀르에 있는 공업단지에 본부를 두었다. 그는 비슷한 시기에 발생했던 두 건의 다른 실종 사건도 기억했다. 담당은 아니었지만 세부 사항은 파악하고 있었다. 하나는 노인의 아들이 사라지기 몇 주 전에 일어난 사건으로, 이웃 마을인 니아르드비크까지 걸어가겠다며 케플라비크의 파티장을 나섰으나 결국 목적지에 도착하지 못한 젊은 남자의 실종 사건이었다. 겨울이었고 밤새도록 눈보라가 몰아쳤다. 수색대가 파견됐고, 사흘 뒤 신발 한 짝이 만조선滿潮線 인근에서 발견되었다. 길은 제대로 들었지만 폭풍에 바다로 휩쓸려 간 모양이었다. 이후로 그의 소식은 들을 수 없었다. 같이 파티에 갔던 친구들 말로는, 파티장을 나설 때 그는 코트도 스웨터도 없이 셔츠 차림에 취해 있었다고 했다.

다른 사건은 북부 소도시인 아퀴레이리 출신의 젊은 여자가 실종된 사건이었다. 대학생인 그녀는 레이캬비크에 있는 공동주택에 방 하나를 빌려 살았다. 그녀가 사라진 정확한 시점은 알 수 없었다. 월초에 내는 월세를 받지 못한 집주인이 수금차 들렀는데 집에 아무도 없었다. 그녀는 생물학 학위논문을 쓰는 시기에 다다른 학생이라, 학교에는 꼭 나가서 들어야 할 수업이 없었다. 형제도 없고 부모는 아시아로 두 달 동안 여행을 간 참이라 간간이만 연락하고 있었다. 귀국한 부모가 도시에 사는 딸을 만나러 왔을 때 그녀는 실종된 상태였다. 집주인은 그들을 집안으로 들였다. 마치 잠시 외출이라도 한 듯이 모든 것이 일상적인 모습으로 남아 있었다. 논문 관련 책들이 이 테이블 저 테이블 위에 펼쳐져 있었다. 개수대에는 유리잔 두 개가 놓여 있고 침대는 정돈하지 않은 상태였다. 그전에 그녀가 아퀴레이리에 사는 친구들과 전화 연락을 했다는 얘기를 들었었던 같은 과 학생 둘은, 몇 주 전부터 그녀가 친구들을 만나러 간 거라고 생각했다. 그녀가 몰고 다녔던 덜덜거리는 낡은 오스틴 미니가 사라진 것이 이 추론을 뒷받침했다.

에를렌뒤르는 부엌으로 들어가 커피 머신의 전원을 켰다. 토스터에 빵을 넣고, 다 구워지자 버터를 바른 다음 치즈와 마멀레이드를 꺼냈다. 그는 카렌이 빌려준 테이프에서 들은 내용을 곰곰이 생각하며 뭘 해야 할지 고민했다. 이제 그는 자살하기 전 마리아의 심리 상태를 더 잘 이해하게 됐다.

그의 생각은 신드리와 에바와 전처인 하들도라에게로 옮겨갔다. 그는 하들도라와 만나는 것을 상상할 수 없었다. 에바 린드가 그들을 재결합시키려고 제아무리 온갖 힘을 기울인다 해도 마찬가지였다. 에를렌뒤르는 하들도라 생각을 거의 하지 않았다. 그녀와 두 아이를 떠나기 전에 둘 사이에 벌어졌던 온갖 싸움이 떠오르기 때문이다. 오랫동안 언제 하느냐만 문제였던 이혼이었다. 그는 온 힘을 다해 최대한 원만하게 혼인 관계를 끝내고자 했다. 하지만 그가 관계를 정리하고 집을 나가고 싶다는 의사를 비칠 때마다 하들도라는 말도 안 되는 일이라며, 그들은 문제를 해결할 수 있고 어쨌든 자기는 전혀 문제를 못 느끼겠으며 그의 말도 이해하지 못하겠다고 잘라버렸다.

에를렌뒤르는 사건 서류들을 훑으면서도 마리아의 목소리와 영매에게 한 그녀의 말을 떨쳐버릴 수가 없었다. 교령 의식은 오래전 일이 아니었다. 테이프에서 그녀는 어머니가 돌아가신 지 이 년밖에 안 됐다고 했다. 분명 영매를 찾아간 것도 처음이 아니었다. 그는 마리아가 어머니와 맺은 강력한 유대 관계를 곰곰이 생각해보았다. 확실히 흔치 않은 관계였다. 그들은 싱그바들라바튼 호수에서 아버지가 죽은 이후 더 가까워져 기쁠 때나 슬플 때나 서로를 지지해주었을 것이다. 마리아가 바닥에서 그 책을 발견한 것이, 그들이 사후 세계가 존재한다는 신호로 삼기로 한 책을 발견한 것이 우연 이상일 수 있을까? 아니면 다른 누가 개입했나? 마리아가 남편이든 누구든 다른 사람에게, 레오노라가 사망한 뒤 그 책이 책장에서 떨어지기 전 언젠가 어머니와의 약속을 이야기하고는 그만 잊어버렸던 걸까? 그녀가 자기도 모르게 책을 책장에서 옮겨놓고 제자리에 꽂지 않았던 건 아닐까? 알 수 없는 일이다. 녹음 내용은 어머니가 보내온 신호 때문에 영매를 찾아왔다는 마리아의 설명으로 끝났다. 그녀는 확인받고 싶어 했고, 가능하다면 어머니와 접촉하고 싶어 했으며, 어머니의 죽음을 받아들일 방법을 알고 싶어 했다. 자살은 마리아가 받아들이지 못했음을 암시했다. 되레 모든 상황이 결국 그녀를 벼랑 끝으로 밀어냈다는 뜻이다.

에를렌뒤르는 테이프를 들을까 말까 고민하던 순간 자신이 사로잡혔던 기이하고 강렬한 욕구를 해소하고 싶었다. 더 알고 싶었다. 스스로 목숨을 버린 여자에 대해, 그녀의 친구와 가족에 대해, 그녀의 삶이 별장의 올가미에서 끝이 나는 행로로 이어진 이유에 대해. 그는 사건의 기저에 가닿고 싶었다. 영매를 찾아내 추궁하고 싶었고, 싱그바들라바튼 호수에서 일어난 사건을 파헤치고 싶었고, 마리아가 어떤 사람이었는지 알아내고 싶었다. 그는 마리아에게 조심하라고, 그녀가 무슨 짓을 하는지 알지 못한다고 경고한 목소리에 대해 생각했다. 그 깊고 거친 목소리는 어디서 왔을까?

에를렌뒤르는 커피도 잊고 왜 이런 일에 시간을 낭비하고 있는지 모르겠다고 생각하며 부엌 식탁에 앉아 있었다. 이윽고 그의 생각은 아버지가 돌아가신 후 이 도시로 이사 와 지하방에 살던 어머니에게로 흘러갔다. 그녀는 생선 공장에서 전처럼 지칠 줄 모르고 부지런히 일했고, 에를렌뒤르는 정기적으로 어머니를 찾아가 만났다. 더러운 세탁물을 들고 갈 때도 간혹 있었다. 그녀는 아들에게 먹을 것을 내주었고, 그런 다음 함께 자리에 앉아 라디오를 듣거나 에를렌뒤르가 어머니에게 책을 읽어주었다. 그의 어머니는 끊임없이 뜨개질을 했다. 나중에 그에게 주려고 목도리를 떴던 것일지도 모른다. 그들에게 말은 별로 필요 없었다. 다정한 침묵으로 족했다.

아버지가 돌아가셨을 때 어머니는 아직 중년이었지만 삶에 남자는 더 없었다. 그녀는 혼자 지내는 것을 즐기고 있다고 했다. 그녀는 동부에 사는 친구들과 친척들, 그녀처럼 레이캬비크로 이사 와서 사는 예전 이웃들과 연락을 하며 지냈다. 아이슬란드는 변하고 있었다. 사람들은 시골을 떠났다. 아들에겐 도시에서 지내는 것이 전혀 외롭지 않다고 했지만 에를렌뒤르는 어머니에게 텔레비전을 가져다 드렸다. 그녀는 언제나 자립적이었고 뭘 해달라고 부탁하는 법이 없었다.

그들은 형용할 수 없을 만큼 충격적인 슬픔을 남기고 그들의 곁을 떠난 둘째 베르귀르에 대해서는 거의 얘기를 꺼내지 않았다. 간혹 베르귀르나 형제에 대해 누구나 할 수 있는 통상적인 말들은 했지만 어머니는 아들을 잃은 상실감은 얘기하는 법이 없었다. 그녀에게 그것은 스스로 감당해야 하는 문제였고, 에를렌뒤르는 어머니가 속을 숨기는 마음을 존중했다.

"돌아가시기 전에 네 아버지는 알고 싶으셨을 거야." 언젠가 한번 어머니가 말한 적이 있었다. 그들은 저녁나절 내내 거의 말없이 앉아 있었다. 에를렌뒤르는 매년 그 일이 있었던 날이면 어머니를 찾아갔다. 자기와 남동생이 아버지와 함께 눈보라 속에 갇혔던 날이었다.

"네." 에를렌뒤르가 대답했다. 그는 어머니의 말뜻을 알았다.

"우리가 알게 될 거라고 생각하니?" 아들이 가져온 책에서 눈을 떼며 그녀가 물었다. 그날 오후 그는 마침내 어머니에게 그 책을 보여줄 용기를 낸 참이었다. 그 일이 옳다는 확신은 없었다.

"모르겠어요. 오래전 일이니까요." 에를렌뒤르가 대답했다.

"그래, 오래전 일이지."

그녀는 계속해서 책을 읽었다.

"참 터무니없는 소리들이구나." 결국 그녀가 다시 책에서 눈을 떼며 말했다.

"네."

"나와 네 아버지 일에 다른 사람들이 무슨 상관이라니? 다른 사람들이 대체 무슨 상관이야?"

그는 대답하지 않았다.

"다른 사람들이 읽지 않았으면 좋겠다."

"그게, 우리는 막을 수가 없으니까요."

"이 사람이 너에 대해 말하는 건 또 어떻고."

"전 신경쓰지 않아요."

"출간된 지는 얼마 안 됐니?"

"네, 시리즈 셋째 권이에요. 마지막 권이죠. 크리스마스 직전에 나왔어요. 책을 쓴 사람을 아세요? 이 다그뱌르트뒤르라는 사람?"

"아니, 동네 사람들에게 얘기를 들었나 보구나."

"네, 동의해요. 대단히 세세한 설명 대부분이 맞더라고요."

"이 사람은 네 아버지와 나를 두고 이렇게 적을 권리가 없어."

"당연하죠."

"공정하지 못해."

"알아요."

"어디서 이런 얘길 들었다니?"

"몰라요."

어머니는 책을 덮었다.

"다 허튼소리야. 다른 사람들이 읽지 않았으면 좋겠다." 그녀가 재차 말했다.

"네."

"아무도." 그녀가 책을 도로 건네며 말했다. 그는 어머니가 눈물을 참는 모습을 보았다. "그 사람 잘못이라고 하다니, 누가 잘못해서 벌어진 일이라고 하다니. 터무니없는 소리!"

에를렌뒤르는 책을 건네받았다. 보여드리지 말았어야 했는지도 몰랐다. '에스키피외르드뒤르헤이디 황야의 비극'이라는 제목이 붙은 장章만큼은 마음의 준비를 하게 했어야 했는지도. 그는 다른 사람에게는 그 글을 보여줄 마음이 없었다. 어머니가 옳았다. 사람들이 주목하게 할 내용이 아니었다.

형제가 겪은 시련에 관한 이야기가 포함된 책이 출간된 그해 겨울, 에를렌뒤르의 어머니는 유행성 독감에 걸렸다. 일에 파묻혀 있다 보니 에를렌뒤르는 알지 못했고, 그녀는 아들에게 어떠한 불편도 끼치고 싶어 하지 않았다. 그녀는 완전히 회복하기 전에 일터로 돌아갔고, 재발로 고생하다 다시 자리보전을 하게 됐을 때는 상태가 심각했다. 그녀가 결국 에를렌뒤르에게 연락을 해 왔을 때, 그녀는 살아 있다기보다 죽어 있다고 하는 편이 맞을 지경이었다. 감염된 바이러스가 심장에 치명적인 영향을 끼쳤다. 어머니를 입원시키기는 했지만 병원에서 할 수 있는 일은 거의 없었다. 세상을 떴을 때 그녀는 겨우 육십 대 초반이었다.

에를렌뒤르는 커피를 한 모금 넘겼다. 벌써 다 식어 있었다. 그는 자리에서 일어나 거실로 들어가 책장에서 그 세 번째 권을 뽑아 들었다. 오래전 어머니가 읽었던 바로 그 책이었다. 어머니는 그 책의 작가 때문에 마음이 상한 건 물론이고, 작가가 그들을 두고 가혹한 글을 썼다고 여겼다. 에를렌뒤르도 동의했다. 설령 담긴 내용이 사실이든 아니든 그 책은 당사자 아닌 다른 누가 입을 보태서는 안 될 지점에서 사건을 단정짓고 있었다. 신드리와 에바는 그 책의 존재를 알고 있었지만 에를렌뒤르는 자식들에게 책을 보여주기를 꺼렸다. 아버지를 위해서였을 것이다. 어쩌면 어머니의 반응 때문이었는지도 모른다.

그는 책을 책장에 도로 꽂았다. 그라바르르보귀르에 살던 여자가 얽힌 수수께끼가 다시금 그를 괴롭혔다. 그녀를 올가미로 몰고 간 것은 무엇이었을까? 그녀의 아버지가 죽은 날 싱그바들라바튼 호수에서는 무슨 일이 있었던 것일까? 그는 더 알고 싶었다. 그러나 자기가 사사로이 파헤치는 수사가 될 터인 만큼 의심을 사지 않도록 조심스럽게 접근해야 했다. 다른 사건들처럼 사람들을 만나고 추론을 해야 할 것이기에, 탐색하고 다니는 이유는 거짓말을 해야 할 터였다. 가공의 임무를 만들어내지 않으면 안 됐다. 그러나 어차피 썩 자랑스럽게 내세울 수 없는 일이 이번이 처음은 아니었다.

에를렌뒤르는 왜 이 여자가, 그녀의 아버지 또한 차가운 최후를 맞이한 호숫가에서 잔인하고 외로운 운명을 맞이해야 했는지 까닭을 알고 싶었다.

책이 펼쳐진 부분에 있는, 하늘에 대한 문장은 의미심장했다.

영매와의 만남은 그녀에게 힘을 실어주었다. 그녀는 어머니가 책장에서 '스완네 집 쪽으로'를 꺼내 신호를 주었다고 확신했다. 다른 설명은 상상할 수 없었고, 그 영매, 더없이 친절하고 더할 나위 없는 이해심을 갖춘 남자는 그녀의 생각에 동의하는 것 같았다. 그는 직접적으로든, 꿈을 통해 간접적으로든, 심지어 가장 가깝고 소중한 사람들이 아니라 다른 사람들의 꿈으로든, 세상과 접촉을 시도하는 망자들과 관련한 유사 사례들에 대해 들려주었다.

마리아는 영매에게 어머니가 죽고 몇 달이 지났을 때부터 너무도 생생한 유령을 보기 시작했다는 말을 하지 않았다. 그녀는 어둠을 극도로 두려워했지만 유령은 무서워하지 않았다. 어머니는 침실 문간이나 층계참에 서 있거나 생전처럼 부엌 의자에 앉아 있곤 했다. 그녀가 집밖에 있을 때도, 가게 쇼윈도에 희미한 그림자로 비치거나 인파 속에서 사라져가는 얼굴로 나타나곤 했다.

처음에 환시는 긴 시간 유지되지 않았다. 한순간 보이는 것에 불과하다가 더 오래 보이고 생생해져갔다. 아버지가 죽고 나서 경험했듯이 마리아는 어머니의 존재감을 점점 더 강렬하게 느끼게 됐다. 그녀는 슬픔이 만들어내는 비슷한 종류의 환영에 관한 책을 읽어나갔고, 상실감과 죄의식과 만성적 불안 등의 감정이 환시를 불러낼 수 있다는 것을 알았다. 또한 그 현상을 연구한 결과들에 따르면 결국 그녀 자신의 마음, 내면의 눈이 환시를 보여주는 것이라는 사실도 깨달았다. 어쨌거나 교육받은 여성인 그녀는 유령을 믿지 않았다.

그러나 그녀는 가능한 한 모든 길을 열어두고 싶었다. 그녀는 인류의 모든 문제를 과학이 풀어낼 수 있다고 더이상 확신하지 않았다.

시간이 흐를수록 그녀는 자신이 보는 환시가 고통으로 억압받는 마음이 만들어낸 심리적 망상 이상의 무엇이라고 강력하게 믿었다. 어느 순간 너무 현실 같아진 환시는 과학적으로 설명될 수 없는 것이라고 해도 틀림없이 또 다른 세계에서 온 것이라고 생각되었다. 조금씩 그녀는 또 다른 세계가 존재할지도 모른다고 믿었다. 스스로의 설득에 못 이겨 그녀는 어머니가 읽었던 책들을 다시금 탐닉했다. 임사 체험과 체험을 한 사람들이 본 황금빛과, 빛에 담긴 사랑, 빛 속의 성스러운 형체와 빛을 향해 나 있는 어두운 터널 속 무중력상태를 다루는 책들이었다. 겪고 있는 고통을 토로하고 도움을 구하는 대신, 그녀는 내적 논리와 상식을 이용해 현재 상황을 분석해내려 했다.

이 년 남짓을 그렇게 보냈다. 환시는 시간이 지나자 잦아들었고 그녀가 프루스트에 대해 갖고 있던 집착도 희미해졌다. 어머니가 살아 있을 때와 똑같아질 수 없다는 것은 알았지만, 그녀의 삶은 차차 안정을 되찾아갔다. 그러던 어느 날 아침 그녀는 일찍 일어나 우연히 그 책장을 힐끗 보면서 지나쳤다.

변한 것은 아무것도 없었다.

그렇게 생각했다. 그런데…….

그녀는 다시 책장을 보았다.

제1권이 없어진 것을 알았을 때 그녀는 현기증을 느꼈다. 가까이 다가가자 '스완네 집 쪽으로'가 바닥에 펼쳐져 놓여 있는 것이 보였다.

감히 책에 손을 댈 생각은 못 하고, 그녀는 허리를 숙여 펼쳐진 페이지를 읽었다.

이제 숲은 검건만,

아직 하늘은 푸르러…….

9

시귀르뒤르 올리는 기침을 콜록거리고 휴지에 코를 힝힝 풀어대며 일터에 복귀했다. 그는 아직 빌어먹을 독감을 떨쳐내지는 못했지만 더이상 집안에만 죽치고 있을 수는 없었다고 했다. 가을 찬바람이 부는데도 그는 새로 구입한 연한 색 여름 코트 차림이었고, 그날 아침 새벽이 밝자마자 헬스클럽과 이발소에 다녀온 참이었다. 에를렌뒤르와 마주친 그는 여전히 유행성 바이러스에 덜미를 붙잡혀 있는데도 평상시처럼 팔팔해 보였다.

"다 잘 굴러가고 있습니까?" 그가 물었다.

"몸은 어떤가?" 에를렌뒤르는 짜증나는 말을 무시하면서 되받아 물었다. 시귀르뒤르 역시 그 말이 언제나 그의 신경을 긁는다는 걸 모르지 않았다.

"그렇죠, 뭐. 사건은 어때요?"

"똑같지, 뭐. 그녀와는 다시 합칠 계획인가?"

독감에 걸리기 전에도 에를렌뒤르가 시귀르뒤르 올리에게 했던 질문이었다. 그는 시귀르뒤르의 아내인 베르그소라를 좋아했고 그들의 결혼 생활이 실패로 돌아간 것을 안타까이 여겼다. 짧게나마 시귀르뒤르와 별거 이유에 대해 얘기를 나눈 적이 있었는데, 그때 에를렌뒤르는 부부에게 모든 희망이 사라진 것은 아니라는 인상을 받았다. 그러나 처음 질문했을 때도 지금도 시귀르뒤르 올리는 아무 대답도 하지 않았다. 그는 에를렌뒤르가 참견하는 것을 참을 수 없어 했다.

"실종 사건에 아직도 매달리고 있다고 들었는데요." 그는 이렇게 말하고 모퉁이를 돌아 사라졌다.

평소보다 할 일이 적어서 에를렌뒤르는 거의 삼십 년 전에 시간차가 별로 없이 발생한 세 건의 실종 사건 파일을 꺼내어 책상에 펼쳐 놓았다. 그는 젊은 여자의 부모를 또렷이 기억했다. 딸이 실종됐다는 신고가 들어온 지 두 달 후 그는 부모를 방문했다. 수색대가 결과를 전혀 내놓지 못할 때였다. 그들은 아퀴레이리에서 레이캬비크로 와, 잠시 집을 비운 친구 집에 머무르고 있었다. 에를렌뒤르는 딸이 실종되고 난 뒤 그들이 그야말로 지옥을 경험하고 있음을 알 수 있었다. 여자는 초췌해 보였고 남자는 눈 밑이 검고 수염이 텁수룩했다. 그들은 손을 맞잡고 있었다. 에를렌뒤르는 그들이 상담사를 만나본 것도 알고 있었다. 딸에게 벌어진 일에 대해서 자기들 탓을 했던 것이다. 그들은 자기들이 너무 오래 여행을 갔고 가끔씩만 딸과 연락을 한 것이 화근이라고 생각했다. 오래전부터 아시아에 가보는 게 꿈이었던 그들은 마침내 중국과 일본을 여행하고 몽고까지 들어갔다. 딸과 마지막으로 연락한 것은 베이징에서 열악한 호텔 전화를 통해서였다. 전화를 할 수 있기까지 한참 전부터 예약을 하고 기다려야 했다. 연결 상태가 좋지 않았지만, 딸은 문제없이 잘 지내고 있으며 여행하는 동안 무슨 일이 있었는지 남김없이 들을 날을 고대하고 있다고 했다.

에를렌뒤르가 만나러 갔을 때 여자가 낮은 목소리로 말했다. "그게 그 아이 목소리를 마지막으로 들은 거였어요. 그로부터 이 주가 지나서야 귀국했는데 딸은 사라져버린 후였지요. 덴마크 코펜하겐에 도착했을 때나 케플라비크 공항으로 귀국했을 때도 전화를 걸어봤지만 받지 않았어요. 집에 가보니 온데간데없었고요."

그녀의 남편이 덧붙여 말했다. "유럽으로 돌아오기 전까지 제대로 된 전화도 할 수 없었습니다. 상황이 허락했을 때는 전화를 받지 않았고요."

에를렌뒤르는 고개를 끄덕였다. 이름은 귀드룬이고 애칭은 두나인 그들의 딸을 찾기 위해 광범위한 수색이 진행되었지만 별 성과가 없었다. 경찰이 친구들과 동기들과 친척들을 면담했지만 누구도 그녀의 실종에 대해 납득할 만한 설명은커녕 짐작조차 내놓지 못했다. 경찰은 레이캬비크의 해변과 인근 지대를 샅샅이 뒤졌다. 고무보트를 탄 잠수부 팀들이 해안을 탐색하고 바닷속을 훑었다. 그녀가 몰고 다니던 오스틴 미니를 본 사람도 없었다. 레이캬비크 전역과 북부 아퀴레이리로 이어지는 길과 모든 주요 도로들을 다 수색했는데도 단서는 전혀 나오지 않았다.

그녀의 아버지가 말했다.

"평범한 낡은 고물차입니다. 아주 낡았지요. 북부에 있을 때 딸아이가 직접 구입했습니다. 운전석 문만 열렸어요. 조수석 쪽 문은 열 수 없었고 창문 내리는 손잡이도 망가진데다 트렁크까지 열리지 않았지만, 딸아이는 그 차를 좋아해서 어디를 가든 몰고 다녔습니다."

그들은 딸의 취미에 대해 얘기했다. 그중 하나가 호수 연구였다. 생물학 공부를 하는 그녀는 호수나 수중 생명체에 특별한 관심을 갖고 있었다. 이 점을 고려해 레이캬비크와 아퀴레이리와 다른 북부 지역으로 이어지는 도로 인근의 호수를 망라해 그녀를 찾으려 애썼지만 모든 노력은 수포로 돌아갔다.

에를렌뒤르는 파일에서 눈을 뗐다. 그는 현재 그 부부가 사는 곳을 알지 못했다. 아직 아퀴레이리에 거주하고 있을 것이다. 이제 둘 다 칠십 대가 되었을 텐데, 은퇴 생활을 즐기고 있기를 바랐다. 그들은 처음 몇 년 동안은 자주 연락을 취해왔지만 그러지 않은 지가 벌써 오래되었다.

그는 또 다른 파일을 집어 들었다. 니아르드비크 출신의 젊은 남자의 실종은 설명이 보다 명백해 보였다. 그는 가벼운 차림으로 한 마을에서 다른 마을로 걸어갔다. 거리는 짧았지만 심한 눈보라가 몰아쳐 그가 죽는 결과로 이어진 것 같았다. 십중팔구 바다 쪽으로 비틀거려 파도에 쓸려갔을 것이다. 사람들 말로는 술도 과하게 마셨다고 하니, 자기 보호 능력에 이상이 생겼을 게 틀림없다. 판단력과 힘과 정신력 모두 무뎌졌을 것이다. 다음날부터 지역 구조팀과 젊은 남자의 가족과 친구들은 가르드스카기 등대에서 알프타네스에 이르기까지 해안 지대 전체를 샅샅이 뒤졌다. 젊은 남자의 자취는 찾을 길이 없었다. 극심한 기상 악화로 수색마저 거듭 연기되었다. 그를 찾기 위해 쏟은 노력은 결국 헛수고로 끝났다.

에를렌뒤르는 마리아의 친구인 카렌에게 연락해, 사무실에 두고 간 테이프를 들었다고 했다. 아주 긴 대화를 나누는 사이 카렌은 마리아를 아는 몇몇 지인들의 이름을 말해주었다. 에를렌뒤르에게 사건을 조사하는 이유를 묻지는 않았지만 그녀는 내심 기뻐하는 듯했다.

카렌이 언급한 사람들 가운데 잉그바르라는 남자가 있었다. 에를렌뒤르는 그를 찾아가보기로 했다. 그는 호의적이었고 에를렌뒤르가 마리아에 관해 이런저런 질문을 하는 이유를 묻지 않았다. 어느 늦은 오후, 차디찬 소나기가 도시를 후려칠 때 남자를 만났다. 에를렌뒤르는 경찰이 북유럽 국가들과 공조해 자살에 대한 광범위한 연구를 진행하고 있는데 거기에 참여하고 있다고 말했다. 순전히 거짓말은 아니었다. 북유럽 국가들의 사회복지부 관할하에 실제로 진행되는 연구였다. 경찰은 연구 자료를 제공하는 역할을 했다. 스웨덴 보고서는 연구의 최종 목적이 자살 문제의 근원을 찾아내는 것이라고 밝혔다. 자살을 야기한 이유, 자살자의 연령과 성별과 사회 계급에 따른 분포도, 기타 공통 요인들을 분석하는 것이 연구 방법이었다.

잉그바르는 에를렌뒤르가 능숙하게 둘러대는 거짓말을 주의깊게 들었다. 육십 대인 그는 마리아의 아버지인 마그누스의 벗이자 가족끼리도 오래전부터 아는 사이였다. 그는 수동적이라기보다 차분한 사람 같았다. 마리아의 소식을 전해 듣고는 당연히 충격에 휩싸였으며, 그가 아름다웠다고 묘사한 장례식에도 참석했다. 젊은 여자가 자살이라는 최후의 수단에 자신을 내맡겨야 했다니 이해할 수 없는 일이라고 했다.

"물론 그 아이가 심적 고통이 심했다는 것은 알고 있었지만 말이오."

에를렌뒤르는 남자가 건넨 커피를 몇 모금 홀짝이고는 커피잔을 내려놓으며 말했다.

"아버지의 죽음에 충격이 컸다고 들었습니다만."

"말해 뭣하겠소. 몹시 컸지요. 어떤 자식도 그런 시련을 겪어서는 안 되는데 말입니다. 그 아이는 전체 과정을 다 목격했으니까요."

에를렌뒤르가 고개를 끄덕였다.

"마그누스와 레오노라는 결혼 직후에 그 별장을 샀어요. 종종 나와 이제 하늘나라에 있는 내 아내 요나를 초대해서 주말을 같이 보내곤 했고요. 마그누스는 보트에서 시간을 많이 보냈지요. 낚시에 미쳐 있었거든요. 한번 시작했다 하면 며칠이고 계속 빠져 있기도 했고. 나도 가끔 동행했다오. 마리아에게도 흥미를 느끼게 해주려고 했는데 그 앤 아버지와 같이 가려 하지 않았어요. 레오노라도 마찬가지였고. 그 사람은 마그누스의 낚시 여행에는 절대 따라가지 않았으니까."

"그러니까 여자분들은 그분과 함께 보트에 타고 있지 않았다는 말씀입니까?"

"물론이오, 마그누스는 혼자였어요. 사건 보고서를 보면 아실 게요. 당시만 해도 사람들은 굳이 신경써서 구명조끼를 갖춰 입거나 하지 않았어요. 마그누스가 호수에 나갔을 때도 보호 장비라곤 전혀 없었지요. 내 기억에 보트에 구명조끼 두 벌이 있었는데 항상 필요 없다고 말하더니만 마그누스가 보트 보관 창고로 치웠더군요. 대개는 멀리 나가지도 않았으니까. 호숫가를 떠나는 경우가 거의 없었지요."

"그날은 평소보다 멀리 나간 겁니까?"

"그렇소, 그랬다오, 그랬다고 들었어요. 때아니게 추운 날이었지요. 이맘때쯤, 가을이었고."

잉그바르는 침묵에 휩싸였다. 그리고 잠시 심란해진 듯 덧붙여 말했다.

"그 일로 절친한 친구를 잃었소."

"견디기 힘든 일이었겠습니다."

"그 친구 보트에는 선외 모터가 달려 있었어요. 경찰에게 나중에 들었는데, 모터에서 프로펠러가 떨어져나가 조종할 방법이 없어지는 바람에 보트가 서버렸다고 하더군요. 노는 없고 엔진을 건드려보려다 마그누스가 물속에 빠진 거지요. 체중이 꽤 나갔고 끽연가였던데다 운동도 하지 않던 친구였으니 도리가 없었을 게요. 레오노라 말로는 바람이 거셌다고 하더군요. 스칼드브레이뒤르

산에서 불어온 차가운 돌풍에 물살이 거세게 휘몰아쳤고 마그누스는 순식간에 물속으로 가라앉았어요. 싱그바들라바튼 호수는 이맘때쯤 얼어붙기 시작하죠. 누가 그 물속에서 몇 분 넘게 버틸 수가 있겠소."

"동감입니다."

"레오노라 말로는 보트가 호숫가에서 150미터 이상 떨어져 있지 않았다더군요. 그들은 무슨 일이 벌어졌는지 알지 못했어요. 다만 마그누스가 물속에 빠진 게 보였고, 비명이 들리다가 곧 들리지 않게 된 거지요."

에를렌뒤르는 거실 창밖에 잠시 시선을 주었다. 도시의 불빛이 빗속에 번들거렸다. 오가는 차량들이 점점 많아지고 있었다. 차소리가 집안을 우르릉 흔들고 지났다.

"당연히 그 친구의 죽음은 아내와 딸에게 참담한 충격을 안겼소. 레오노라는 재혼을 하지 않았어요. 그녀와 마리아는 평생 같이 살았지요. 그 아이가 결혼을 하고 나서도 그랬고. 그 아이 남편은 의사인데, 모녀가 사는 집으로 들어와 살았소."

"독실한 신자인 것도 알고 계십니까? 그 모녀 말입니다."

"레오노라는 싱그베들리르 별장에서 남편이 죽은 충격을 종교를 통해 얼마간 다스렸다오. 종교는 레오노라는 물론이고 마리아에게도 분명 도움이 되었을 거요. 마리아는 작은 천사 같은 아이였어요. 레오노라는 딸 때문에 속 한번 상한 적이 없지요. 그리고 마리아는 사람 괜찮아 보이는 그 의사를 만났죠. 잘 안다고 할 수는 없지만 그 사람과 마리아가 죽고 나서 얘기를 해봤는데, 우리처럼, 그 애를 알았던 우리 모두와 같이 마음을 많이 다쳤더군요."

"마리아 씨는 역사를 전공했죠." 에를렌뒤르가 짚었다.

"그랬지요. 과거에 관심이 많았어요. 독서를 많이 했소. 어머니를 많이 닮았지."

"특별히 어떤 쪽이었는지 아십니까?"

"아뇨, 그런 건 알지 못하오."

"종교사宗教史를 연구했을 가능성이 있다고 보십니까?"

"글쎄, 어머니가 죽고 나서 사후 세계에 관심이 커졌다는 것은 이해할 만하지요. 심령주의에도 심취했고. 죽음 이후의 삶이라든가 하는 생각 말이오."

"마리아 씨가 혹시 영매나 심령술사를 찾아간 적이 있는지 아십니까?"

"모릅니다. 그런 건 아는 바가 없어요. 그랬더라도 나한테 얘기한 적은 없고. 남편에게는 물어보셨소?"

"아뇨. 그냥 생각나서 여쭤봤습니다. 선생님께서 보시기에는 어땠습니까? 마리아 씨가 굉장히 우울해했나요? 그런 선택을 할지도 모른다는 생각이 드신 적이 있습니까?"

"아뇨, 없어요. 몇 차례 만나기도 했고 전화 통화도 한 적이 있지만 생각지도 못했어요……. 사실 정반대였지. 상태가 좋아지나 보다 싶었으니까. 마지막으로 대화를 나눈 것이 그 아이가…… 그 아이가 죽기 며칠 전이었소. 전보다 결단력 있게 느껴졌다고나 할까, 보다 낙관적으로 느껴졌다고나 할까, 그랬거든. 호전의 기미를 감지했다고 생각했는데 이제 보니 그럴 때도 그렇게 느껴질 수 있나 보군요."

"뭐가 말입니까?"

"그 아이와 같은 고민을 하던 사람들이 결정을 마치면, 기력을 찾는 것처럼 보이는 거죠."

"어린 시절에 싱그베들리르에서 그 사건을 목격한 것이 마리아 씨에게 어떤 영향을 끼쳤을 거라고 생각하십니까?"

"글쎄요, 당연히 당사자 입장은 되어볼 수 없겠고. 마리아의 경우에는 사고 후 어머니에게 매달려 모든 힘과 위안을 얻었지요. 레오노라는 처음 몇 달 몇 년 동안은 딸에게서 눈을 떼는 법이 거의 없었고요. 물론 그런 사건은 지대한 영향을 끼치고 평생 마음에 남지만."

"네, 그리고 두 사람은 같이 그분을 애도했습니다."

잉그바르는 침묵했다.

"모터가 작동을 멈춘 이유를 아십니까?" 에를렌뒤르가 물었다.

"아뇨, 프로펠러가 떨어져나갔다는 소리를 들었을 뿐 달리 아는 바는 없소이다."

"그래서 모터를 고치려고 했던 것일까요?"

"마그누스 말이오? 아니오, 그 친구는 그런 일은 아는 바가 없는 사람이었소. 내가 아는 한 평생 엔진을 만져보지조차 않았어요. 마그누스에 대해 더 알고 싶다면 그 누나인 크리스틴하고 얘기를 해보시는 게 어떨지. 형사님에게 도움이 될지도 모르지요. 만나보시구려."

그날 늦게 에를렌뒤르는 마리아의 오래전 학교 친구를 만나러 갔다. 이름은 요나스, 지금은 제약 회사의 재무 관리자로 재직중인 남자였다. 요나스의 사무실은 널찍했다. 그는 맞춤 양복을 완벽하게 차려입고 요란한 노란색 타이를 매고 있었다. 키가 크고 마른 에를렌뒤르의 상태를 말하자면 사흘 동안 수염도 깎지 않았지만 시귀르드뒤르 올리 정도는 아니었다. 약속을 잡기 위해 에를렌뒤르가 전화했을 때, 요나스는 학교 친구의 자살 사건을 조사한다는 것에 약간 놀라움을 표하며 자신과 무슨 상관이 있는 일인지 당황스러워했지만 불편한 질문은 하지 않았다.

에를렌뒤르는 요나스가 꼭 받아야 하는 전화라고 설명한 통화가 끝날 때까지 기다렸다. 추측하기로 외부에서 생긴 급박한 문제 같았다. 장식장에 여자와 세 아이의 사진이 보였다. 가족일 터였다.

"마리아에 대해 제가 들은 내용이 사실인가요? 자살을 했다고요?" 마침내 수화기를 내려놓은 요나스가 물었다.

"그렇습니다." 에를렌뒤르가 대답했다.

"믿을 수 없는 일이네요."

"마리아 씨와는 대학에서 만난 사이시지요?"

"삼 년 만났습니다. 이 년은 대학 진학 예비 학교에서였고 일 년은 대학 시절이었죠. 그녀는 역사를 전공했습니다, 아시겠지만 그쪽 연구에 관심이 많았어요."

"동거는……?"

"마지막 일 년은 같이 살았습니다. 그러다 제가 질리고 말았죠."

요나스는 말을 멈추었고 에를렌뒤르는 기다렸다.

"그게 그러니까, 그녀의 어머니가…… 직설적으로 말하자면, 굉장히 간섭이 심했습니다. 이상하게도 마리아는 그게 전혀 이상하다고 보지 않았고요. 저는 그라바르보귀르 만 근처에 있는 그녀의 집으로 들어갔다가 관계를 다 포기해버리고 말았습니다. 그녀의 안중에는 어머니밖에 없는 것 같았고, 저는 마리아가 온전히 제 사람이라는 생각이 들지 않았어요. 얘기를 해봤지만 마리아는 이해하지 못했습니다. 그녀는 어머니와 함께 살고 싶어 했고, 그건 변치 않았어요. 심하게 다투다가 결국 더이상 견딜 수 없어서 그 집을 나왔습니다. 마리아가 저를 그리워했을까요? 그건 모르겠습니다. 그후로 거의 보지 못했거든요."

"후에 결혼을 했습니다." 에를렌뒤르가 말했다.

"네. 의사라던가, 그렇죠?"

"아시는 걸 보니 연락을 완전히 끊은 것은 아니었군요?"

"그게, 우연히 들었는데 놀라지는 않았지요."

"헤어진 후에 만나신 적이 있습니까?"

"우연히 두세 번 정도 봤습니다. 파티 같은 데서요. 별일은 없었어요. 마리아는 대단한 여자였거든요. 그녀가 그런 식으로 인생을 끝냈다니 정말이지 끔찍한 일입니다."

에를렌뒤르의 주머니에서 휴대전화가 울리기 시작했다. 그는 양해를 구하고 전화를 받았다.

"이쪽은 준비가 됐어요." 수화기 너머로 에바 린드의 목소리가 들렸다.

"무슨 준비?"

"만날 준비요."

"누가?"

"어머니요. 엄마는 만날 준비가 됐어요. 만나겠다고 했어요."

"지금 면담중이다." 에를렌뒤르가 노란색 타이를 톡톡 두드리며 기다리는 요나스를 곁눈질하며 말했다.

"안 하겠다는 거예요?" 에바 린드가 물었다.

"나중에 얘기해도 되겠니? 면담중이라니까."

"좋다 아니다 대답만 하면 되잖아."

"나중에 얘기하자."

그는 전화를 끊었다.

"죽음이 마리아 씨에게 어떤 특별한 의미를 지니고 있었습니까? 깊이 생각해오던 주제가 있었는지 기억하십니까?" 에를렌뒤르가 물었다.

"글쎄요, 모르겠습니다. 죽음을 놓고 대화해본 적이 없어요. 그때만 해도 둘 다 어렸으니까요. 하지만 마리아는 언제나 어둠을 무서워했어요. 마리아와 사귀던 시절을 떠올릴 때 가장 먼저 생각나는 거죠. 그녀가 어둠을 절대적으로 무서워했다는 것. 마리아는 해가 지고 나면 집에 혼자 있지 못했어요. 어머니와 살고 싶어 했던 또 다른 이유이기도 했을 겁니다. 하지만……."

"말씀하십시오."

"어둠을 무서워하긴 했지만, 아니 그 때문이었는지도 모르겠네요. 마리아는 유령 이야기를 좋아했어요. 비슷한 종류의 이야기는

다 좋아했습니다. 욘 아르나손의 민화 같은 것들요. 유령처럼 말도 안 되는 것들을 다루는 호러 영화를 가장 좋아했는데 잘 보고 나서는 저녁마다 무서워서 잠을 못 이뤘죠. 그녀는 혼자 있을 수 없는 사람이었어요. 언제나 누군가 같이 있어줘야 했죠."

"그렇게 두려워한 것이 뭡니까?"

"저야 모르죠. 저는 딴판으로, 그런 것에 전혀 신경쓰지 않았거든요. 저는 어둠을 무서워한 적이 없습니다. 제가 그녀의 말을 제대로 들어줬던 것 같진 않아요."

"하지만 분명 무언가를 두려워했다는 말씀입니까?"

"네, 분명 그래 보였어요."

"마리아 씨는 감각이 예민한 사람이었습니까? 주변에 있는 것들에 대한 반응은 어땠습니까? 뭔가가 눈에 잘 보인다거나 잘 들리는 사람이었나요? 마리아 씨가 어둠을 두려워했던 건 스스로의 경험이나 지식 때문일까요?"

"그런 것 같지는 않아요. 하지만 가끔씩 잠에서 깨어, 마치 뭔가 보인다는 듯이 침실 문을 뚫어져라 바라보곤 했습니다. 오래 그러지는 않았어요. 꿈을 꾸고 나서 잔상이 남았던 게 아닐까 싶습니다. 그녀는 뭐였는지 설명하지 못했습니다. 인간의 형상을 보았다고 생각할 때도 있었지요. 자다 깰 때는 언제나 그랬어요. 모두 그녀의 상상의 산물이었죠."

"그 형상들이 마리아 씨에게 말을 건 적도 있습니까?"

"아뇨. 말씀드린 것처럼, 그냥 꿈을 꾼 거였다니까요."

"아까와 같은 맥락에서 마리아 씨의 아버지에 대해 여쭤보는 것은 의미가 있을까요?"

"물론이죠. 그분도 그 가운데 하나였으니까요."

"마리아 씨가 본 것들 중 하나 말입니까?" 에를렌뒤르가 확인했다.

"네."

"같이 지내실 때 마리아 씨가 심령 모임에 나갔었나요?"

"아뇨."

"만약 그랬다면 선생께서 알았을까요?"

"네, 그녀는 그런 데 나가지 않았어요."

"어둠에 대한 두려움은 어떤 행동으로 나타났습니까?"

"아, 흔한 일들 있잖습니까, 왜. 그녀는 세탁기가 있는 지하실에 혼자 내려가지 못했어요. 부엌에도 혼자 들어가는 경우가 드물었고요. 언제나 불을 다 켜놓았어요. 저녁에 집안을 돌아다닐 때면 제 목소리가 들려야 했고요. 특히 밤늦게는 더욱더. 제가 외출하거나, 밤에 함께 있을 수 없는 상황을 좋아하지 않았어요."

"그 문제로 마리아 씨가 뭐든 도움을 받은 적이 있습니까?"

"도움요? 아뇨. 그런 문제는 도움을…… 어둠을 두려워하는 문제에 도움을 받을 수가 있나요?"

에를렌뒤르로서도 알 수 없었다. "글쎄요. 심리학자 같은 사람이 도울 수 있을지도 모르죠."

요나스가 단언했다.

"아뇨. 안 그랬습니다. 제가 함께 지내는 동안에는 그러지 않았어요. 남편에게 물어보면 또 어떨지 모르겠네요."

에를렌뒤르는 고개를 끄덕였다.

“협조해주셔서 감사합니다.” 그가 자리에서 일어나며 말했다.

“별말씀을.” 요나스가 자그마한 손으로 또다시 노란색 타이를 쓸어내리며 말했다.

10

실종된 아들의 소식을 듣기 위해 노인이 경찰서로 찾아왔던 일은 에를렌뒤르의 머릿속을 줄곧 떠나지 않았다. 노인을 위해 뭔가 해줄 수 있기를 애타게 바랐지만, 실상 그가 할 수 있는 일은 없다시피 했다. 벌써 오래전에 보류되어 미결 실종 사건으로 남겨진 사건이다. 가장 가능성 높은 설명은 자살이었다. 에를렌뒤르가 이 가능성을 두고 논의해보려 했지만 노부부는 귀를 닫았다. 아들은 평생 그런 생각을 품어본 적이 없으며 비슷한 일을 시도한 적조차 없다고 했다. 아들은 행복하고 쾌활한 아이라 스스로 목숨을 끊는 일 따위 꿈엔들 생각해보지 않았을 것이라고 했다.

부모의 의견은 에를렌뒤르가 당시 만나본 친구들의 견해와도 일치했다. 그들은 터무니없는 소리라고 일축하면서 다비드의 자살 가능성을 부인하고 나섰다. 그러나 사건의 실마리를 제공할 만한 다른 가능성을 제시해준 것은 아니었다. 다비드는 자신에게 해를 입힐지도 모르는 부류의 친구들과 어울리는 모습이 상상조차 되지 않는 사람이었다. 대학 진학 예비 학교의 가을 학기를 마치고 절친한 친구 둘과 함께 대학에 입학해 법학 공부를 할 지극히 평범한 젊은이일 뿐이었다.

지금 에를렌뒤르는 그 친구 가운데 하나인 소르스테인의 사무실에 앉아 있었다. 그들이 실종된 젊은이를 두고 마지막으로 얘기를 나눈 것이 몇십 년 전 일이었다. 소르스테인은 법학 학위를 딴 후 대법원 국선변호인으로 임명되었으며, 지금은 동업자 둘과 함께 규모가 제법 되는 법률사무소를 운영했다. 이십 대 초반에 비해 몸이 상당히 붇고 머리카락은 거의 빠졌으며, 피곤해서인지 눈밑이 처져 있었다. 에를렌뒤르는 삼십 년쯤 전에 만났던 젊은이를 떠올렸다. 이제 막 인생의 무대로 뛰어들려는 준비를 하던 호리호리하고 근육질이었던 청년이었는데, 지금은 그 흔적만을 간직한 지친 중년 남성이었다.

"다시 오셔서 다비드에 대해 물으시는 연유가 뭡니까? 무슨 소식이라도 있나요?" 변호사는 이렇게 묻고 나더니 버저를 눌러 비서를 부르고는 아무도 들이지 말라고 지시했다. 비서는 미소를 머금은 중년 여성이었다. 에를렌뒤르가 아까 복도에서 마주쳤던 사람이었다.

마리아의 전 남자친구를 만난 것이 이틀 전이었다. 엘린보르그는 에를렌뒤르가 하는 일 없이 오래된 실종 사건에만 시간을 낭비하고 있다고 불평했다. 에를렌뒤르는 자기에 대해서는 염려 말라고 했다. 엘린보르그가 응수했다. "상대가 잘못됐네요. 납세자들의 혈세 걱정을 하는 거라면 몰라도."

"아뇨, 아무 소식 없습니다." 에를렌뒤르가 소르스테인의 질문에 답하여 말했다. "그 아버지 되시는 분의 건강 상태가 좋지 않습니다. 그래서 뭔가 해보려면 지금이 돌아가시기 전 마지막 기회라는 생각이 들어서 말이지요."

"가끔 그 친구 생각이 납니다. 다비드와 전 절친한 사이였죠. 그 친구에게 무슨 일이 일어난 건지 알 수 없다는 현실이 슬퍼요. 아주 슬픈 일입니다."

"저희로서도 할 수 있는 일은 다 했지만요."

"그건 의심하지 않습니다. 형사님이 각별한 노력을 기울이셨다는 것도 기억하고요. 형사님이 또 한 분 계셨는데……?"

"마리온 브리엠이었죠. 그 사건을 같이 담당했습니다. 지금은 저세상으로 갔지요. 요즘 저는 옛날 사건들을 다시 살펴보고 있습니다. 친구분이 실종됐을 때 선생은 시골에 계셨습니까?" 에를렌뒤르가 말했다.

"네, 부모님 고향이 키르큐바에야르클뢰이스튀르인데, 모시고 거길 갔었습니다. 한 일주일쯤 있었죠. 돌아오고 나서야 다비드 소식을 들었습니다."

"지난번 뵀을 때 전화 통화한 내용을 언급하셨죠. 키르큐바에야르클뢰이스튀르에 있을 때 말입니다. 친구분께서 전화를 주셨다고요."

"네, 저더러 언제 돌아오느냐고 물었지요."

"선생에게 뭔가를 말하고 싶어 했습니다."

"네."

"내용은 말하지 않았고요."

"네, 비밀스럽게 굴었지만 들뜬 태도였습니다. 좋은 소식을 전하려던 거지요, 나쁜 소식은 아니었어요. 구체적으로 말해보라고 했더니 웃기만 하더군요. 걱정하지 말라면서. 머지않아 다 알게 될 거라고요."

"태도는 어쨌든 들떠 있었고요."

"네."

"당시에도 같은 질문을 드린 것으로 알고 있습니다."

"그러셨습니다. 제가 도움이 되지 못했지요. 지금이라고 별반 다르지 않고 말입니다."

"친구분이 선생에게 들려주고 싶은 어떤 소식이 있다고 했고, 그것 때문에 행복해했고. 당시 이렇게 말씀하신 내용 말고는 아무것도 없다는 말씀이지요?"

"그렇습니다."

"부모님도 무슨 소식인지는 알지 못했고요."

"네, 말씀드린 것 같지 않았습니다."

"짐작 가는 일은 없습니까?"

"이런저런 추측들뿐이죠. 아주 나중에는 여자 얘기였을지도 모른다는 생각을 하기도 했습니다. 여자에게 반한 게 아닐까 했지만, 그래봐야 추측일 뿐이지요. 그것도 일베르트를 다시 만나고 나서야 든 생각이고요."

"실종 당시 친구분께는 여자친구가 없었습니까?"

"네, 저희 모두 없었습니다." 변호사가 미소 지으면서 말했다. "저는 왠지 그 친구가 우리 중에서도 가장 여자친구를 늦게 사귈 녀석이라고 생각했지요. 이성에게 굉장히 수줍음이 많은 친구였거든요. 일베르트를 만나보셨습니까?"

"일베르트라면?"

"다비드가 실종됐던 시기에 덴마크에 있던 친구입니다. 지금은 다시 돌아와 있고요. 형사님께서 면담을 하지 못한 유일한 사람일 겁니다."

"아, 어렴풋이 기억납니다. 당시 연락이 안 됐던 것 같습니다만."

"코펜하겐에 있는 호텔에서 일 년 동안 근무할 예정이었는데 그곳을 좋아해서 계속 머물렀습니다. 덴마크 여자와 결혼을 했지요. 귀국한 지 십 년 정도 됩니다. 저와는 가끔 연락하지요. 그 친구와 얘기를 하다가 문득 느꼈습니다. 그 친구는 다비드에게 여자가 있었을지도 모른다고 생각하는 것 같더군요. 그래봐야 대단히 막연한 생각일 뿐이지만요."

"막연하다고요?"

"네, 아주."

그날 저녁, 식사를 마친 에를렌뒤르가 책을 읽으려고 의자에 앉아 있는데 여자친구인 발게르뒤르에게서 전화가 걸려 왔다. 그녀는 그와 극장에 가려고 노력중이었다. 보고 싶은 유명한 희극이 국립극장에서 공연중이라 에를렌뒤르와 꼭 함께 가고 싶었던 것이다. 그러나 극장 공연을 지루하게 여기는 에를렌뒤르는 뜨뜻미지근하게 반응했다. 영화관에 같이 가지 않겠느냐고 했을 때와 별반 다르지 않았다. 그가 그나마 흥미를 보이는 유일한 문화 활동은 콘서트였다. 합창 음악, 솔로 공연, 교향악단의 연주회. 가장 최근에 에를렌뒤르가 그녀와 동행한 행사는 시골 지역인 스바르파다르달뤼르 출신의 혼성 합창단이 펼친 저녁 공연이었다. 발게르뒤르의 사촌이 소속된 합창단이었다. 그때 에를렌뒤르는 흠뻑 빠져들었다. 공연은 다비드 스테반손의 시에 음악을 입혀 만든 노래들로 구성되어 있었다.

"배꼽 빠지게 웃길 거야. 가벼운 익살극인데 당신한테도 좋을 걸." 발게르뒤르가 전화기 너머에서 말했다.

에를렌뒤르는 얼굴을 찌푸렸다.

"좋아, 언젠데?"

"내일 저녁. 데리러 갈게."

문을 두드리는 소리에 에를렌뒤르는 전화를 끊었다. 에바 린드가 신드리와 함께 복도에 서 있었다. 그들은 아버지에게 인사를 하고 안으로 들어와 거실에 앉았다. 둘 다 담배를 빼 들었다.

"위층 사람한테는 뭐라고 한 거냐? 네가 말한 후로는 쥐죽은듯이 조용한데."

신드리는 빙그레 미소를 지었다. 에를렌뒤르는 위층에서 더이상 쿵쾅거리는 둔중한 록 음악 소리가 들려오지 않아 크게 놀라면서 대체 무슨 소리를 했기에 부부가 이제 와서 이웃들에게 배려의 태도를 보이는지 궁금해하던 참이었다.

"무척 순한 사람들이었어요. 여자는 코를 뚫었고 남자는 태도가 조금 불량한 것뿐이었달까. 아버지가 빚 받아주는 해결사라고 말했어요. 상해죄로 감방에 정기적으로 들락거리는데 당신들이 시끄럽게 구는 통에 뚜껑이 열리기 직전이라고요."

"이사를 갔나 했지." 에를렌뒤르가 말했다.

"이 머저리. 이제 아버지 때문에 거짓말까지 하는 거야?" 에바 린드가 동생에게 시선을 고정시킨 채 말했다.

"장난 아니게 시끄러웠단 말이야." 신드리가 변명조로 말했다.

"생각해보셨어요?" 에바 린드가 에를렌뒤르에게 물었다. "어머니에 대해서요. 만나실 거죠, 그렇죠?"

에를렌뒤르는 즉각 대답하지 않았다. 그동안 에바가 주선하는 만남을 생각해볼 여력이 없었다. 전처이자 아이들의 어머니를 만나고 싶은 마음도 눈곱만큼도 없었다. 그러나 한편, 에바가 새로이 관심을 쏟기 시작한 일을 무시한다는 인상을 주고 싶지도 않았다.

"원하는 게 뭐냐?"

에를렌뒤르는 소파 맞은편에 앉은 남매를 번갈아 봤다. 남매의 방문 횟수는 점차 늘어났다. 처음에는 동부의 생선 공장에서 일하던 신드리가 레이캬비크로 이사 온 다음에 찾아오더니, 다음에는 에바 린드가 마약에서 손을 떼고 난 후부터 찾아왔다. 에를렌뒤르에게는 의미가 큰 방문이었다. 남매가 함께 왔을 때는 특히 그랬다. 그는 둘의 관계를 관찰하는 게 좋았다. 그가 보기엔 괜찮은 사이였다. 에바 린드는 대장 기질이 있는 누나로 가끔은 신드리의 부모 역할도 했다. 마음에 안 들면 동생에게 한바탕 잔소리를 퍼붓곤 했다. 어렸을 때 왕왕 동생을 돌보는 책임을 맡았던 게 아닐까 싶었다. 신드리는 당한 만큼 갚기는 했지만 악감정을 표하거나 흥분하지는 않았다.

"둘 모두에게 좋을 거라고 생각하는 것뿐이에요. 왜 서로 얘기조차 하지 않고 지내는지 나는 이해를 못 하겠어요." 에바 린드가 말했다.

"참견하고 싶은 이유가 뭐냐?"

"딸이니까요."

"어머니는 뭐라던?"

"그러겠다고 했어요. 아버지를 만나겠다고."

"순순히 그러지는 않았을 테고, 꽤나 괴롭힌 모양이구나."

"네, 아버지나 어머니나 똑같은 분들이니까. 헤어진 이유를 도무지 모르겠다니까요."

"너는 왜 이 문제에 이렇게 매달리는 거지?"

"서로 말은 하고 살아야 하잖아요. 지금처럼 사는 건 싫어요. 난…… 신드리도 그렇고, 둘이 함께 있는 걸 본 적이 없어. 한 번도. 이상하다고 생각하지 않아요? 정상이라고 생각해? 자식들이 부모가 함께 있는 모습을 전혀 본 적이 없다는 게 말이 돼요? 양부모도 아니고!"

"요사이는 흔한 일 아니냐?" 에를렌뒤르가 물었다. 그리고 신드리에게로 말을 돌렸다. "너는 모르는 소리야?"

"내가 낀 일은 아니에요. 누나가 끌어들이려고 하긴 했지만……."

"네가 뭘 알아?" 에바 린드가 말을 끊었다.

"그래, 맞아. 누나에게 그래봐야 쓸데없는 짓이라고 말해도 소용없어요. 아버지와 어머니가 말을 하며 지내고 싶은 마음이 털끝만큼이라도 있었다면 벌써 그러고도 남았겠지. 누나는 쓸데없는 참견을 하는 것뿐이에요, 언제나 그랬듯이. 멈출 줄을 몰라요. 언제나 여기저기 참견을 하고 다니지. 특히나 자기하고는 상관도 없는 일에 더 열심이고."

에바 린드가 동생을 쏘아보며 말했다.

"멍청이."

"이제 그만하는 게 좋을 것 같다, 에바. 그게……." 에를렌뒤르가 말했다.

"엄마는 준비가 됐어요. 설득하는 데 두 달이 걸렸다고요. 얼마나 구역질나게 애썼는지 아세요?"

"네가 무엇 때문에 이러는지는 이해한다만, 진심으로 나는 만날 마음이 없다."

"왜?"

"왜냐면…… 네 어머니와 난 벌써 오래전에 끝났고 이제 와 문제를 파헤쳐봐야 누구에게도 도움이 되지 않을 테니까. 이제 과거야. 끝났다고. 지난 일이다. 그 일은 접고 앞으로의 일에나 집중하는 편이 낫지 않을까 싶다."

"거 봐." 신드리가 누나를 보며 말했다.

"앞으로의 일에 집중하라고요? 헛소리하고 있네!"

"준비를 다 마치긴 한 거냐? 네 엄마가 이곳으로 올 계획이야?

내가 찾아가야 하는 거냐? 아니면 중립지대에서 만날 예정인가?" 에를렌뒤르가 물었다.

그는 전처 얘기를 하면서 냉전 시대 용어를 사용했다는 사실을 곰곰 반추하면서 에바를 보았다.

"중립지대요?" 에바 린드가 코웃음을 쳤다. "내가 둘이랑 무슨 거래라도 하려는 줄 알아요? 제정신이 아니야, 둘 다."

그녀가 자리에서 일어났다.

"우린 아버지에게 그저 빌어먹을 웃기는 인간들일 뿐이죠? 나와 엄마와 신드리는, 우리는 그냥 웃기는 인간들일 뿐이지!"

"절대 그렇지 않아. 난 다만……." 에를렌뒤르가 말했다.

"우리 따위 전혀 신경도 쓰지 않았잖아! 우리 말에 귀기울여준 적도 없고!"

에를렌뒤르와 신드리가 어쩔 줄 몰라 하는 사이, 그녀는 벌써 문을 박차고 나가 쾅 닫았고 건물 전체에 그 소리가 메아리쳤다.

"뭐냐……? 무슨 일이 있는 거야?" 에를렌뒤르가 아들을 보며 물었다.

신드리는 어깨를 으쓱했다.

"약을 끊은 후부터 늘 저래요. 말할 수 없이 예민해요. 입만 열었다 하면 늘 저렇게 미친듯이 흥분한다니까요."

"언제부터 네 어머니와 나를 만나게 하려고 작업한 거야?"

"늘 바라던 일일걸요. 내가 기억이라는 걸 하던 순간부터 계속. 누나는…… 아, 모르겠다. 누나 머릿속에는 허튼 생각들이 가득 들어 있어요."

"난 그 애가 허튼소리를 한다고 생각해본 적이 없는데. 그 애는 무슨 생각인 거냐?"

"자기에게 도움이 됐을 거라고 했어요."

"무슨 소리야? 뭐가 에바에게 도움이 됐을 거라는 거지?"

"아버지하고 어머니가…… 두 분 사이가 그렇게 틀어지지 않았다면요."

에를렌뒤르가 아들을 응시했다.

"네 누나가 그렇게 말했다고?"

"네."

"자기가 인생을 똑바로 붙잡는 데 도움이 됐을 거라고?"

"말하자면요."

"네 어머니와 내가 화해하려고 노력했다면?"

"누나는 그냥 두 분이 서로 얘기를 했으면 하는 것뿐이에요." 신드리가 피우던 담배를 비벼 끄며 말했다. "그게 그렇게 복잡한 일인가요?"

에를렌뒤르는 남매가 가버린 후에도 잠자리에 들지 않고, 한때 유령이 나온다는 소문이 돌았던 동부의 어느 집에 대해 생각했다. 삼 층짜리 목조 주택으로 19세기 말엽에 덴마크 상인이 지은 집이었다. 1930년대에 레이캬비크에서 한 가족이 그 집으로 이사를 왔는데, 얼마 안 있어 그 집 여자의 소문이 돌기 시작했다. 거실 벽판 뒤에서 아이 우는 소리를 듣는다는 것이다. 전에는 그 비슷한 일도 언급하는 사람이 없었고, 그 부인도 집에 혼자 있을 때만 울음소리를 들었을 뿐 다른 사람은 듣지 못했다. 남편은 근처에 사는 길고양이들일 것이라고 아내의 말을 묵살했지만, 부인은 절대 아니라고 계속해서 주장했다. 그녀는 어둠과 유령을 두려워하게 됐고, 악몽으로 고생했고, 집에 가만있어도 늘 아픈 기분이 들었다. 결국 견디다 못한 그녀가 남편을 설득해 그들은 그 지역을 떠났다. 그들은 동부로 온 지 삼 년 만에 레이캬비크로 돌아갔다. 집은 현지 사람에게 팔렸는데 그들은 이상한 낌새를 전혀 느끼지 못했다.

1950년 초엽에 한 남자가 레이캬비크 출신의 그 부인과 우는 아이에 대한 이야기에 흥미를 느껴 그 집의 역사를 조사했다. 덴마크 상인이 그 집을 판 이후 수많은 가족이 거기 살았고, 한 시기에 세 가족이 동시에 거주한 때도 있었지만, 거실 벽판 뒤에서 아이 우는 소리가 들렸다는 언급은 찾아볼 수 없었다. 아이와의 연결 고리를 찾아 그 집의 초기 역사를 더 파헤치다가, 남자는 집을 지은 덴마크 상인에게 굉장히 장수한 세 딸이 있었다는 사실을 알게 됐다. 상인의 하인들에게는 자식이 없었다. 그리고 집의 구조에 관한 이야기를 파고드는 단계로 접어들었을 때 그는 건축에 관여한 목수장이 두 명이고, 한 명이 다른 한 명에게서 일을 물려받았다는 것을 알게 됐다. 일에서 물러난 전임자에게는 두 살짜리 딸이 있었는데, 나중에 거실이 들어선 위치에서 현장 사고로 죽었다. 머리 위로 건축자재가 떨어져 즉사했다고 한다.

에를렌뒤르는 젊은 시절 그 유령의 집에 대한 이야기를 들었다. 어머니가 목수의 딸 이야기를 파헤친 남자로부터 직접 들었다고 했다. 그는 레이캬비크 출신의 여자가 그 집이 건축될 때 생긴 일을 알았을 가능성은 전혀 없다고 단언했다. 에를렌뒤르는 그 이야기를 어떻게 받아들여야 할지 알 수 없었다. 그의 어머니도 마찬가지였다.

이 이야기는 삶과 죽음에 대해 무엇을 전하는 것일까?

레이캬비크에서 온 여자는 다른 사람들보다 초자연적인 현상을 감지하는 데 보다 뛰어났던 것일까? 아니면 목수의 딸에 대한 이야기를 듣고 과도한 상상력을 발휘했기 때문에 그런 반응을 보인 것일까?

그녀가 다른 사람들보다 잘 감지하는 것이었다면, 벽판 뒤의 그것은 대체 무엇이었을까?

11

소르게르뒤르는 마리아와 발드빈이 데이트를 시작한 시기를 분명하게 기억하고 있었다. 그녀는 키가 크고 뼈대가 굵고 머리카락은 밤색인 여자로, 마리아와 같이 대학에서 역사를 전공하다가 이 년 후 간호학으로 진로를 변경했다. 학생 때부터 마리아와 긴밀했고, 수다스러웠고, 에를렌뒤르 같은 경찰관과 얘기하는 것에 거리낌이 없었다. 본인 입으로 범죄 사건을 목격한 적이 있다는 개인적인 정보를 주기까지 했다. 약국이었는데 복면 쓴 남자가 칼을 들고 들이닥쳐 여자 점원을 위협했다고 했다.

"한심한 강도 녀석, 마약에 절어 있었죠. 약국 직원들이 바로 붙잡았고 약국 안에 있던 사람들이 그놈의 신원을 밝혀냈죠. 어려운 일은 아니더라고요. 그때까지도 그 웃기는 차림새는 그대로였어요. 복면을 벗길 필요도 없었거든요. 겁먹은 기색이 역력한 애송이였죠."

에를렌뒤르는 슬그머니 미소를 지었다. 최하층 계급의 일원이군, 시귀르뒤르 올리였다면 그렇게 말했을 터였다. 그가 미국에 가서 습득한 용어였다. 시귀르뒤르 올리에게 그 말은, 그가 인생 낙오자라고 부르는 범죄자와 마약중독자뿐 아니라 이런저런 이유로 싫어하는 사람들 모두에게 적용할 수 있는 표현이었다. 그를 짜증나게 만드는 교육받지 못한 종업원들, 가게 점원, 노동자, 장사꾼 들도 포함이었다. 한번은 그가 프랑스 파리로 날아가 베르그소라와 주말을 지내고 온 적이 있었다. 전세 비행기를 탔는데, 직장에서 연례행사로 단체 여행을 가던 승객들 대부분이 소란스럽게 술에 취하더니, 설상가상 비행기가 안전하게 파리에 도착했다며 박수를 쳐대자 그는 진절머리를 냈다. "본데없는 것들이라니까." 그는 하층계급이 하는 행동을 업신여기는 자세 만만으로 콧방귀를 뀌며 베르그소라에게 말했다.

에를렌뒤르는 대화의 방향을 자연스럽게 마리아와 그녀의 남편으로 돌렸고, 그러자 소르게르뒤르는 자기도 모르는 사이, 중도에 포기한 역사학과 과정에 대해서, 디스코텍에서 미래의 의사를 만난 마리아에 대해서 이야기하게 됐다.

"마리아가 보고 싶을 거예요. 그 애가 그렇게 떠났다는 게 아직도 믿기지 않아요. 가엾어서 어떡해요. 얼마나 힘들었을까."

"대학에서 만난 사이라고 하셨습니까?"

에를렌뒤르가 끼어들며 말했다.

"네, 마리아는 역사에 미쳐 있었어요." 그녀가 팔짱을 끼며 말했다. "과거에 미쳐 있었지요. 저는 지루해죽을 맛이었고요. 마리아는 늘상 필기한 내용을 타자기로 치면서 집에만 있는 친구였어요. 제가 많이 괴롭혔죠. 마리아는 훌륭한 학생이었어요. 역사 전공생들이 다 그렇지는 않답니다."

"발드빈 씨와는 아는 사이였습니까?"

"마리아하고 사귀고 나서 알게 됐죠. 좋은 사람이었어요. 연기 공부를 했지만 마리아와 사귀기 시작할 무렵에는 포기한 거나 마찬가지 상태였고요. 배우가 되기 위해 필요한 재능이 없었다나 봐요."

"그래요?"

"네. 뭐, 그렇게 들었어요. 의과를 선택한 게 더 나았다고요. 그들은 잘나가는 패거리였어요, 연기 전공생들 말이에요. 언제나 재밌게 지냈죠. 요사이 거물급이 된 오리 피엘스테드 같은 사람들이 속해 있었어요. 릴야와 사에비외른도 있었네요. 둘은 결혼을 했답니다. 에이나르 비피들도 일원이었고. 그들 모두 스타가 됐어요. 발드빈은 의학으로 돌아섰고 잠시 학업과 연기를 병행하기도 했지만 결국 관뒀어요."

"후회했는지 혹시 아십니까?"

"아뇨, 들은 바로는 아니었어요. 여전히 관심이야 있는 듯했지만요. 그 부부는 연극을 보러 자주 다녔고 연예계에 종사하는 사람들과도 잘 알고 지냈어요. 극장마다 친구들도 많았고."

"발드빈 씨와 장모의 관계가 어땠는지는 아시는 게 있습니까?"

"글쎄요, 물론 그 사람, 마리아와 함께하려고 그 집으로 들어갔고, 성격이 매우 강했던 장모와 같이 살았지요. 마리아는 어머니가 자기네를 휘두르려 든다고 말했어요. 그래서 발드빈의 신경을 긁는다고."

"친구분은 어떤 시기의 역사에 흥미를 느꼈습니까?"

"중세에만 집중했어요. 저는 지루해죽을 맛이었지만, 마리아는 근친상간, 서출, 그것들과 연관된 법률과 처벌을 연구했죠. 논문은 싱그베들리르에서 시행된 익사형을 다루었어요. 유용한 정보가 많더라고요. 제가 교정을 봐줬거든요."

"익사형이라고요?"

"네, 간통죄를 범한 여자들을 익사시키는 것 같은."

에를렌뒤르는 침묵했다. 그들은 소르게르뒤르가 일하는 병원 휴게 공간 의자에 앉아 있었다. 노부인 하나가 보행 보조기에 의지해 그들 앞을 천천히 지나쳐 갔다. 하얀 신발을 신은 간호조무사 하나가 종종걸음으로 복도를 지났다. 한 무리의 의대생들이 필기 내용을 살피면서 근처에 서 있었다.

"이어지는 데가 있는 듯해요." 소르게르뒤르가 말했다.

"뭐가 말입니까?"

"그게, 듣기로는 그 애…… 그 애가 목을 맸다고 들었어요. 싱그베들리르에 있는 별장에서."

에를렌뒤르는 대답 없이 그녀를 바라보았다.

"물론 저하고는 상관없는 일이지만요." 에를렌뒤르의 무반응에 의아해하며 소르게르뒤르가 말했다.

"친구분이 초자연현상에 특별히 관심이 있었습니까?"

"아뇨. 어둠을 끔찍하게 무서워하긴 했지만요. 언제나 그랬어요, 처음 알았을 때부터. 예를 들어, 영화를 보고 나오면 절대 혼자서는 집에 가지 못했어요. 항상 바래다줘야 했어요. 하지만 그러면서도 온갖 무시무시한 호러 영화들을 보러 다녔죠."

"왜 그렇게 어둠을 무서워했는지 압니까? 마리아 씨와 얘기해 보신 적이 있습니까?"

"그게……."

소르게르뒤르는 주저하더니, 듣는 귀가 없다는 것을 확인하려는 듯이 복도 쪽을 힐끔거렸다. 보행 보조기에 의지한 노부인은 복도 끝에 가 있었고, 이제 무엇을 해야 할지 모르겠다는 듯이 그 자리에 서 있었다. 복도를 따라 고통스러울 만큼 느리게 나아가다가 어디쯤에서 여행의 목적을 놓쳐버린 모양이었다. 멀리 라디오에서 옛 노래가 흘러나오고 있었다. "그는 바다를 사랑했다, 늙은 소르뒤르는 그랬다……."

"말씀해주십시오." 에를렌뒤르가 앞쪽으로 몸을 내밀며 말했다.

"마리아가 말한 적은 없지만, 제 느낌으로는…… 그러니까 싱그바들라바튼 호수에서 일어났던 일과 관련이 있는 것 같아요. 아버지가 돌아가신 일 말이에요." 소르게르뒤르가 말했다.

"뭐 때문에요?"

"제 느낌일 뿐이지만 그렇게 생각한 지는 오래됐어요. 마리아가 어렸을 때 싱그바들라바튼 호수에서 벌어졌던 사건과 관련이 있다고요. 마리아는 어떤 때는 굉장히 기분이 가라앉았다가 어떤 때는 또 굉장히 좋았어요. 약을 먹는다는 말은 한 적이 없지만 극단적으로 기분이 변하니까 정상이라는 생각이 들지 않았죠. 오래전에 그 애가 우울해할 때, 제가 그라바르보귀르에 있는 그 애 집에 가서 곁에 있어주었어요. 싱그바들라바튼 호수에 대한 이야기를 하기 시작하더라고요. 그때 처음 들었죠. 전에는 한 번도 제게 그 이야길 꺼낸 적이 없었거든요. 그때 일어난 일 때문에 죄의식에 사로잡혀 있구나 하는 느낌이 단박에 들었어요."

"왜 죄의식을 느꼈던 겁니까?"

"저도 나중에 얘기해보려고 했는데, 처음 이야기를 꺼냈을 때처럼 마음을 터놓지 않더라고요. 그때 일 때문에 늘 자기방어가 심한 거라고 생각했지만, 그거 말고도 뭔가 그 애를 갉아먹고 있다는, 제게 말할 수 없는 뭔가가 있다는 확신이 들었어요."

"당연히 끔찍한 일이었겠지요. 아버지가 익사하는 장면을 목격했으니까요."

"그럼요."

"친구분은 뭐라고 하던가요?"

"그 별장에 가지 말았어야 한다고 했어요."

"그게 다였습니까?"

"그리고……."

"말씀하십시오."

"죽을 운명이었다고 했어요."

"아버지 말입니까?"

"네, 그 애 아버지요."

관객들이 배꼽을 잡았다. 발게르뒤르도 그중 한 명이었다. 에를렌뒤르는 눈썹을 치켜세웠다. 3층에서 남편이 별안간 나타나, 자기 아내가 집사의 품에 안겨 있는 현장을 목격하고는 기묘한 소리를 냈다. 아내는 집사를 밀쳐내며 그자가 자기에게 못된 짓을 하려 했다며 울음을 터뜨렸다. 집사는 '그럴 주제나 되셔!'라고 말하는 듯한 표정으로 관객석을 바라보았다. 관객들은 더 크게 박장대소했다. 발게르뒤르는 입이 귀에 걸리도록 웃으면서 에를렌뒤르를 슬쩍 보았다. 지루한 낌새였다. 그녀가 팔을 톡톡 치자 그는 미소를 지었다.

연극이 끝나고 그들은 카페로 자리를 옮겼다. 에를렌뒤르는 커피와 샤르트뢰즈■를 주문했다. 발게르뒤르는 아이스크림과 따끈한 초콜릿 케이크, 달콤한 리큐어를 주문했다. 그들은 연극에 대해 얘기했다. 발게르뒤르는 재미있었다고 했지만, 에를렌뒤르는 별다른 감흥 없이 플롯에 일관성이 없다는 점을 지적했다.

"익살극이니까 그렇지. 진지하게 보면 안 되는 거였다고. 만사를 잊어버리고 웃으면 되는 거였어. 재밌기만 하던데 뭐." 발게르뒤르가 말했다.

"그래. 사람들도 많이 웃더군. 난 연극을 보러 많이 다녀보지 않아서 말이야. 당신 혹시 오리 피옐스테드라는 배우 알아?"

그는 소르게르뒤르가 발드빈의 배우 친구들에 대해 한 말을 기억해내고 물었다. 에를렌뒤르는 대중의 유명 인사들에 대해 아는

■ 프랑스의 샤르트뢰즈 수도원에서 처음 만든, 증류주에 각종 허브를 섞어 만든 혼성주.

것이 전무하다시피 했다.

"물론이지. 〈야생 오리■〉에서 봤잖아."

"〈야생 오리〉?"

"응, 그 사람이 남편으로 나왔어. 그 역을 하기에는 좀 나이가 있었지만……. 어쨌든 아주 훌륭한 배우야."

"그렇군."

열렬한 연극 관객인 발게르뒤르는 에를렌뒤르를 설득해 함께 공연에 가곤 했지만, 손에 꼽을 정도로 가끔 있는 일이었다. 감흥을 주고 싶은 마음에서 입센이나 스트린드베리 같은 진지한 연극을 골라도 그는 지루해할 뿐이었다. 그는 〈야생 오리〉 중간에 곯아떨어졌다. 희극 작품들도 시도해봤는데, 희극은 상식을 벗어난다는 게 에를렌뒤르의 의견이었다. 그러나 〈세일즈맨의 죽음〉 같은 음울한 작품들은 재밌어했다. 발게르뒤르로서는 딱히 놀랄 일도 아니었지만.

카페는 텅 비어 있다시피 했다. 듣기에 무난한 음악이 머리 위쪽 어딘가에서 들려오고 있었다. 에를렌뒤르의 귀에는 프랭크 시나트라의 〈문 리버〉 같았다. 그는 시나트라의 그 노래가 담긴 레코드판을 가지고 있었다. 언젠가 영화관에서 본 영화, 제목은 잊어버린 영화에서 아름다운 여배우가 그 노래를 불렀다. 차가운 가을 날씨 탓에 밖에는 인적이 드물었다. 오리털 재킷인지 겨울 코트인지로 몸을 두른 흐릿한 형체가 창문을 쏜살같이 지나쳐 갔다.

■ 헨리 입센의 희곡 작품.

이렇게 늦은 시간에 시내에 볼일이 있는, 얼굴도 이름도 없는 사람들.

"에바가 말이야, 나랑 하들도라가 만나기를 바라고 있어." 에를렌뒤르가 리큐어를 홀짝거리면서 말했다.

"그래?"

"관계를 회복시켜보려는 거야."

"그거야 그럴 만하지 않아?" 발게르뒤르는 항상 대화중에 에바의 이름이 나오면 그쪽 편을 들었다. "자식을 둘 낳았잖아. 당신들이 연락하고 지내는 건 자연스러운 일이야. 그쪽에선 만날 준비가 됐대?"

"그렇대."

"그동안 왜 연락을 뚝 끊고 지낸 거야?"

에를렌뒤르는 잠시 말을 멈추고 생각에 잠겼다가 이윽고 대답했다.

"둘 다 원치 않았으니까."

"힘들었을 거야. 신드리와 에바는."

에를렌뒤르는 대답하지 않았다.

"만난다고 무슨 큰일이 있겠어?"

"모르겠어. 나하고 아주 거리가 먼 일 같아. 그동안의 관계며 살아온 것도 그렇고. 벌써 오래전에 끝난 사이야. 만난들 무슨 얘기를 하겠어? 지난 일을 헤집어내서 뭘 할 거야?"

"시간이 상처를 치료했는지도 모르잖아." 발게르뒤르가 말했다.

"몇 년 전에 우연히 만났는데 아닌 것 같았어. 그 사람은 아무것도 잊지 않았어."

"그런데 지금은 당신을 만나고 싶대?"

"듣기로는 그래."

"화해를 하고 싶다는 의지의 표현일지도 몰라."

"어쩌면."

"에바에게는 중요한 일이고."

"그래서 문제야. 애가 워낙에 밀어붙이고 있긴 한데……."

에를렌뒤르는 주저했다.

"그런데 뭐?"

"아니, 난 다만……."

"뭐?"

"잘잘못 따지는 걸 견딜 수가 없을 것 같아."

현장감독은 넓고 휑뎅그렁한 기초공사 구덩이가에 서 있는 일베르트를 불렀다. 파란색 전신 작업복을 입은 그는 담배를 피우고 있었다. 감독은 에를렌뒤르에게 지하 주차장을 갖춘 구 층짜리 아파트를 짓는 중이라며, 그래서 기초공사 터가 넓고 깊은 것이라고 말했다. 그는 에를렌뒤르가 일베르트를 만나고 싶어 하는 이유를 묻지 않았다. 일베르트는 구덩이가에서 그들을 올려다보며 한참 동안 서 있더니 담배를 튕겨 휙 던지고 커다란 나무 사다리를 기어오르기 시작했다. 꽤 오랜 시간이 걸렸다. 감독은 슬그머니 자리를 떠버렸다. 현장은 에들리다바튼 호수 위쪽에 위치해 있었다. 시야가 닿는 데까지 펼쳐져 있는 침울한 회색 오후의 하늘을 배경으로, 산업의 신들이 땅속에 거대한 꺾쇠괄호들을 박은 것처럼 노란 기중기들이 솟아 있었다. 어디선가 덤프트럭의 굉음이 들려왔다. 화물차가 후진하며 내는 삑삑 소리도 들렸다.

에를렌뒤르는 일베르트와 악수를 나누며 자기소개를 했다. 일베르트는 영문을 몰라 했다. 에를렌뒤르는 이 시끄러운 곳에서 나가 어디 조용한 곳에 가서 앉아도 되겠느냐고 물었다. 일베르트는 그를 가만히 보더니 초록색 오두막을 턱짓으로 가리켰다. 일꾼들의 구내식당이었다.

안으로 들어가자 실내가 후끈해 질식할 것 같았다. 일베르트는 파란색 전신 작업복의 지퍼를 반쯤 내렸다.

"이제 와서 다비드에 대해 물으시다니 놀랐습니다. 새로운 소식이라도 있는 겁니까?" 일베르트가 물었다.

"아뇨, 아무것도 없습니다. 제가 예전에 다뤘던 사건인데 무슨 까닭인지……."

"손을 털지 못하겠단 말씀이신가요?"

오십 대인 그는 키가 크고 마르고 움직임이 느릿느릿했다. 제 나이보다 늙어 보였다. 문의 상인방과 낮은 천장을 피하느라 그리 된 듯 자세가 구부정해서 팔이 몸만큼 길어 보였다. 수척한 얼굴에 눈이 쑥 들어가 있었다. 면도를 하지 않은 지 며칠 됐는지 손으로 턱을 긁자 짧게 자란 수염에서 쓰윽쓰윽 소리가 났다.

에를렌뒤르는 고개를 끄덕였다.

"그 친구가 실종됐을 때 저는 막 덴마크로 떠난 상태였습니다. 나중에야 듣고 굉장히 놀랐죠. 그 친구를 찾지 못한 건 슬픈 일입니다." 일베르트가 말했다.

"네, 당시에는 선생을 만나뵐 기회가 없었습니다."

"어머님 아버님은 아직 생존해 계십니까?"

"아버님이 살아 계신데, 노쇠하시지요."

"그분을 위해서 하시는 일입니까?"

"아뇨, 특별히 누구를 위해서는 아닙니다. 외국으로 떠나셨던 터라 경찰에서 만나뵙지 못한 유일한 친구분이시지요. 요전날에 돌아오신 걸 알았습니다."

"덴마크에서 일 년 동안 있을 예정이었습니다."

일베르트가 전신 작업복 안쪽에서 새 담배를 부스럭거리며 꺼냈다. 그의 움직임은 느리지만 체계적이었다. 그는 다른 주머니에서 라이터를 찾아낸 후 탁자에다 담배를 톡톡 찧었다.

"그러다 이십 년이나 눌러앉게 되었지요. 그럴 의도는 아니었는데……. 그런 게 인생이니까요."

"덴마크로 떠나기 전에 친구분과 말씀을 나누신 걸로 압니다만."

"네, 언제나 연락을 하면서 지냈으니까요. 스테이니…… 그러니까 소르스테인은 만나보셨나요?"

"네."

"동창회에서 만났습니다. 그 친구 말고는 예전에 알고 지내던 친구들과는 연락이 모두 끊겼어요."

"친구분께 여자가 있었을지도 모른다고 하셨다던데, 수사 당시에는 고려되지 못했던 정보입니다. 그게 누구였는지, 그 여자가 지금 어디 있는지 알고 계십니까?"

"스테이니는 아무것도 모르더군요. 전 그 친구가 저보다 많은 것을 안다고 생각했습니다." 일베르트가 담뱃불을 붙이며 말했다. "그 여자가 누구인지는 모릅니다. 여자가 있었는지조차 확실하지 않습니다. 다비드가 실종됐을 때 아무도 단서를 준 사람이 없었나요?"

"네."

에를렌뒤르의 휴대전화가 울리기 시작했다. 일베르트에게 양해를 구한 뒤 그는 휴대전화를 꺼내 들었다.

"네, 여보세요?"

"마리아 일로 사람들을 만나고 다니신다고요?"

에를렌뒤르는 흠칫 놀랐다. 진지하고 엄격한 목소리였으며 차가운 비난조였다.

"누구십니까?"

"남편 되는 사람입니다. 대체 뭘 하고 다니시는 겁니까?" 전화기 너머의 목소리가 말했다.

둘러댈 몇 가지 거짓말이 머릿속을 스쳐지나갔다.

"무슨 일 때문에 그러시는 거냔 말입니다." 발드빈이 물었다.

"만나봬야 할 것 같군요."

"뭘 조사하시는 겁니까? 왜 그러시는 겁니까?"

"오늘 저녁 늦게 댁에 계시면 제가……."

발드빈이 전화를 뚝 끊었다. 에를렌뒤르는 일베르트에게 어색한 미소를 지었다.

"죄송합니다. 여자 이야기를 하던 중이었지요? 그녀에 대해 뭐라도 아십니까? 뭐라도 해주실 말씀이 있습니까?"

"딱히 없습니다. 그날 다비드는 제가 덴마크로 떠나기 전에 작별 인사를 한다고 전화한 거였어요. 그러면서 외국으로 떠날 테니 비밀 하나 얘기해줄 수도 있겠다고 하더군요. 그렇게만 말하고 좀체 털어놓지를 않아서 계속 캐묻고 닦달을 했지요. 그랬더니 제가 돌아올 때쯤이면 자신의 애정 생활이 변해 있을지도 모른다고 했습니다."

"그게 전부였습니까? 이후 자기 애정 생활이 변할지도 모른다고 한 것이?"

"네."

"전에는 여자와 사귀어보지 않았고요."

"네, 딱히."

"친구분께 여자가 생겼다는 생각이 드셨습니까?"

"그렇게 생각했습니다. 하지만 친구가 한 말을 듣고 받은 느낌일 뿐입니다."

"자살을 하려 한다거나 그런 낌새는 전혀 없었습니까?" 에를렌뒤르가 물었다.

"네, 외려 그 반대였죠. 굉장히 생기 있고 기분이 좋아 보였습니다. 이상할 정도였죠. 대단히 조용해지는 경우가 왕왕 있었으니까요. 생각이 많아지고 진지해진다고 할까."

"해를 입히고 싶어 했을 사람은 전혀 모르시고요."

일베르트가 단언했다.

"그런 사람이 있었을 리 없습니다."

"그 여자가 누군지는 모르신다고요?"

"네, 안타깝게도 그렇습니다."

12

에를렌뒤르는 그라바르보귀르에 있는 그 집으로 차를 몰았다. 날이 점점 짧아지고 있었다. 짧고 비 많았던 여름이 지나고 이제 곧 겨울이 오리라는 신호였다. 그 때문에 두렵지는 않았다. 그는 다른 많은 사람들과 달리 겨울을 두려워해본 적이 없었다. 낮이 다시 길어지기 시작할 때까지 남은 날을 헤아리는 사람들과는 달랐다. 그는 겨울을 적으로 간주하지 않았다. 시간이 그를 평화로운 우울감으로 이끌며 추위와 어둠 속에서 느려지는 것처럼 느껴졌다.

발드빈은 문가에서 그를 맞았다. 뒤따라 거실로 가는 동안 에를렌뒤르는 생각했다. 이 남자, 레오노라와 마리아 둘 다 가고 없는 이 집에서 과연 계속 살아갈 수 있을까. 그러나 물어볼 기회는 갖지 못했다. 발드빈은 에를렌뒤르가 사람들을 만나고 돌아다니며 왜 자기와 마리아에 대해 물어보느냐고 묻고 해명을 요구했다. 왜 친구들에게서 그런 소리를 들어야 하냐고, 대체 무슨 일이냐고, 경찰이 수사를 재개하는 것이냐고 물었다.

"아닙니다. 그런 것은 아닙니다."

그는 발드빈에게, 자살 사건과 관련해서는 간혹 벌어지는 일인데, 경찰에 뭔가 의심스러운 일이 있었을지도 모른다고 제보가 들어왔다고 했다. 이름은 언급하지 않는 편이 좋을 마리아의 친구 하나가 압력을 가해 오기도 한 터라 자청하여 몇 사람을 사적으로 만나기는 했지만, 마리아가 자살했다는 사실이 변하지는 않을 것이라고 했다. 걱정하지 않아도 된다고, 공식 수사가 진행중인 것도 아니고 하물며 수사할 필요도 없다고 했다.

에를렌뒤르는 어휘 선택에 만전을 기하며, 경찰이 사용할 경우 대개는 사람들에게 효과가 좋은 사과 조로 천천히 이런 대사들을 읊어나갔다. 발드빈은 다소 흥분을 가라앉히는 눈치였다. 책장 옆에 화난 표정으로 서 있던 그는 어느 정도 진정이 되고 나자 의자에 앉았다.

"그럼 사건은 지금 어떤 상태입니까?"

"상태랄 것도 없습니다. 사건이 없으니까요."

"마음이 불편합니다. 사람들이 그 일을 두고 이런저런 말을 한다는 것이." 발드빈이 말했다.

"그러시겠지요." 에를렌뒤르가 동의했다.

"그 일만으로도 충분히 괴롭습니다."

"네, 아름다운 장례식이었다고 들었습니다."

"교구 신부님이 훌륭한 설교를 해주셨습니다. 마리아와 잘 알고 지내는 사이였으니까요. 지인들도 많이 와주었습니다. 마리아는 어디를 가나 인기가 많았습니다."

"화장하셨습니까?"

내내 바닥을 내려다보던 발드빈이 시선을 들어 에를렌뒤르를 쳐다봤다.

"마리아의 바람이었습니다. 그러기로 논의를 했었습니다. 마리아는 땅속에 눕고 싶어 하지 않았어요……. 그것이…… 더 나은 해결책이라고 여겼습니다. 저도 동의했고요. 저 역시 죽고 나면 화장을 부탁할 겁니다."

"마리아 씨가 초자연적인 것들에 관심이 있었습니까? 영매를 찾아간다거나 그러신 적이 있습니까?"

"특별히 그렇지는 않았습니다. 하지만 어둠을 끔찍하게 두려워했습니다. 그 얘기는 들으셨겠지요."

"네."

"전에도 물으신 적이 있습니다. 사후 세계와 심령술에 대해서요. 대체 무슨 생각을 하시는 겁니까? 뭘 알고 계시는 겁니까?"

에를렌뒤르는 한참 동안 그를 바라봤다.

"뭘 알고 계십니까?" 발드빈이 재차 물었다.

"부인께서 영매를 찾아갔었습니다." 에를렌뒤르가 대답했다.

"영매에게 갔었다고요?"

에를렌뒤르는 코트 주머니에서 카세트테이프를 꺼내 발드빈에게 건넸다.

"부인이 참석한 교령 의식의 내용을 녹음한 테이프입니다. 제가 그분에 대해 더 알고 싶어 하는 한 가지 이유라고 봐도 무방할 테지요."

"교령 의식의 내용을 녹음한 거라고요? 어떻게…… 이런 것이 어떻게 형사님 손에?"

"마리아 씨가 돌아가신 뒤에 제 손에 들어왔습니다. 다른 친구에게 빌려주셨던 모양입니다."

"친구라고요?"

"네."

"누구 말입니까?"

"그분이 원하신다면, 직접 연락을 드리라고 전하겠습니다."

"이걸 들으셨다는 말씀입니까? 사생활 침해가 아닙니까?"

발드빈이 날카롭게 물었다.

"핵심은 테이프의 내용이겠지요. 마리아 씨가 영매를 찾아간 것과 관련하여 아시는 바가 전혀 없습니까?"

"마리아는 제게 그런 얘기를 한 적이 없습니다. 그러니 뭐라 드릴 말씀이 없군요. 테이프에 무슨 내용이 들어 있는지는 모르겠지만 굉장히 낯선 얘기입니다."

"그렇다면 사과드리겠습니다." 에를렌뒤르가 자리에서 일어나며 말했다. "들어보신 연후에 얘기를 나누든지 하지요. 듣기를 원치 않으셔도 문제될 것은 없겠지만요. 핵심은 마르셀 프루스트일 겁니다."

"마르셀 프루스트요?"

"모르셨습니까?"

"무슨 말씀을 하시는지 모르겠습니다."

"부인께서는 혼자 있는 걸 좋아하지 않으셨다더군요. 어둠을 무서워했다고 들었습니다."

"대체……."

"그러나 어두운 가을밤, 싱그베들리르에서, 부인은 혼자 계셨습니다."

"그래서요? 대체 무슨 말씀을 하고 싶으신 겁니까? 자살을 하면서 누가 옆에 있기를 원할 리가 없지 않습니까!"

"그렇죠, 그럴 겁니다. 어쨌든 연락 주시기를 기다리고 있겠습니다." 에를렌뒤르는 이렇게 말한 뒤, 테이프를 들고 있는 발드빈을 남겨두고 그 집을 나왔다.

노인은 특별 병동으로 옮겨져 있었다. 미리 전화를 하지 않았던 터라 일하는 사람에게 물어보고 나서야 노인을 찾아갈 수 있었다. 노인은 잠옷 가운을 입으려고 허우적거리며 헛손질을 하고 있었다. 에를렌뒤르는 얼른 곁으로 다가가 노인을 거들었다.

"이런 고마울 데가 있나. 형사님이 아니오?" 에를렌뒤르를 알아본 노인이 말했다.

"몸은 좀 어떠십니까?"

"견디고 있지요. 그런데 예서 뭘 하시는 게요?" 노인의 목소리에 차츰 흥분이 서렸다. "다비드에 관한 겁니까? 뭐라도 알아내신 게요?"

"아닙니다." 에를렌뒤르가 서둘러 말했다. "그런 건 아니고, 지나는 길에 뵙고 가려고 들렀습니다."

"일어나서는 안 된다지만 그렇다고 하루 종일 침대에 누워 있을 수는 없지 않겠소? 같이 휴게실로 가십시다."

에를렌뒤르는 그의 팔을 잡은 노인을 부축해 복도를 지나 노인이 가리키는 쪽으로 갔다. 둘은 휴게실에 앉았다. 라디오가 켜져 있었고 익숙한 목소리가 연속극 대사를 읊조리고 있었다.

"아드님 친구 중에 일베르트라고 기억하십니까? 그 무렵 덴마크로 건너갔는데요." 에를렌뒤르는 곧바로 용건으로 들어가기로 했다.

"일베르트?" 노인은 생각에 잠긴 목소리로 나지막이 말했다. "잘 기억이 나지 않소."

"대학 진학 예비 학교에 같이 다녔습니다. 오랫동안 코펜하겐에 살다 돌아왔고요. 아드님이 실종되기 직전에 전화 통화를 하기도 했습니다."

"단서가 될 만한 얘기라도 들으신 게요?"

"아뇨, 구체적인 내용은 없었습니다. 그런데 아드님이 여자관계에 대한 암시를 했다고 합니다. 아버님은 그쪽으로는 생각지 않으셨던 것으로 기억합니다. 함께 꼬집어서 얘기했던 적도 있었지요. 하지만 일베르트 씨의 말에 따르면 그럴 가능성도 배제할 수 없습니다."

"다비드는 아무도 사귀고 있지 않았어요. 그랬다면 우리에게 말을 했을 겁니다."

“별달리 진전되지 않은 상태였을 수도 있습니다. 만난 지 얼마 지나지 않았을 수도 있지요. 아드님도 일베르트 씨에게 그 정도로만 암시한 모양입니다. 아드님이 실종된 후에 혹시 두 분께 연락을 해 온 여자가 있진 않았습니까? 두 분이 모르는 사람이 전화를 걸어 아드님을 찾은 적은 없었습니까? 전화 목소리뿐이었다고 해도 좋습니다.”

노인은 아들이 실종됐다는 사실이 분명해진 이후, 하루하루가 지나고 한 주 한 주가 지나는 동안 벌어졌던 일들을 전부 기억해 내려고 애쓰면서 에를렌뒤르를 응시했다. 가족이 모였고, 경찰이 사건 개요를 보고했고, 친구들이 돕기로 했고, 언론이 사진을 요구했다. 다비드의 부모는 사태를 받아들일 시간을 거의 갖지 못했다. 매일 밤 지치고 지쳐 침대에 쓰러졌으며, 부족한 잠을 자려고 애썼다. 그렇다고 휴식을 취할 수 있는 것은 아니었다. 밤마다 마음속에 아들의 모습이 생생하게 떠올랐고, 그러면 다시는 아들을 볼 수 없으리라는 두려움에 휩싸였다.

노인은 계속해서 에를렌뒤르를 응시했다. 이상하거나 예상치 못한 일이 있었는지, 누가 찾아왔거나 전화를 걸어온 적이 있었는지, 본인은 알지 못하는 목소리가 ‘다비드 집에 있나요?’ 같은 이상한 질문을 한 적이 있었는지 기억해내려고 애썼다.

“여자를 따라다니거나 한 적은 전혀 없었습니까?” 에를렌뒤르가 물었다.

“거의. 아직 많이 어렸으니까요.”

“모르는 사람이 아드님에 대해 물어 오거나 한 적은 없습니까?

또래의 아가씨라든가?" 에를렌뒤르는 앞서 했던 질문을 되풀이했다.

"내가 기억하는 바로는 없소. 내 기억에는 없어요. 나는, 우리는, 그 아이가 여자를 만났다면 알았을 거요. 몰랐을 리는 없지. 비록 지금은…… 너무 늙은지라 잊어버린 것이 있을지도 모르지만 말이오. 귄소륀이 살아 있었다면 도움이 됐을 것을."

"자식들은 연애사를 얘기하는 것을 부끄럽게 여기는 경우가 많습니다."

"그랬을지도 모르지. 하지만 그랬더라도, 막 시작한 관계였을 거요. 그 아이가 여자친구가 있는 것처럼 굴었던 기억은 없으니 말이오. 단 한 번도."

"형은 알고 있었을까요?"

"엘마르? 몰랐을 거요. 알았다면 얘기했을 테니까. 그렇게 중요한 일을 잊어버리고 말하지 않을 리가 없지."

노인이 기침을 시작했다. 볼썽사나운 모양새로 가르랑거리는 소리가 점차 커지는가 싶더니 기침이 멈추지 않았다. 콧구멍에서 피가 뿜어져 나왔고 급기야 노인은 휴게실 소파에 널브러지고 말았다. 에를렌뒤르는 뛰쳐나가 도움을 요청한 뒤, 다시 돌아와 옆에서 노인을 돌봤다.

"사람들이 생각하는 것보다 많이 안 남은 모양이군." 노인이 가르랑거리는 목소리로 말했다.

간호사들이 에를렌뒤르를 비키게 했고, 그는 노인이 병동으로 옮겨지는 모습을 지켜보았다. 문이 닫혔다. 그는 복도를 걸어 내려갔다. 노인을 다시 볼 수 있을지 알 수 없었다.

그날 밤 에를렌뒤르는 어머니 생각을 하며 깨어 있었다. 이맘때쯤이면 종종 생각이 났다. 동부에 살던 시절 어머니의 모습이 떠올랐다. 마당에 서서 하르스카피 산을 물끄러미 바라보다가, 뒤돌아서서 그에게 격려의 눈빛을 보내던 모습. 사람들이 찾아낼 거야. 아직 희망이 다 사라진 것은 아니야. 마당에 서 있던 어머니의 모습이 기억인지 꿈인지는 알 수 없었다. 중요하지 않은 문제일지도 몰랐다.

어머니는 입원한 지 사흘째 되던 날 세상을 떠났다. 에를렌뒤르는 내내 침대맡을 지켰다. 빈 병실에서 쉴 수 있도록 해주겠다고 간호사들이 말했지만 정중히 거절했다. 어머니 곁을 떠날 수가 없었다. 의사들이 어머니가 언제 눈을 감으실지 모른다고 했다. 어머니는 간혹 정신이 들었지만 의식이 혼미한 상태였고, 아들을 알아보지 못했다. 말을 붙여보려 했지만 소용없는 짓이었다.

그렇게 시간이 서서히 흐를수록 어머니는 천천히 죽음에 가까워졌다. 어린 시절의 기억이 그의 마음을 가득채웠다. 어린 시절, 어머니는 기묘하게 경계 지워진 세상과 달리 어디에서나 그의 곁에 있는 존재였다. 주의깊은 보호자였고 다정한 선생님이었고 좋은 친구였다.

마침내 어머니가 미약하게나마 의식을 회복하는 듯 보였다. 그녀는 미소를 지었다.

"에를렌뒤르."

어머니가 낮은 목소리로 속삭이자, 그는 어머니의 손을 잡았다.

"여기 있어요."

"에를렌뒤르."

"네."

"네 동생은 찾았니?"

13

에를렌뒤르가 극장 뒷문에 차를 세운 것은 막이 오르기 직전이었다. 늦었다는 것을 알았지만 착수한 일은 끝내고 하루를 마무리하고 싶었다. 호의적인 경비원은 분장실로 가는 길을 가르쳐주면서, 되레 본인이 노심초사하며 시간이 빠듯하지 않겠느냐고 걱정했다. 에를렌뒤르는 미리 전화를 해두었으니 오리가 자기를 기다리고 있을 것이라며 그를 안심시켰다. 오래 걸리지 않을 것이라고.

무대 뒤는 대혼란이었다. 배우들이 완벽한 무대 복장으로 복도를 왔다갔다하고 있었다. 아직 분장을 받는 배우들도 있었다. 무대 담당자들이 뛰어다니는 모습이 보였다. 관객들은 띄엄띄엄 자리를 채우기 시작했다. 소리가 또렷하지 않은 방송이 공연 시작 삼십 분 전을 큰 소리로 알렸다. 에를렌뒤르는 연극이 〈오셀로〉라는 것을 알고 있었다. 발게르뒤르의 이야기로는 나름대로 야심 차고 독창적이지만 일관성이 부족한 작품이라는 게 비평가들의 평이었다.

에를렌뒤르가 마침내 그를 찾아냈을 때 오리 피엘스테드는 대본을 넘겨 보며 분장실에 혼자 있었다. 이아고 역을 맡은 그는 1940년대 스타일의 정장 차림이었다. 이탈리아에서 공부를 마치고 막 귀국한 젊고 야심 넘치는 연출가가 작품의 배경을 2차세계대전 와중의 레이캬비크로 설정하고 싶어 했기 때문이다. 오셀로는 흑인이었고 점령 미군 소속의 대령이었다. 레이캬비크의 아가씨 데스데모나는 미군과 얽혀 있었다. 대령은 유럽에서의 임무를 마치고 돌아온 지 얼마 지나지 않아 데스데모나를 만났다. 이아고는 한편에서 그를 파멸시킬 음모를 꾸미고 있었다.

"전화 주신 형사님이십니까?" 에를렌뒤르가 문을 열자 오리가 물었다. "하필 이런 때를 택하셨군요."

"더 빨리 오려고 했는데 죄송합니다. 오래 걸리지는 않을 겁니다." 에를렌뒤르가 말했다.

"적어도 망할 놈의 비평가는 아니라 다행입니다!" 오리는 왜소하고 마른 사람이었다. 주름이 깊은 얼굴에는 분장용 화장이 짙었고, 무슨 연관성이 있는지 모를 클라크 게이블 스타일의 콧수염이 윗입술 위에 붙여져 있었고 이마를 훤히 드러내고 머리를 바짝 넘긴 모습이었다. 에를렌뒤르의 눈에는 미국 영화에 나오는 갱스터처럼 보였다.

"비평가들의 평을 읽으십니까?" 오리 피엘스테드가 물었다. 왜소한 체격에도 불구하고 목소리에는 힘이 있었다.

"전혀요."

“이번 작품에 대해 되도 않는 소리를 지껄여대느라 그 작자들 아주 신이 났습니다.” 오리가 말했다. 발게르뒤르는 비평가들이 오리 피엘스테드가 이아고 역을 제대로 소화하지 못했다고 평한다 했다.

“저는 읽지 않으니까요.” 에를렌뒤르가 말했다.

“이 작품을 본 적은 없으십니까?”

“연극을 자주 보는 편이 아닙니다.”

“망할 놈의 사기꾼들 같으니라고! 쓰레기 같은 놈들! 우리가 작품을 무슨 장난으로 하는 줄 아나?”

“음, 아니겠지요. 그게…… 그 사람들이야…….”

“해마다 똑같이 배운 데 없는 헛소리를 지껄인단 말이지요! 그런데 찾아오신 용건이?”

“발드빈 씨 문제로…….”

“아, 그러셨죠. 전화로 말씀하셨지요. 그 친구, 하루아침에 부인을 잃었다고 들었습니다. 우린 더이상 연락하지 않습니다. 벌써 수년째지요.”

“연기 학교에 같이 다니신 걸로 알고 있습니다만.”

“맞습니다. 그 친군 아주 유망한 배우였지요. 그런데 의학 쪽으로 들어서버리더라고요. 현명한 선택이었지요. 그래도 망할 놈의 비평가들로부터는 자유로우니까! 게다가 물론, 돈도 좀더 벌 테고요. 땡전 한푼 없다면 유명 배우가 되어봐야 무슨 소용이겠습니까? 이 나라 배우들은 쥐꼬리만한 소득을 올리고 있다니까요. 교사만큼이나 형편없지요!”

"친구분께서는 잘 지내고 있는 것 같습니다." 에를렌뒤르는 그를 진정시키기 위해 애를 썼다.

"그 친구, 내내 재정적으로 힘들어했지요. 그건 분명히 기억이 납니다. 우리한테 현금이며 이것저것 융통해 가고는 되는대로 갚았어요. 끈질기게 갚으라고 해야 갚았고, 갚지 않은 경우도 있었습니다. 그것 빼고는 괜찮은 친구였어요."

"그 시절 함께 어울리던 무리가 있었다고 들었습니다."

"네, 맞습니다." 단단히 붙었는지 확인하기 위해 손가락으로 가는 콧수염을 쓰다듬으며 그가 말했다. "끝내주는 패거리였지요."

"십오 분 남았습니다." 스피커에서 나는 소리였다.

"연기 공부를 포기한 직후에 부인 되는 분을 만났다고 들었고요."

"네, 저도 확실히 기억합니다. 사랑스러운 여대생이었지요. 그런데 경찰에선 왜 그 친구에 대해 묻고 다니시는지?"

배우들이 남 얘기 하는 걸 지독하게 좋아한다는 소리를 발게르뒤르에게 듣기도 해서, 에를렌뒤르는 신중하게 말을 골랐다.

"스웨덴의 연구 조사에 공조를 하는 참이라……."

오리 피엘스테드의 관심이 삽시간에 식는 것이 느껴졌다.

"재간이 많은 친구들이었습니다. 표현하자면 그렇군요. 같이 어울리던 무리 가운데 그 친구 실험 때문에 미쳤던 트리그비라는 친구가 생각나는군요."

"연기 실험 말씀입니까?"

"연기라고요……? 아뇨, 발드빈이 의학 공부를 할 때의 일입니다. 다른 실험이 있었겠어요? 저는 이제 가봐야겠습니다. 오 분 뒤면 무대에 올라가야 해서요. 관객이 좀 있던가요? 그 작자들이 이번 공연을 완전히 망쳐놓았어요. 비평가들 말입니다. 망했어요. 연극에 대해서는 알지도 못하면서 말입니다. 개뿔도! 그런데도 사람들은 멍청이들의 말을 듣는단 말입니다! 관객들이 극장에 전화를 걸어서는 떼 지어 환불을 하고 있어요."

오리가 문을 열었다.

"트리그비라는 사람은 누군가요?" 에를렌뒤르가 물었다.

"트리그비요? 주위에서 맛이 가버렸다고 했지요. 그 친구 이름이 맞을 겁니다. 그런 사람들 얘기는 들어보셨을 겁니다. 머리가 좋았는데 정신이 나가버렸어요. 결국 공부를 접었지요. 행방은 모릅니다."

"발드빈 씨와 관련이 있습니까?"

"그렇다더군요. 발드빈과 그의 의사 친구가 한 일이라고 했어요. 그 의사 친구가 트리그비의 사촌이지 않았나 싶습니다. 어쨌든 친척이긴 했어요. 단짝처럼 붙어다니기도 했고."

"무슨 일이 있었던 겁니까?"

"듣지 못하셨나요?"

"네."

"트리그비가 사촌에게 부탁을 했는데……."

오셀로가 데스데모나를 대동하고 복도를 폭풍처럼 달려 내려왔다. 그는 미국 대령의 복장을 하고 있었고, 데스데모나는 연푸른색 여름옷에 풍성한 금발 가발을 쓰고 있었다. 오셀로의 머리는 대머리였고 두피에 벌써부터 땀이 송골송골 맺혀 있었다.

"이 망할 놈의 악몽을 겪어보자고." 오셀로가 무대를 향해 이아고를 끌고 가면서 우렁찬 목소리로 말했다. 데스데모나는 에를렌뒤르를 보며 다정하게 미소 지었다.

"트리그비가 사촌에게 무엇을 부탁했습니까?" 에를렌뒤르가 등뒤에서 물었다.

오리가 걸음을 멈추고 뒤돌아보았다.

"사실 여부는 알 수 없습니다. 오래전에 들은 거고."

"말씀해주십시오. 무슨 소리를 들었습니까?"

"트리그비가 사촌에게 죽여달라고 부탁했답니다."

"죽여달라고요? 그는 죽었습니까?"

"아뇨. 원기가 왕성했지요, 머리가 이상해지고 말았지만."

"무슨 말씀을 하시는 겁니까? 이해가……."

"사촌이 트리그비에게 행한 실험입니다."

"무슨 실험 말씀입니까?"

"들은 바로는, 그가 트리그비의 심장을 몇 분 동안 멈추게 했다가 소생시켰답니다. 그러고 나서 트리그비는 사람이 달라졌다고 하더군요."

그리고 세 사람은 무대로 뛰쳐나갔다.

다음날 에를렌뒤르는 싱그바들라바튼 호수에서의 사고에 관련된, 경찰 문서 보관소에 남아 있는 오래전 기록들을 파헤쳤다. 그는 보트와 선외 모터에 관한 전문 감정인의 의견과 마리아의 어머니인 레오노라의 진술을 읽었다. 마그누스가 차가운 물속에서 익사했을 것이라고 적힌 검시 보고서도 발견했다. 하지만 분명 그 어린 소녀에게는 진술을 받은 기록이 없었다. 사건은 사고로 처리됐다. 에를렌뒤르는 조사를 담당했던 사람을 확인했다. 니엘스였다. 한숨이 나왔다. 니엘스와는 별달리 유대가 없었다. 범죄수사과에 몸담은 세월은 비슷했지만, 에를렌뒤르와 달리 니엘스는 미적거리는 타입이었다. 그의 손에 떨어진 사건들은 실효 때까지 지연되곤 했고 예외 없이 느적느적 처리됐다.

니엘스는 휴게실에서 커피를 마시며 여자들과 실없는 소리를 주고받고 있었다. 에를렌뒤르는 그에게 다가가 잠깐 시간 좀 내줄 수 있겠느냐고 물었다.

"무슨 일로 그러시나, 친구?" 니엘스가 습관적이고 무의미한 우쭐거리는 태도로 친절하게 물었다. '친구'는 그가 말끝마다 붙이는 표현이었는데 그 자체로는 무의미하지만 니엘스의 입에서 나오면 의미 깊게 들렸다. 니엘스가 아무런 근거도 없으면서 본인의 우월성을 자신하는 사람이기 때문이었다.

에를렌뒤르는 그를 휴게실 한편으로 데리고 가 앉혔다. 그리고 싱그바들라바튼 호수에서 일어났던 사건과 레오노라와 딸 마리아를 기억하느냐고 물었다.

"단순한 사건이었잖아, 안 그래?"

"그렇지, 그럴 거야. 혹시 정황상 이상했던 점이 있지 않아? 관련 인물들이라거나 사고 자체에 대해서 말이야."

니엘스는 싱그바들라바튼 호수에서 있었던 일을 기억해내려고 열심히 머리를 굴리고 있다는 인상을 주고 싶어 하는 게 뻔한 표정을 지었다.

"이제 와 다시 뚜껑을 열려는 건 아니지?" 니엘스가 물었다.

"아니야, 전혀. 자네가 당시 현장에서 어머니와 함께 봤던 딸이 요전날 죽었어. 익사한 건 아버지였고."

"그 사건에는 이상했다고 기억되는 점이 전혀 없는데."

"프로펠러는 어쩌다 헐거워진 거지?"

"내가 그런 세부 사항을 기억하고 있을 리가 없지 않나." 니엘스가 조심스럽게 말하며 의심스러운 눈길을 보냈다. 경찰서의 누구도 에를렌뒤르가 지난 사건들을 파헤치는 걸 좋아하지 않았다.

"법의학자들이 했던 말 기억하나?"

"마모였지, 안 그래?" 니엘스가 되물었다.

"비슷해. 하지만 충분한 설명이 되진 않아. 엔진이 낡고 닳았고 정비도 받지 않았었다는 보고서 내용 말고 달리 들은 건 없어?"

"귀드핀뉘르가 조사를 담당했어. 하지만 지금은 죽었지."

"그러니까 그 친구에게는 못 묻지. 자네도 보고서 내용이 전부가 아니라는 것을 알잖아."

"다 지난 사건이 대체 자네와 무슨 상관이야?"

에를렌뒤르는 어깨를 으쓱했다.

"대체 뭘 알아내려는 거야?"

"아무것도." 에를렌뒤르가 조바심을 다스리며 말했다.

"정확히 뭘 알아야 하는데?" 니엘스가 물었다.

"그들이 어떤 반응을 보였지? 부인과 딸 말이야. 기억할 수 있겠나?"

"별다른 반응이랄 것도 없었지, 뭐. 누가 봐도 비극적인 사고였으니까. 부인은 신경쇠약 직전이었어."

"프로펠러는 발견되지 않았단 말이지?"

"그래."

"풀려나간 이유가 뭔지 정확하게 알아낼 방법은 없었고?"

"응. 남자는 보트에 혼자 있었고 아마도 엔진을 어떻게 해볼 요량이었을 거야. 그러다 보트 밖으로 떨어져 익사했겠지. 부인은 상황을 목격하지 못했어, 어린 딸도 마찬가지였고. 갑자기 보트가 비었다는 걸 알았다더군. 잠깐 남자의 비명이 들렸고. 이미 너무 늦은 때였지."

"혹시……?"

"우린 소매업자도 만나봤어. 아니, 귀드핀뉘르만 만났던가? 하여간 선외 모터를 판 회사 사람도 만나봤다고."

"그래, 보고서에 있더군."

"그 사람 말로는 프로펠러가 그렇게 쉽사리 떨어져나갔을 리는 없다더군. 뭔가가 힘을 가했을 거라고."

"보트가 좌초했을 가능성은?"

"그렇게 볼 증거는 없었어. 하지만 부인 말로는 남편이 전날 엔진을 만지작거리고 있었다고 했어. 물어보지 않아서 정확히 뭘 하고 있는지는 몰랐다고 하고. 뜻하지 않게 프로펠러를 풀어버렸는지도 모르지."

"남편이?"

"그래."

에를렌뒤르는 잉그바르의 말을 떠올렸다. 마그누스는 엔진에 대해서는 아무것도 몰랐다고 했다.

"현장에 도착했을 때 딸의 반응을 기억하나?" 에를렌뒤르가 물었다.

"고작 열 살쯤 아니었어?"

"그래."

"음, 충격적인 경험을 한 여느 아이와 다르지 않았지. 엄마에게 착 달라붙어서 곁을 떠나지 않았어."

"보고서에 자네가 그 아이와 얘기를 해보았다는 내용은 전혀 없던데."

"맞아, 안 했어. 했을 수도 있지만 뭐, 별 얘기는 안 했을 거야. 그럴 이유가 없다고 봤거든. 아이들은 신뢰할 만한 증인이 못 되니까."

에를렌뒤르가 그 말에 반대 의견을 제시하려는 찰나, 두 명의 사복 경관이 휴게실로 들어와 니엘스를 큰 소리로 외쳐 불렀다.

"왜 그러는데? 뭐 때문에 물은 거야?" 니엘스가 물었다.

"어둠을 두려워했다고 해. 어둠을 두려워했다고." 에를렌뒤르가 대답했다.

14

마리아의 친구인 카렌은 자기집 문가에서 에를렌뒤르를 맞았다. 레이캬비크 서쪽 끝에 위치한 너른 아파트였다. 그녀는 그를 기다리고 있었다. 경찰서에서 만난 뒤 에를렌뒤르가 전화를 걸었을 때 그녀는 마리아를 아는 사람들의 이름을 알려주었다. 그녀는 열한 살 때 시작된, 새 학교에서 한 책상에 나란히 앉으면서 싹텄던 둘의 우정에 대해서도 이야기했다. 당시 레오노라는 마리아를 다른 학교로 전학시킨 상태였다. 딸이 은근히 따돌림을 당했던 이전 학교의 운영위원들과 선생들이 마음에 들지 않아서였다. 짧게 정리하자면, 마리아는 새로운 학교의 익숙지 않은 얼굴들 가운데서 자기 자리를 찾기 위해 애를 쓰고 있었다. 카렌 역시 막 이사를 온 터라 아는 친구가 없었다. 레오노라는 매일 아침 마리아를 학교까지 바래다줬고 오후마다 태우러 왔는데, 어느 날 마리아가 카렌에게 자기집에 가지 않겠느냐고 물었다. 레오노라는 딸의 새 친구를 환영해주었고, 그때부터 둘의 우정은 그녀의 보호 아래서 빠르게 꽃을 피웠다.

"사실 마리아의 어머니는 고압적인 데가 있었어요." 카렌이 말했다. "우리 둘 다 어지간히 싫어했던 발레 학원에 등록시키는가 하면 영화관에 데리고 다녔죠. 우리 어머니는 다른 친구들 집에서 절대 밤을 지내지 못하게 했는데, 마리아의 어머니가 어찌어찌 조정을 해서 마리아의 집에서는 같이 놀다 자고 갈 수도 있었어요. 영화표도 구해주고 텔레비전을 보고 있으면 팝콘을 만들어주셨죠. 우리끼리 노는 시간이 거의 없었어요. 오해는 마세요, 아주 친절한 분이었으니까. 다만 지긋지긋하다 싶은 때가 있었다는 거죠. 그분은 마리아를 과보호했어요. 그렇지만 응석받이로 키워졌어도 마리아는 다른 사람들 위에 군림하려 들지 않았어요. 언제나 예의가 발랐고 책임감이 있었고 착했죠. 천성이 그랬어요."

카렌과 마리아의 우정은 해가 갈수록 깊어갔다. 대학 진학 예비 학교를 같이 졸업하고 난 뒤, 카렌은 교직을 이수했고 마리아는 역사 공부를 했다. 둘은 같이 외국 여행을 다녔고, 결국 흐지부지되긴 했지만 재봉 동아리를 만들기도 했으며, 같이 휴가를 보냈고, 주말에는 교외로 나가거나 시내에 나가 놀기도 했다.

이제 에를렌뒤르는 절친했던 친구가 자살하고 난 뒤 경찰서로 찾아와서는 바닥 모를 절망 이외의 뭔가가 더 있었을 거라고 주장하게 된 카렌의 속사정을 보다 더 잘 이해했다.

"교령 의식에 대해서는 어떻게 생각하세요?"

"영매를 찾아간다는 걸 알고 계셨습니까?" 카렌의 물음에 대답을 회피하며 에를렌뒤르가 되물었다.

"제가 태워다줬어요. 영매의 이름은 안데르센이었어요."

"사후 세계가 있다는 걸 알게 되면 어머니가 딸에게 알려주기로 약속했던 모양입니다."

"그게 이상한 일인가요?" 카렌이 말했다. "우린 그 얘기를 많이 했어요. 마리아한테 프루스트 얘기도 들었고요. 그 책은 어떻게 설명하시겠어요?"

"가능한 설명이야 많습니다."

"초자연적인 일을 믿지 않으시는 거죠, 그렇죠?"

"네, 하지만 친구분을 이해합니다. 영매를 만나고 싶어 했던 이유는 충분히 이해할 수 있습니다."

"많은 사람들이 사후 세계를 믿어요."

"네. 하지만 저는 믿지 않습니다. 저로선 사람들이 죽음의 문턱에서 본다는 밝은 빛이나 터널 같은 것은, 멈추기 전에 마지막 메시지를 보내는 두뇌 작용일 뿐이라고 생각합니다."

"마리아는 다르게 생각했어요."

"친구분이 다른 사람에게도 프루스트 이야기를 했습니까?"

"모르겠어요."

카렌은 앉은 자리에서 그를 바라보았다. 에를렌뒤르에게 이야기를 꺼내도 될지, 혹여 실수를 저지르는 것은 아닐지 가늠해보는 중이었다. 시선이 마주쳤다. 실내에 들어오는 빛이 희미해지고 있었다.

"마리아가 최근에 한 말이 있어요. 형사님께 얘기해봐야 의미 없을 것 같지만."

"원치 않으시면 아무것도 말씀하실 필요 없습니다. 친구분께서 스스로 목숨을 끊었다는 것은 자명한 사실입니다. 받아들이기 힘들지도 모르지요. 우리는 이 세상에서 일어나는 많은 일들을 쉽사리 받아들이지 못하니까요."

"제가 왜 모르겠어요? 어머니가 돌아가시고 마리아가 어땠을지도 다 알아요. 하지만 여전히 이상하다는 생각이 머릿속을 떠나지 않아요."

"뭐가 말입니까?"

"마리아는 어머니를 봤다고 했어요."

"돌아가신 연후에 말입니까?"

"네."

"교령 의식에서요?"

"아뇨."

"친구분은 많은 것을 봤다더군요. 어둠을 끔찍하게 두려워했고."

"저도 알아요. 하지만 그때는 좀 달랐다고 해요."

"어떻게 말입니까?"

"몇 주 전 어느 날 밤에 잠에서 깼는데 어머니가 침실 문가에 서 있는 모습을 봤다는 거예요. 머리에는 리본을 꽂고 여름옷에 노란 스웨터를 걸친 모습이었다고 해요. 같이 나가자고 손짓을 했다더군요. 그랬는데 한순간 문가에서 사라져버렸고, 마리아가 밖으로 나가봤지만 아무데서도 보이지 않았다고 해요."

"친구분이 어떤 고통에 시달렸는지 아시지 않습니까."

"저라면 더 신중하게 판단하겠어요. 테이프에서 어머니가 접촉해 오기로 한 방식을 들으셨죠?"

"네."

"어떻게 생각하세요?"

"생각할 것도 없습니다. 책은 어쩌다 바닥에 떨어진 겁니다. 그런 일은 왕왕 있으니까요."

"정확히 그 책이 바닥에 떨어지는 일이요?"

"친구분이 빼놓고 잊어버렸는지도 모를 일입니다. 남편에게 책 얘기를 해서 그가 빼놨다가 잊어버렸을지도 모르고요. 어떤 손님에게 말했는데 그 사람이 책을 만지작거렸을 수도 있습니다. 본인께서도 얘기를 들으셨잖습니까."

"네. 그렇지만 저였다면 그 책을 떨어뜨리고 바닥에 그대로 놓아두진 않았을 거예요." 카렌이 지적했다.

"저는 우연을 믿습니다. 그나저나 친구분 어머니의 유령은 살아있는 것처럼 집안을 돌아다녔던 모양입니다. 저라면 그것이야말로 사후 세계의 존재를 입증하는 증거라고 생각하지 않았을까 싶군요. 예전 남자친구 말로는 친구분이 잠이 덜 깬 상태에서 여러 가지 것들을 보았다고 하더군요. 지인들이랄지." 에를렌뒤르가 말했다.

긴 침묵이 흘렀다.

"그건 그렇고, 테이프 속의 영매를 아신다는 겁니까?" 입을 연

것은 에를렌뒤르였다.

"네, 그다지 유명한 사람은 아니에요. 제가 소개시켜줬어요, 그를 만나본 다른 친구 소개로."

"테이프는 어쩌다 갖고 계셨던 겁니까?"

"마리아가 요전날 빌려줬어요. 직접 영매를 만나본 적이 없어서 교령 의식이 어떤 건지 들어보고 싶었거든요."

"친구분은 다른 심령술사도 찾아갔습니까?"

"그 사람 말고 최근에 찾아간 사람이 있어요. 죽기 직전에요."

"누구였습니까?"

"마리아 말로는 영매가 자기에 대해 모든 걸 알고 있었다고 해요. 정말 모르는 게 없었대요. 믿을 수 없는 일이라고 하더군요. 그 애와 나는 마지막 대화가 그런 내용이었어요. 마음이 좋지 않은 줄은 알았지만 그 정도까지인 줄은 몰랐죠."

"그 심령술사가 누군지 아십니까?"

"몰라요. 말해주지 않았어요. 하지만 마리아는 그 여자를 좋아하고 신뢰하는 것 같았어요."

"여자였습니까?"

"네."

카렌은 어스름 속에 말없이 앉아 커다란 거실 창문 너머를 응시했다. 그러다 난데없이 물었다.

"싱그바들라바튼 호수에서 벌어진 일에 대해서는 들으셨나요?"

"네, 들었습니다."

"늘 그런 생각이 들었어요. 영원히 밝혀지지 않을 무언가가 그 호수에서 일어났다는 생각."

"예컨대?"

"명확히 언급한 적은 없었지만 마리아는 끊임없이 무언가에 시달렸어요. 끔찍했던 그때 사고와 관련해서 그 애가 절대로 입 밖에 내지 못할 어떤 일이 일어났던 것 같았어요."

"같은 과였던 소르게르뒤르 씨를 아십니까?"

"네, 누군지 알아요."

"그분 역시 비슷한 말을 했는데, 사망한 아버지와 관계가 있을 거라고 생각하더군요. 죽을 운명이었다는 말을 했다던데, 친구분께 그런 말을 들은 적이 있습니까?"

"아뇨. '죽을 운명이었다'고 했다고요?"

"지나가듯 그런 말을 했다고 합니다. 의미야 여러 가지가 될 수 있겠지요."

"목숨이 다했었다는 의미를 말씀하시는 건가요?"

"가능한 해석입니다. 그날 죽는 것이 아버지의 운명이었고 어떤 것도 운명을 바꿀 수 없었다는 의미에서."

"제겐 그런 말은 하지 않았어요."

"또 다른 해석도 가능합니다."

"혹시…… 그럴 만했다거나 하는 뜻을 말씀하시는 건가요?"

"가능한 해석입니다. 그렇다면 이유는 무엇이었을까요?"

"사고가 아니었다는 말씀이세요? 그게……."

카렌은 에를렌뒤르를 응시했다.

"사고가 아니었다고요?"

에를렌뒤르가 대답했다.

"꼭 그렇다는 뜻은 아닙니다. 발생 당시 조사가 진행된 사건이고, 경찰에선 이상한 점을 전혀 발견하지 못했으니까요. 다만 오랜 세월이 지난 지금, 누군가의 입에서 마리아 씨가 그런 소리를 했다는 말이 나왔다는 말씀을 드린 겁니다. 비슷한 얘기를 들어보신 적이 전혀 없습니까?"

"네, 전혀요."

"테이프에서 어떤 목소리가 들립니다."

"네?"

"친구분에게 주의하라고 경고하는 낮은 남자의 목소리입니다."

"네."

"친구분이 목소리에 대해 뭐라고 말하던가요?"

"아버지 생각이 난다고 했어요."

"테이프를 들으면 그렇지요."

"제가 아는 건 그 호수에서 무슨 일이 일어났었다는 게 다예요. 마리아의 행동에서 자주 그런 느낌을 받았어요. 그 애 아버지와 관련된 일, 차마 아무에게도 말할 수 없었던 어떤 일이 일어났었다고."

"다른 질문을 드리겠습니다. 발드빈 씨와 같은 시기에 의학 공부를 했다는 트리그비라는 사람에 대해 들어본 적이 있습니까?"

카렌은 잠시 생각해보더니 고개를 저었다.

"아뇨, 트리그비라는 사람은 몰라요."

"친구분이 그 이름을 언급한 적은 없습니까?"

"없는 것 같은데요. 누구죠?"

"발드빈 씨의 대학 동기라는 것밖에 모릅니다."

에를렌뒤르는 오리 피엘스테드가 트리그비에 대해 해준 말은 묻어두기로 했다.

그는 잠시 후 그곳을 나왔다. 카렌은 에를렌뒤르가 주차장에 세워놓았던 차에 올라타는 모습을 지켜보았다. 둥근 미등이 달린 낡은 검은색 차였다. 차종은 알 수 없었다. 그는 곧바로 시동을 걸지 않았다. 잠시 후 운전석 차창 밖으로 담배 연기가 새어 나왔다. 둥근 미등에 불이 들어오고 차가 천천히 움직여 자리를 떠난 것은 사십 분이 흐른 뒤였다.

그는 어렸을 때는 동생 꿈을 꾸고 싶어 했다. 조그만 장난감이라든가, 작은아들 물건은 절대로 버리지 않았던 어머니가 조심스럽게 개어 정리해둔 스웨터라든가 하는 베르귀르의 물건들을 찾아내어, 잠들기 전에 침대 아래 놓아두곤 했다. 매번 다른 물건이었다. 처음에는 베르귀르가 꿈속에 나타나 스스로 자기를 찾는 걸 도와주었으면 했다. 나중에는 그냥 동생이 보고 싶었다. 사라져버렸을 때의 모습 그대로 기억하고 싶었다.

하지만 한 번도 베르귀르의 꿈은 꾸지 못했다.

수년이 흐른 뒤 추운 호텔방에 혼자 있게 되었을 때에야 그는 마침내 동생 꿈을 꾸었다. 깨고 나서도 한참 동안 꿈은 그를 떠나지 않았다. 자고 있는 건지 깨어 있는 건지 모를 상태에서, 그는 방 한 귀퉁이에 웅크리고 앉아 떨고 있는 동생을 보았다. 손을 뻗으면 닿을 것 같았지만 동생의 모습은 이내 사라졌고, 그는 다시는 오지 않을 재회에 대한 오래된 열망만을 간직한 채 또다시 홀로 남겨졌다.

'스완네 집 쪽으로'가 책장에서 바닥으로 떨어져 있는 것을 발견한 이후 마리아는 불안이 가시고 기분이 나아지기 시작했다. 그녀는 더이상 어두운 꿈을 꾸지 않았다. 꿈 없이 자는 밤들이 늘어갔고 전에 없이 원기가 회복되는 기분이었다.

발드빈은 이해심이 깊어졌다. 그녀가 광기의 세계로 이어지는 선을 넘을까 봐 두려운 것인지, 어머니가 보내온 신호에 그가 인정하고 싶어 하는 것 이상으로 마음이 흔들려서인지는 알 수 없었다.

"영매에게 가보는 게 좋지 않을까?" 어느 날 저녁, 그가 물었다.

마리아는 놀란 얼굴로 그를 바라보았다. 심령술사라면 질색을 하던 발드빈에게서 이런 소리를 들을 줄은 몰랐다. 안데르센에 대해 입을 다물고 있었던 것도 그래서였다. 그녀는 마찰을 빚고 싶지 않았고, 어쨌거나 자기와 어머니 사이의 일은 개인적인 문제라고 생각했다.

"그런 건 안 좋아하는 줄 알았는데." 그녀가 말했다.

"글쎄, 뭐 나야…… 당신에게 도움이 되기만 한다면, 뭐가 됐든 누가 됐든 상관하지 않을 거야."

"아는 심령술사라도 있어?"

"아, 아니." 발드빈이 주저했다.

"뭐야?" 그녀가 물었다.

"동료들이 얘기를 하더라고. 심장 전문의들이."

"무슨 얘기?"

"사후 세계에 대한 얘기. 최근에 있었던 일인데, 어떤 남자 환자가 수술대에서 이 분 동안 죽어 있었대. 혈관 우회 수술을 하다가 급성 심정지가 왔다는 거야. 몇 번이나 충격을 줘서 소생시켰는데 나중에 그 환자가 자기가 임사 체험을 했다고 주장했대."

"누구한테?"

"모든 사람들에게. 간호사들이며 의사들이며. 원래 신앙이 없는 환자였는데 그 경험으로 신앙을 갖게 됐다더군."

둘 다 말이 없었다.

"그 사람은 다음 세계로 건너갔다 왔다고 했어." 발드빈이 말했다.

"당신에게 물어본 적은 없었지만, 그런 이야기 말이야……. 병원에서 흔한 일이야?"

"간간이 비슷한 이야기를 듣지. 사후 세계에 대한 답을 찾으려고 스스로를 실험 대상으로 삼는 사람들도 있으니까."

"어떻게?"

"부러 임사 체험을 하는 거지. 없지 않은 일이야. 그 주제를 다룬 고약한 영화도 본 적이 있어. 어쨌든, 그래서 의사들이 심령술사와 영매에 대한 얘기를 꺼내기 시작했는데, 개중 한 명이 아내가 찾아간 적이 있다면서 괜찮은 사람을 알려주었어. 그래서 혹시…… 당신에게 필요하지 않을까 생각했어."

"그 남자 이름이 뭔데?"

"여자야. 이름은 마그달레나. 당신이 만나서 얘기해보고 싶어 하지 않을까 싶더라고. 어떻게든 당신에게 도움이 되지 않을까?"

15

알아낼 수 있는 트리그비의 마지막 거주지는, 흘렘뮈르 버스 터미널에서 멀지 않은 뢰이다라르스티귀르 거리 인근에 있었다. 정확히는 그 근처 쓰레기터 같은 건물의 더럽고 냄새나는 매트리스였다. 그는 너나없이 전과자이자 부랑자인 세 명의 노숙자와 함께 그곳에서 지냈다. 골함석을 입힌, 창문은 깨지고 천장은 새고 고양이 오줌 냄새가 진동하고 한가득 쓰레기가 넘쳐나는 다 쓰러져 가는 건물이었다. 현재의 소유주들에게 상속된 뒤 격렬한 유산 분쟁에 휘말린 탓에 건물은 망가지거나 말거나 방치되고 있었다. 트리그비 무리는 불법으로 건물 소유권을 얻으려 거기 머문다고 보기도 어려운 부랑자들이었다. 취태와 부랑 죄로 몇 차례 체포된 적이 있었지만, 에를렌뒤르의 손이 닿는 자료로만 본다면 트리그비는 사람들이 그를 신경쓰지언정 정작 본인은 다른 사람들을 아랑곳하지 않는 평화로운 외톨이였다. 레이캬비크의 거리가 지독히 추워질 때면 그는 경찰서 유치장이나 구세군 쉼터에서 피난처를 구하기도 했다.

트리그비를 찾아볼까 하는 심산으로 에를렌뒤르가 흐베르피스가타의 사무실에서부터 뢰이다라르스티귀르 거리에서 지척인 쓰러져가는 건물까지의 짧은 거리를 걸어가는 건 이게 두 번째였다. 그리고 상상의 나래를 펼쳐본다면 그의 동거인이라고 부르지 못할 것도 없는 한 남자와 마주했다. 정신이 반쯤 나간 알코올의존증자였는데, 더 편히 쉬기 위해서였겠지만 언제부터 콘크리트 바닥에 놓여 있었는지 모를 더러운 매트리스 위에 모로 기대 누워 있었다. 비가 내리는 중이었고, 남자의 옆 바닥에는 물웅덩이가 고인 게 보였다. 매트리스 옆에는 빈 브렌니빈■병들이 어지러이 흩어져 있었다. 바닐라 에센스나 제빵용 알코올이 들어 있었을 조그만 병들도 함께였다. 변성알코올병들과 바늘이 짧은 주사기 두 개도 보였다. 매트리스 위의 남자는 찡그린 눈으로 에를렌뒤르를 쳐다보았다. 퉁퉁 부은 한쪽 눈은 감긴 채였다.

"누구시오?" 알아듣기 힘든 불분명하고 쉰 목소리였다.

"트리그비 씨를 찾고 있습니다. 이곳에서 왕왕 지낸다고 들었습니다." 에를렌뒤르가 말했다.

"트리그비? 지금 여기 없는데."

"그런 것 같군요. 지금쯤 어디 있을지 아십니까?"

■ 아이슬란드를 대표하는 독주. 주재료는 감자고 캐러웨이 씨를 향신료로 쓴다. 별칭은 '검은 죽음'.

"못 본 지 오래됐소."

"여기서 자기도 한다던데요."

"그랬었지." 남자가 일어나 앉으며 말했다. "하지만 떠난 지 오래요. 오늘이 무슨 요일이오?"

"그게 중요합니까?"

"마실 거 좀 있소?" 남자의 목소리엔 일말의 희망이 서려 있었다. 그는 갈색 바지와 스웨터 위에 두터운 재킷을 입고 있었고, 앙상한 흰 종아리까지 올라오는 닳은 부츠를 신고 있었다. 찢어진 입술을 보니 최근에 싸움판을 벌인 모양이었다.

"없습니다."

"트리그비는 왜 찾는 거요?"

"별다른 일은 아닙니다. 그냥 만나고 싶어서요." 에를렌뒤르가 대답했다.

"혹시, 그…… 형 되시오?"

"그렇지는 않습니다. 트리그비 씨는 어떻게 지내고 있습니까?"

이 지저분한 구석에 오래 있다가는 하루 종일 옷에서 지린내가 진동할 것이다.

"내가 어찌 알겠소." 부랑자가 별안간 핏대를 세우더니 잔뜩 화난 목소리로 말했다. "당신 생각엔 그 친구가 어떻게 지낼 것 같소? 그 친구 인생이 그래봐야 똥 덩어리밖에 더 되겠소? 뭐야, 이 시궁창에서 구해낼 수 있다고 생각하는 건가? 그놈들이 얼마나 두들겨 패는지 알아? 망할 놈의 새끼들이. 불에 태워버린다고 협박을 한다고."

"누구 말입니까?"

"망할 애새끼들! 가만 내버려두질 않는다니까."

"최근에 그런 일이 있었습니까?"

"며칠 전이었지. 해마다 더 악질이 돼, 애새끼들이."

"트리그비 씨에게도 덤볐습니까?"

"트리그비는 못 본 지가……."

"……오래됐다고 하셨지요. 알겠습니다."

"술집에 가보시오. 그 친구를 마지막으로 본 곳이니까. '나폴레옹'. 손에 돈을 좀 쥔 모양이지, 안 그랬으면 쫓겨났을 테니."

"감사합니다." 에를렌뒤르가 말했다.

"돈 좀 있소?"

"술 마시는 데 쓰실 겁니까?"

"그게 중요한가?" 남자가 짜증 섞인 눈초리로 힐끗거리며 말했다.

"아닙니다. 그렇지는 않지요." 에를렌뒤르는 바지 주머니를 뒤적거려 지폐를 찾으며 대답했다.

'나폴레옹'은 에를렌뒤르가 마지막으로 가본 때와 비교해서 바뀐 것이 거의 없었다. 손님들은 부서질 것 같은 구석자리 테이블에 옹송그리고 앉아 있었다. 검은색 조끼와 빨간색 셔츠를 자랑스럽게 차려입은 바텐더는 십자말풀이에 열심이었고, 바 위쪽에 달린 라디오에서는 오후 연속극인 〈내 것이라 부를 곳〉이 방송되고 있었다.

에를렌뒤르는 자기가 찾는 남자에 대해 이렇다 하게 아는 바가 없었다. 오리 피엘스테드와 다시 한번 전화 통화를 하기는 했다. 〈오셀로〉의 조기 종연으로 시간이 남아도는 오리는 말이 상당히 많았다. 하지만 트리그비를 죽였다가 소생시킨 사건에 대해서는 이미 말해준 것 이상은 알지 못했다. 발드빈이 관여했던 게 분명하다고는 했지만, 실험을 담당했다는 트리그비의 사촌 이름은 기억해내지 못했다. 오리가 신학대에 조회해보라고 일러줘서 알아보았지만 트리그비는 입학한 해에 제적을 당한 상태였다. 거기서부터 트리그비의 기록은 의대로 이어졌는데, 공부는 이 년밖에 하지 않았고 그는 이후 대학을 그만두고 일자리를 찾아 나섰다. 조사 결과 트리그비는 한동안 바다에서 저인망어선과 상선을 타다가 육지로 돌아와 부두 노동자가 됐다. 당시 동료의 말로는 그때 이미 주정뱅이 부랑자의 길에 접어들었다. 술을 마셔대느라 일하러 나오지 않는 날이 많아 결국 해고를 당했다고 했다. 이후 트리그비는 경찰서 조서에 이름이 오르내리기 시작했다. 흘렘뮈르 근처 건물 비슷한 곳에 불법으로 들어가 지내거나, 술에 취해 인사불성이 된 채 거리에 널브러진 부랑자가 되었던 것이다. 그러나 에를렌뒤르는 전과 기록은 찾지 못했다.

그는 바텐더의 십자말풀이를 방해했다.

"트리그비를 찾습니다. 여기서 간혹 술을 마신다고 들었습니다만."

"트리그비? 내가 손님들 이름을 일일이 꿰고 있다고 생각하시오?"

"글쎄요. 일일이 꿰고 계십니까?"

"저기 초록색 파카를 입은 사람에게 물어보시오. 매일 오니까." 바텐더가 말했다.

에를렌뒤르는 어둠침침한 실내 저편, 바텐더가 가리키는 쪽을 자세히 보았다. 초록색 파카 차림의 남자가 반쯤 마신 맥주병을 앞에 두고 앉아 있었다. 테이블 앞쪽에 작은 양주잔 세 개가 보였다. 중년의 여자가 같은 테이블에 비슷한 개수의 잔을 두고 앉아 있었다.

에를렌뒤르는 그쪽으로 갔다.

"트리그비라는 사람을 찾습니다." 그는 옆쪽 테이블에서 의자를 하나 빼다가 그들이 앉은 테이블에 자리를 잡고 앉았다.

커플은 느닷없는 들이닥침에 놀라 눈을 치켜떴다.

"당신은 누구요?" 남자가 물었다.

"친구입니다. 학교 친구지요. 이곳에 간혹 온다고 들었고 그 친구를 만나고 싶습니다."

"그래서…… 뭐요?"

나이를 짐작하기 어려운 사람들이었다. 둘 다 얼굴이 부었고 눈은 충혈됐고 말아 피우는 담배를 피우고 있었다. 에를렌뒤르는 그들의 가내수공업을 방해한 참이었다. 그들은 담뱃잎과 종이로 조그만 담배를 말고 있었다. 여자는 낭비가 없도록 담배 종이마다 담뱃잎을 한 자밤씩 세심하게 놓았고, 그러면 남자가 그것들을 만 뒤 혀로 핥아 마무리했다.

"다른 것은 아니고, 그저 그 친구를 만나고 싶어서요. 어디 있는지 아십니까?"

"트리그비는 죽었습니다, 안 그래?" 초록색 파카의 남자가 여자를 보며 말했다.

"못 본 지가 오래됐어요. 죽었을걸요."

"어쨌든 그를 안다는 말씀이시죠?"

"간혹 가다 마주치긴 했으니까요." 남자가 여자가 건넨 새 담배를 핥으며 말했다.

"마지막으로 본 것이 오래전 일입니까?"

"네."

"언제였는지 기억하십니까?"

"아마…… 언제였더라? ……기억이 안 나는군요. 루돌프에게 가보시오. 저쪽에 있으니."

남자는 문가를 가리켰다. 파란색 스키 재킷을 입은 또 다른 남자가 앞에 맥주잔을 놓고 혼자 앉아 담배를 피우고 있었다. 테이블을 내려다보고 있었는데, 자기만의 세계에 완전히 빠져 있는 것 같았다. 에를렌뒤르가 맞은편 의자에 앉자 그가 눈을 들었다.

"어디 가면 트리그비를 찾을 수 있는지 아십니까?" 에를렌뒤르가 물었다.

"당신은 누구시오?"

"친구입니다. 대학 친구."

"트리그비가 대학에 다녔어요?"

에를렌뒤르는 고개를 끄덕였다.

"행방을 아십니까? 저분들이 죽었을지도 모른다고 하던데요." 그는 담배를 말고 있는 커플을 향해 고갯짓을 했다.

“트리그비는 죽지 않았소. 이삼일 전에도 봤는걸. 그 트리그비가 맞는다면 말이오. 난 다른 사람은 모르니까. 그 친구가 대학에 다녔소?” 남자가 말했다.

“어디서 보셨습니까?”

“일자리를 찾을 거라고 하더군요. 술을 끊어볼 거라고 했고.”

“그래요?”

“그런 말은 전에도 했지. 저 아래 중앙 버스 터미널에 있었소. 화장실에서 면도를 하더군요.”

“버스 터미널 근처에서 시간을 보내는군요.”

“가끔은. 버스를 보더군요. 거기 하루 종일 앉아 있지요, 버스가 오가는 모습을 보면서.”

16

그날 늦은 시각, 빗속에서 걸어 들어온 에를렌뒤르는 '스쿨라카피' 입구에 서서 주위를 두리번거렸다. 그녀는 등을 보이고 앉아 있었다. 맛없는 커피가 담긴 잔을 내려다보며 몸을 웅크리고, 손가락 사이에는 피우다 만 담배를 끼운 자세였다. 그는 잠시 망설였다. 손님이라곤 구석자리 테이블에 앉은 사람들이 다였다. 신문을 읽는 대형 트럭 운전수들이나 뒤늦게야 커피를 마시며 휴식을 즐기고 있는 인부들이었다. 곁들인 페이스트리는 다 먹었지만 아직 일터로 돌아가기까지는 몇 분 정도가 남은 사람들. 낡은 리놀륨 바닥과 해진 의자들은 그들의 이운 얼굴과 메마른 굳은살과 무난히 어울렸다. 그곳은 식당이라기보다는 노동자들의 휴게실 같은 분위기였고, 에를렌뒤르가 드나들던 때가 한참 지났는데도 새로 칠을 한 흔적이 없었다. 그러나 소금 간을 하고 달콤한 화이트

소스를 뿌린 양고기 요리는 시내 어느 식당도 따라올 곳이 없었다. 그곳을 장소로 정한 것은 그였다. 에바 린드는 어머니가 반감 없이 동의했다고 했다. 에를렌뒤르는 그녀가 앉은 테이블로 걸어갔다.

"안녕."

하들도라가 커피잔에서 눈길을 들었다.

"안녕." 생각을 읽을 수 없는 어조였다.

에를렌뒤르가 손을 내밀자 그녀 편에서도 손을 움직였지만, 커피잔을 들기 위해서였다. 그녀는 커피를 한 모금 마셨다.

그는 부끄러워진 손을 코트 주머니에 꽂고 마주앉았다.

"장소 선택을 참 잘했네." 그녀가 담배를 비벼 끄며 말했다.

"소금 간 한 양고기 요리가 좋아, 여기."

"촌스러운 스타일은 여전해."

"그렇겠지. 잘 지냈어?"

"부러 예의 바르게 굴 필요 없어." 하들도라가 테이블에서 눈길을 들며 말했다.

"그래."

"에바 말로는 어떤 여자와 산다던데."

"같이 사는 건 아냐." 에를렌뒤르가 말했다.

"그래? 뭔데, 그럼?"

"좋은 친구야. 발게르뒤르라고."

"아."

둘 다 말이 없었다. 그러다 하들도라가 불쑥 말했다.

"웃기는 짓이야." 그녀는 담뱃갑과 테이블에 놓여 있던 일회용 라이터를 집어 코트 주머니에 쑤셔넣었다. 그리고 자리에서 일어났다. "무슨 생각을 했나 모르겠어."

"가지 마."

"가야 해. 에바가 뭘 어쩌고 싶었는지는 모르겠지만…… 다 웃기는 짓이야……."

에를렌뒤르가 테이블 위로 손을 뻗어 하들도라의 팔을 잡았다.

"가지 말라고." 그가 다시 한번 말했다.

그들의 눈이 마주쳤다. 하들도라가 그의 손을 홱 뿌리치며 자리에 도로 털썩 앉았다.

"에바 때문에 왔을 뿐이야." 그녀가 말했다.

"나 역시 그래. 그 아이를 위해서 노력은 해봐야 하지 않겠어?"

하들도라는 다시 담뱃불을 붙였다. 라이터에 '마요르카'라고 적힌 것 같았다. 에를렌뒤르는 그녀가 지중해에서 휴가를 보낸 줄은 모르고 있었다. 햇살을 추억하려고 구입했을 것이다. 어딘지 모를 해변의 뜨거운 모래에 대한 꿈을 생생하게 간직하기 위해서였을 수도 있었다. 언젠가 그는 대체 그런 곳에 가는 이유를 모르겠다며, 그녀가 햇살 좋은 곳으로 패키지여행을 가자는 걸 일축했다. 그때 그녀는 이렇게 쏘아붙였다. "사람들이 왜 그런 곳에 가느냐고? 아무것도 하지 않기 위해서야!"

"에바는 잘하고 있어." 하들도라가 말했다.

"우린 그 아이를 본받아야 해. 우리 둘 다 응원하고 있다는 마음을 전할 수 있다면 그 아이에게 도움이 될 거라고 생각해." 에를렌뒤르가 말했다.

"그런데 문제가 한 가지 있어. 난 당신과 아무것도 같이 하고 싶지 않거든. 그 아이한테 말했고 그 아이도 알아. 몇 번이나 말했다고."

"그 마음은 나도 이해해."

"이해? 당신이 이해를 하든 말든 내가 무슨 상관이야? 당신은 우리 가정을 파괴했어. 양심이 있으면 당신도 알겠지. 당신은 아이들하곤 아무런 상관도 없는 사람처럼 집을 나가버렸어. 뭘 이해한다는 거야?"

"불쑥 나온 게 아니잖아. 그 점은 당신이 틀렸어. 아이들에게 내가 불쑥 나갔다고 말하는 것도 바람직하지 못한 처사였고."

"당신 입장에서야 그렇겠지!"

"이런 말다툼 꼭 해야 하나?" 에를렌뒤르가 말했다.

"당신이 나를 심판하려 들잖아!"

"그렇지 않아."

"아니, 맞아." 하들도라가 코웃음 쳤다. "당신은 무엇에 대해서건 논쟁 자체를 싫어하지. 나는 이런 사람이다, 그러니 다른 사람은 입다물어라. 그게 당신이 원하는 방식이잖아?"

에를렌뒤르는 대답하지 않았다. 그는 이 만남을 두려워했다. 하들도라가 어떻게 나올지 알았기 때문이다. 그녀는 과거의 일을 묻어버리지도 잊지도 않았다. 그는 그녀를 바라보았다. 그녀는 이제 나이가 들어 있었다. 얼굴은 탄력이 떨어졌고, 아랫입술이 살짝 부풀었고, 코 위와 눈 아래 피부가 붉었다. 예전에는 화장도 했는데 이제 더이상 신경쓰고 싶은 마음 따위 없는 모양이었다. 자기는 예전과 다를 바 없이 우울한 모양새일 터였다.

에를렌뒤르가 말했다.

"우리가 실수를 했어. 내가 실수를 했어. 안고 살아가야 할 거야. 내가 달리 행동했어야 했어. 애들을 보며 살게 해달라고 고집을 부렸어야 했어. 당신에게 설명을 좀더 잘했어야 했어. 노력했지만 충분치 않았던 모양이야. 옛날 일은 미안해. 하지만 이제 와서 바꿀 수 있는 건 아니잖아. 더이상 우리 문제가 아니야. 신드리와 에바의 일이야. 어쩌면 늘 그 애들 문제였는지도 모르지. 내가 더 잘할 수 있었을 텐데 당신이 책임지게 놔뒀어. 당신에게 아이들을 떠맡겼어."

하들도라는 다 피운 담배를 재떨이에 비볐다. 그리고 이내 또 한 대를 꺼내 마요르카 라이터로 불을 붙인 다음, 푸른 연기를 빨아들이고 천천히 콧구멍으로 내뿜었다.

"그래서, 다 내 탓을 하고 싶은 거야?"

"무엇에 대해서도, 누구도 탓하고 싶지 않아." 에를렌뒤르가 말했다.

"그렇게 책임을 회피하는 거겠지. 나한테 아이들을 맡겼다고? 당신은 그렇게 생각해버리고 싶은 거야?"

"그런 뜻이 아니야. 그리고 난 책임을……."

"당신은 내 인생이 장미꽃밭이었는 줄 알아? 애 둘 딸린 이혼녀로 사는 게 쉬운 줄 알아?"

"그렇게 생각하는 게 아니야. 비난받을 대상을 고르면 나지. 다른 누구도 아냐. 나도 알아. 언제나 알고 있었어."

"다행이네."

"하지만 당신도 무고하진 않잖아. 당신은 내가 아이들을 만나지 못하게 했어. 나에 대해 아이들에게 거짓말을 했어. 그것이 당신의 복수였지. 아이들을 만나며 지내려고 내가 더 노력했어야 했는데. 그게 내 실수였고."

하들도라는 말없이 노려보았다. 에를렌뒤르는 그녀의 시선에 응수했다.

"당신은 실수고, 나는 복수지?" 마침내 그녀가 말했다.

그는 대답하지 않았다.

"당신은 하나도 변한 게 없어." 그녀가 말했다.

"당신과 다투고 싶지 않아."

"그러시겠지."

"무슨 일이 일어나고 있는지 살필 수 없었어? 당신이 개입할 수는 없었어? 한순간만이라도 자기 연민에서 벗어나 아이들에게 무슨 일이 일어나고 있는지 살펴줄 수 없었느냐고. 내게도 책임이 있다는 건 알아. 아이들이 잘 지낼 수 있는 환경을 마련해주지 못한 잘못이 커. 에바가 찾아오고 무슨 일이 있었는지 알고 나서 나 자신을 탓했어. 내가 아이들을 망쳤다는 것을 알았거든. 하지만 당신은, 하들도라? 어떻게든 해줄 수 없었어?"

하들도라는 곧장 대답하지 않았다. 그녀는 손가락으로 라이터를 돌리면서 비 내리는 바깥을 내다보았다. 에를렌뒤르는 분노에 찬 맞대응이 몰아치리라 예상했지만 하들도라는 빗줄기를 응시하며 조용히 담배를 피울 뿐이었다. 마침내 입을 열었을 때 그녀는 지친 목소리였다.

"알겠지만 우리 아버지는 노동자였어. 가난한 집에 태어나서 더 가난하게 살다 가셨지. 어머니 역시 매한가지였고. 우린 아무것도 가져본 적이 없었어. 쥐꼬리만한 것도. 난 다른 인생을 원했어. 가난에서 도망치고 싶었어. 좋은 집을 사고 싶었어. 좋은 것들을 소유하고 좋은 남자를 만나고 싶었어. 당신이 그 남자라고 생각했어. 우리가 크나큰 행복을 안겨줄 삶을 함께 시작했다고 생각했지. 그렇게 돌아가지는 않았지만. 당신이…… 집을 나가버렸으니까. 나는 술을 마시기 시작했어. 에바와 신드리가 당신에게 무슨 말을 했는지는 몰라. 당신이 내 삶, 우리의 삶에 대해 얼마나 알고 있는지도 몰라. 그다지 유쾌한 삶은 아니었어. 나는 남자 운도 없었지. 진짜 나쁜 새끼들도 만났고. 나는 뼈빠지게 일했어. 월세를 전전했고, 쓰레기장 같은 데서도 살아봤어. 아이들이랑 길거리로 나앉은 적도 있었어. 술만 진탕 마시던 때도 있었고. 나는 엄마로서 해야 하는 만큼 아이들을 제대로 돌보진 못했던 거 같아. 그러니 애들은 사는 게 더 끔찍했을지도 모르지. 특히 에바는 낯선 사람들이나 안 좋은 환경에 신드리보다 훨씬 예민했으니까."

하들도라는 담배 연기를 빨아들였다.

"그렇게 살았어. 난 자기 연민에 지지 않으려고 내내 노력했어. 난……. 내게 당신을 탓해버리고 싶은 마음이 있다 해도 어쩔 수 없어."

"피워도 되지?" 에를렌뒤르가 담배에 손을 뻗었다.

하들도라는 담뱃갑과 마요르카 라이터를 밀어주었다. 둘은 마주앉아 담배를 피우며 각자의 생각 속으로 빠져들었다.

"에바는 언제나 당신에 대해 물었어. 그러면 대개는, 내가 만났던 건달 중 한 명이었다고 말했지. 여자로서 나한테도 좋은 대답은 아니었지만 달리 뭐라고 말할 수 있었겠어? 내가 뭐라고 말하는 게 좋았을 거 같아?" 하들도라가 말했다.

"모르겠네. 쉬운 삶은 아니었겠군." 에를렌뒤르가 말했다.

"당신이 우리에게 안긴 삶이야."

에를렌뒤르는 대답하지 않았다. 실내에 소리가 들리지는 않았지만 비가 내렸다. 체크무늬 셔츠를 입은 남자 셋이 자리에서 일어나 걸어나가며, 주방에 있는 요리사에게 잘 먹었다고 인사했다.

"운명은 처음부터 내 편이 아니었어." 하들도라가 말했다.

"그랬을지도."

"'그랬을지도'는 없어."

"그래."

"왜 그런지 알아?"

"아마도."

"운명이 내 편이 아니었던 이유는 내가 관계 속에 백 프로 나를 던졌기 때문이야."

"그래."

"당신은 그러지 않았어."

에를렌뒤르는 아무 말도 하지 않았다.

"한 번도." 하들도라가 연기를 뿜어내며 말했다.

"당신 말이 옳은 것 같군."

하들도라가 코웃음을 쳤다. 그녀는 시선을 피했다. 그들은 한참을 침묵 속에 앉아 있었다. 하들도라가 기침을 하더니 재떨이로 손을 뻗어 담배꽁초를 비벼 불을 껐다.

"그게 정당한 행동이었다고 생각해?" 그녀가 물었다.

"당신 감정에 답해주지 못해서 미안해."

"'미안해!'" 하들도라가 그의 말투를 흉내냈다. "그런 소리가 도움이 될 거라고 생각하는 거야? 대체 생각이라는 게 있어?"

"모르겠네."

"깨닫기까지 오래 걸리지는 않았어. 내가 당신에게 중요하지 않다는 거. 하지만 계속 노력했어. 바보처럼. 당신에 대해 알면 알수록 더 열심히 노력했어. 당신을 위해서라면 뭐든지 했을 거야. 당신이 시간을 줬더라면……. 당신은 왜 상황이 그렇게까지 흐르도록 내버려둔 거야? 내게는 처음부터 관심도 없었으면서."

하들도라는 눈물을 삼키기 위해 커피잔으로 시선을 낮추었다. 그녀의 어깨가 처지고 아랫입술이 파르르 떨렸다.

에를렌뒤르가 말했다. "내가 실수를 했어. 나는…… 난 어떻게 행동해야 할지 몰랐어, 내가 무엇을 하고 있는지도 몰랐어. 난 무슨 일이 일어난 건지도 모르겠어. 너무 깊이 생각하지 않으려고 했어. 그때 일은 생각을 하지 않으려고 했어. 비겁한 짓이었지."

"나는 당신을 이해할 수 없었어."

"우린 아주 달라, 하들도라."

"그럴지도."

"어머니가 돌아가신 후였어. 세상에 나 혼자 남은 기분이었어. 난……."

"어머니가 되어줄 사람을 찾았던 거야?"

"어떤 상태였는지 말해보려고 노력하는 거야."

"그럴 필요 없어. 더이상 중요하지 않으니까."

"이젠 미래에 집중해야겠지, 그 대신."

"그래, 그렇겠지."

"나는 우리가 에바 얘기를 할 수 있을 거라 생각했어. 우리가 만난 건 우리 때문이 아니야. 더이상은 아니야. 우린 오래전에 끝났어, 하들도라. 당신은 그걸 받아들여야 해."

둘 다 말이 없었다. 주방에서 접시 달그락거리는 소리가 들려왔다. 데님 재킷을 입은 남자 둘이 들어와 카운터 쪽으로 걸어갔다. 그들은 커피와 페이스트리를 알아서 챙겨 들고 구석자리에 가 앉았다. 파카 차림의 남자 하나가 또 다른 테이블에 혼자 앉아 신문을 읽고 있었다. 가게에 다른 손님은 없었다.

"당신은 흉조였어. 아버지가 늘 그러셨어. 흉조라고." 하들도라가 낮은 목소리로 말했다.

"상황이 달라졌을지도 몰라. 당신이 내 감정을 조금이라도 이해해줬다면. 난 너무나 고통스러웠는데 당신은 냉정하고 미움으로 가득차 있었어. 지금도 그렇지. 당신은 내가 아이들 곁으로 가지 못하게 했어. 너무했다고 생각지 않아? 비난으로만 응수하는 건 그만할 수 없었어?"

"계속해봐. 전부 내 탓으로 해보라고!"

"그러는 게 아냐."

"그러는 거야."

"에바를 위해 할 수 있는 게 없을까, 우리?"

"나로선 방법을 모르겠네. 당신 양심의 가책을 덜어주는 데에는 관심도 없고."

"노력도 해볼 수 없다는 건가?"

"너무 늦었어."

"이렇게 될 줄은 몰랐군." 에를렌뒤르가 말했다.

"어쩌라고? 당신 처사가 빚은 결과인데."

하들도라는 담뱃갑과 라이터를 집어 들고 자리에서 일어났다.

"모든 것이 당신 처사 때문이었어." 그녀는 성난 목소리로 말하고 식당을 뛰쳐나갔다.

17

이어지는 며칠 동안 에를렌뒤르는 트리그비를 찾으러 간간이 중앙 버스 터미널에 들렀다. 트리그비를 알아볼 기준이라고 해봐야 '나폴레옹'에서 루돌프가 말해준 애매한 묘사가 다였지만, 그것으로 충분하길 바랄 뿐 달리 방법이 없었다. 시외버스 터미널에는 세 번째 들른 것이었다. 아퀴레이리행 버스가 출발할 예정이라는 방송이 나오고 있었다. 몇몇 승객들이 대합실에서 짐을 챙기기 시작했다. 바쁜 점심시간은 지나갔고 따뜻한 음식과 간단한 음료와 샌드위치를 먹을 수 있는 카페테리아는 조용했다. 흡연석은 터미널 뒤쪽에 대기중인 버스들이 내다보이는 창가 테이블이었다. 그곳에, 한 남자가 테이블에 올려놓은 노란색 비닐봉지를 꽉 움켜쥐고 홀로 앉아 있었다. 그는 아퀴레이리행 버스에 오르는 승객들을 바라보았다. 머리카락은 헝클어졌고, 오래전에 당한 사고의 흔적인지 아니면 칼부림이 남긴 자상인지 턱에 심한 흉터가 있었다. 손은 크고 더러웠으며 집게손가락과 가운뎃손가락의 손톱은 때가 끼어 검었다.

"실례합니다. 혹시 트리그비 씨가 아닙니까?" 에를렌뒤르가 그에게 다가가며 물었다.

남자는 의심 어린 눈으로 그를 보았다.

"누구시죠?"

"저는 에를렌뒤르라고 합니다."

"나 원……." 남자는 난데없이 등장한 이방인에게는 관심 없는 기색이었다.

"제가 커피나 뭐 먹을 것을 대접해도 되겠습니까?" 에를렌뒤르가 물었다.

"원하는 게 뭐요?"

"얘기를 나누고 싶은 것뿐입니다. 문제될 일은 없을 겁니다."

남자는 수지 타산을 맞춰보는 듯한 표정을 지었다.

"얘기라고요?"

"괜찮으시다면 말입니다."

"원하는 게 뭡니까?"

"뭘 좀 드시겠습니까?"

남자는 에를렌뒤르의 갑작스러운 등장에 어쩔 줄 몰라 하며 한참 동안 그를 바라보았다.

"브렌니빈이면 좋겠어요." 마침내 그가 말했다.

에를렌뒤르는 그를 향해 차가운 미소를 지었고, 잠시 망설인 끝에 카운터로 갔다. 그는 더블 브렌니빈과 커피 두 잔을 주문했다. 남자는 아퀴레이리행 버스가 천천히 터미널을 빠져나가는 모습을 바라보면서 창가에 앉아 기다렸다. 에를렌뒤르는 카페 바텐더에게 창가 쪽 흡연석에 앉은 남자에 대해 아는 게 있느냐고 물었다.

"저기 부랑자요?" 바텐더가 남자에게 턱짓을 하며 물었다.

"네. 이곳에 자주 오는 편입니까?"

"벌써 몇 년째 간혹 들르고 있지요."

"와서는 뭘 합니까?"

"아무것도 안 해요. 아무것도 안 하고 아무런 문제도 일으키지 않죠. 이곳에 오는 이유도 모르겠어요. 화장실에서 면도하는 모습이 보일 때는 있어요. 벌써 몇 시간째 앉아 있는지 모르겠어요. 버스가 떠나는 것만 보면서. 저 사람을 아십니까?"

"아뇨. 안다고 하기는 어렵습니다. 버스를 타고 어디로 가거나 하지는 않습니까?"

"아뇨, 전혀요. 버스에 타는 건 본 적이 없어요."

에를렌뒤르는 잔돈을 받아들고 고맙다는 인사를 했다. 그런 다음 창가의 남자에게 돌아가 마주하고 앉았다.

"누구라고 하셨죠?" 남자가 물었다.

"이름이 트리그비 맞습니까?"

"네, 트리그비입니다. 그쪽은요? 그쪽은 누구죠?"

"제 이름은 에를렌뒤르입니다." 그가 다시 한번 말했다. "경찰서에서 나왔습니다."

트리그비는 천천히 비닐봉지를 테이블 아래로 움직였다.

"원하는 게 뭡니까? 난 아무 짓도 안 했어요."

"당신의 소지품을 원하는 게 아닙니다. 봉지 속에 뭐가 들었는지도 관심 없습니다. 실은, 당신의 대학 시절에 관한 이상한 이야기를 들었습니다. 그게 사실인지 알고 싶습니다."

"무슨 이야기요?"

"음…… 어떻게 말을 해야 하나……. 당신 죽음에 관한 이야기 말입니다."

트리그비는 한마디도 하지 않고 한참 동안 에를렌뒤르를 응시했다. 그러곤 단숨에 브렌니빈을 꿀꺽꿀꺽 마시더니 유리잔을 내밀었다. 큰 코의 뼈는 다 주저앉았으며 입술은 두터웠다. 살진 얼굴은 쇠약한 몸과 대조되어 기묘해 보였는데, 중력에 굴복해서인지 이상하게 길고 처진 인상을 주었다.

"내가 여기 있는 줄은 어떻게?"

"여러 가지 방법이 있었습니다. '나폴레옹'에도 갔었고."

"'내 죽음에 관한 이야기'라니 무슨 소리죠?"

"정확한 사정이야 모르지만 의대생 몇 명인지 한 명인지가 어떤 실험을 했다고 들었습니다. 당신은 신학인지 의학인지를 공부하고 있었고요. 당신은 그 실험에 참여했습니다. 일시적으로 심장을 멈추게 했다가 다시 뛰게 하는 실험이었다던데 사실입니까?"

"왜 그런 걸 알고 싶어 하는 거죠?" 남자가 거친 술꾼의 쉰 목소리로 물었다. 그는 담배를 찾아 윗주머니를 뒤지더니 반쯤 빈 담뱃갑을 꺼냈다.

"호기심입니다."

트리그비는 술잔을 뚫어져라 보다가 에를렌뒤르를 쳐다봤다. 에를렌뒤르는 자리에서 일어나 카운터로 돌아가 브렌니빈 반병을 사서 자리로 돌아왔다. 그는 잔을 채워준 뒤 테이블 한쪽에 병을 내려놓았다.

"그런 소리는 어디서 들은 겁니까?" 트리그비가 물었다. 그는 잔을 비운 다음, 다시 밀어냈다.

에를렌뒤르가 재차 잔을 채워주었다.

"사실입니까?"

"그건 왜 알려는 겁니까? 뭘 어쩌려고요?"

"뭘 어쩌겠다는 건 아닙니다."

"경찰이라고요?" 남자가 잔을 홀짝거리며 물었다.

"네. 당신은 정말 트리그비 씨입니까?"

"내 이름은 트리그비가 맞습니다. 대체 뭘 원하는 건지 모르겠군요." 남자가 주위를 둘러보며 말했다.

"무슨 일이 있었는지 말해주실 수 있습니까?"

"아무 일도 없었어요. 아무 일도, 아무 일도 없었다고요. 왜 이제 와 그런 걸 묻는 겁니까? 당신과 무슨 상관이죠? 누구하고든 아무 상관도 없는 일이에요!"

겁을 주었다간 도망쳐버릴지도 몰랐다. 그에게, 이 시궁창 냄새 나는 더러운 노숙자야, 내가 무슨 상관이든 네놈과는 또 무슨 상관이냐고 말해줄 수도 있었지만, 그러면 알고 싶은 내용을 듣지 못할 터였다. 에를렌뒤르는 회유책을 택했다. 트리그비를 동등한 인간으로 대우하면서 술잔을 채워주고 담뱃불을 붙여줬다. 그는 앉아 있는 장소에 대해 이런저런 잡담을 늘어놓았다. 남자아이들이 여자친구들과 돌아다니다가 특제 요리를 먹기 위해 버스 터미널에 들르던 옛날처럼, 아직도 이곳에선 겉을 태운 양머리를 으깬 순무를 곁들여 팔고 있었다. 브렌니빈도 한몫 거들어주었다. 트리그비는 한 잔 두 잔 계속해서 꿀꺽꿀꺽 들이켰고, 급기야 혀가 풀리기 시작했다. 천천히 그러나 확실히 에를렌뒤르는 대화의 방향을, 트리그비가 대학에 다녔고 친구 몇이 이상한 실험을 하고 싶어 했다던 시절로 잡아갔다.

"뭘 좀 드시겠습니까?" 이야기가 잡담으로 이어지자 에를렌뒤르가 물었다.

"난 내가 교구 신부가 될 거라고 생각했어요." 트리그비가 먹을 건 됐다는 뜻으로 손사래를 치며 말했다. 대신 술병을 잡고 또 한 차례 꿀꺽꿀꺽 마시더니 옷소매로 입술을 훔쳤다. "그런데 신학은 지겹더라고요. 그래서 의학 공부를 시작했지요. 친구들 대부분이 속한 분야였죠. 나는……."

"말씀하십시오."

"그 친구들 벌써 몇 년째 못 봤군요. 지금쯤 모두 의사가 되었겠지요. 이런 전문의, 저런 전문의. 부자가 됐겠고 뚱뚱해졌겠지요."

"그들이 생각한 실험이었습니까?"

트리그비가 너무 앞서가는 것 아니냐는 눈빛으로 에를렌뒤르를 보았다. 이것은 '내' 이야기야, 마음에 들지 않으면 언제든지 자리를 떠보든가.

"여전히, 그 일을 파헤치려는 이유를 모르겠습니다." 트리그비가 말했다.

에를렌뒤르는 한숨을 길게 내쉬었다.

"수사중인 사건과 관련이 있을지도 모르기 때문입니다. 지금으로선 그렇게밖에 말씀드릴 수 없습니다."

트리그비는 어깨를 으쓱했다.

"좋으실 대로."

그는 다시금 병나발을 불었다. 에를렌뒤르는 참을성 있게 기다렸다. 그리고 마침내 운을 뗐다.

"그 실험을 해달라고 부탁한 것이 당신이었다고 들었습니다."

"웃기는 거짓말. 난 아무 부탁도 하지 않았어요. 녀석들이 제안했지. 녀석들이 내게 그랬단 말입니다."

에를렌뒤르는 침묵했다.

"그 멍청한 놈 말을 듣지 말았어야 했는데."

"누구 말입니까?"

"사촌이죠. 망할 놈의 멍청이 새끼!"

다시 침묵이 흘렀지만 에를렌뒤르는 부러 나서지 않았다. 그는 아무런 암시도 하고 싶지 않았다. 트리그비가 자기 이야기를 하고 싶다는, 무슨 일이 있었는지 다 밝히고 싶다는 충동을 느끼길 바랐다. 설사 대상이 중앙 버스 터미널에서 만난 이방인이라 해도.

"춥지 않나요?" 트리그비가 재킷을 여미며 물었다.

"아니요, 괜찮습니다만."

"난 언제나 추워요."

"사촌 얘기를 하셨습니다."

"그 일은 그다지 잘 기억나지 않아요."

하지만 에를렌뒤르는 오히려 그가 당시 있었던 일을 전부 기억한다는 인상을 받았다.

"술에 취해서 끝 간 데를 모르게 된 미친 생각이었어요. 실험 대상이 필요했던 녀석들이 '신학생을 이용하자'고 했죠. '녀석을 지옥으로 보내보는 거야.' 한 명은…… 내 사촌이었어요. 죽음과 관련된 문제에 미친놈처럼 집착하던 부자 새끼였죠. 내가 그쪽으로 관심이 많았던 걸 녀석은 알았어요. 그걸 아니까, 당시만 해도 한 달 월급에 상당했던 돈을 지불한 거죠. 그 무리에는 여학생도 한 명 끼어 있었어요. 좀…… 좋아했습니다. 그녀 때문에 승낙했는지도 몰라요. 아니었다고 할 수는 없죠. 나보다는 다들 선배였어요. 사촌은 졸업반이었고 그녀도 그랬어요. 그 여자."

18

트리그비는 술 반병을 마시고 대기중인 버스들을 게슴츠레한 눈으로 응시했다. 그의 말은 두서가 없고 반복적이고 이상하게 복잡했으며, 때로 그는 말을 멈추고 오랜 시간 침묵 속에 앉아 있기도 했다. 그러나 에를렌뒤르는 방해할 엄두를 내지 못했다. 이윽고 트리그비는 고개를 푹 숙이더니 테이블을 내려다보았다. 마치 세상에 홀로 남은 것 같았다. 머릿속을 떠도는 생각 말고는 이생에 함께하는 것이 없는 것 같았다. 에를렌뒤르는 트리그비가 그간 그 사건을 이야기한 적이 거의 없다는 것을 감지했다. 그 사건에는 그가 떨쳐버릴 수 없었고 줄곧 그를 괴롭혀온 여러 가지 미해결 문제가 관여되어 있는 게 분명했다.

실험은 사촌의 아이디어였다. 의대 졸업반이었던 사촌은 가을이면 대학원 공부를 하기 위해 미국으로 떠날 예정이었다. 시립 병원에서 일하는 그는 과 수석인데다 파티를 열었다 하면 주인공이었고, 기타를 칠 줄도 알고 언변도 좋았으며 주말이면 의대생들의 산행을 주선했다. 그는 모든 것의 중심이었다. 자신감도 굳건했다. 충만한 활력에 남을 휘두르고 싶어 하는 성미, 결단력도 갖추고 있었다. 어느 날 가족 모임에서 만났을 때 그가 트리그비에게, 최근에 재미있지만 물론 전적으로 불법적인 실험을 한 프랑스 의대생들에 대한 글을 읽었느냐고 물었다.

"무슨 실험?" 트리그비는 모든 면에서 사촌과는 반대였다. 수줍음을 잘 타서 남 앞에 나서지 못했고 혼자 있기를 좋아했다. 여럿이 있을 때는 목소리를 내지 않았고 소란스러운 의대생들과 산을 타는 것도 마다했고 이미 술 때문에 문제가 있었다.

"믿을 수가 없더라고. 동료 하나의 심박을 정지시킨 다음 삼 분 동안 죽은 채로 두었다가 소생시켰대. 사법부에서도 그들을 어떻게 처리해야 할지 막막해하고 있고. 그들은 동료를 죽였지만 또 죽이지 않았어. 무슨 말인지 알겠어?" 사촌이 말했다.

트리그비의 사촌은 이 뉴스에 집착했다. 이어지는 몇 주 내내 프랑스 의대생들 얘기만 했고, 그들의 재판 기사가 나오는 족족 읽으며 자기도 비슷한 실험을 하고 싶다고 트리그비에게 귀엣말을 했다. 오래전에 떠올랐던 아이디어인데, 생각만 하던 차에 이런 소식을 접하고 나니 열망이 극에 달해 통제가 안 된다고 했다.

"넌 신학을 공부했으니 호기심이 있을 거 아냐." 어느 날 함께 의대 카페테리아에 앉아 있을 때 그가 말했다.

"나는 누구도 나를 죽이게 하지 않을 거야. 다른 사람 찾아봐."

트리그비가 말했다.

"다른 사람은 없어. 네가 완벽한 사람이야. 너는 어리고 강해. 친족 중에 심장 질환이 있는 사람도 없고. 다그마르가 참여할 거야. 그리고 바디. 의학 공부를 하는 친구 중에 내가 아는 녀석이야. 이미 얘기는 해놨어. 빈틈없이 준비할 거야. 걱정할 만한 일은 아무것도 일어나지 않아. 너도 궁금해했잖아. 사후 세계."

트리그비는 다그마르가 누구인지 알고 있었다. 의학 공부를 시작하자마자 그녀가 눈에 띄었다.

"다그마르가?" 그가 되물었다.

"그래. 그녀가 바보가 아닌 줄은 알지?"

트리그비도 알았다. 사촌의 친구인 그녀는 그가 참석했던 첫 번째이자 유일한 의과 파티에서 말을 걸어왔다. 그녀는 트리그비가 친구와 사촌지간이라는 걸 알고 있었다. 이후 몇 차례 만나 함께 이런저런 얘기를 나눈 적도 있었다. 트리그비는 다그마르가 사랑스럽다고 생각하면서도 다음 단계로 나아갈 용기를 내지 못했다.

"다그마르도 이번 실험에 참여하고 싶어 한단 말이야?" 그가 놀라서 물었다.

"그렇다니까."

트리그비는 고개를 저었다.

"물론 난 대가도 지불할 거야." 사촌은 덧붙였다.

결국 트리그비는 손을 들었다. 설득에 넘어간 결정적인 이유가 뭔지는 몰랐다. 그는 언제나 무일푼이었고, 다그마르와 함께하고 싶다는 마음뿐이었다. 대단히 고압적으로 나온 사촌은 사후 세계에 매료된 트리그비의 마음을 자극했다. 사촌은 어릴 때부터 트리그비의 관심사를 알고 있었다. 그들은 신과 천국과 지옥의 존재를 두고 토론을 벌이곤 했다. 둘 다 주일학교에 나가야 하는 대단히 종교적인 집안에서 자라 꼬박꼬박 성당에 나갔으며, 교구에서 봉사 활동도 했다. 그러나 자라면서는 신앙을 잃고 부활이라든가 영생, 천국의 존재 같은 여러 가지 교리 내용에 대해 의심을 품게 되었다. 트리그비는 신학 공부를 택했던 근본적인 이유도 그것이라고 생각했다. 내내 자신을 따라다니던 절박한 문제들에 대한 의심에서부터. 신은 존재하는 것일까? 영생은 사실일까?

"우리가 자주 토론했던 문제잖아." 사촌이 말했다.

"이건 얘기하는 것과는 다르잖아……."

"일 분이야. 일 분 동안 저세상으로 건너가볼 수 있게 된다니까."

"하지만……."

"그 문제의 해답을 찾기 위해 신학 공부를 한 거 아니었어?" 사촌이 지적했다.

"그러는 넌? 이 실험으로 뭘 증명하고 싶은데?"

사촌이 미소를 지었다.

"여기서는 일이 벌어지긴커녕 누구도 시도한 적 없는 실험이잖아. 이런 종류의 일은 말이지. 밝은 빛과 터널에 대해 사람들이 하는 얘기를 확인해보는 거야. 흥분되지 않아? 지나친 모험은 하지 않아도 돼. 우린 할 수 있어."

"직접 해보지그래? 네가 '직접' 잠들어보는 건 어때?"

“우리에겐 훌륭한 의사가 필요해. 그리고 너도 인정하겠지만 내가 너보다는 나은 의사잖아.”

트리그비는 프랑스 의대생들의 재판 기사를 읽었다. 그들은 친구를 성공적으로 소생시켜 완전히 회복시켰고, 장본인의 말에 따르면 그는 이후 어떠한 부작용도 경험하지 않았다.

그들이 계획을 실행에 옮긴 날은 사촌의 스물일곱 번째 생일이었다. 사촌형제와 다그마르와 바디는 모두 그의 집에서 만나 병원으로 향했다. 트리그비의 사촌은 욕조가 있는 빈방을 마련해두었고, 심박동 기록기와 제세동기를 가져왔다. 트리그비는 욕조에 들어가 누웠다. 끊임없이 흐르는 차가운 물이 가득차 있었고, 그들은 어디선가 구해 온 커다란 얼음주머니들을 욕조에 넣었다.

점차 심박이 느려졌고 그는 의식을 잃었다.

“기억이 돌아오는군요.” 빈 버스가 터미널로 들어오는 모습을 지켜보며 트리그비가 말했다. 비가 내리기 시작했다. 남쪽 하늘은 구름으로 뒤덮여 있었다. 빗방울이 창문을 타고 흘러내렸다.

“무슨 일이 일어났습니까?” 에를렌뒤르가 물었다.

“아무 일도 일어나지 않았어요. 아무 일도. 난 아무것도 느끼지 못했어요. 아무것도 보지 못했고. 터널도 빛도 다른 무엇도. 잠이 들었다가 깨어났어요. 그게 다였지요.”

“실험은 성공했었군요. 그들이 당신을…… 당신을 죽이는 데 성공한 겁니까?”

“사촌은 그렇게 말하더군요.”

"그는 지금 어디에 있습니까?"
"대학원 공부를 하러 간 때부터 미국에서 살고 있지요."
"다그마르는?"
"몰라요. 그 이후로…… 보지 못했어요. 난 의학 공부를 그만뒀지요. 대학도 그만뒀고. 바다로 나갔어요. 그곳에서 더 행복했지요."
"당신은 불행했습니까?"
트리그비는 대답하지 않았다.
"그들이 그 실험을 더 했습니까?" 에를렌뒤르가 물었다.
"저야 모르지요."
"건강은 확실히 회복되었고요?"
"회복되고 말고 할 것도 없었어요."
"신은 없습니까?"
"신은 없습니다. 천국도 없고, 지옥도 없고, 아무것도 없습니다. 사촌은 실망이 컸어요."
"당신은 해답을 기대했나요?"
"뭐, 우리는 아주 흥분했었죠."
"하지만 아무 일도 일어나지 않았고요."
"네."
"더 말씀하실 것도 없고요."
"네, 없어요."
"정말입니까? 뭔가 숨기는 것은 없습니까?"
"없습니다." 트리그비가 대답했다.

그들은 잠시 말없이 앉아 있었다. 대합실에 다시금 사람들의 발길이 이어지고 있었다. 그들은 빈 테이블에 재떨이나 커피잔을 놓고 앉아 신문을 집어 읽다가 갈 길을 갔다. 간혹 스피커에서 안내방송이 들려왔다.

"그 이후 죽 내리막길이었죠." 에를렌뒤르가 말했다.

"무슨 뜻이지요?"

"당신 인생 말입니다. 쉽지는 않았지요."

"망할 놈의 실험과는 전혀 상관없습니다, 그런 뜻으로 하시는 말이라면."

에를렌뒤르가 어깨를 으쓱했다.

"당신은 여러 해 동안 이곳에 들렀습니다, 듣기로는. 여기 창가에 앉아 시간을 보냈지요."

트리그비는 말없이 앉아 비 내리는 창문 너머로 레이캬네스반도를 바라보았다. 지평선을 그리는 케일리르 산의 윤곽이 희미해져가고 있었다.

"왜 여기에 앉아 있는 겁니까?" 에를렌뒤르가 거의 들리지 않을 만큼 조용히 물었다.

트리그비가 쳐다봤다.

"기분이 어땠는지 알고 싶은가요?"

"네."

"평화. 난 평화를 느꼈습니다. 간혹 돌아오지 말았어야 한다는 기분이 들곤 해요."

누군가 카운터에 유리잔을 내려놓다가 떨어뜨렸는지, 쨍하는 소리와 함께 유릿조각들이 바닥에 산산이 흩어졌다.

"당신에게도 누구에게도 말로는 표현할 수 없는 이상한 평화를 경험했어요. 그건 나 스스로에게도 설명할 수 없는 감정입니다. 그 실험에 참여하고 난 이후 더이상 아무것도 문제가 되지 않았어요. 다른 사람들, 학업, 내 처지 같은 것도. 삶에 더이상 풀어야 할 문제가 없었어요. 더이상 삶에 연결되어 있다고 느끼지 않게 됐어요."

트리그비는 말을 멈췄다. 에를렌뒤르는 무자비하게 창문을 때리는 빗소리를 듣고 있었다.

"이후 그 평화는……."

"네."

"사실을 말하자면 이후로는 한순간도 평화를 경험하지 못했습니다." 트리그비가 케플라비크행 버스가 떠나는 모습을 지켜보며 말했다. "옮겨다니고 싶다는 욕구를 끊임없이 느끼죠. 무언가를 기다리는 것처럼, 누가 나를 기다리는 것처럼. 하지만 어디인지는 모르겠고 그게 누군지도 모르겠고, 내가 어디로 가고 있는지도 모르겠어요."

"본인이 누구를 기다리고 있다고 생각합니까?"

"몰라요. 당신은 내가 미쳤다고 생각하겠지요. 사람들은 나를 이상한 놈이라고 생각합니다."

"더 이상한 사람들도 많이 봤습니다."

트리그비는 계속해서 케플라비크행 버스를 보고 있었다.

"춥지 않나요?" 트리그비가 재차 물었다.

"아뇨."

긴 침묵이 흐른 후 트리그비가 말했다. "이상한 기분이 들어요, 사람들이 떠나는 걸 보고 있으면. 사람들이 버스에 오르고 버스가 떠나는 모습을 보고 있으면. 사람들은 하루 종일 떠나요."

"버스를 타고 어디로 가고 싶지는 않습니까?"

"아뇨, 나는 아무데도 가지 않아요. 백만 년 동안은. 아무데도 가지 않아요. 버스가 나를 다른 곳으로 데려가게 두지 않아요. 저 사람들은 어디로 가고 있는 걸까요? 말해보세요. 저 사람들은 모두 어디로 가고 있나요?"

트리그비는 맥락을 벗어나려 하고 있었다. 그의 더러운 손과 길쭉한 얼굴을 보고 있으려니, 에를렌뒤르는 유령을 만난다면 이 모습에 가깝지 않을까 하는 생각이 들었다.

"그러니까 지금은 미국에 사는 당신의 사촌이랑, 다그마르라는 여자, 바디라고 불린 다른 친구가 참여했다는 말씀인데, 그는 누구였습니까?"

"난 알지도 못하는 친구였어요. 사촌의 친구였죠. 이름도 제대로 기억나지 않습니다. 의학 공부를 하기 전에 연기 공부를 했다더군요. '바디'라고 불렸습니다."

"혹시 이름이 발드빈이 아닙니까?"

"맞아요. 그 이름이었습니다."

"분명합니까?"

트리그비는 입 한쪽에 불붙이지 않은 담배를 물고 고개를 끄덕였다.

"전에는 연기 학교에 다녔었다고요?"

트리그비가 다시 고개를 끄덕였다.

"사촌의 친구였어요. 진짜 배우 같았죠. 도통 속내를 가늠할 수 없었다고나 할까."

19

북쪽에서 차갑고 건조한 바람을 휘몰고 온 돌풍이 거세진 탓에 에를렌뒤르는 코트를 좀더 단단히 여미고 문간에 서 있었다. 문을 연 노파는 놀란 기색이었다. 그는 미리 전화를 하지 않았다. 크리스틴은 현관문을 가로막고 움직이지 않았다. 갑작스러운 방문을 받아들여줄 의사가 전혀 없다는 듯 완강한 표정이었다. 에를렌뒤르는 마리아의 아버지가 사고사했을 때의 일과 관련해 몇 가지 정보를 수집중이라고 방문 이유를 설명했다. 크리스틴은 그 사건에는 도움을 줄 수 있는 게 없다고 말했다.

"이제 와서 그 사건을 조사하는 이유가 뭐지요?"

"자살 관련 연구 때문입니다. 북유럽 국가들이 공조하는 연구에 참여하고 있습니다."

크리스틴은 입을 다물었다. 마리아의 아버지인 마그누스는 그녀의 동생이었다. 마그누스의 친구인 잉그바르가 에를렌뒤르더러 그 누나를 만나보라고 권유했다. 싱그바들라바튼 호수에서 일어난 치명적인 사고와 관련하여 레오노라가 달리 무슨 얘기를 했을지도 몰랐기 때문이다. 크리스틴은 혼자 살았다. 잉그바르는 그녀가 결혼한 적 없이 죽 혼자 살았으며, 방문객들에게 그다지 예민하게 굴지 않을 거라고 했다.

"잠시 안으로 들어가도 되겠습니까? 오래 걸리지 않을 겁니다." 에를렌뒤르가 추위에 발을 구르며 말했다.

어색한 침묵이 흐른 뒤 크리스틴은 마침내 그를 안으로 들였다. 그녀는 몸을 부르르 떨며 문을 닫았다.

"이상하게 추운 날씨구려." 그녀가 말했다.

"네, 그러네요." 에를렌뒤르가 맞장구쳤다.

"이제 와 그 사건을 조사하는 이유가 뭐지요?" 행복과는 거리가 먼 얼굴을 한 그녀는 거실에 그와 함께 자리를 잡고 앉으며 좀 전에 했던 질문을 반복했다.

"마리아 씨의 지인들을 만났는데, 만나뵙고 확인하고 싶은 몇 가지 새로운 정보가 있었습니다."

"경찰이 마리아에 대해 수사를 하고 다니는 이유가 뭔가요? 이런 게 통상적인 일인가요?"

"마리아 씨에 대해 수사를 진행하는 게 아닙니다. 단지 저희가 입수한 정보를 확인하고 처리하는 과정일 뿐입니다. 싱그바들라바튼 호수에서 일어난 사고는 당시에 수사가 마무리되었고, 일련의 일들에 대한 해명이 명백하게 이루어진 상황입니다. 저는 그 사건을 캐려는 게 아닙니다. 사고사 판정이 달라지는 일은 없을 겁니다."

"그럼 뭣 때문에 이러시는 거죠?"

"제가 드린 말씀을 다시 한번 강조하겠습니다. 사고사 판정에는 변함이 없을 것입니다."

크리스틴은 말뜻을 이해하지 못했다. 육십 대인 그녀는 굉장히 허약한 축이었고, 머리카락도 짧고 힘없이 구불구불했다. 크리스틴은 의심스러운 눈초리로 에를렌뒤르를 응시했다. 경계심이 느껴졌다.

"그럼 원하는 것이 뭐예요?"

"지금부터 어떠한 말씀을 하시든 그것이 동생 되시는 분이 사고사했다는 판정을 바꾸지는 않을 겁니다. 그것이 뜻하는 바를 이해해주시길 바랍니다."

크리스틴은 깊은 한숨을 쉬었다. 에를렌뒤르가 한 말의 의미를 감지했는지도 모르지만 그런 기미를 내비치지는 않았다.

"저의를 모르겠군요."

"저의 같은 것은 없습니다. 전 그간 잠자고 있던 사건을 재개하는 데는 관심이 없습니다. 올케 되시는 분이 크리스틴 씨에게 저희가 모르는 얘기를 하셨더라도 달라지는 것은 없을 겁니다. 두 분 사이가 좋았다고 들었습니다."

"그랬지요."

"올케분께서 당시 일에 대해 말씀하신 적이 있습니까?"

에를렌뒤르는 자기가 모험을 하고 있다는 것을 알았다. 그에게는 희미한 의심뿐이었다. 잉그바르가 말한 내용과 엉망으로 작성된 보고서 사이엔 들어맞지 않는 부분이 존재했고, 모녀의 관계는 지금껏 유례를 본 적이 없을 만큼 깊고 강했다. 레오노라가 비밀을 털어놓을 만큼 믿는 사이였다면 크리스틴은 그 이상을 알지도 몰랐다. 오랜 세월 침묵하고 있던 것이라면, 상황에 따라서는 말해줄지도 몰랐다. 그녀는 정직하고 양심적인 여성, 힘든 상황에서도 오로지 옳은 일만 했을 증인 같았다.

실내에 침묵이 흘렀다.

"알고 싶은 게 뭔가요?" 마침내 크리스틴이 물었다.

"말씀해주실 수 있는 모든 것을 알고 싶습니다."

크리스틴이 물끄러미 바라봤다.

"무슨 소리를 하시는지 모르겠군." 그러나 무슨 소리인지 모르겠다는 어조는 아니었다.

"동생분은 평생 엔진 근처에 가보기는커녕 알지도 못하는 사람이었다고 들었습니다. 하지만 경찰 보고서에 따르면 사고 전날 엔진을 만지고 있었다는군요. 맞습니까?"

크리스틴은 대답하지 않았다.

"친구인 잉그바르 씨가……. 사실 크리스틴 씨를 만나보라고 하신 분인데요. 마그누스 씨는 엔진에 대해서는 아무것도 몰랐고 평생 손을 대본 적도 없다고 했습니다."

"맞는 말이에요."

"아내 되시는 분은 경찰에게 그분이 전날 엔진을 손보고 있었다고 진술했습니다."

크리스틴이 어깨를 으쓱하며 말했다.

"모르는 일이네요."

"마리아 씨의 예전 친구를 한 명 만났는데, 내내 세상에 밝혀지지 않은 무슨 일인가가 그 호수에서 발생했다고 느꼈다더군요. 동생분의 죽음이 단순 사고가 아니었다는 느낌을 받았다고 합니다. 근거래봐야, 아버지는 죽을 운명이었다는 마리아 씨의 말밖에 없지만요."

"죽을 운명이었다니, 그게 무슨?"

"네. 마리아 씨가 그렇게 말했다고 합니다. 아버지에 대해서."

"그 아이가 무슨 뜻으로 그런 말을 했다는 게요?" 크리스틴이 물었다.

"친구도 모른다고 했지만, 그날 동생분이 죽을 운명이었다는 뜻일지도 모르지요. 달리 가능한 해석이 또 있긴 합니다만."

"어떤 해석인가요?"

"죽어 마땅했다는 해석이 가능합니다."

에를렌뒤르는 크리스틴을 살폈다. 눈을 감은 그녀의 어깨가 축 처져 있었다.

"호수에서 있었던 일에 대해 경찰이 모르는 뭔가를 말씀해주실 수 있습니까?" 그가 조심스레 물었다.

"형사님이 판정에는 변함이 없을 것이라고 말했을 때……."

"무슨 말씀이든지 하셔도 됩니다. 원래의 판정이 바뀌는 일은 없을 겁니다."

"이 얘기는 아무에게도 한 적이 없어요." 크리스틴이 말했다.

너무 조용히 말해서 에를렌뒤르가 거의 알아듣지 못할 정도였다. "레오노라가 죽을 때가 유일했지요."

에를렌뒤르는 그녀가 매우 힘겨워하고 있다는 것을 알 수 있었다. 그녀는 오랫동안 생각에 잠긴 사이 그는 입장을 바꿔 생각해 보려고 노력했다. 에를렌뒤르가 방문한 까닭을 분명히 밝혔다지만 어찌됐든 갑작스러운 일일 터였다. 그래도 그를 믿지 않을 이유를 찾아내지는 못한 듯했다.

그녀가 마침내 자리에서 일어나며 말했다. "찬장에 알보르그가 좀 남아 있을 거요. 드시겠소?"

에를렌뒤르는 제안을 수락했다. 그녀는 술잔 두 개를 가지고 와 탁자에 놓고 증류주를 가득 따랐다. 에를렌뒤르가 입으로 잔을 가져가는 동안 그녀는 첫잔을 단번에 털어 넣었다. 그런 다음 잔을 다시 채우고 반쯤을 또 홱 들이켰다.

"물론 둘 다 지금은 죽고 없지요." 그녀가 말했다.

"네."

"그러니 아무것도 달라질 것은 없을 게요."

"그럴 겁니다."

"프로펠러에 대해서는 몰라요." 크리스틴이 말했다. 그녀는 잠시 침묵했다가 물었다.

"마리아는 왜 그랬지요?"

"저도 모릅니다."

"불쌍한 것." 크리스틴이 한숨을 쉬고는 말했다. "마그누스가 죽기 전에 그 애가 어땠는지 생생히 기억하고 있어요. 부부의 작은 햇살이었지. 하나뿐인 아이라 넘치는 사랑을 받으며 자랐다오. 그런데 동생이 싱그바들라바튼 호수에서 죽고 나자 마치 마리아의 발아래서 땅이 꺼져버린 것 같았지요. 마리아와 레오노라 둘 다의 발아래서. 레오노라는 마그누스를 끔찍하게 사랑했어요. 세상 모든 것이라 할 만큼. 딸도 아버지를 아주 잘 따랐고. 그래서 이해가 안 된다니까. 대체 그 애가 무슨 생각을 하고 있었던 건지."

"동생분을 말씀하시는 겁니까?"

"사고 후 모녀는 떼려야 뗄 수 없는 사이가 됐어요. 레오노라는 마리아를 지나치게 보호했는데 내 생각에는 너무한다 싶었지요. 극성맞아 보였으니까. 다른 사람은 마리아 근처에 얼씬도 못하게 했어요. 특히 우리 친가 쪽 사람들은. 그러다 보니 관계가 소원해질밖에. 사실 레오노라는 싱그바들라바튼 호수에서 그 일이 있고 나서 우리 쪽과는 절연했어요. 늘 이상한 일이다 싶은 마음이 있었는데, 레오노라가 죽기 직전에야 진실을 알았지요. 저세상으로 가기 전에 자기를 만나러 와달라고 연락해 오지 않았겠소? 말기였던지라 침대를 떠날 수 없었고, 굉장히 허약해져서 살날이 얼마 남지 않은 때였지요. 우린 굉장히 오랫동안…… 서로 연락을 끊고 지냈어요. 방으로 들어갔더니 문을 닫고 옆에 앉으라더군요. 죽기 전에 할 말이 있다고. 무슨 말을 해야 좋을지 몰라 하는데 레오노라가 마그누스 얘기를 시작했어요."

"호수에서 있었던 일에 대해 말씀하신 겁니까?"

"아니오. 레오노라가 마그누스에게 단단히 화가 나 있더군요."

크리스틴은 다시 술잔을 채웠다. 에를렌뒤르는 사양했다. 그녀는 목구멍으로 술을 털어 넣고 침착하게 탁자에 내려놓았다.

"이제 가고 없구려. 모녀 모두."

"네."

"마치 한사람 같았는데."

"올케분이 뭐라고 말씀하셨습니까?"

"마그누스가 자기를 떠나려 했다고. 다른 여자를 만났다고. 난 마그누스한테 들어서 이미 알고 있었다오. 레오노라가 나를 부른 이유가 그것이었어요. 자기를 배신하고 동생과 작당했다고 생각한 거지. 대놓고 말은 안 했지만 분명히 알 수 있었어요."

에를렌뒤르는 주저하다 말을 꺼냈다.

"그러니까 동생분이 불륜을 저지르고 있었단 말입니까?"

크리스틴이 고개를 끄덕였다.

"죽기 몇 달 전에 시작된 관계였어요. 내게 털어놓았지. 다른 사람에게는 말하지 않았을 거요. 나 역시 아무에게도 말하지 않았고. 다른 사람이 관여할 일은 아니니까. 마그누스는 레오노라에게 이혼하고 싶다고 했어요. 견딜 수 없는 충격을 준 거지. 올케가 그리 말하더군요. 어찌할 바를 몰랐다고. 동생을 사랑했고 모든 것을 주었는데……."

"그러니까 싱그바들라바튼 호수에서 부인에게 이혼하자고 말한 거군요?"

"그래요. 마그누스가 죽은 후에 난 불륜 사실에 대해 언급하지 않았어요. 레오노라에게도 다른 누구에게도. 마그누스는 이미 죽었고 다른 사람이 관여할 일은 아니라고 생각했으니까."

크리스틴은 깊은 한숨을 내쉬었다.

"레오노라는 내가 사실을 알면서도 자기에게 말하지 않았다고 비난하더군요. 마그누스가 나는 이미 알고 있다고 말했던 모양이지만, 나는 본인한테서 직접 듣는 것이 옳다고 생각했어요. 레오노라는 고집이 여간 세지 않았고 쉽사리 분을 푸는 성격이 아니었어요. 그리 오랜 세월이 흐른 뒤에도 내가 자기를 배신했다는 생각을 품고 있었으니, 원. 올케가 죽었을 때…… 난 차마 장례식장에 갈 수 없었어요. 지금은 후회하고 있다오. 마리아를 생각했어야 했는데."

"그때 일에 대해 마리아 씨와 얘기를 나눠본 적이 있습니까?"

"없어요."

"동생분이 만났다는 여자분이 누구였는지 말씀해주실 수 있습니까?"

크리스틴이 술잔을 가져다 입에 댔다.

"그게 중요한가요?" 그녀가 물었다.

"알 수 없는 일이지요."

"마그누스가 말을 못 하고 주저한 이유 중 하나도 그걸 거예요. 그녀가 누구인가 하는 문제."

"누구였습니까?"

"마그누스가 만나던 여자는 레오노라의 절친한 친구였어요."

"그렇군요."

"그들은 이후 다시는 연락을 하지 않았어요."

"그 일을 당시 사고와 관련지어 생각해보신 적이 있습니까?"

크리스틴은 심각한 표정으로 에를렌뒤르를 바라보았다.

"무슨 뜻으로 말하시는 게요?"

"전 다만……."

"이제 와 그 일을 파헤치는 이유가 뭔가요?"

"듣기로……."

"마리아의 죽음과 무슨 연관이 있기라도 한 게요?"

"아닙니다." 에를렌뒤르가 말했다.

"하지만 마리아가 친구에게 마그누스가 죽을 운명이었다고 말했댔지요?"

"네."

"난 언제나, 호수에서 일어난 일을 끔찍한 사고였다고 생각했다오. 다른 쪽으로는 생각해보지 않았어요."

"그런데……?"

"그런데, 라는 생각은 할 필요도 없어요. 돌이키기엔 너무 늦었으니까."

택시 회사는 시내의 낡은 저층 건물에 있었다. 지금은 망각 속에 묻혀버렸지만, 젊은 남자들이 앞머리를 빗어 올리고 파마를 한 여자친구들과 함께 최신 미국 로큰롤에 맞추어 댄스홀에서 미친 듯이 춤을 추던 시절에 지역사회의 중심이었던 곳이다. 반이 택시 회사의 사무실로 개조된 건물에는 이제 평화와 정적이 자리했다. 사무실에서는 나이 지긋한 남자 둘이 카드를 치고 있었다. 바닥에 깔린 노란 리놀륨은 구멍이 숭숭 뚫렸고, 흰색 유광 페인트칠을 한 벽들은 오래된 때로 지저분하고, 바닥과 나무 벽에서 피어오르는 곰팡내는 최신 방향제로도 잡을 수 없을 듯싶었다. 마치 오십 년 전으로 발을 들여놓는 기분이었다. 에를렌뒤르는 그 느낌을 만끽했다. 그는 역사를 들이마시며 잠시 사무실 한가운데 서 있었다.

카드를 치는 남자들이 움직일 기미를 보이지 않자 라디오를 조작하던 여자가 에를렌뒤르를 쳐다보고는 택시가 필요해서 왔느냐고 물었다. 에를렌뒤르는 여자 쪽으로 걸어가 엘마르라는 이름의 운전수를 찾았다.

"32번 엘마르 말인가요?" 건물과 같은 시기에 전성기를 맞았을 여자였다.

"네, 맞을 겁니다."

"들어오는 중이에요. 기다리시겠어요? 오래 걸리지는 않을 거예요. 저녁에는 늘 여기서 식사를 하니까요."

"네, 그럴 거라 생각했습니다."

그는 여자에게 감사하다는 말을 하고 탁자에 앉았다. 카드를 치는 사람들 중 하나가 힐끔 시선을 주었다. 에를렌뒤르는 고개를 끄덕했지만, 카드 게임 밖의 존재는 의미가 없는지 돌아오는 반응은 없었다.

에를렌뒤르가 과월호 잡지를 넘기고 있는데 택시 운전수 하나가 문가에 나타났다.

"저분이 기다리고 있어요." 일어나 인사를 건네는 에를렌뒤르를 가리키면서 여자가 큰 소리로 말했다. 운전수는 실종된 다비드의 형이었다. 오십 대에 몸은 통통하고 둥근 얼굴을 가진 남자였다. 머리는 숱이 줄어든 듯했고, 평생 핸들을 잡고 앉아 산 탓인지 엉덩이가 납작했다. 에를렌뒤르는 낮은 목소리로 찾아온 연유를 설명했다. 슬쩍 보니 카드 치던 남자들이 귀를 세우고 있었다.

"아직도 그 사건에 매달려 계시는 건 아니겠죠?" 엘마르가 물었다.

"사건을 매듭짓고 있습니다." 구체적인 설명 없이 에를렌뒤르가 말했다.

"얘기하면서 저녁을 먹어도 되겠습니까?" 엘마르가 카드 치는 사람들과 가장 먼 탁자에 앉으며 물었다. 플라스틱 도시락 통에 저녁거리가 담겨 있었다. 슈퍼마켓에서 파는 소시지와 양파 요리였다. 에를렌뒤르는 함께 자리를 잡고 앉았다.

"동생분과는 나이 차가 많지 않았지요?" 에를렌뒤르가 먼저 말을 꺼냈다.

"두 살 터울이었습니다. 뭐 새로운 소식이라도 있습니까?"

"아뇨, 없습니다."

"다비드와 저는 그다지 살가운 관계는 아니었습니다. 동생에게 크게 관심이 없었다고나 할까요. 그냥 어린애라고만 생각했습니다. 저는 또래 친구들과 더 자주 어울렸지요."

"그때 일은 어떻게 결론을 내리셨습니까?"

"자살했을 수도 있겠다는 정도죠. 동생은 자기를 해칠 수도 있는 부류와는 어울리지 않았습니다. 엮인 일도 없었고요. 착한 아이였습니다. 너무한 일이지요, 그렇게 사라지다니." 엘마르가 말했다.

"마지막으로 본 게 언제였습니까?"

"마지막으로 본 거요? 다비드에게 그림 때문에 돈을 빌려달라고 부탁하느라 본 게 마지막입니다. 당시에는 수중에 돈이 없었거든요. 지금도 다르진 않지만요. 다비드는 공부를 하면서 일도 하곤 해서 여윳돈이 좀 있었어요. 이미 경찰에 얘기한 내용입니다만."

"그리고……?"

"그 애가 돈을 빌려줬습니다. 그날 저녁에 사라져버릴 줄은 몰랐습니다. 그래서 다정한 작별 인사 같은 것도 못 하고 '고맙다, 또 보자'라고만 했죠."

"가깝게 지내지는 않으셨다고요?"

"네, 가깝지는 않았습니다."

"서로에게 비밀을 털어놓는다거나 하지는 않았습니까?"

"그런 일은 없었습니다. 형제라지만 우린 아주 달랐고……. 아시잖습니까……."

엘마르는 허겁지겁 저녁을 들었다. 그는 삼십 분 안에 저녁 식사를 끝내는 편이라고 덧붙여 말했다.

"실종되기 전에 여자친구가 생겼었는지 알고 계십니까?"

"아뇨, 모르는 일입니다."

"동생분 친구가 다비드는 여자친구를 만났을지도 모른다고 하더군요."

"다비드에겐 여자친구가 없었습니다." 엘마르가 카멜 담뱃갑을 꺼내면서 말했다. 그가 권했으나 에를렌뒤르는 사양했다. 엘마르는 카드 치는 사람들 쪽을 잠깐 보고는 덧붙였다. "제가 아는 선에서는 없었습니다."

"정확히 아는 사람이 나오지 않는군요. 부모님께서 그토록 오래 동생분이 돌아올 거라는 희망을 붙들고 계셨는데도요."

"네. 그분들은…… 다비드 생각밖에 안 하셨죠. 그 녀석뿐이었어요."

에를렌뒤르는 남자의 목소리에 서린 씁쓸한 기색을 감지했다.

"이제 끝난 건가요? 저쪽에 한 손 보태고 싶은 마음이 간절해서요."

"네, 실례했습니다." 에를렌뒤르가 자리에서 일어나며 말했다. "저녁 시간을 방해할 뜻은 없었습니다."

20

에바 린드가 그날 저녁 들렀다. 어머니를 만나 에를렌뒤르와의 만남에 대해 전해 들은 터였다. 에를렌뒤르는 자기들을 다시 엮으려든 것은 실수였다고 말했다. 에바는 고개를 내저었다.

"다시는 안 만날 건가요?"

"너는 할 만큼 했어. 우린 그냥 좋아질 수가 없는 사이야. 네 어머니와 나 사이엔 어찌 손대기 힘든 감정의 골이 너무 깊어." 에를렌뒤르가 말했다.

"어찌 손대기 힘든 감정이라고요?"

"분위기가 사뭇 험악했다."

"어머니가 뛰쳐나왔다던데요."

"그래."

"그래도 만났잖아요."

에를렌뒤르는 손에 책을 들고 의자에 앉아 있었다. 에바 린드는 소파에 마주앉아 있었다. 그들은 서로에게 반목하며 마주앉아 있을 때가 자주 있었다. 심하게 다투다 못해 에바 린드가 아버지에게 못 할 말을 퍼부으며 자리를 박차고 나가버린 적도 있었다. 겨우겨우 대화다운 대화를 하고는 서로 호의를 보이며 끝날 때도 있긴 했다. 에를렌뒤르가 야생에서 겪는 시련을 다룬 이야기나 아이슬란드 민화를 읽어주는 동안 에바 린드가 소파에서 잠이 든 일도 더러 있었다. 그를 찾아올 때 에바의 기분은 그때그때 달라서, 너무 들뜬 기분으로 얘기하는 바람에 하는 얘기가 도통 무슨 소리인지 감이 오지 않을 때가 있는가 하면, 어리석은 짓을 저지를까 봐 무서울 정도로 저조할 때도 있었다.

하들도라가 대화 내용을 얼마나 세세하게 전달했는지 물어볼까 어쩔까 망설이고 있는데, 에바가 알아서 걱정을 덜어주었다.

"엄마는 아버지가 자기를 사랑한 적이 없다고 하더라고요." 에바가 조심스레 입을 뗐다.

에를렌뒤르는 책장을 넘겼다.

"하지만 엄만 아버지한테 미쳐 있었고."

에를렌뒤르는 아무 말도 하지 않았다.

"그래서 두 사람 관계가 그렇게 이상했나 봐."

에를렌뒤르는 여전히 입을 열지 않았다. 그저 들고 있는 책을 들여다볼 뿐이었다.

"아버지하고 얘기하는 건 의미 없다고도 했어요." 에바 린드가 말을 덧붙였다.

"우리가 너를 위해 무엇을 할 수 있는지 모르겠구나. 우린 뭐든 의견 일치를 볼 수가 없는 사람들이야. 이미 말했었지만."

"엄마도 그랬어요."

"네가 애를 써가며 바라던 게 뭔지는 알지만…… 우리는 부모 노릇이 힘든 사람들이야."

"엄마는 두 분이 만나지 말았어야 한다고 하더군요."

"그게 나았을 수도 있어."

"전혀 희망이 없다는 말이에요?"

"그렇게 생각한다."

"노력해볼 만했잖아요."

"그래."

에바는 에를렌뒤르를 빤히 쳐다보다가 따져 물었다.

"할말이 그걸로 끝이야?"

그가 책에서 시선을 들고 말했다.

"이제 그 일은 그만 생각하면 안 되겠니? 난 노력했다. 네 어머니도 그랬고. 하지만 성과가 없었어. 이번엔 아니었어."

"그럼 다음번엔 어떨까 싶기라도 해?"

"모르겠다."

에바 린드가 무겁게 한숨을 내쉬었다. 그녀는 담배를 한 개비 꺼내 불을 붙였다.

"이런 말도 안 되는 일이 어디 있어? 난…… 둘 사이가 조금은 나아질 수 있을 거라고 생각했어. 무의미한 일인지도 모르겠네. 두 사람 다 희망이라곤 없는 사람들이야."

"그래, 그런 것 같다."

둘 다 말이 없었다.

"난 언제나 우리 넷을 한 가족으로 보려고 노력했어. 지금도 노력해. 우리가 가족인 척하는 거지. 물론 가족이라고도 못 하고, 가족이었던 적도 없지만 말이에요. 그래도 사이좋은 분위기 정도는 만들 수 있을 줄 알았어. 그럼 우리 모두에게 좋을 거라고 생각했어. 나와 신드리와 아버지와 어머니에게. 젠장!"

"우린 노력했어, 에바. 소득은 없었지만. 적어도 지금은 그래. 뜻이 있었다면 지금쯤 화해를 했겠지."

"작은아버지 일에 대해 어머니한테 말했어요. 아무것도 모르더라고요."

"그렇겠지. 말한 적이 없으니까. 다른 사람에게도 마찬가지야. 아무에게도 그 이야기는 해본 적이 없다."

"많이 놀라더라고요. 할머니 할아버지에 대해서도 모르고 있었어요. 아버지에 대해 아는 것이 거의 없는 것 같아."

"그제가 네 할머니 생신이었다. 대단한 날은 아니지만 생신이었어. 그날에는 언제나 찾아가 뵙곤 했지." 에를렌뒤르가 말했다.

"만나봤으면 좋았을 것 같네."

에를렌뒤르가 다시 한번 책에서 눈길을 들었다.

"할머니도 너를 알고 싶어 하셨을 거다. 살아 계셨다면 상황이 조금은 달라졌을지도 모르지."

"읽고 있는 게 뭐예요?"

"비극."

"작은아버지에 관한 이야기야?"

"그래. 난…… 읽어줄까?"

"만회하려 노력할 필요 없어요."

"무슨 소리냐?"

"두 사람 행동을 지금 만회해보려는 거잖아."

"그런 게 아니야. 그냥 들려주고 싶을 뿐이다. 네게 읽어주고 싶어."

에를렌뒤르는 책을 들어올렸다. 그리고 몇 페이지를 뒤로 넘긴 다음, 낮고 차분한 목소리로 자신의 인생 행로를 결정지어버린 난폭했던 눈보라에 대해 읽어나가기 시작했다.

에스키피외르뒤르헤이디 황야의 비극: 다그뱌르튀르 외이뒨손

수세기 동안 동부 에스키피외르뒤르 지역에서는 내륙을 통해 북부 플리오츠달스헤라드 지역으로 갈 때 주로 에스키피외르뒤르헤이디 황야를 가로지르는 길을 이용했다. 말이 다니던 오래된 길로 에스키피외르뒤르 강의 북쪽에서 라웅기흐리귀르 산마루를 따라 내륙으로 들어가다 인리스테인사 강가 쪽에 다다라 비나르달뤼르 계곡을 통과하고, 비나르브레퀴르 경사지를 넘어 미드헤이다렌디로, 그다음은 위르다르프리외트를 향해 이어지다 위르다르클레튀르 바위산을 옆으로 두고 지나 마침내는 에스키피외르뒤르 지역을 벗어날 때까지 뻗어 있는 길이다. 안드리 산과 하르스카피 산을 옆에 끼고 황야로 이어지는 이 길의 북쪽 끝에는, 그 너머 북쪽

으로 홀라피얄과 셀헤이디 산을 둔 북부의 스베라르달뤼르 계곡이 있다.

'바카셀'이라고 불리는 농장이 하나 있었다. 에스키피외르뒤르 피오르의 머리 쪽에서 북부 플리오츠달스헤라드 지역으로 이어지는 그 오래된 길에. 지금은 버려진 채 있지만, 이 세기의 중반쯤만 해도 바카셀은 농부인 스베인 에를렌손과 그의 아내 아슬뢰이그 베르그스도티르, 그리고 각각 여덟 살과 열 살 난 두 아들인 베르귀르와 에를렌뒤르가 살던 곳이었다. 스베인은 양을 몇 마리 쳤고 에스키피외르뒤르 초등학교에서 아이들을 가르치기도 했다.

1956년 11월 24일 추운 토요일이 땅 위에 엄청난 눈을 뿌리며 환하게 밝아왔다. 스베인은 흩어진 양들을 찾아 모아 올 계획이었다. 그즈음 날씨는 예측하기 매우 어려웠고, 맨땅으로 남아 있는 곳은 거의 없었다. 동이 트자마자 스베인과 두 아들은 어두워지기 전에 돌아올 생각을 하고 바카셀을 나섰다.

처음에 그들은 내륙 방향의 스베라르달뤼르 계곡과 하르스카피 산으로 향했지만 양은 한 마리도 찾지 못했다. 그다음에는 남쪽으로 향해 에스키피외르뒤르헤이디 황야로 올라갔다. 그들은 라웅기흐리귀르 산을 지나 워르다르클레튀르 바위산까지 천천히 나아갔는데, 날씨가 갑자기 악화일로로 접어들었다. 걱정된 스베인은 곧장 집으로 돌아갈 생각을 했지만 미처 눈치채지 못한 사이 북쪽에서 돌풍과 눈보라가 몰아닥쳤다. 상황은 계속 악화되어 그들은 더이상 앞을 볼 수 없었고, 순식간에 사방을 분간할 수 없는 화이트아웃 상태에 갇히고 말았다. 아이들은 아버지와 떨어졌다. 아버지는 큰 소리로 외쳐 부르며 오랫동안 아이들을 찾아 헤맸지만 허사로 돌아갔고, 결국 황야에서 고통스레 발길을 돌린 후 에스키피외르뒤르 강을 따라 바카셀로 돌아왔다. 날씨가 극도로 악화되어 똑바로 서 있을 수조차 없는 지경이라 마지막 얼마간은 기어서 내려와야 했다. 그는 처참한 몰골로, 모자도 없이 온몸이 꽁꽁 얼어서는, 거의 제정신이 아닌 상태로 집에 돌아왔다.

부모는 에스키피외르뒤르에서 전화로 구조 요청을 했다. 이제는 마을까지 강타한 거센 눈보라 속에서 남자아이 둘이 사투를 벌이고 있다는 소식이 삽시간에 일대 지역으로 퍼져 나갔다. 그날 저녁 자발적으로 조직된 수색대가 바카셀에 모여들었다. 그러나 바람이 조금이나마 누그러들고 일광이 돌아와야 수색을 시작할 수 있었다. 두 아들이 황야에, 눈보라에 사로잡혀 있다는 것을 아는 부모에게 그 밤은 견디기 힘든 시간이었다. 특히 아이들의 아버지는 제정신이 아니라 누구와도 얘기를 나눌 수 있는 상태가 아니었고, 어찌할 방법이 없는 절대적인 비탄에 잠겨 있었다. 그는 아이들을 도울 방법은 없다고 여겼고 수색대 조직에도 참여를 거부했다. 반면 그의 아내인 아슬뢰이그는 원조자들을 찾아 발을 동동 구르며 다녔고, 다음날 동이 트자마자 수색대가 출발했을 때 선봉에 섰다.

레이다르피외르뒤르, 네스쾨이프스타뒤르와 세이디스피외르뒤르에서도 수색대가 와주어 상당히 많은 인원이 모인 상태였다. 바람의 기세가 많이 꺾이긴 했어도 깊이 쌓인 눈더미가 수색대의 발목을 붙들었다. 사람들은 눈을 파헤칠 기다란 장대들로 무장한 채, 형제의 자취를 찾기 위해 우선 에스키피외르뒤르헤이디 황야로 향했다. 그러나 운이 없었다. 밤새 눈이 쏟아져 내린 터였다. 형제 모두 눈더미 속에 파묻혔을지도 몰랐다. 구조 요청이 전해진 이래 열여덟 시간가량 실종 상태였고, 얼어붙을 듯한 산비탈의 기온을 생각한다면, 수색대는 시간과의 싸움을 벌이고 있는 게 자명했다.

집을 나설 때 형제는 겨울 코트와 목도리에 모직 모자까지 따뜻하게 갖춰 입고 있었다. 네 시간의 수색 끝에 목도리 하나가 발견됐다. 어머니는 형의 것이라고 했다. 수색은 목도리가 발견된 지역을 중심으로 강화됐다. 세이디스피외르뒤르에서 온 하들도르 브랸손이라는 수색대원이 눈 속에 장대를 찔러 넣었는데 뭔가 걸리는 것 같다고 했다. 사람들은 그곳을 파기 시작해 형을 찾아냈다. 아이는 앞으로 넘어진 듯이 누워 있었다. 목숨이 붙어 있다는 신호를 보이긴 했지만 몸이 아주 차가웠고, 사지에 동상이 진행되고 있었다. 의식이 없어서 동생의 행방에 대한 실마리는 주지 못했다. 수색대는 가장 발이 빠른 사람을 보내 뜨거운 우유를 가져오게 했고, 그런 다음 사람들이 돌아가며 아이를 황야에서 날라 바카셀로 데리고 갔다. 대기중이던 의사가 진찰한 뒤 체온을 회복시킬 지침을 내렸다. 의사는 아이의 동상 부위를 치료했다. 구사일생으로 목숨을 건진 아이는 시간이 지나자 회복되는 기색이 뚜렷했다. 남자아이는 저체온증으로 죽기 일보 직전까지 갔다.

형이 발견된 장소를 중심으로 수색이 다시 강화됐지만 별다른 성과는 없었다. 바람에, 북부나 하르스카피 산 쪽으로 떠밀려 간 게 아닐까 싶었다. 바카셀의 형제가 눈 폭풍 속에 서로를 잃었고 형은 동생의 행방을 모른다는 소식이 전해지자 수색 지역은 다시 넓어졌다. 형은 동생과 오랫동안 같이 붙어 있었지만 눈보라 속에서 잃어버렸다고 했다. 동생을 찾아 헤맸고 이름을 외쳐 불렀지만 기력이 다하여 자꾸만 눈 속으로 쓰러졌다고 했다. 형은 슬픔을 가누지 못했고 의사소통이 불가능할 정도였다. 그는 발버둥을 치며 산으로 돌아가 동생을 찾겠다고 했고, 결국 의사가 진정제를 투여했다.

다시 어스름이 내리고 기상이 악화되어 수색대는 거주 지역으로 후퇴했다. 그즈음 에길스타디르에서도 지원 인력이 도착했다. 에스키피외르뒤르에 본부가 마련됐다. 다음날 새벽 수많은 사람들이 황야와 북부 쪽과 안드리 산과 하르스카피 산 일대를 샅샅이 뒤지기 시작했다. 그들은 형과 떨어진 동생의 행로를 추적하기 위해 노력했다. 수색이 성과 없이 끝나자 북쪽으로도 남쪽으로도 수색 범위가 확대됐지만 동생은 찾을 수 없었다. 그렇게 낮이 지나갔고 다시 밤이 찾아왔다.

조직화된 수색 작업이 일주일 이상 진행됐지만, 간단히 적자면, 동생은 영영 찾아내지 못했다. 그의 운명에 관해서는 갖가지 추측이 난무했다. 마치 대지가 그를 삼켜버린 것 같았다. 에스키피외르뒤르 강에 빠져 바다로 떠내려갔을 것이라는 사람들도 있었고, 눈보라에 실려 상상할 수 없을 만큼 높은 산악 지대로 휩쓸려 갔을 것이라는 사람들도 있었다. 집으로 돌아오는 길에 에스키피외르뒤르 피오르의 위쪽 늪지에서 길을 잃은 게 분명하다고 보는 이들도 있었다.

아들들의 운명을 지켜본 스베인 에를렌손은 차마 눈을 뜨고 보지 못할 지경으로 비탄에 젖었다고 한다. 이후 이웃에는 그날 아내인 아슬뢰이그가 아이들을 데리고 가는 것에 반대했는데 그가 그녀의 조언을 무시해버렸다는 소문이 돌았다.

형은 동상에서는 회복되었지만 자신이 겪은 시련 탓에 침울하고 침잠하는 성격이 되었다고 한다. 가족이 바카셀에 사는 동안 그는 줄곧 동생의 유해를 찾아다녔다고 전해진다.

사건이 있은 후 이 년이 지나 가족은 그곳을 떠나 레이캬비크로 이사했고 바카셀은 말했듯이 버려진 채로 남았다.

에를렌뒤르는 책을 덮고 낡은 겉표지 위에 손을 얹었다. 에바 린드는 마주한 소파에 말없이 앉아 있었다. 긴 시간이 지나고 그녀는 탁자 위에 놓인 담뱃갑을 향해 손을 뻗었다.

"침울하고 침잠하는 성격이라고요?"

"다그뱌르튀르에게는 삼가는 태도가 전혀 없었어. 그렇게까지 직설적일 필요는 없었는데. 그 사람은 내가 침울해졌는지도 침잠하는 성격이 되었는지도 알지 못해. 만난 적도 없으니까. 네 할머니 할아버지와도 일면식이 없다시피 했고. 수색대원들에게 정보를 얻었지. 사람들은 얘깃거리와 소문을 토대로 글을 써내고 그것을 진실인 양 포장하니까. 그는 굉장히 부당한 방법으로 네 할머니 마음을 아프게 했어."

"아버지 마음도 그렇고요."

에를렌뒤르는 어깨를 으쓱했다.

"아주 오래전 일이야. 이런 글이 있다는 걸 광고하고 싶은 마음은 없었다. 그게 어머니를 위하는 길이라고 생각했는지도 모르지. 이 책을 불편해하셨으니까."

"사실이었나요? 할머니가 그날 반대했던 게?"

"그래. 하지만 어머닌 아버지를 책망하지 않으셨어. 물론 굉장히 고통스러워하셨고 화가 나 있었지만 그 일은 누구에게 죄가 있고 없고의 문제가 아니라는 걸 아셨지. 그건 생존할 수 있느냐 없느냐의 문제였어, 자연과의 사투에서. 우린 나갈 수밖에 없었다. 그렇게 위험한 외출이라는 것을 미리 알 방법은 없었고."

"할아버지는 왜 그런 거예요? 그분은 왜 아무것도 하지 않았어요?"

"나도 이해가 안 됐다. 충격에 사로잡혀 황야에서 돌아온 아버지는 베르귀르와 내가 둘 다 죽었다고 확신하셨지. 마치 살아갈 의지를 잃은 것 같았다고 해. 우리 형제와 떨어지고 나서 아버지도 가까스로 살아남아 돌아왔다 보니, 어두워지고 밤이 오고 폭풍이 심해지자 네 할머니 말로는 모든 것을 포기해버리는 것 같았다더구나. 침대에 걸터앉아 있기는 했지만 주변에서 벌어지는 일에 더이상 관심이 없는 것 같았다지. 지치셨을 테고 동상 때문에 고통스러우셨을 거야. 내가 구조됐다는 소식을 듣고서는 조금이나마 활력을 되찾으셨다. 방으로 슬며시 들어가니 나를 안아주시더구나."

"기쁘셨을 거예요."

"그러셨을 거야, 물론. 하지만 난…… 이상하게 죄의식이 들었어. 베르귀르는 죽었을 텐데 왜 나는 살아남았는지 이해할 수가 없었지. 아직도 받아들이지 못했어. 나 때문에 그 일이 벌어진 것 같았다. 모든 것이 내 잘못인 것 같은 기분. 난 차츰 그런 생각에 갇히게 되었어. 침울하고 침잠하는 성격. 그의 말이 옳았는지도 모르겠다."

그들은 침묵 속에 앉아 있었다. 에를렌뒤르가 마침내 책을 한쪽에 놓으며 말했다.

"이사를 하면서 어머니는 모든 것을 정리하고 나오셨다. 버려진 다른 농가에 가보면, 마치 사람들이 급하게 집을 나가서는 한 번도 뒤돌아보지 않은 것처럼 보이지. 식탁 위의 접시들하며, 찬장 안의 식기들, 거실의 가구들, 침실의 침대들이며. 하지만 어머니는 우리집을 싹 비웠고 아무것도 남겨두지 않았다. 가구들은 레이캬비크로 옮겨왔고 남은 집기들은 모두 버렸지. 우리가 떠난 후에는 아무도 그곳에 살려고 하지 않았어. 우리집은 버려진 채 남았지. 버려진 집을 생각하면 기분이 묘해진단다. 마지막날에 우리 가족은 방에서 방으로 걸어 다녔는데, 그때 느낀 공허감이 한시도 나를 떠나지 않아. 마치 우리가 우리 인생을 그곳에, 그 낡은 문과 벽창호들 뒤에 두고 나오는 듯한 느낌이었어. 우리에게는 더이상 인생이 없을 것 같았지. 어떤 힘이 우리 인생을 영원히 앗아가버렸다."

"작은아버지를 앗아가버린 것처럼요?"

"가끔은 그 녀석이 나를 평화롭게 내버려두었으면 하고 바랄 때가 있다. 내 생각 속에 그 녀석이 들어오는 일이 없이 온 하루가 지나가기를."

"그런 때는 없단 말이죠?"

"그래, 그런 때는 없어."

21

에를렌뒤르는 담배를 입에 물고 우연의 일치에 대해 생각하면서 성당 밖에 세운 차 안에 앉아 있었다. 그는 오래전부터 단순한 우연의 일치가 한 사람의 운명을, 그들의 삶과 죽음을 결정할 수도 있다는 생각을 했다. 현장 경험으로 그는 우연의 일치가 불러온 사건들을 알았다. 동기라고 할 것이 전혀 없는, 살인자와 희생자 사이에 아무런 빌미도 연관도 없는 살인 현장을 조사한 것이 한두 번이 아니었다.

우연의 일치가 손꼽히게 잔인한 결과를 부른 사건이 도시 외곽의 슈퍼마켓에서 장을 보고 돌아가던 중 살해된 여자의 사건이었다. 여자가 장을 본 곳은 당시만 해도 얼마 되지 않았던, 저녁에 영업을 하는 가게였다. 그녀는 경찰에 잘 알려진 두 남자와 마주쳤다. 그들은 그녀가 가진 것을 털어 가려 했는데, 그녀가 어지간히도 고집스럽게 핸드백을 붙잡고 놓지 않았다. 상습범 가운데 하나의 손에 작은 쇠지렛대가 들려 있었고, 그는 그녀의 머리를 두 번 힘껏 내리쳤다. 응급실에 실려갔을 때 그녀는 이미 죽어 있었다.

왜 하필 그녀였을까? 에를렌뒤르는 이십 년 전 어느 여름날 저녁, 여자의 시신을 내려다보며 자문했다.

그는 그녀를 덮친 두 남자가 걸어 다니는 시한폭탄이었다는 것을 알고 있었다. 언젠가는 분명 중범죄를 저지를 위인들이었다. 그러나 놈들의 행로가 여자의 행로와 교차한 것은 순전히 우연이었다. 그들의 대상은 그날 저녁, 혹은 일주일, 한 달, 일 년 후의 다른 누군가가 될 수도 있었다. 그러나 왜 그녀였을까, 왜 그 장소, 그 시간이었을까? 그리고 그들을 맞닥뜨렸을 때 그녀는 왜 그렇게 행동했을까? 사건이 살인으로 끝나게 만든 시작점은 어디였을까? 그는 자문했다. 범죄자들에게 죄가 없다는 것은 결코 아니었다. 다만 레이캬비크의 인도에 피 웅덩이를 남기고 끝나버린 인생에 대해 알아보고 싶었다.

그는 여자가 시골 출신이고 도시에 와 산 지는 칠 년이 넘어가고 있었다는 것을 알게 됐다. 양어장에서 정리해고를 당한 뒤, 나고 자란 어촌을 떠나 남편과 두 딸과 함께 레이캬비크로 온 것이었다. 지역공동체가 의지해 살던 저인망어선은 다른 지역으로 팔렸고 새우잡이는 실패했다. 어쩌면 그녀의 마지막 여정은 거기서 시작됐는지도 몰랐다. 가족은 도시 외곽에 터를 잡았다. 시내 중심가 쪽에 자리를 잡고 싶었겠지만 똑같은 집이라도 그쪽이 훨씬 더 비쌌을 터였다. 그녀의 수명을 재촉한 것은 그것만이 아니었다.

남편이 건설 현장에서 일거리를 찾았고 그녀는 전화 회사의 판매원이 되었다. 회사가 본사를 옮기는 바람에 대중교통으로 출퇴근을 하는 것이 힘들어지자 그녀는 회사를 그만둔 뒤 집 근처 초등학교에서 관리직을 맡게 되었다. 그 일이 마음에 들었다. 아이들과도 잘 지냈다. 그녀는 매일 걸어서 일터로 갔고, 걷기를 좋아하게 됐다. 그래서 매일 저녁 남편을 끌어내다시피 설득해 근처를 산책하며 돌아다녔으며, 날씨가 정말로 좋지 않을 때만 산책을 빠뜨렸다. 딸들은 잘 자라고 있었다. 큰딸의 스무 번째 생일이 코앞이었다.

그녀의 시간은 다해갔다. 그 운명의 저녁, 가족은 모두 집에 있었고 큰딸은 어머니에게 집에서 만든 아이스크림을 먹고 싶다고 했다. 그 말을 시작으로 일련의 사건들이 이어졌다. 크림이며 소소한 재료 몇 가지가 떨어진 참이었다. 어머니는 가게로 갔다.

작은딸이 뛰어갔다 오겠다고 했지만 어머니는 착한 소리지만 자기가 다녀오겠다고 했다. 그녀는 저녁 산책을 생각하고 남편의 눈을 바라보았다. 남편은 별로 내키지 않는다고 했다. 텔레비전에서 시골 출신들을 인터뷰해 만든 다큐멘터리를 재방송해주고 있었다. 몇몇은 진짜 괴짜들이라 그는 방송을 놓치고 싶지 않다고 했다. 이것 역시 우연의 일치인지도 몰랐다. 그 프로그램이 방영되지 않았다면 그는 동행했을지도 모를 일이다.

어머니는 혼자 집을 나선 뒤 다시는 돌아오지 못했다.

그녀에게 치명적인 구타를 가한 남자는 무슨 짓을 해도 그녀가 핸드백을 놓지 않으려 했다고 말했다. 알고 보니 딸에게 생일 선물을 사주려고 그날 일찍 찾아둔 큰 액수의 현금이 핸드백 안에 들어 있었다. 그것이 핸드백을 끈질기게 붙잡은 이유였다. 평상시라면 많은 현금을 넣고 다니지 않았다.

그것 역시 우연의 일치였다.

그녀는 마음속에 딸의 생일 선물을 품고서 그 여름날 저녁 목숨을 잃었다. 그녀에게 잘못이 있다면, 평범한 삶을 살았고 사랑으로 가족을 보살폈다는 것뿐이었다.

에를렌뒤르는 담배를 비벼 끄고 차에서 내렸다. 그는 성당을 올려다보았다. 이 차가운 회색 콘크리트 더미를 보면 건축가는 무신론자인 게 분명했다. 그는 이 건물이 신을 찬양하기 위해 지어졌다고 생각할 수 없었다. 콘크리트 회사의 영광을 위해서라면 모를까.

교구 신부 에이뵈르는 사무실에 앉아 전화 통화를 하고 있었다. 그녀는 의자에 앉으라는 신호를 했다. 그는 통화가 끝나기를 기다렸다. 반쯤 열린 진열장이 하나 있었는데, 카속■과 목깃과 여타 제의들이 들어 있었다.

"다시 오셨군요?" 에이뵈르가 전화를 끊으며 말했다. "여전히 마리아 자매님에 관한 건가요?"

"화장이 급속도로 유행한다는 기사를 어딘가에서 읽었습니다." 직접적인 대답을 피하며 에를렌뒤르가 말했다.

"그런 절차를 밟도록 엄격한 지시 사항을 남기는 사람들이 늘었답니다. 육신이 땅에서 썩기를 원치 않는 사람들이지요."

■ 성직자들이 입는 통상복.

"기독교 신앙과는 관계가 없다는 말씀입니까?"

"네, 그렇습니다."

"발드빈 씨가 마리아 씨를 화장시켰다고 들었습니다."

"네."

"본인의 바람이었다던데요."

"그것까지야 모르지요."

"본인이 신부님과 그 문제에 대해 의논한 적은 없습니까?"

"없어요."

"발드빈 씨가 신부님께 상의드린 적도 없습니까?"

"없어요. 자매님이 원하던 일이라고만 하더군요. 그런 일에 증거를 요구하지는 않습니다."

"네, 그렇지는 않지요."

"마리아 자매님의 죽음이 형사님의 뇌리를 떠나지 않나 보군요."

"그런가 봅니다."

"무슨 일이 있었다고 보시는 건지요?"

"그분이 굉장히 고통스러워하고 있었다고 생각합니다. 굉장히, 아주 오랫동안."

"저도 그렇게 생각해요. 그래서 그 일에 대해 다른 많은 사람들처럼 놀라지 않는지도 모르지요."

"그녀가 자기의 환시나 환영에 대해 말씀드린 적이 있습니까?"

"아뇨."

"어머니를 보았다는 믿음에 대해서도 아무 말이 없었습니까?"

"네."

"영매를 찾아간 것에 대해서도요?"

"네, 들은 바 없습니다."

"그렇다면 대체 두 분은 무슨 얘기를 나누셨던 겁니까?"

"당연히 말씀드릴 수 없는 부분입니다. 자세히는 말씀드리지 않겠지만, 어쨌거나 그 내용이 자매님이 세상을 떠나기로 선택한 방법과 직접적인 연관이 있다고는 생각지 않아요. 대개 종교 관련 이야기였지요." 에이뵈르가 말했다.

"남다른 이야기도 있었습니까?"

"네, 가끔은."

"이를테면?"

"용서. 사면. 진실. 그것이 어떻게 사람을 자유롭게 하는지, 그런 것들이었어요."

"마리아 씨가 어린 시절 싱그바들라바튼 호수에서 있었던 일에 대해 말한 적이 있습니까?"

"아뇨, 기억에 없어요."

"아버지의 죽음에 대해서는요?"

"아뇨, 도움을 못 드려 죄송하군요."

"괜찮습니다." 에를렌뒤르가 자리에서 일어나며 말했다.

"형사님께 한 가지는 말씀드릴 수 있을 것 같군요. 우리는 사후세계에 대해 얘기를 나눌 때가 많았어요. 지난번 뵀을 때 언급했지만, 자매님은…… 어떻게 말하면 좋을까……. 해가 갈수록 그 주제에, 특히 어머니가 돌아가신 후에 굉장히 매료되었어요. 그런 것들이 존재한다는 증거를 원했죠. 저로선 왠지, 그런 증거를 얻을 수만 있다면 자매님이 무슨 일이라도 할 거라는 인상을 받았어요."

"무슨 뜻입니까?"

에이뵈르는 책상 위로 몸을 숙였다. 에를렌뒤르는 진열장 안에 있는 목깃을 흘깃 보았다.

"저는 자매님이 무엇이든 할 준비가 되어 있었다고 생각해요. 그러나 사적인 견해일 뿐이고 형사님이 달리 얘기를 옮기는 것도 원치 않으니, 우리끼리의 얘기로 해두지요."

"왜 그런 생각을 하십니까?"

"그냥 그런 인상을 받았어요."

"그러니까 그분의 자살이……?"

"해답을 찾기 위한 탐구 과정이었다고 생각해요. 제가 이런 식으로 얘기해서는 안 된다는 것을 알지만, 지난 몇 년간 알고 지낸 경험으로 보건대, 전 그분이 해답을 찾고 있었다고 믿습니다."

차로 돌아온 에를렌뒤르가 성당을 벗어나고 있는데 휴대전화가 울렸다. 시귀르뒤르 올리였다. 에를렌뒤르가 마리아의 휴대전화 통화 내역을 부탁해둔 터였고, 발드빈은 흔쾌히 동의해주었다. 죽음의 날이 가까워지는 사이 그녀는 일 때문에 사람들과 연락을 주고받았고, 별장 건으로 카렌과 통화를 했으며, 남편과는 병원 전화와 휴대전화 양쪽으로 통화를 했다.

"휴대전화로 한 마지막 전화는 목을 맨 날 저녁에 했군요." 시귀르뒤르가 단도직입적으로 말했다.

"시각은?"

"8시 40분."

"그러니까 그때는 살아 있었다는 거군?"

"그렇죠. 통화 시간은 십 분이었습니다."

"남편은 그날 저녁 부인이 별장에서 전화를 했다고 했어."

"무슨 생각을 하는 겁니까?"

"무슨 뜻이지?"

"이 사건이 뭐가 문제예요? 그 여잔 자살했잖습니까. 달리 볼 게 있습니까?"

"나도 모르지."

"마치 살인 사건이라도 되는 듯이 조사중이라는 거 알고 있어요?"

"난 여자가 살해됐다고 생각지 않아. 난 그녀가 자살한 이유를 알고 싶어. 그게 다야."

"무슨 상관인데요?"

"상관없지. 아무 상관도 없어." 에를렌뒤르가 말했다.

"실종 사건에만 관심이 있는 줄 알았는데요."

"자살 역시 실종 사건이야." 에를렌뒤르는 이렇게 말하고 전화를 끊었다.

영매는 문가에서 마리아를 맞았고 그녀를 안으로 들였다. 그들은 교령 의식을 시작하기에 앞서 오래도록 한담을 나누었다. 마그달레나는 마리아에게 좋은 인상을 주었다. 그녀는 따뜻하고 이해심이 깊었고, 세심한 배려심이 있었다. 안데르센도 그러긴 했지만, 여자 영매와의 대화는 또 다른 느낌이었다. 마그달레나와 함께 있으니 저어되는 마음이 덜했다. 마그달레나의 심령 에너지가 안데르센보다 강한 모양이었다. 그녀는 보다 잘 감지했고, 더 많이 알았고, 더 많이 그리고 더 멀리 볼 수 있었다.

그들은 거실에 앉았다. 마그달레나는 점차 편안한 분위기를 만들며 엄밀한 의미의 교령 의식을 준비해나갔다. 마리아는 아파트나 가구들은 눈여겨보지 않았다. 발드빈이 병원 동료에게서 전화번호를 알아다 주었고, 마그달레나에게 곧장 전화를 걸었더니 당장 만날 수 있다고 했다. 마리아 생각에 혼자 사는 사람 같았다.

"강한 존재가 느껴지네요." 마그달레나가 말했다. 그녀는 눈을 감았다가 다시 떴다. "한 여자가 접촉을 해왔어요. 잉기비외르그. 아는 이름인가요?"

"할머니예요. 오래전에 돌아가셨어요."

"그분은 아주 멀리 있네요. 두 분은 가깝지 않았어요."

"네. 거의 모르고 지냈어요. 친할머니였지요."

"그녀는 굉장히 슬퍼하는군요."

"네."

"당신 잘못이 아니었다고 말씀하세요."

"네."

"어떤 사고에 대해 이야기하시고요."

"네."

"물이 있어요. 누가 익사를 했군요."

"네."

"비극적인 사고였어요."

"네."

"그림이…… 있네요. 물가를 그린 그림인가? 싱그바들라바튼 호수 그림이에요. 아는 게 있나요?"

"네."

"좋군요. 그리고…… 한 남자가 있는데…… 흐릿해요, 사진인지 그림인지…… 자기를 로비사라고 하는 여자가 있어요. 아는 사람인가요?"

"네."

"당신과 친척이군요."

"네."

"좋아요. 그녀는 젊고…… 스무 살도 채 안 됐어요."

"네."

"그녀가 미소를 짓고 있어요. 주위에 빛이 풍성해요. 광채가 있어요. 미소를 짓고 있고요. 레오노라가 함께 있고 행복해한다고 해요."

"네."

"당신은 걱정하지 않아도 된다고 하네요……. 레오노라는 아주 잘 지내고 있다고요. 그녀는……."

"네."

"다시 만나길 고대한다고 해요."

"네."

"자기가 행복하다는 걸 알아주길 바란다고 해요. 당신이 오면 좋을 거래요. 아주 좋을 거라고."

"네?"

"두려워할 것 없다고 해요. 걱정할 것 없다고요. 다 잘될 거라고. 당신이 무엇을 하든 어떤 결정을 하든…… 좋은 결과가 있을 거랍니다. 걱정하지 말라고. 다 잘될 거라고."

"네."

"이 여자분은 주변에 아름다운 아우라가 있군요. 그녀는…… 그녀에게서는 광채가 나오고 있고…… 그녀가 당신에게 말을…… 혹시…… 작가가 관련된 무엇이 있나요?"

"네."

"프랑스 작가인가요?"

"네."

"그녀가 웃네요. 그것은…… 그녀와 함께 있는 여자…… 그녀는…… 그녀는 이제 마음이 편하다고 해요. 모든…… 모든 고통은……."

마그달레나가 눈을 질끈 감았다.

"그들이 사라지고 있어요……."

다시 눈을 떴지만 마그달레나가 정신을 차리는 데는 한참이 걸렸다.

"괜찮았나요……?" 그녀가 물었다.

마리아가 고개를 끄덕이며 조용히 말했다.

"네, 고마워요."

집에 돌아온 마리아는 발드빈에게 교령 의식에서 있었던 일을 얘기했다. 그녀는 감정적인 상태였다. 그렇게 명백한 메시지를 받을 줄은 몰랐다고, 교령 의식을 하는 동안 설마 그들이 접촉해 올 줄은 몰랐다고 했다. 그녀는 아주 어렸을 때 이후로는 외할머니 생각을 해보지 않았고, 이모할머니 되는 로비사에 대해서도 사람들이 하는 말을 들어 아는 정도였다. 로비사는 돌아가신 외할머니의 동생으로, 장티푸스에 걸려 어린 나이에 세상을 등졌다.

마리아는 그날 밤 좀처럼 잠을 이루지 못했다. 발드빈이 병원에 잠시 다녀와야 한다며 나간 터라 혼자였다. 밖에는 가을바람이 휘몰아치고 있었다.

그러다 깜빡 잠이 들었다.

그녀는 잠시 후 정원과 이어지는 울타리의 문이 부딪히는 소리에 놀라 화들짝 잠을 깼다. 비가 퍼붓고 있었다. 문이 덜커덩거리는 소리를 듣다

보니 계속 두었다간 그 소리 때문에 잠을 잘 수 없을 것 같았다.

침대 밖으로 나온 그녀는 가운을 걸치고 슬리퍼를 신고 부엌으로 갔다. 정원으로 나가는 뒷문은 몇 년 전에 증축한 베란다로 이어져 있었다. 그녀는 허리춤에서 가운 끈을 단단히 조이고 문을 열었다. 진한 시가 냄새가 났다.

발드빈이 담배를 피웠나?

그녀는 조심스럽게 테라스로 발을 디뎠다. 차가운 비가 얼굴을 때렸다.

울타리의 문이 덜커덩거렸지만, 그녀는 달려가 문을 닫고 다시 집에 들어갈 생각은 하지도 못하고, 얼어붙은 것처럼 제자리에 서서 정원의 어둠을 응시했다. 거기, 머리에서 발끝까지 흠뻑 젖은 모습의 남자가 서 있었다. 배가 나온 육중한 몸매에 죽은 사람처럼 얼굴이 창백했다. 얼굴을 타고 흘러내리는 빗물을 이기고 숨을 쉬려는 듯, 그는 몇 차례 입을 벌렸다 다물었다 했다. 그리고 그녀를 향해 외쳤다.

"조심해! ……넌 네가 무슨 짓을 하고 있는지 몰라!"

22

영매인 안데르센은 의심이 많았고 전화로는 아무런 정보도 주지 않으려 했으며, 에를렌뒤르가 경찰이라는 것마저 믿지 않으려 들었다. 에를렌뒤르는 카세트테이프에서 들은 그 목소리를 단박에 알아챘다. 안데르센은 얘기를 하고 싶다면 다른 사람들처럼 약속을 잡으라고 했다. 에를렌뒤르는 그리 오래 걸릴 용무도 아닌데다 별달리 중요한 일도 아니라고 항의했지만 남자는 꿈쩍도 하지 않았다.

"제게 대금을 청구하실 겁니까?" 에를렌뒤르가 전화 통화의 말미에 물었다.

"두고 볼 일이지요." 남자가 대답했다.

그로부터 얼마 지나지 않은 어느 날 오후, 에를렌뒤르는 보가르에 있는 아파트의 인터폰을 누르고 안데르센을 만나러 왔다고 말했다.

영매가 버저를 눌러 문을 열어주자 그는 건물 안으로 들어가 안데르센이 기다리는 3층 층계참까지 천천히 걸어 올라갔다. 둘은 악수를 나눴고 남자는 그를 거실로 안내했다. 아파트 안으로 들어서자, 희미한 향냄새와 보이지 않는 스피커에서 흘러나오는 잔잔한 음악이 에를렌뒤르를 맞았다.

에를렌뒤르가 더이상 피할 수 없다고 느낄 때까지 미루던 방문이었다. 심령술사들이 하는 일이며 망자와 접촉한다는 그들의 능력에 대해 이렇다 할 관심도 없고, 불쾌한 일이 생기지나 않을까 두려웠던 것이다. 그러나 예의 바르게 행동하기로 마음먹었고 영매인 안데르센도 그래주길 바랐다.

안데르센은 그에게 조그만 원탁 옆에 놓인 의자를 권하고는 자기도 맞은편에 앉았다.

"여기 혼자 사십니까?" 에를렌뒤르가 주위를 살피며 물었다. 완벽하게 평범한 아이슬란드 가정집이었다. 큰 텔레비전이 보였고 비디오테이프와 DVD 들이 꽂혀 있었다. CD장 세 개가 꽉 차 있었고, 쪽모이 세공을 한 마룻바닥에, 벽에는 가족사진이 걸려 있었다. 베일이나 크리스털 볼은 없었다.

심령체도 없었다.

"수사에 필요한 내용인가요?" 영매가 물었다.

"아닙니다. 전…… 마리아 씨 때문에 찾아왔습니다. 전화로 말씀드린 여자 말입니다. 자살한."

"그분에 대해 수사하시는 이유를 여쭤도 될까요?"

에를렌뒤르는 자살과 그 원인에 관한 스웨덴 연구에 대해 말했지만, 투시력으로 먹고사는 남자를 설득시킬 만큼 거짓말에 능한지는 자신이 없었다. 안데르센이 나를 꿰뚫어 보는 건 아닐까? 그는 서둘러 설명을 끝내고 나머지는 운에 맡기기로 했다.

"제가 어떻게 도와드릴 수 있을지 모르겠군요. 저와 저를 찾는 사람들은 대개 아주 강한 신뢰로 묶이죠. 그것을 깨는 일을 하는 건 힘듭니다." 안데르센이 말했다.

그는 사과하는 듯한 미소를 지었다. 에를렌뒤르도 미소를 지었다. 안데르센은 육십 대가량의 키가 큰 남자로, 관자놀이 주변이 희끗희끗했고 안색이 환했으며 순수한 표정에 이상하리만치 평온한 태도였다.

"일이 많으십니까?" 분위기를 가볍게 만들어보려는 차원에서 에를렌뒤르가 물었다.

"불평은 할 수 없지요. 아이슬란드 국민들은 영혼의 문제에 아주 관심이 많습니다."

"사후 세계 말입니까?"

안데르센은 고개를 끄덕였다.

"고리타분한 촌구석 미신에 불과하진 않습니까?" 에를렌뒤르가 물었다. "움막과 암흑의 시대에서 빠져나온 지 그다지 오랜 시간이 흐르지 않았으니까요."

"영혼의 삶은 움막과는 아무런 상관이 없습니다." 안데르센이 응수했다. "그런 편견은 어떤 사람들에게는 도움이 되겠지만 저는 늘 우스꽝스러운 생각이라고 여기고 있습니다. 하지만 사람들이 저 같은 사람에 대해 회의적인 견해를 가지는 것은 이해합니다. 이런 힘, 저는 통찰력이라고 부르는 쪽을 선호합니다만, 힘을 가지고 태어나지 않았다면 저 역시 회의적이었을 테니까요."

"마리아 씨는 얼마나 자주 만나셨습니까?"

"어머니가 돌아가신 이후 두 번 찾아왔었지요."

"어머니와 접촉을 하려고 했던 겁니까?"

"네. 그것이 목적이었습니다."

"그리고…… 어떻게 됐습니까?"

"그분이 만족하고 돌아갔다고 생각합니다."

"사후 세계를 믿으시냐고 물을 필요는 없겠지요?"

"제 삶을 형성하는 기본적인 교리이니까요."

"마리아 씨도 그랬습니까?"

"조금도 의심 없이. 거의 의심하지 않았지요."

"마리아 씨가 어둠을 두려워한다는 말을 한 적이 있습니까?"

"아주 잠시요. 우리는 어둠에 대한 두려움은 다른 것들처럼 심리적인 두려움이고, 인지 치료와 자기 훈련을 통해 극복이 가능하다는 얘기를 나눴습니다."

"무엇이 그분을 두렵게 만드는지에 대해선 얘기하지 않았습니까?"

"네. 저는 심리학자가 아니니까요. 대화의 내용으로 판단해보건대, 사고로 세상을 등진 아버지의 죽음과 관련이 있다고는 분명히 생각했습니다. 어린아이였을 때니 그 사건이 막대한 영향을 주었으리라는 것은 짐작하기 쉬운 일이니까요."

"그녀가…… 당신에게…… 나타났습니까? 마리아 씨 말입니다, 자기 목숨을 버린 이후에."

"아뇨." 안데르센은 미소를 지었다. "그렇게 간단한 일이 아닙니다. 당신은 심령술에 대해 이상한 편견을 가지고 있나 보군요. 우리 일에 대해 아시는 것이 있습니까?"

에를렌뒤르는 고개를 저으며 말했다.

"마리아 씨가 사후 세계에 특별히 매료됐었다고 알고 있습니다."

"그거야 자명하지요. 안 그랬다면 제게 오지 않았을 테니까요."

"네, 거기다 정상적인 수준을 아예 넘었었다고 보고 있습니다, 광적이라고 할 만큼요. 마리아 씨는 죽음에 대한 궁금증에 몰두하고 있었습니다. 죽은 후에 벌어지는 일에 대해서요."

에를렌뒤르는 가능하다면 카렌이 자기에게 빌려준 카세트테이프에 대해 언급하고 싶지 않았다. 그전에 영매가 도와주기를 바랐다. 안데르센은 자기가 무엇을 말할 수 있을지, 무엇을 말해야 하는지 골똘히 가늠하는 듯한 얼굴로 에를렌뒤르를 바라보았다.

"그녀는 탐구자였습니다. 우리 중 많은 이들이 그러하지요. 전 형사님 역시 그러하다고 확신합니다." 안데르센이 말했다.

"마리아 씨는 무엇을 찾고 있었습니까?"

"자기 어머니지요. 그분은 어머니를 그리워했습니다. 그녀의 어머니는 사후 세계의 존재 여부에 대한 답을 딸에게 주기로 되어 있었지요. 그분은 대답을 받았다고 생각했고, 그래서 제게 왔습니다. 우리가 나눈 얘기가 그분에게 도움이 됐다고 생각합니다."

"두 분이 교령 의식을 행하는 동안 그녀의 어머니가 접촉을 해 왔습니까?"

"아뇨. 하지만 그것이 꼭 중요하지는 않습니다."

"마리아 씨는 어떻게 생각했습니까?"

"만족한 것으로 압니다."

"그분이 망상 때문에 고통을 겪었다고 들었습니다."

"좋으실 대로 칭하시지요."

"어머니를 보았다고도 하고요."

"네. 말한 적이 있습니다."

"그래서요?"

"그분은 감지 능력이 굉장히 뛰어난 사람이었죠."

"마리아 씨가 다른 사람을 만나러 갔는지, 또 다른 영매에게 갔었는지 아십니까?"

"제가 상관할 일도 아닌데 그런 말을 할 리 없지 않겠습니까? 언젠가 전화를 걸어 다른 영매에 대해 물은 적은 있습니다. 알지도 못하고 들어본 적도 없는 여자 영매에 관해서였습니다. 신참인가 보지요. 이쪽 사람들끼리는 서로를 다 알고 있습니다."

"그 여자가 누구인지 모른단 말씀입니까?"

"네, 이름은 알지만요. 그 이름을 가진 심령술사는 알지 못합니다."

"이름이 뭐였습니까?"

"마리아 씨는 성은 말해주지 않았습니다. 그냥 마그달레나라고 부르더군요."

"마그달레나요?"

"들어본 적이 없는 이름이에요."

"무슨 뜻입니까? 들어본 적이 없다니요?"

"아무런 뜻도 없습니다. 딱 떨어지는 결론으로 이어지는 일도 아니고요. 하지만 몇 군데 전화를 해봤는데 아무도 마그달레나라는 여자를 알지 못한다고 합니다."

"말씀처럼 시작한 지 얼마 안 되었을 수도 있잖습니까?"

안데르센은 어깨를 으쓱했다.

"그럴지도 모릅니다."

"이쪽 일을 하는 사람들이 많이 있습니까?"

"아뇨, 그리 많지 않습니다. 정확한 숫자야 댈 수 없습니다만."

"마리아 씨는 그 마그달레나라는 여자에 대해 어떻게 알게 되었습니까?"

"글쎄요."

"어둠에 대한 두려움을 두고 당신이 한 말은 유령과 접촉하는 일을 하는 사람이 취하기에는 다소 이상한 태도가 아닙니까?"

"무슨 뜻인가요?"

"어둠에 대한 두려움이 유령의 존재를 믿어서 생겨난 게 아니고 심리적인 두려움이라는 말씀 말입니다."

"영의 세계에는 악의가 없습니다." 안데르센이 말했다. "우리에게는 누구나 자기만의 유령이 있습니다. 당신도 예외가 아닙니다."

"저요?" 에를렌뒤르가 되물었다.

안데르센이 고개를 끄덕였다.

"모두가 그렇지요. 하지만 걱정할 것은 없습니다. 계속 보고 계십시오. 그러면 그들을 찾게 될 겁니다."

"그를 뜻하시는 거겠지요."

"아닙니다." 안데르센이 자리에서 일어나며 말했다. "그들 말입니다."

23

에를렌뒤르는 한때 부정맥이 있었다. 간혹 심장박동이 빨라지곤 했는데 대단히 불편했다. 심장박동이 느려지는 경우도 있었다. 증세가 악화되자 그는 업종별 전화번호부를 뒤지다가 '심장 전문의' 란에서 마음에 드는 이름을 찾았다. 다고베르트. 에를렌뒤르는 이름이 단박에 마음에 들어 그를 주치의로 삼기로 결정했다. 진료실에 들어간 지 오 분도 안 되어 그는 호기심에 못 이겨 그의 이름에 대해 물었다.

"저는 베스트피르디르 출신입니다." 심장병 전문의가 말했다. 보아하니 익숙한 질문인 모양이었다. "그러려니 하고 받아들이고 있습니다. 사촌은 저를 부러워하죠. 그는 도소세우스라는 이름을 떠안게 됐거든요."

병원 대기실에는 온갖 질병으로 고생하는 사람들이 들어차 있었다. 수많은 전문가들이 그곳에서 일했다. 귀, 코, 목을 보는 의사를 포함하여 혈관 전문의가 한 명, 심장 전문의가 세 명, 콩팥 전문의가 두 명, 안과 전문의가 한 명이었다. 에를렌뒤르는 대기실 입구에 서서, 그 전문의들이 거기서 기다리는 모든 사람들에게 필요한 조치를 취해주어야 할 텐데 하고 생각했다. 미리 몇 달 전에 예약을 하지 않고 불쑥 주치의를 찾아온 것이 마음에 걸렸다. 심장 전문의들은 굉장히 바빠 예상컨대 내년까지 예약이 차 있을 터였다. 그리고 의사가 언제 자기를 들이느냐에 달린 문제겠지만, 에를렌뒤르가 방문하는 바람에 여기 있는 몇몇 사람의 대기 시간이 십오 분씩은 연장될 터였다. 그는 벌써 이십 분가량 그곳에 서 있었다.

의사들의 진료실은 대기실 밖으로 난 긴 복도에 붙어 있었고, 에를렌뒤르가 방문 사실을 알리고 사십오 분이 지나자 어떤 문이 열리더니 다고베르트가 대기 구역으로 나와 손짓해 불렀다. 에를렌뒤르는 그를 따라 진료실로 들어갔고 의사는 문을 닫았다.

“다시 문제가 생겼습니까?” 다고베르트가 에를렌뒤르에게 침상에 누워보라며 물었다. 책상 위에 그의 진료 기록이 펼쳐져 있었다.

“아뇨, 전 괜찮습니다. 오늘은 공무 때문에 왔습니다.”

“그러시겠지요.” 의사는 뚱뚱하고 유머가 있는 남자로, 흰 셔츠에 타이를 하고 청바지를 입은 차림이었다. 흰 가운은 안 입는지 몰라도 목에 청진기를 두르고 있었다. “어쨌든 심장박동을 들어보게 누워주시겠습니까?"

"그러실 필요 없습니다." 에를렌뒤르가 책상 앞에 놓인 의자에 앉으며 말했다. 다고베르트는 침상에 앉았다. 에를렌뒤르는 그들의 예전 만남을 기억하고 있었다. 의사는 그의 심장박동을 조절하는 전기 자극에 어떤 장애가 생겼는지 설명했다. 문제의 원인은 대개 스트레스였다. 상태가 생명을 위협할 정도는 아니며 시간이 지나면 호전될 것이라는 사실을 제외한다면, 에를렌뒤르는 그가 하는 말을 거의 이해하지 못했다.

"제가 무엇을 도와……?" 다고베르트가 물었다.

"의학적인 문제입니다."

심장 전문의에게 문의해야겠다는 생각이 든 이래 그는 줄곧 표현 수위를 두고 씨름하고 있었다. 그는 경찰과 관련된, 예를 들어 법의학자 같은 사람은 찾아가고 싶지 않았다. 무엇이든 설명해야 하는 상황을 원치 않았기 때문이다.

"뭐, 말씀해보시지요."

"누가 어떤 사람을 죽이고 싶다면, 가령 몇 분 동안만 말이지요, 어떻게 하면 되겠습니까? 대상자를 즉각 소생시켜서 아무도 그 일에 대해 모르게 하려면 말입니다."

의사가 물끄러미 그를 바라보았다.

"그런 일을 알고 계신가요?"

"사실, 선생님께 여쭤보려던 참이었습니다. 저는 모르니까요."

"고의로 그런 일을 행한 사람은 모릅니다. 그런 뜻으로 여쭤보시는 거라면 말이지요." 다고베르트가 대답했다.

"어떻게 하면 되는지 방법은 아십니까?"

"어떤 인자들이 존재하느냐에 달려 있겠죠. 어떤 상황인가요?"

"확실치 않습니다. 가정집에서 이루어졌다고 해보죠."

다고베르트가 심각한 표정으로 에를렌뒤르를 바라보았다.

"형사님이 아는 사람이 그런 일에 엮인 건가요?" 다고베르트는 에를렌뒤르가 범죄수사과에서 일한다는 것을 알고 있었다. 에를렌뒤르의 불규칙적인 심박은, 그의 표현대로라면, 직업상 요인에서 비롯되는 것이 분명했다. 부정맥 관련해서 말고는 다행스럽게도 그가 전문용어를 늘어놓는 경우는 드물었다.

"아닙니다. 그리고 이건 엄밀히 말하자면 경찰 공무가 아닙니다. 우연히 오래전 보고서를 들추다 호기심이 생긴 것뿐입니다."

"다른 사람들은 모르게, 그리고 대상자는 소생시킬 수 있게 심정지를 일으키는 방법에 대해 물으시는 겁니까?"

"그럴 겁니다."

"대체 누가 그런 일을 하고 싶어 한단 말입니까?"

"저도 모릅니다."

"짐작 가는 부분이 더 있을 것 같은데요."

"그렇지는 않습니다."

"도무지 이해가 안 갑니다. 말씀드렸다시피, 대체 누가 왜 심정지를 일으키고 싶어 한단 말입니까?"

"저도 모릅니다. 선생님께서 말씀해주실 거라고 생각했습니다."

"우선은 장기 손상을 방지하기 위한 경우를 생각해볼 수 있겠지요. 심장이 박동을 멈추는 순간 부패가 시작되어 그 즉시 조직과 장기가 위태로워집니다. 혼수상태를 유도하여 그런 효과를 내는 약품들이 많이 있겠지만, 말씀하신 내용을 들어서는 저체온 유도일지도 모르겠군요. 그것 말고는 모르겠습니다."

"저체온 유도라고요?"

"극심한 냉기는 두 가지 목표를 달성할 수 있습니다. 체온을 일정 온도 이하로 낮추면 심장박동이 멈추고 대상자는 임상적인 죽음에 이르는 반면, 동시에 신체와 장기를 유지시키는 효과가 있습니다. 냉기는 모든 대사 과정을 둔화시키니까요."

"어떻게 해야 대상자가 소생합니까?"

"신속하게 몸을 덥혀준 다음, 제세동기를 이용해야겠지요."

"그러려면 전문 지식이 필요하겠지요?"

"물론입니다. 다른 시나리오는 떠오르지 않습니다. 의사가 있어야 할 겁니다. 심장 전문의가 필요할지도 모릅니다. 누구도 이런 일을 하려 들어선 안 되겠지만요."

"그런 상태로 얼마나 두어야 돌이킬 수 없는 상태가 됩니까?"

"제가 저체온 유도에 의한 임사 전문가는 아닙니다." 다고베르트가 미소를 지으며 말했다. "아마 심정지 후 몇 분 정도일 겁니다. 길어봐야 사오 분. 모르겠습니다. 설비도 감안해야 할 겁니다. 최고의 의료 장비가 갖춰진 병원이라면 좀더 버틸 가능성이 있을지도 모르지요. 최근 들어 저체온 유도는 상처가 치유되는 동안 환자를 혼수상태로 유지시키기 위해 이용되어왔습니다. 심정지를 경험한 사람들의 장기를 보호할 좋은 방법이기도 하고요. 그 경우라면 체온을 섭씨 31도 정도로 유지해야 합니다."

"가정집에서 하려면 어떤 장치가 필요합니까?"

의사가 말을 멈추고 생각에 잠겼다.

"저로선……." 의사는 입을 열었다가 다물었다.

"제일 먼저 떠오르는 게 뭡니까?"

"넉넉한 크기의 욕조. 얼음. 제세동기. 전력 사용이 용이해야겠고. 담요."

"흔적이 남을까요? 만약 대상자가 성공적으로 소생한다면 말입니다."

"그런 일이 있었다는 흔적 말입니까? 남지 않을 겁니다. 눈보라 속에 갇히는 것과 같다고 보시면 됩니다. 냉기가 점차 대사 과정을 둔화시킵니다. 대상자는 처음에는 졸리다가, 이어서 혼수상태에 빠지고, 결국 심정지와 죽음을 경험하게 됩니다." 다고베르트가 말했다.

"그렇다면 사람들이 체온 저하로 죽을 때 일어나는 일과 같군요?"

"똑같지요."

확실하게 규명된 사실로만 따지면, 당시 대학생이었던 귀드룬과 마지막으로 얘기를 나눈 여자는 현재 아이슬란드 국립박물관에서 한 부서의 팀장으로 근무하고 있었다. 그들은 사촌지간이었고, 귀드룬의 부모는 아시아 이곳저곳을 여행하는 동안 그녀에게 딸을 살펴달라고 부탁했었다. 그녀는 귀드룬보다 세 살 많았는데, 키가 작았고 숱 많은 금발을 뒤로 모아 하나로 묶고 있었다. 엘리자베트는 자기를 베타라고 부르라고 했다.

"그 일을 다시 떠올려야 하다니 굉장히 불편하네요." 그녀는 에를렌뒤르와 박물관 카페에 자리를 잡고 앉자마자 말했다. "저는 귀드룬, 그러니까 두나를 책임지고 있었다고나 할까, 그랬으니까요. 적어도 전 그렇게 생각했어요. 물론 그래봐야 아시는 것처럼 아무것도 막을 수 없었지만요. 그 앤 그냥 사라져버렸어요. 정말 믿을 수 없는 일이지요. 왜 이제 와서 다시 수사하시는 거죠?"

"저흰 사건을 마무리짓고 있습니다." 설명이 됐길 바라면서 에를렌뒤르가 말했다.

"이제 다시는 그 애를 찾을 수 없다고 확신하신다는 건가요?"

"오랜 시간이 흘렀습니다." 에를렌뒤르는 직접적으로 대답하지 않았다.

"무슨 일이 있었던 건지 모르겠어요. 어느 날 그 앤 차를 타고 나갔어요. 그리고 펑! 사라졌죠. 차도 발견되지 않았고 아무런 자취도 찾을 수 없었어요. 가게에 들르지도 마을에 멈추지도 않았어요. 북부로 가는 길에서건 레이캬비크에서건." 베타가 말했다.

"사람들은 자살 가능성도 얘기했죠."

"그 애는 그럴 사람이 아니었어요." 베타가 주저 없이 말했다.

"그럴 사람이란 게 뭡니까?" 에를렌뒤르가 물었다.

"제 말은 그러니까, 그 애는 자살할 애가 아니라고요."

"자살할 사람이 따로 있습니까?"

"제 말뜻 아시잖아요. 그리고 차는 어떻게 된 거겠어요? 차가 자살할 리는 없잖아요!"

에를렌뒤르는 미소 지었다.

"전국의 항구들을 다 뒤졌습니다. 자동차를 통제할 수 없었을 경우에 대비해 잠수부들에게 부둣가를 수색하게 했고요. 아무것도 발견하지 못했지요."

"그 애가 노란색 애마인 '미니'를 얼마나 좋아했다고요. 둑 같은 데로 몰고 들어가는 그림은 상상이 안 돼요. 늘 말도 안 된다고 생각했어요. 터무니없어요."

"마지막으로 대화하실 때 무슨 계획을 이야기하지는 않았습니까?"

"전혀요. 무슨 일이 벌어질지 제가 알았다면 상황은 달라졌을 거예요. 그 애는 전화를 해서는 제가 추천해준 뢰이가베귀르에 있는 미용실에 대해 물었어요. 거기 갈 생각이었던 거죠. 그래서 자살했다고 믿지 못하겠다는 거예요. 설명이 안 되잖아요."

"무슨 이유가 있었습니까? 특별한 이유라도 있었나요?"

"미용실 말인가요? 아뇨, 머리를 할 때가 된 것뿐이었을 테죠."

"다른 말은 하지 않았습니까?"

"네, 그리고 다시는 전화를 받지 않았어요. 북부로 갔겠구나 생각했지요. 몇 번 전화를 해봤지만 집에 없더라고요. 전 집을 비웠다고만 생각했어요. 그때쯤은 물론 그 애가 실종된 상태였지요. 무슨 일이 있었던 건지 정말 상상하기가 힘들어요. 왜 그런 애가, 인생의 절정기에 있던 아이가, 아무런 이유도 경고도 없이 그렇게 사라질 수가 있을까요? 그게 무슨 뜻일까요? 어떻게 그런 일을 이해할 수 있단 말이에요?"

"사귀었던 사람은 없었습니까? 그리고 남자친구와 동거했었다거나……."

"아뇨. 전혀요. 오히려 그 애가 고대하던 일이라면 모를까."

"차로 여행할 때면 주로 어디로 갔습니까? 기록에 있다는 것을 알지만 그래도 물어서 나쁠 건 없겠죠."

"물론 북부죠. 그 애는 때때로 아퀴레이리를 그리워해서 가능하면 그곳에 가곤 했어요. 레이캬비크 인근도 좋아했고, 레이캬네스 반도, 동쪽 산악 지대도요. 흐베라게르디에 아이스크림을 사 먹으러 가기도 했죠. 평범했어요. 호수에 관심이 많았다는 건 아실 테고요."

"네."

"싱그바들라바튼 호수를 아주 좋아했어요."

"싱그바들라바튼 호수요?"

"자기 손바닥처럼 속속들이 알았죠. 그곳을 즐겨 찾았고, 호숫가에 좋아하는 장소들이 있었어요. 레이캬비크에 사는 삼촌이 보르가르피외르뒤르 지역의 퀸다레이캬달뤼르 계곡에 별장이 있는데 그곳을 함께 자주 이용했죠. 돌아올 때 그 애는 웍사흐리기르 통행로를 지나 싱그베들리르로 내려가는 산악 도로를 애용했어요. 호수 동쪽을 빙 돌아 집으로 돌아왔죠. 친구들과 싱그베들리르에서 캠핑을 하기도 했고요. 혼자 할 때도 있었어요. 차를 몰고 시내를 빠져나가 호숫가에 있다 돌아오곤 했어요. 혼자 있는 걸 좋아했거든요. 여러 가지 측면에서 자족하는 아이였죠."

“삼촌 별장에 갔었다는 흔적은 없었습니까?” 에를렌뒤르가 귀드룬의 실종 사건 파일 내용을 떠올리려 애쓰면서 물었다.

“없었어요.”

“어쩌다 호수에 흥미가 생긴 건가요?”

“아무도 모르죠. 그 애조차 몰랐고요. 두나는 아주 어렸을 때부터 언제나 호수를 좋아했어요. 한번은 호수에 이상한 힘이 있다는 말을 하더라고요. 거기에 굉장한 평온이 있다고 했어요. 호수 곁에 있으면 자연과 최상으로 소통할 수 있다고 했어요. 온갖 새들과 호숫가의 생물들과요. 생물학을 공부하던 것도 우연의 일치라고는 볼 수 없지요.”

“그녀가 호수로 나가본 적은 있습니까? 사촌에게 보트가 있었습니까?”

“아뇨. 그게 이상한 점이었어요. 어렸을 때부터 물을 무서워했거든요. 수영을 배우라고 데리고 가기도 힘들었고, 수영을 그다지 즐기지도 않았어요. 물속에 있는 것에는 아무런 관심이 없었죠. 그냥 호숫가에 있는 것만 좋아했어요. 그 애가 자연을 사랑하는 방식이었죠.”

“싱그바들라바튼 호수처럼 아름다운 곳은 많지 않습니다.”

“맞아요.”

24

이틀 후 에를렌뒤르는 요한네스라는 이름의 나이든 연기 선생의 집에 앉아 있었다. 남자는 과일차를 따라주었다. 에를렌뒤르가 즐겨 마시는 종류의 음료는 아니었다. 처음에 남자는 다소 비협조적으로 나왔고, 경찰이 무슨 볼일이 있느냐며 그를 안으로 들이지 않으려 했다. 그러나 본인이 아닌 다른 사람들의 소문과 관련한 용무라는 소리를 듣자 흥분을 가라앉히고 문을 열어주었다. 그는 마침 혼자서 과일차를 마시고 있었는데 함께 들지 않겠느냐고 했다.

에를렌뒤르가 연기 학교에 다녔던 학생들에 관해 물어볼 사람으로 누가 제일 좋겠느냐고 했을 때 오리 피엘스테드는 그 선생을 추천했다. 오리는 길게 생각하지도 않았다. 정보를 캐는 데 능하고 남 얘기 하는 것을 과하게 좋아하긴 했지만 젊은 시절 자기를 가르쳤고 괜찮은 사람이었다고 했다. 그리고 혹시 대화중에 오리의 이야기가 튀어나올 수도 있는데, 그건 거짓말이라고 했다.

요한네스는 레이캬비크 시내 동부 지역, 고만고만한 주택들이 늘어선 동네에 혼자 살았다. 키가 제법 컸고, 성량이 풍부했고, 대머리에 눈은 반짝거렸으며, 귀가 보통 사람보다 컸다. 오리는 그가 이혼했다고 했다. 몇 해 전에 헤어졌고 아이는 없었다. 요한네스는 젊은 시절에 대단한 배우였지만 나이가 들자 들어오는 역할이 줄어들어, 프로와 아마추어 작품을 가리지 않고 간간이 역할을 맡으면서 연기 학교에서 학생들을 가르쳤다. 영화에도 사이사이 카메오로 출연해 대중에게 얼굴을 계속 알렸고, 라디오나 텔레비전 토크쇼에 출연해 옛날 일을 추억담으로 풀어놓기도 했다.

"발드빈이라면 생생히 기억합니다." 과일차 두 잔을 놓고 서재에 앉아 요한네스가 말했다. 에를렌뒤르는 찻잔을 들어 맛을 보고는 고약하다고 생각했다. 그는 이미 요한네스에게 용무를 설명한 터였고, 예전 학생들 중 하나에 대해 묻고 다닌다는 얘기는 아무에게도 하지 말아달라고 당부했다. 오리 말로야 그래봐야 소용없을 터였지만 에를렌뒤르는 일말의 희망을 품어보았다.

"훌륭한 배우감은 아니었어요. 그만둔 것이 2학년 때였던가? 희극은 제법 괜찮은 편이었는데, 소용없었지요. 중간에 그만뒀으니. 공연 도중이라고 해야 할까? 의학에 소명을 발견했다고 여기는 것 같더군요. 그후로는 거의 본 적이 없습니다."

"괜찮은 무리였나요? 동기들 말입니다."

"네, 그랬지요." 요한네스가 차를 홀짝이며 말했다. "맞아요. 쓸 만한 배우인 오리 피엘스테드가 있었습니다. 연기가 굉장히 단조로워질 가능성이 있는 친구지만. 〈오셀로〉는 말도 안 되는 작품이더군요. 연기가 아주 형편없었어요. 몰려다니는 그룹 중에는 스발라도 있었고, 진짜 배우인 시그리뒤르는 입센과 스트린드베리 같은 스칸디나비아 거장들의 연극을 위해 태어났지요. 그리고 헤이미르가 있었고. 개인적으로는 언제나 더 큰 역할을 맡을 녀석이라고 생각했지만 나이가 들면서 다소 신랄해지고 세상에 환멸을 느끼더니 술을 마시기 시작했죠. 〈성난 얼굴로 돌아보라〉를 제작할 때 지미 역할을 맡겼었는데, 다들 동의한 것은 아니지만 아주 잘했다고 생각했어요. 지금은 행방을 알지 못합니다. 요전날 들으니 라디오극에서 단역을 하고 있더군요. 이제 모두 중년이 되었어요. 릴야, 사에비외른, 에이나르. 카롤리나도 있었군요. 가엾게도 배우였던 시간이 길지는 않았지만."

"발드빈 씨가 그만둔 때에 대해 기억나시는 게 있습니까?" 노년의 배우에게 정보를 빼내기는 쉬웠다.

"발드빈? 그냥 그만뒀습니다. 특별한 이유를 말하지는 않았어요. 그럴 필요도 없었고요. 하지만 당시만 해도 연기 학교 입학은 아주 힘든 일이었습니다. 들어오려는 사람들이 많았어요. 그래서 여간해서는 도중에, 공연 도중에 그만두는 일이 드물었습니다."

"진짜 공연 도중이었다는 말씀은 아니시죠?"

"수사법입니다. 그저 그 친구가 그랬다는 겁니다. 연기 학교를 그만둬버렸다고요. 입학하기 위해 애쓴 것들을 생각하면 갑작스러웠다고 생각합니다. 당시에 젊은 친구들은 배우가 되는 꿈을 꾸었습니다. 그것은 꿈이었지요. 화려한 시절을 누리는 것, 유명해지고 선망의 대상이 되는 것. 연기는 그런 것들을 안겨줄 수 있어요. 하지만 연기에 진지하게 임하는 배우들에게는 그 이상의 것을 선사한답니다. 내게는 문화와 문학과 극장을 주었지요. 삶 자체에 대한 문을 열어주었고요."

노년의 배우가 말을 멈추고 미소를 지었다.

"조금 오만을 떨었나요? 우리 배우들은 허풍 떠는 경향이 있어서 말입니다. 특히 무대에 있을 때는 그렇지요."

그는 큰 소리로 웃었다.

"그만두고 나서 얼마 지나지 않아 발드빈 씨가, 후에 결혼하게 된 여자를 만났다고 들었습니다." 에를렌뒤르가 미소를 지으며 말했다.

"네. 역사 공부를 했다지요? 요전날 죽었다는 소식을 들었습니다. 자살했다고요. 형사님이 이곳에 오신 이유겠지요, 그 외엔……."

"맞습니다. 그분을 아십니까?"

"전혀 모릅니다. 뭐 죽음에 의심 가는 점이라도 있습니까?"

"아닙니다. 그는 완전히 연기를 그만두었나요? 발드빈 씨 말입니다. 기억나십니까?"

"난 언제나 발드빈이 마음 가는 대로 행동한다고 생각했습니다. 그런 인상이었죠. 누구도 무엇도 그에게 강요할 수 없을 것 같았어요. 자기 생각대로만 하는 고집불통이었다는 말입니다. 하지만 친구들이 말하기를, 그 여자한테 완전히 사로잡혀서 그 친구가 성격이 통째로 바뀌었다고 하더군요. 어쨌든 배우로서는 부족했어요. 본인도 알았을 겁니다. 그래서 생각을 바꾸었겠지요."

"서로 이런저런 관계로 엮이지는 않았나요?" 에를렌뒤르가 과일차가 담긴 잔을 내려놓으며 물었다. "학생들 말입니다."

"아시잖습니까. 피하려 한다고 피해 갈 수 없는 일이지요. 하지만 오래 지속되지는 않습니다. 후에 동기끼리 결혼한 학생들도 몇몇 있지만요. 언제나 있는 일이죠."

"발드빈 씨는 어땠습니까?"

"부인을 만나기 전에 말입니까? 그 문제에는 별다른 도움을 드릴 수가 없겠군요. 동기였던 카롤리나에게 빠졌다는 소리는 들은 적이 있습니다. 그녀는 썩 예뻤지만 배우로서는 재능이 없었고 주연급 역할들도 해본 적이 없었지요. 사실 어떻게 입학이 가능했는지도 의문이에요. 늘 의문이었습니다."

"그녀는 배우가 되었습니까?" 에를렌뒤르는 애석하게도 그쪽 세계에 대해 아는 것이 하나도 없었다.

"아, 배우 경력은 그다지 오래가지 못했어요. 굉장히 실망스러웠죠. 오랫동안 연기하지는 않았을 겁니다. 역할도 소소한 것들이었고. 그나마 비중 있는 역할을 맡아 연기한 게 평이 안 좋아서 이후 재기가 힘들었을 겁니다."

"어떤 역할이었습니까?"

"예전에는 인기가 많았던 스웨덴 문제극이었습니다. 대단할 것도 없지만 형편없는 작품도 아니지요. 〈희망의 불꽃〉이라는 작품이었어요. 사람들이 왜 그 작품을 무대에 올렸는지 모르겠어요. 그즈음 키친 싱크 드라마는 한물가고 있었는데."

“흠.” 에를렌뒤르는 스웨덴 연극에 대해 아는 바가 없었다.

“당시에 꽤 인기가 있던 작가였지요.”

에를렌뒤르는 여전히 아무것도 모르면서 고개를 끄덕였다.

“카롤리나에게는 다소 특이한 점이 한 가지 있었습니다. 누구보다 명성을 바랐지요. 스타, 그중에서도 정상에 서고 싶어 했어요. 그녀가 연기 학교에 들어온 유일한 이유였을 거라고 생각합니다. 다른 학생들은 진짜 연극에 관심이 더 있었을 거예요. 연극이 가르쳐줄 수 있는 것이 있지 않겠습니까. 카롤리나는 그쪽으로는 생각도 안 했어요. 하지만 필요한 것이 없는 걸 어떡합니까. 재능이 없었어요. 우리도 열심히 노력했지만 아무런 효과가 없었어요.”

“그래도 역은 따냈잖습니까?”

“〈희망의 불꽃〉에서 맡은 역할은 그다지 나쁘지 않았습니다.” 요한네스가 찻잔을 비우면서 말했다. “그런데 연기를 워낙에 못했어요. 나무토막 같았거든요. 그 이후로 은퇴했을 겁니다. 어쨌거나 발드빈과는 사귀고 있었습니다. 그러다 그가 결혼을 하고…… 아니지, 아이는 없었지요, 그렇지요?”

“네.” 놀랍게도 연기 선생은 대단히 많은 것을 알고 있었다. 귀가 커서 놓치는 게 많지 않아 보였다.

“그것도 부인에게 영향을 끼쳤겠지요. 아이가 없었으니.”

에를렌뒤르는 어깨를 으쓱했다.

“그건 모르겠군요.”

“목을 맸다지요?”

에를렌뒤르는 고개를 끄덕였다.

"발드빈은 어땠습니까?" 선생이 물었다.

"그런 상황에 처한 다른 사람들과 같다고 보시면 됩니다."

"그럴 겁니다. 어떻게 그런 일을 견딜 수가 있겠어요? 난 모르겠습니다. 몇 년 전에 발드빈을 만났어요. 내가 다니는 보건소 의사 양반 일을 대신 봐주고 있더군요. 아주 괜찮은 친구였어요. 언제나 돈에 쪼들렸던 기억이 납니다. 여기저기 빚잔치를 했죠. 내게도 돈을 빌려가곤 했어요. 그러다 내 쪽에서 거절했지만. 그는 수입 이상으로 돈을 쓰고 다녔어요. 요새는 다들 그러지요?"

"네." 에를렌뒤르가 자리에서 일어나며 말했다.

"가능한 한 빚을 많이 지는 것이 유행인가 봅니다." 요한네스가 문가로 배웅하며 말했다.

에를렌뒤르가 그에게 악수를 청했다.

"그녀는 사실 사랑스러운 마그달레나를 표현해냈는데 말이죠. 아주 예뻤어요." 요한네스가 말했다.

에를렌뒤르가 문가에 멈춰 섰다.

"마그달레나요?"

"네, 사랑스러운 마그달레나. 그러니까 카롤리나 말입니다. 아이고, 내가 너무 쓸데없는 소리를 지껄이는 게 아닙니까? 머릿속이 온통 뒤죽박죽이 되는군요. 배우들과 역할들과 그런 것들이."

"마그달레나는 뭐였습니까?"

"스웨덴 문제극에서 카롤리나가 맡은 역이었습니다. 마그달레나라는 이름의 젊은 여자 역을 맡았지요."

"마그달레나라고 하셨습니까?"

"그게 무슨 도움이 되나요?"

"글쎄요. 그럴지도 모르지요."

에를렌뒤르는 차에 앉아 또다시 우연의 일치에 대한 생각에 잠겼다. 담배를 네 개비 피워 속이 쓰린 느낌이 들었다. 아침부터 제대로 된 식사를 하지 못하고 담배로 허기를 달래는 중이었다. 연기는 운전석 차창 위쪽의 좁은 틈으로 다 빠져나갔다. 저녁이었다. 그는 구름 뒤로 사라지는 가을 해를 지켜보았다. 차는 레이캬비크의 정남쪽에 있는 도시인 코파보귀르의 서쪽 동네, 오래된 단독주택에서 신중하게 가늠한 거리에 세워져 있었다. 그는 노을을 바라보는 동안 그 집을 간간이 주시했다. 그는 거기 그 여자가 혼자 살고 있으며, 돈이 많지 않으리라는 것을 알았다. 안 그랬다면 분명 집을 보수했을 터였다. 집은 상태가 굉장히 좋지 않았다. 페인트칠을 한 지도 오래됐고 창문 옆에는 갈색 녹 줄기가 흘러내렸다. 오가는 사람은 전혀 없었다. 낡고 작은 일본산 자동차가 앞쪽 도로에 서 있었다. 이웃에 사는 사람들은 일이건 공부건 쇼핑이건, 평범한 일상을 마치고 집으로 돌아와 있었다. 다소 부끄럽게 여기면서도, 에를렌뒤르는 두 개의 부엌 창문 뒤에서 펼쳐지는 전형적인 가족의 삶을 차창 너머로 몰래 살폈다.

그가 그곳에 있는 이유는, 자기가 왜 그렇게 부지런히 조사를 하고 다니는지 도통 연유를 알 수 없는 어떤 사건에서 발견된 우연의 일치 때문이었다. 벼랑 끝에 있던 여자의 비극적 죽음이라는 건 자명해 보였다. 그녀의 과거가, 어머니를 잃은 상실감이, 사후 세계에 대한 집착이 뒷받침하는 사실이었다. 그는 비열한 행위의 증거는 찾아내지 못했다. 그러다 최근에, 전에도 등장했던 이름을 다시 들었다. 그 이름은 싱그바들라바트 호숫가 별장의 불행한 여자가 알았거나 몰랐던 사람들 사이에 얽힌, 알려졌거나 알려지지 않은 연관성들에 대한 이상한 생각의 도화선이 되었다. 마그달레나는 마리아가 방문한 영매의 이름이었다. 에를렌뒤르는 우연이란 삶 그 자체로, 사람들에게 간악한 술책을 펴거나 기분 좋은 놀라움을 선사한다는 것을 알고 있었다. 우연이란 비와 같아서, 바르게 사는 사람에게도 바르지 않게 사는 사람에게도 똑같이 내린다. 좋을 수도 있고 나쁠 수도 있다. 때로는 소위 운명이라는 것을 형성하기도 했다. 우연이란 난데없이 등장했다. 예상치 못하게, 기이하게, 설명할 수 없게.

에를렌뒤르는 우연의 일치를 다른 것과 혼동하지 않도록 조심했다. 경험상 그는 우연의 일치가 조작될 수 있다는 것을 누구보다 잘 알았다. 우연은 의심 없는 개개인의 삶 속에 교묘하게 심길 수 있었다. 그렇게 되면 더이상 우연의 일치가 아니었다. 명칭이야 여러 가지 붙을 수 있겠지만, 에를렌뒤르가 몸담은 곳에서 그런 우연을 칭하는 말은 하나밖에 없었다. 범죄.

이런 생각을 거듭하고 있는데, 그 집 입구에서 빛줄기가 새어 나오더니 문이 열리고 여자가 나왔다. 여자는 문을 닫고 집 앞에 세워둔 차로 걸어가 올라탔다. 세 번 시동을 걸고 나서야 엔진이 기침 소리를 내면서 살아났다. 차는 요란한 소리를 내며 도로 아래쪽으로 사라져갔다. 에를렌뒤르는 배기관 부분이 고장난 것이

틀림없다고 생각했다.

그는 사라지는 차를 지켜보다가 낡은 포드를 출발시켜 지척에서 따라갔다. 그는 미행하는 여자에 대해 아는 바가 거의 없었다. 연기 선생을 만난 이후 그는 카롤리나 프랑클린의 경력에 대해 간략하게 조사했다. 아버지의 이름에서 따온 프랑클린스도티르 중 프랑클린만 성으로 사용했고, 옛 스승은 이것이 그녀의 허세를 단적으로 보여준다고 생각했다. "대단히 가벼운 소녀였습니다." 그는 손가락으로 이마를 톡톡 두드리며 덧붙였다. "여기에 아무것도 없었어요." 카롤리나는 도시의 큰 금융회사에서 비서로 일했다. 그녀는 혼자고, 아이가 없고, 대중 앞에서 연기를 하지 않은 지 오래였다. 〈희망의 불꽃〉에서 맡은 마그달레나 역이 마지막 역할이었다. 요한네스의 말에 따르면, 거기서 그녀는 노동자계급인 젊은 스웨덴 여자를 연기했다. 남편이 불륜을 저지르고 있다는 것을 알게 되어 복수를 계획하는 역할이었다.

그는 카롤리나의 뒤를 따라 인근의 상점 겸 비디오 대여점으로 가, 그녀가 영화를 고르고 가벼운 먹을거리를 사는 모습을 지켜보았다. 그러고 나서 그녀는 집으로 돌아갔다.

에를렌뒤르는 그녀의 집 밖에 세운 자기 차 안에 한 시간 정도 앉아 있었고, 담배를 두 개비 더 피운 다음 차를 몰아 자기집으로 향했다.

25

은행장은 에를렌뒤르를 기다리게 내버려두지 않았다. 밖으로 나와 굳은 악수로 그를 맞이하고는 사무실로 안내했다. 그는 사십 대였고, 까다롭게 고른 타이에 가는 세로줄 무늬가 있는 정장을 말쑥하게 차려입었으며, 반짝거리는 에나멜가죽 신발을 신고 있었다. 키는 에를렌뒤르만 했고, 웃는 얼굴에 호감 가는 인상이었으며, 선발된 고객들과 함께 런던으로 가 중요한 축구 경기를 관람한 후 막 돌아온 참이라고 했다. 에를렌뒤르는 축구팀 이름만 겨우 아는 사람이었다. 은행장은 신속하고 효과적인 서비스를 요구하는 부유한 고객들 상대에 익숙했다. 에를렌뒤르는 그가 성실과 끈기, 고객을 만족시키고 싶어 하는 타고난 욕구를 발판으로 지금의 자리까지 올라왔다는 것을 알았다. 은행장이 은행의 말단 출납원이었을 때부터 그들은 가끔 만날 일이 있었다. 그들은 언제나 잘 지냈다. 에를렌뒤르가 출납원이 레이캬비크 태생이 아니라는 것을 알게 되고 난 후부터는 더욱 그랬다. 가족이 땅으로 생계를 이어가려는 노력을 포기하고 도시로 이사 오기 전까지, 그 은행원은 외라에파스베이트르의 먼 남동부 지역에 있는 조그만 농장에서 자랐다.

은행장은 에를렌뒤르에게 커피를 한 잔 따라주었고, 그들은 넓은 사무실에 놓인 가죽소파에 앉았다. 그들은 동부의 말 사육 이야기며, 레이캬비크에서 증가세를 보이고 있는 범죄율, 그리고 그것과 직결되는 마약 복용률에 관한 이야기를 나누었다. 대화가 자연스럽게 이어지는 것 같았고 상대가 초조한 기색을 보이지는 않았지만, 에를렌뒤르는 은행장이 은행을 위해 수백만 달러를 버는 업무로 어서 돌아가야 하는 게 아닌가 싶어 헛기침 끝에 돌고 돌아 방문 목적을 설명하기 시작했다.

"물론 경찰 업무 협조에선 오래전에 손을 떼셨겠지만요." 그가 사무실을 훑어보며 말했다.

"그쪽 일은 다른 사람들이 맡아주고 있으니까요. 만나보시겠습니까?" 은행장이 타이를 매만지며 말했다.

"아니, 아닙니다. 당신에게 볼일이 있어서 왔습니다."

"무슨 일이십니까? 대출이 필요하신가요?"

"아닙니다."

"마이너스 통장에 관한 겁니까?"

에를렌뒤르는 고개를 저었다. 그는 딱히 금전 문제가 없었다. 월급은 지출 규모에 딱 알맞았고, 통장이 마이너스가 될 때도 전혀 없었으며, 오래전에 전부 갚은 주택 담보대출 이외에는 대출을 받은 적도 없었다.

"아니, 그런 것이 아닙니다. 물론 개인적인 문제이긴 합니다. 철저하게 우리 둘만의 비밀로 해주셔야 합니다. 저를 경찰서에서 쫓겨나게 할 요량이 아니시라면." 에를렌뒤르가 말했다.

은행장이 미소를 지었다.

"과장이 심하시군요. 경찰에서 형사님을 왜 해고하겠습니까?"

"그 사람들을 모르고 하는 말씀입니다. 그건 그렇고, 당신은 유령을 믿습니까? 외라에파스베이트 사람들은 그랬던 것으로 압니다만."

"그랬지요. 아버지라면 한두 가지 유령 이야기를 해드릴 수 있을 겁니다. 아버지 말로는 유령들이 활동적이어서 지방세를 내야 한다고들 했다더군요."

에를렌뒤르가 미소를 지었다.

"유령들을 조사하고 계시는 겁니까?" 은행장이 물었다.

"그런지도 모르지요."

"은행과 거래를 하는 유령들인가요?"

"이름이 하나 있습니다. 고객 번호도 있습니다. 그가 이곳과 거래한다는 것을 압니다. 죽은 아내의 거래 은행이기도 했지요."

"아내가 그 유령입니까?"

에를렌뒤르는 고개를 끄덕였다.

"그 사람의 거래 내역을 보고 싶으신 건가요?"

에를렌뒤르는 다시 한번 고개를 끄덕였다.

"범죄자입니까?"

"아닙니다만, 가능성은 있습니다."

"가능성이 있다니요? 수사중인 사람인 겁니까?"

에를렌뒤르는 고개를 끄덕였다.

"어떤 사건입니까? 찾고 계시는 게 뭡니까?"

"유감이지만 말씀드릴 수가 없습니다."

"누굽니까?"

에를렌뒤르가 고개를 저었다.

"알아서는 안 된다는 말씀인가요?"

"그렇습니다. 이런 일이 굉장히 드물다는 건 압니다. 당신처럼 정직한 사람에게는 물론 이해할 수 없는 일이겠지요. 하지만 전 이 남자의 계좌 거래 내역을 보고 싶습니다. 그리고 불행히도 합법적으로는 볼 수가 없습니다. 할 수 있다면 했겠지만 할 수가 없습니다."

은행장이 그를 응시했다.

"지금 제게 법을 어기라고 하시는 건가요?"

"그렇기도 하고 그렇지 않기도 합니다."

"공식적인 수사는 아닌 거지요?"

에를렌뒤르는 고개를 끄덕였다.

"형사님, 제정신입니까?"

"이번 사건은, 당신에게 얘기를 할 수는 없지만, 지독한 악몽으로 이어지고 있습니다. 무슨 일이 벌어졌는지 아무것도 확실하지 않은 상태지만 당신에게 요구하는 정보가 전말을 파악하도록 도와줄 겁니다."

"정상적인 절차를 밟을 수 없는 이유가 뭔가요?"

"개인적으로 조사하고 있기 때문입니다. 지금까지 제가 뭘 알아냈고 뭘 알아내지 못했는지 아무도 모릅니다. 이 사건은 전적으로 저 혼자 파헤치고 있습니다. 지금 당신과의 사이에서 일어나는 일 역시 외부에 알려지지 않을 것입니다. 아직 공식적인 수사를 펼칠 증거가 충분하지 않습니다. 제가 조사하는 대상들은 이 사실을 모릅니다. 적어도 전 알지 못하길 바라고 있습니다. 제게 필요한 정보가 정확히 어떤 것인지는 모르지만, 여기 은행에서 뭔가를 알아낼 수 있을 거라 믿습니다. 당신은 저를 믿어주셔야 합니다." 에를렌뒤르가 말했다.

"왜 이런 일을 하시는 겁니까? 형사 생활이 위태로워지지 않습니까?"

"이 사건은 손에 잡히는 거라곤 아무것도 없이, 의심에 의심만 쌓인 사건입니다. 근거로 삼을 것이라곤 파편들뿐이죠. 제게는 단순한 연결 고리들이, 나중에 발생한 사건들을 잇는 일종의 배경이 필요합니다. 이야기 속 간극을 채워야 합니다. 그들의 재정적인 배경까지 포함해서 말이지요. 이런 부탁을 드리는 이유는……. 범죄행위가 있었다는 생각이 들지 않았다면 이런 부탁을 드리지 않았을 겁니다. 아무도 모르는 추악한 범죄를…… 요주의 인물이 저지르고…… 상황을 모면한 듯 보입니다."

은행장은 의미심장한 침묵 속에 오랫동안 에를렌뒤르를 응시했다.

"컴퓨터로 은행 고객들의 거래 내역을 불러올 수 있습니까?"

에를렌뒤르가 마침내, 은행장의 넓은 책상 위에 놓인 세 개의 평면 화면을 고갯짓으로 가리키며 물었다.

"네."

"도와주시겠습니까?"

"형사님, 전…… 유감스럽게도 도와드릴 수 없습니다. 할 수 없습니다."

그들의 시선이 오래도록 마주쳤다.

"요주의 인물에게 심각한 부채가 있는지 말씀해줄 수 있습니까? 그렇다, 아니다, 그거면 됩니다."

은행장은 잠시 생각했다.

"그럴 수 없습니다. 그런 부탁은 하지 말아주십시오."

"부인에 대해서는 어떻습니까? 그녀는 죽었습니다. 죽은 사람의 계좌 거래 내역을 확인한들 아무에게도 해가 되지 않을 겁니다."

"형사님……."

"좋습니다. 이해합니다."

은행장이 자리에서 일어났다. 그는 손가락으로 책상을 톡톡 쳤다.

"여자분의 고객 번호가 있습니까?"

"네."

그는 숫자를 쳐 넣고 키보드 키를 몇 개 누르고 마우스를 클릭하고 화면을 봤다.

"돈더미에 파묻혀 사는 분이었군요." 은행장이 말했다.

노인은 병원 침대에 누워 잠들어 있었다. 저녁 식사가 끝난 이후의 복도는 조용했다. 같은 병실을 쓰는 남자 둘도 에를렌뒤르의 존재를 눈치채지 못하고 침대에 누워 있었다. 한 사람은 책을 읽었고 다른 사람은 졸았다.

에를렌뒤르는 침대맡에 앉아 손목시계를 보았다. 집에 돌아가는 길에 병원에 들러봐야겠다는 생각이 들어 방문한 것이다. 그때 노인이 깨어나 그를 보았다.

"아드님인 엘마르 씨를 만나보고 왔습니다."

노인에게 남은 시간이 얼마인지 알 수 없었으므로, 그는 곧장 본론으로 들어갔다.

"그러셨소?"

책을 읽던 남자가 침대맡 탁자에 책을 내려놓고 벽 쪽으로 얼굴을 돌렸다. 에를렌뒤르는 자기네가 하는 얘기가 전부 들릴 것 같다는 생각이 들었다. 가운데 침대에서 졸던 남자는 이제 조용히 코를 골기 시작했다. 에를렌뒤르는 이곳이 경찰 조사를 수행하기에 전혀 이상적인 환경이 아니란 것을 알았지만 어찌할 수 없었다. 노인을 방문한 건 수사의 일환이라고 부를 것도 아니었다.

"둘 사이는 언제나 좋았지요, 안 그렇습니까?" 에를렌뒤르가 불필요한 의심의 씨앗을 뿌리려는 게 아니라는 인상을 주려고 노력하면서 물었다. 이 질문을 전에도 했다는 생각이 들었다.

"두 아이는 아주 달랐습니다, 그걸 물으시는 거라면."

"그다지 살가운 사이도 아니었나 보지요?"

노인이 고개를 끄덕였다.

"맞아요. 살갑지는 않았어요. 엘마르는 이곳에 한 번도 오지 않아요. 나를 찾아온 적이 없어요. 요양원이든, 병원이든, 양로원이든, 뭐가 됐든 간에 견딜 수가 없다고 하더군요. 그 아이는 택시를 몰고 있어요. 알고 계셨소?"

"네." 에를렌뒤르가 대답했다.

"이혼을 했지. 요새는 많이들 그러더군요. 언제나 적응을 잘 못 했어요."

"네, 그런 사람들도 있으니까요." 에를렌뒤르가 무슨 말이든 해야 한다는 심정으로 대답했다.

"찾으시던 여자는 찾으셨소?"

"아뇨. 아드님 말로는 다비드는 여자를 만난 적이 없다고 했습니다."

"그 아이 말이 맞소."

가운데 침대에서 들리는 코 고는 소리가 점점 더 커졌다.

"이제 수사를 그만두어야겠군요." 노인이 말했다.

"수사라고 할 만한가요, 뭐. 어쨌거나 현재로서는 해볼 만한 일도 많지 않습니다. 그러니 저는 걱정하지 마십시오."

"형사님이 정말 그 아이를 찾을 수 있을 거라고 생각하시오?"

"모르겠습니다. 실종된 사람들은 발견되는 경우도 아닌 경우도 있습니다."

"너무 오래전 일이에요. 우린 오래전부터 그 아이가 살아 있을 거라고 생각하지 않았어요. 그러니까 사실 안심이 되기도 하더군.

우리가 그 아이의 죽음을 제대로 애도해줄 수 없다는 사실에도 불구하고."

"네, 그럴 테지요."

"그리고 머잖아 나도 갈 테지."

"두려우신가요?"

"아니, 난 두렵지 않아요."

"죽음 이후에 무슨 일이 있을지 불안하십니까?"

"전혀. 난 다비드를 만나리라고 기대하고 있어요. 귄소륀도 그렇고. 좋은 일이잖소."

"그런 걸 믿으십니까?"

"언제나 믿었다오."

"사후 세계가 있다고요?"

"그럼요, 물론."

둘 다 잠시 아무 말이 없었다. 노인이 곧 말했다.

"그 아이가 어떻게 됐는지 알았으면 좋았을걸. 이런 일이 일어나다니 참 이상해. 귄소륀에게 서점에 들렀다 친구 집에 갈 거라고 한 말이 그 아이의 짧은 인생 마지막 말이었소."

"서점에서는 아무도 아드님을 목격한 사람이 없었습니다. 레이캬비크에서도 그렇고, 이웃 도시에서도 그렇고요. 경찰이 당시 그 부분은 철두철미하게 조사했습니다. 친구들과 만날 약속도 전혀 하지 않았고요."

"아내가 잘못 알아들었나 보지요. 모든 것이 이해가 불가한 일이었소. 이해를 하려야 할 수가 없었지."

책을 읽던 남자는 이제 잠이 들어 있었다.

"서점에서는 무얼 사겠다고 했습니까? 기억하십니까?"

"귄소륀에게 말했다더군요. 호수에 관한 책을 살 거라고."

"호수에 관한 책이라고 하셨습니까?"

"그렇소."

"어떤 호수 말입니까? 어떤 책이었습니까?"

"신작이었다는데, 레이캬비크 인근 호수들에 관한 사진집이라고 들었소."

"아드님이 그런 것에 관심이 있었습니까? 아이슬란드의 시골에?"

"내가 아는 한은 그렇지 않았어요. 아내는 그 아이가 다른 사람에게 선물하려고 사는 거라 생각했다고 했소. 하지만 아내도 확신하지는 못했지. 잘못 들었을지도 모른다고 생각했어요. 그 아이의 평소 관심사가 아니어서."

"누군지 아십니까? 누구에게 책을 주려고 했던 건지 아십니까?"

"모르오."

"친구들도 몰랐습니까?"

"그렇소."

"일베르트가 언급한 여자일 수도 있을까요? 아드님이 만났다고 생각한 여자 말입니다."

"여자는 없었다니까. 있었다면 다비드가 얘기했을 거요. 그리고 그 아이가 실종됐을 때 여자가 우리를 찾아왔겠지요. 안 그런

다는 건 상상이 안 되는 일이잖소. 그러니 여자가 있었을 리 없다고 생각하는 거요. 틀림없어요."

노인은 손사래를 치며 반복해 말했다.

"틀림없는 일이오."

26

다음날 저녁 에를렌뒤르는 그라바르르보귀르의 막다른 골목으로 차를 몰아 의사의 집 앞에 차를 세웠다. 약속이 되어 있었다. 에를렌뒤르는 점심시간이 지나서 전화를 걸었고 그를 만날 일이 있다고 했다. 발드빈이 이유를 알고 싶어 하자 에를렌뒤르는 제삼자로부터 얻은 정보 관련하여 할 얘기가 있다고 대답했다. 의사는 놀란 눈치였고 제삼자가 누구인지, 자기가 경찰 감시를 받아야 하는지 알고 싶어 했다. 에를렌뒤르는 전에도 그랬던 것처럼 시간을 많이 뺏을 이야기는 아니라고 그를 달랬다. 심각한 일은 아니라고 덧붙일까 싶었지만 그래봐야 거짓말이 될 뿐이었다.

에를렌뒤르는 엔진을 끄고 얼마간 차 안에 앉아 있었다. 그는 발드빈과의 면담에서 좋은 결과를 얻으리라 생각하지 않았다. 그는 이 사건을 개인적으로 진행하고 있었다. 엘린보르그도 시귀르뒤르 올리도 정확히 그가 무엇을 알아냈는지 알지 못했고, 범죄 수사과의 상관들도 마찬가지였다. 이런 상태로 얼마나 더 오래 수사를 끌고 갈 수 있을지 알 수 없었다. 수사의 미래는 어쩌면 그의 질문들에 대한 발드빈의 반응에 달려 있을지도 몰랐다.

발드빈은 문가에서 에를렌뒤르를 맞았고 거실로 들였다. 의사는 집에 혼자 있었다. 에를렌뒤르도 짐작했던 대로였다. 그들은 자리에 앉았다. 처음 만났을 때보다 훨씬 긴장감이 돌았다. 발드빈은 정중했지만 대단히 형식적이었다. 전화 통화를 할 때 변호사가 필요할지 묻지 않아서 에를렌뒤르는 안도했다. 그랬다면 뭐라 대답해야 할지 몰랐을 것이다. 정황상 발드빈하고만 얘기하는 것이 최선이었다.

"전화로 말씀드렸다시피……." 에를렌뒤르가 차에서 연습한 서두를 꺼내며 말했다. 발드빈이 제지했다.

"그냥 본론으로 들어가시지요. 오래 걸리지 않았으면 합니다. 알고 싶으신 게 뭡니까?"

"세 가지가 있다고 말씀드리려 했지만……."

"알고 싶으신 게 뭡니까?"

"마그누스, 선생의 장인……."

"전 뵌 적이 없습니다." 발드빈이 다시 한번 에를렌뒤르의 말을 잘랐다.

"압니다. 그분은 뭘 하셨습니까?"

"네?"

"직업 말입니다."

"이미 아실 것 같은데요."

"그냥 묻는 말에 대답해주시면 됩니다." 에를렌뒤르가 단호하게 말했다.

"부동산 중개 일을 하셨습니다."

"성공하셨습니까?"

"아뇨, 전혀 아니었습니다. 마리아 말로는 돌아가셨을 때 부도 직전이었다고 하더군요. 장모님도 언급하신 적이 있고요."

"부도가 나지는 않았고요?"

"네."

"모녀가 유산 수령인이었습니까?"

"네."

"무엇을 물려받았습니까?"

"별건 없었습니다. 이 집은 간신히 건졌지요. 장모님이 기민하고 강인했던 분이라."

"다른 것은요?"

"코파보귀르에 땅이 조금 있었습니다. 계약금 조로 받아두었던 것을 결국 소유하게 되었다고 합니다. 돌아가시기 이 년 전이었고요."

"그간 장모 되시는 분께서 팔지 않으셨단 말입니까? 집이 넘어가게 생겼을 때조차도?"

"대체 무슨 말씀을 하고 싶으신 겁니까?"

"그때부터 코파보귀르는 아이슬란드의 어떤 지역보다 빠르게 성장했습니다. 레이캬비크를 포함한 이 나라의 어떤 곳도 그곳만큼 사람들이 많이 이주해간 곳이 없습니다. 장인분이 그 땅을 얻었을 때만 해도 도시에서 한참 떨어져 있어서 사람들이 수고를 들여 이주하려 드는 지역이 아니었죠. 하지만 지금은 아이슬란드의 중심지나 마찬가지입니다. 믿지 못할 일이지요."

"네, 믿을 수 없는 일입니다."

"장모 되시는 분이 그 땅을 팔았을 때 가격을 확인해봤습니다. 삼사 년 전인가요? 그분은 상당한 돈을 수중에 넣었습니다. 코파보귀르 의회의 추산에 따르면 삼억 크로나 정도였다고 합니다. 그분은 돈에 밝았습니다, 그렇지요? 그러나 그 사실을 떠벌리지 않았고, 아마 돈에는 특별한 관심이 없었을 겁니다. 그러니 그 많은 돈이 그분의 은행 계좌에서 이자를 불리며 고스란히 남아 있었지요. 마리아 씨는 그분의 상속인이었고 선생은 마리아 씨의 상속인입니다. 다른 사람은 없습니다. 선생밖에는."

"드릴 말씀이 없군요. 그게 일말의 상관이라도 있다고 생각했다면 말씀을 드렸을 겁니다."

"부인분은 그 돈에 대해 어떤 태도를 취했습니까?"

"태도라니요? 그…… 특별한 태도 같은 건 없었습니다. 아내는 돈에 그다지 관심이 없었습니다."

"예를 들어볼까요? 아내분이 그 돈을 가지고 두 분의 인생에 더 많은 것을 쓰려 했습니까? 사치품에 돈을 쓰고 싶어 했습니까? 아니면 어머니처럼 생각 자체를 하고 싶지 않아 하는 편이었나요?"

"그녀는 돈이 있다는 것을 분명히 인식하고 있었습니다." 발드빈이 말했다.

"그러나 쓰지는 않았고요?"

"네, 마리아도 장모님도 그랬습니다. 형사님 말이 맞습니다. 저는 그 이유를 안다고 생각하지만 그건 다른 문제겠군요. 그간 누구를 만나신 건지 여쭤도 되겠습니까?"

"그거야말로 지금 상황에는 상관없는 일입니다. 선생은 좋은 것들을 마음껏 누리며 살고 싶어 하는 쪽이지 않나 싶군요. 아무도 쓰는 이가 없이, 많은 돈이 은행에서 잠들어 있었고요."

발드빈은 숨을 깊이 들이쉬었다.

"그 돈 얘기는 하고 싶지 않습니다."

"선생과 부인은 어떤 종류의 재정적 합의를 했습니까? 혼전 합의서를 작성했습니까?"

"네, 그랬습니다, 공교롭게도."

"어떤 종류의 합의서였습니까?"

"마리아가 땅과 땅을 팔아서 생기는 일체의 돈을 소유하기로 했습니다."

"부인 앞으로 되어 있었다는 말인가요?"

"네. 이혼을 해도 달라질 것은 없었습니다."

"그렇군요. 이제 두 번째 질문입니다. 트리그비 씨를 아십니까?"

"트리그비? 모릅니다."

"그러시겠지요. 오래전에 알았던 사람이니까. 하지만 그때 일은 기억하실 겁니다. 그에게는 시그발디라는, 현재 미국에 살고 있는 사촌이 있습니다. 여자친구였던 분의 이름은 다그마르고요.

그녀는 지금 플로리다에서 휴가를 보내고 있지만 일주일쯤 뒤에 돌아올 겁니다. 그때 만나러 가볼 예정입니다. 이런 이름들을 들으시면서 떠오르는 게 있지 않습니까?"

"있는 것 같기도…… 대체 무슨……?"

"그들과 의학 공부를 같이 하셨습니까?"

"네, 우리가 같은 사람들을 말하고 있다면 말이지요."

"트리그비 씨가 대상이었던 실험에 참여하셨습니까? 진행되는 동안 그의 심장이 몇 분 동안 멈추었던 실험이었습니다."

"무슨 소리를……."

"선생과, 선생의 친구인 시그발디와 시그발디의 여자친구인 다그마르가 그 실험을 했지요?"

발드빈은 대답 없이 오랫동안 에를렌뒤르를 응시했다. 그러다 더이상 가만히 앉아 있을 수 없는지 자리에서 벌떡 일어났다.

"아무 일도 없었습니다. 그건 어떻게 알아내신 겁니까? 뭘 하시려는 겁니까? 저는 그저 관찰자였습니다. 실험을 한 것은 시그발디였어요. 전…… 아무 일도 하지 않았습니다. 그저 거기 서 있었을 뿐입니다. 알지도 못하는 친구였단 말입니다. 그 사람 이름이 트리그비였습니까?"

"지금 제가 무슨 말을 하는지 아신다는 말씀이지요?"

"어리석은 실험이었습니다. 애초에 아무것도 증명할 수 없는 실험이었어요."

"어쨌든 트리그비 씨는 순간적으로 죽음에 이르지 않았습니까?"

"모릅니다. 그곳을 나와버렸으니까요. 시그발디가 미리 병실을 준비해두어서 우린 거기로 갔습니다. 트리그비라는 친구는 약간 이상했습니다. 시그발디는 언제나 그를 놀려댔죠, 그 일이 있기 훨씬 전부터요. 제가 의학 공부를 막 시작했을 때였습니다. 시그발디는 똑똑했지만 제멋대로 구는 경향이 있었어요. 모두 그 친구가 책임질 일입니다. 그 친구 혼자 꾸민 일이에요. 다그마르가 같이 짰는지도 모르지요. 전 계획에 거의 관여하지 않았습니다."

"아직은 아니지만 그분들을 만나볼 생각입니다. 트리그비 씨의 심장을 멈추게 하기 위해 시그발디는 어떻게 했습니까?" 에를렌뒤르가 말했다.

"체온을 낮추고 무슨 약인가를 줬습니다. 약명은 기억나지 않습니다. 아직 구입이 가능한지도 모르겠군요. 그 약이 심장박동을 차츰 느리게 하고는 결국 멈추었습니다. 심장이 멎자 시그발디는 시간을 쟀고 일 분 후에 제세동기를 사용했어요. 당장 효과가 있었죠. 심장이 다시 뛰기 시작했습니다."

"그리고?"

"뭐 말입니까?"

"트리그비 씨가 뭐라던가요?"

"아무 말도요. 그는 아무 말도 해주지 못했어요. 아무것도, 아무런 고통도 느끼지 못했고요. 마치 깊은 잠에 빠져 있던 것 같다고 하더군요. 형사님이 왜 그 일을 캐내는지 모르겠습니다. 어디까지 조사하고 계시는 겁니까? 왜 저와 제 삶을 이렇게까지 파고드시는 겁니까? 제가 무슨 짓을 했다고 생각하시는 겁니까? 경찰이 자살 사건을 이런 식으로 수사하는 것이 정상입니까? 형사님은 저를 괴롭히고 싶으신 겁니까?"

"마지막으로 한 가지만 더 묻겠습니다. 그런 다음 제 갈 길을 가지요."

"이 사건에 공식 수사가 진행중입니까?"

"아닙니다."

"그럼 뭡니까? 제가 이런 질문들에 대답할 필요가 있습니까?"

"꼭 그렇지는 않습니다. 다만 부인이 목숨을 끊을 때 무슨 일이 있었는지 알아내려는 것뿐입니다. 자연스럽지 않은 일이 있었던 건 아닌지 말이지요."

"자연스럽지 않은 일이라니요, 자살 자체가 자연스럽지 않은 일 아닙니까? 제게 원하는 게 뭡니까?"

"마리아 씨는 죽기 전에 영매를 찾아갔습니다. 마그달레나라고 하는 영매였다고 합니다. 아시는 게 있습니까?"

"없습니다. 알지 못합니다. 이미 말씀드린 내용이 아닙니까. 전 아내가 영매를 찾아간 줄도 몰랐습니다. 마그달레나라는 이름의 영매도 모릅니다."

"마리아 씨가 영매를 찾아간 이유는 집에서 어머니를 봤다고 생각했기 때문입니다. 그분이 돌아가시고 한참 후에 말이지요."

"그에 대해서는 아무것도 모릅니다. 그녀가 다른 사람들보다 더 잘 감지하는 사람이었을 수는 있겠지요. 마리아는 잠에서 깨어날 때 이것저것을 본다고 생각했으니까요. 있을 수 있는 일입니다. 자연스럽지 않은 일도 아니고요, 말씀하시는 게 그거라면."

"그렇지요, 물론."

발드빈은 주저했다. 그는 다시 에를렌뒤르를 마주하고 앉아 있었다.

"형사님의 상관분들께 말씀드려야 할 것 같군요." 발드빈이 말했다.

"그러십시오. 그래서 기분이 나아진다면 그렇게 하셔야지요."

"유령 이야기가 나와서 말인데…… 말씀드리지 않은 내용이 한 가지 있습니다." 발드빈이 갑자기 손으로 얼굴을 감싸며 말했다. "이 이야기를 들으시면 마리아를 좀더 잘 이해하실지도 모릅니다. 그녀가 한 일에 대해서도 의문이 누그러질지 모르고요. 전 아무 짓도 하지 않았습니다. 그 점을 알아주셨으면 합니다. 그녀가 한 일, 그녀가 혼자서 한 일입니다."

에를렌뒤르는 침묵을 지켰다.

"싱그베들리르 별장에서의 사고와 연관이 있는 일입니다."

"사고라고요? 장인분이 돌아가셨을 때 말입니까?"

"네. 그 사건을 끄집어내서 뭣하나 싶었지만, 형사님께서 뭔가 께름칙한 일이 일어났다고 생각하시는 것 같으니 말씀드리는 게 최선일 것 같습니다. 아무에게도 말하지 않겠다고 마리아에게 약속했지만 형사님께서 계속 저를 찾아오시니 어쩔 수가 없군요. 이제 그만해주셨으면 합니다. 자꾸 이런저런 일을 알고 있다는 암시를 하면서 여길 찾아오지 말아주셨으면 합니다. 이제 그만하시고 우리를…… 제가 평화롭게 아내를 애도할 수 있게 해주십시오."

"무슨 소리를 하시려는 겁니까?"

"장모님이 돌아가신 후 마리아가 해준 말이 있습니다. 자기 아버지와 싱그바들라바튼 호수에 대해서 말입니다."

"말씀해보시지요."

발드빈은 깊은 한숨을 내쉬었다.

"장인어른의 익사 사고를 두고 장모님과 마리아가 묘사한 내용은 모든 주요 내용이 일치했습니다. 한 가지만 예외였지요. 형사님도 사고에 대해 검토해보셨을 겁니다. 우리를 둘러싼 일들을 가만히 놔두지 못하는 것 같으니까요."

"대충 알고 있습니다."

"다른 사람들처럼, 저 역시 공식적인 내용만 알고 있었습니다. 프로펠러가 헐거워졌고, 장인어른이 모터를 손보려 들었을 것이고, 그러다가 물에 빠졌고, 물은 얼음장같이 차가웠고, 익사를 했다는."

"네."

"그런데 마리아가 한 말에 따르면, 장인어른은 보트에 혼자 있지 않았습니다. 지금 제가 이 말을 해서는 안 된다는 것을 알지만, 안 그러고는 형사님에게서 벗어날 수가 없겠군요."

"보트에 누가 함께 있었습니까?"

"장모님이 있었습니다."

"레오노라 씨가 있었다고요?"

"네, 장모님과……."

"또 누가 있었습니까?"

"마리아가 있었습니다."

"부인분이 그 보트에 있었다는 말입니까?"

"장인어른이 장모님에게 숨기던 게 있었습니다. 불륜 관계에 있었지요. 싱그베들리르에서 장모님에게 그 얘기를 했나 봅니다. 별장에서요. 장모님은 엄청난 충격을 받았지요. 어떻게 해야 좋을지 몰랐을 거예요. 그러던 중에 셋이 보트를 타고 나갔습니다. 마리아가 보트에서 무슨 일이 있었는지 말해준 것은 아니지만, 우리는 장인어른이 배 밖으로 떨어졌다는 것을 알고 있지요. 마지막 순간은 빨리 찾아왔습니다. 가을의 싱그바들라바튼 호수에서는 누구도 오래 버틸 재간이 없으니까요."

"부인분은?"

"마리아는 그 광경을 목격했습니다. 경찰이 도착했을 때 그녀는 아무 말도 하지 않았습니다. 장인어른은 보트에 혼자 있었던 것으로 처리되었고, 마리아도 그렇게 진술했습니다."

"보트에서 무슨 일이 있었는지 선생에게 말하지는 않았습니까?"

"말하고 싶어 하지 않았습니다."

"선생은 부인의 말을 믿었습니까?"

"물론이죠."

"그 일이 마리아 씨에게 치명적인 영향을 끼쳤습니까?"

"평생 떨쳐버리지 못했죠. 마리아가 이 이야기를 들려준 건 장모님이 이 집에 누워 죽어가던 참혹했던 시간이 지나고 돌아가신 후였습니다. 전 아무에게도 말하지 않겠다고 약속했습니다. 형사님도 약속을 지켜주시길 바랍니다."

"그래서 그분들이 돈에 손을 대지 않은 겁니까? 죄의식 때문에?"

"그 땅은 레이캬비크 교외가 개발되기 전까지는 아무런 가치도 없었습니다. 잊고 지냈는데 어느 날 건설업자 하나가 둘을 찾아와서는 팔라고 했습니다. 삼억 크로나예요. 장모님과 마리아는 어안이 벙벙해했죠."

발드빈은 옆쪽 탁자에 놓인 마리아의 사진을 바라보았다.

"그녀는 더이상 참을 수가 없었을 겁니다. 그때 일어난 일에 대해 아무에게도 말할 수가 없었고, 장모님은 마리아가 죄의식을 공유하게 만들고 침묵을 얻어냈지요. 마리아는 혼자서는 진실과 함께 살 수 없었을 겁니다. 그래서…… 이런 식의 출구를 택한 거죠."

"자살이 아버지의 사고와 관계있다는 뜻입니까?"

"분명 그래 보입니다. 형사님께 말씀드리지 않으려 했지만……."

에를렌뒤르가 자리에서 일어났다.

"더이상 귀찮게 하지 않겠습니다. 오늘은 이만하지요."

"지금 아신 내용을 수사에 이용하실 겁니까? 싱그베들리르에서 일어난 일 말입니다."

"그때 일을 들추어낼 이유는 없다고 봅니다. 오래전 일이고 당사자의 부인도 딸도 다 죽었으니까요."

발드빈은 에를렌뒤르를 문까지 안내했다. 문에서 나와 인도까지 갔을 때 에를렌뒤르가 뒤를 돌아보았다.

"한 가지만 더 여쭙겠습니다. 싱그베들리르의 별장에 샤워기가 있습니까?"

"샤워기요?" 어리둥절한 발드빈이 물었다.

"아니면 욕조라도."

"둘 다 있습니다. 샤워기와 욕조. 뜨거운 물이 나오는 옥외 욕조를 말씀하시는 거겠지요? 바깥 베란다에 있습니다. 왜 물으시는 겁니까?"

"이유는 없습니다. 물론 옥외 욕조를 말한 게 맞고요. 별장이라면 그런 것쯤은 다 있지 않습니까?"

"안녕히 가십시오."

"네, 안녕히 계십시오."

마리아는 오랫동안 환영을 보지 않았다. 그러다 아버지가 정원에 나타나 그녀에게 조심하라고 외쳤다. 다른 사람은 그를 보지 못했다. 다른 사람은 그가 외치는 소리를 듣지 못했다. 아버지는 나타났을 때와 마찬가지로 홀연히 사라졌고, 이후 마리아의 귀에는 탄식하는 듯한 바람 소리와 울타리의 문이 덜커덩거리는 소리밖에 들리지 않았다. 도망치듯 안으로 들어온 그녀는 베란다로 이어지는 문을 잠그고 침실로 물러가 베개에 얼굴을 묻었다.

그녀는 안데르센과 교령 의식을 할 때에도 그 목소리를 들었다. 토씨 하나 틀리지 않은 경고의 메시지였지만, 그녀는 그게 무슨 뜻인지, 왜 그런 말을 했는지, 그 말을 어디까지 받아들여야 하는지 알지 못했다. 무엇을 조심해야 하는 것인지 알지 못했다.

발드빈이 그날 밤 늦게 집에 돌아왔을 때에도 그녀는 여전히 깨어 있었다. 둘은 마그달레나와의 교령 의식에 대해 다시 이야기했다. 마리아는 마그달레나를 만나보니 어땠고 그녀가 어떤 영향을 주었는지 상세하게 이야기했다. 거기서 있었던 일을 믿을 뿐만 아니라 믿고 싶다고 말했다. 그녀는 이 세계 말고 다른 세계가 있다는 것을 믿고 싶어 했다. 이생에서의 시간이 모든 것의 끝이 아니라고 믿고 싶었다.

발드빈은 말없이 누운 채 그녀의 말을 듣다가 말했다.

"의대 시절에 내가 알고 지내던 친구에 대해 얘기했던가? 이름이 트리그비였나 그래."

"아니."

"그 친구, 사후 세계가 있는지 알고 싶어 했어. 의사인 사촌을 설득해서 자기를 도와달라고 했지. 프랑스에서 임사 실험이 있었는데 어딘가에서 그 기사를 읽은 거야. 우리 모두 의대생이었지. 여학생도 하나 더해서 넷이 실험에 참여했어."

마리아는 그들이 트리그비의 심장을 멈춘 다음 소생시켰으며, 이후 트리그비가 깨어났지만 자기들에게 들려줄 말이 아무것도 없었다는 점만 빼면 모든 것이 완벽하게 진행됐다는 이야기를 주의깊게 들었다.

"그 사람 어떻게 됐어?"

"몰라, 그때 이후로 보지 못했어."

레오노라가 마지막으로 몸부림쳤던 방안에 긴 침묵이 내려앉았다.

"혹시 말이야……."

마리아는 말을 잇지 못했다.

"뭐?" 발드빈이 물었다.

"당신도 그런 거 할 수 있어?"

"당연히 할 수 있지."

"해줄 수 있겠어? 나를 대상으로?"

"당신한테?"

"그래. 나…… 나 임사 체험에 관해서 여러 가지 글들을 많이 읽었어."

"알아."

"위험한 실험일까?"

"그럴 수 있지. 난 하지 않……."

마리아는 발드빈의 말을 끊었다.

"여기서 할 수 있겠어? 이 집에서?"

"여보……."

"아주 위험해?"

"마리아, 난……."

"아주 위험해?"

"그야…… 그야 상황에 따라 다르지. 정말 진심으로 해볼 생각이야?"

"안 될 거 없잖아. 내가 잃을 게 뭐가 있어?"

"정말이야?" 발드빈이 물었다.

"울타리 문 잠갔어?"

"응, 들어올 때 잠갔어."

"끔찍했어. 끔찍해 보였어." 마리아가 말했다.

"누구 말이야?"

"아버지. 아버지가 행복하지 않다는 걸 알아. 행복할 수가 없겠지. 난 알아. 그렇게 가셔서는 안 됐는데. 그렇게 돌아가시면 안 됐는데. 그런 일은 일어나지 말았어야 했는데."

발드빈이 반문했다.

"무슨 소리야?"

"트리그비라는 사람 얘기를 더 해줘. 정확히 어떤 일이 있었던 거야? 어떻게 그런 일이 가능했던 거야? 뭘 어떻게 해야 할까?"

27

에를렌뒤르는 일요일 아침 일찍 딸에게 전화를 걸어 같이 드라이브를 가겠느냐고 물었다. 레이캬비크 인근의 호수들을 둘러보고 싶다고 했다. 자고 있던 에바 린드는 그의 말을 알아듣는 데 한참이 걸렸다. 그녀가 썩 내켜하지 않는데도 에를렌뒤르는 거절을 받아주지 않을 심산이었다. 사실 교회에 다니는 것도 아닌데다 에바가 일요일이라고 딱히 할 일이 많은 것도 아니었다. 결국 그녀가 졌다. 에를렌뒤르는 신드리 스나에르에게도 같은 제안을 해볼 요량이었지만 전화기가 꺼져 있는지 전화를 받을 수 없다는 메시지만 들려왔다. 발게르뒤르는 주말 내내 일을 하고 있었다.

평상시였다면 혼자 갔을 것이고 혼자여도 전혀 불편하지 않겠지만, 이번에는 에바를 데리고 가고 싶었다. 혼자인 것에 신물이 났나 보네. 딸의 지적에 에를렌뒤르는 미소를 지었다. 에를렌뒤르와 하들도라를 엮어보겠다는 생각이 결실을 맺지 못했고 부모의 관계를 호전시켜보겠다는 꿈이 실패로 끝날 운명처럼 보였어도, 에바 린드는 평상시보다 기분이 좋았다.

함께 차를 타고 시내를 빠져나가는 동안 둘 다 그 일에 대해서는 입을 열지 않았다. 아름다운 가을날이었다. 태양이 블라피외들 산맥 위로 낮게 빛났고 주위는 고요하고 날은 추웠다. 그들은 가게 앞에 잠시 멈추었고, 에를렌뒤르가 샌드위치와 담배를 사 왔다. 집에서 나오기 전에 커피를 내려 보온병에 담아 온 참이었다. 트렁크에는 담요도 있었다. 가게에서 멀어지는 동안 에를렌뒤르의 머릿속에 에바 린드와 휴일에 함께 나간 적이 한 번도 없구나 하는 생각이 떠올랐다.

그들은 도시 인근 호수부터 둘러보았다. 에를렌뒤르는 레이캬비크와 인근 상세 지도를 열심히 들여다봤는데, 좁은 지역에 그렇게 많은 호수가 있다는 데 놀라지 않을 수 없었다. 셀 수 없을 정도였다. 그와 에바 린드는 주변으로 새 교외가 형성된 에들리다바튼 호수에서 시작해, 비교적 잘 닦인 도로가에 있는 뢰이다바튼 호수를 한 바퀴 둘러본 다음, 이어 새로 형성된 교외인 그라바르홀트 뒤로 밀려난 레이니스바튼 호수로 향했다. 리웅가바튼 호수를 지나고 미달스헤이디 황야 주변의 수많은 소호들을 둘러본 다음, 천천히 모스펠스헤이디 황야로 향했다. 싱그베들리르 국립공원으로 이어지는 도로가의 레이르보그스바튼 호수에 이어 스티플리스달스바튼 호수와 므요아바튼 호수를 둘러봤다. 늦은 시각이 되어서야 싱그베들리르로 향했고, 북쪽으로 방향을 돌린 다음에는 호프만나플뢰트 평원 북쪽 도로가의 산드클뤼프타바튼 호수를 지났다. 산드클뤼프타바튼 호수는 륀다레이캬달뤼르 계곡 아래쪽, 윅사흐리기르 통행로 너머 도로변에 있었다. 그들은 비스퀴프스브레카로 이어지는 도로에서 약간 벗어난 곳에 있는 리틀라브륀나바튼 호수를 피크닉 장소로 택했다.

에를렌뒤르는 담요를 펼쳤다. 그들은 다리를 쭉 뻗고 앉아 가게에서 사 온 샌드위치를 먹었다. 에를렌뒤르는 초콜릿 비스킷을 꺼내고 커피를 두 잔 따른 다음, 황량한 풍경 너머로 아르만스페들 산 아래 있는 호프만나플뢰트 평원과 싱그베들리르를 바라보았다. 호프만나플뢰트 평원은 중세 사람들이 말싸움을 즐기던 곳이었다. 그는 다비드가 사려고 마음먹었을지도 모르는 호수 관련 책을 사기 위해 중고 서점을 속속들이 뒤졌다. 이것일지도 모른다 싶은 책 한 권이 다비드의 실종 직전 출간되어 있었다. 제목은 단순하게 『레이캬비크 지역의 호수들』이었다. 그럴싸해 보이는 책으로 상이한 계절에 촬영한 호수와 인근 지역의 화려한 사진들이 수록되었다. 에바 린드는 사진들을 감상하며 책을 넘겨 보았다.

"그 여자가 이 호수 중 한 군데에 빠졌다고 생각하는 거라면, 내가 해줄 수 있는 말이라곤 행운을 빈다는 말밖에 없겠네." 에바가 커피를 홀짝이면서 말했다.

에바는 삼십 년 전 아무도 정확히 언제인지 모르는 시점에 사라져버린 귀드룬에 대한 이야기를 아버지에게서 이미 들었다. 에를렌뒤르는 귀드룬이 호수에 매료되어 있었으며, 그녀의 실종 사건을 다비드라는 젊은이의 실종 사건과 연결 지어 생각하는 것이 전혀 설득력 없는 일은 아니라고 생각한다고 말했다. 에바 린드는 다비드가 실종 직전 그 여자를 만났을지도 모른다는 아버지의 말을 흥미롭게 받아들였다. 에를렌뒤르는 다비드가 그 책을 귀드룬에게 주려 했을 수도 있다고 말했다. 이제 막 만난 터라, 다비드의 친구인 일베르트를 제외하고는 아무도 둘 사이의 일을 눈치채지 못했을 것이라고, 막 싹트려 했던 그들 관계에 대한 정보가 오랜 세월이 흘러 다비드의 친구인 일베르트가 덴마크에서 돌아온 연후에야 드러난 것일지도 모른다고.

에바 린드는 아버지의 이론이 받아들이기에는 다소 무리가 있다고 생각했고 생각을 그대로 말했다. 에를렌뒤르는 고개를 끄덕였지만 이 두 사건이 달리 판단할 자료가 거의 없다는 점에서 공통점이 있음을 지적했다. 다비드의 실종과 관련해 알 수 있는 정보는 전혀 없었다. 귀드룬도 그녀의 차가 그녀와 함께 사라져버렸다는 것과 영원히 발견되지 않았다는 것밖에 정보가 없었다.

에를렌뒤르가 리틀라브륀나바튼 호수 너머를 응시하며 말했다.

"그들이 서로 아는 사이였던 건 아닐까? 다비드가 그녀에게 주기 위해 그 책을 구입한 게 아닐까? 함께 드라이브를 갔던 게 아닐까? 경찰은 다비드가 실종된 때는 파악하고 있었어. 귀드룬의 실종 신고는 그로부터 이 주 후에 들어왔고. 그래서 두 사건을 연결시켜 생각지 않았던 거야. 하지만 난 두 사람이 같은 시기에 실종됐을 가능성도 충분하다고 본다."

"그러니까 행운을 빌어주겠다고요. 호수 구경을 갔다고 치면, 갈 만한 호수가 천 개는 될걸. 망할 놈의 핀란드처럼 말이야. 바닷

속에 빠졌거나 어디 부둣가에서 추락했다고 생각하는 게 더 간단하지 않아요?"

"주요 항구들을 다 뒤져봤어." 에를렌뒤르가 말했다.

"각자 자살했을 가능성도 있지 않나요?"

"그래, 물론 그렇지. 경찰도 지금까지 그렇게 생각했고. 내가…… 그 두 사건을 연결 지어 생각하게 된 건 최근의 일이다. 꽤 그럴듯하다고 생각하고 있고. 몇십 년 동안 이 사건들은 제자리걸음이었어. 그런데 갑자기, 여자는 호수에 매료되어 있었고, 남자는 전에는 관심조차 없던 호수 관련 책을 사겠다고 언급했다는 사실이 드러났단 말이지."

에를렌뒤르는 커피를 한 모금 마셨다.

"무엇보다 지금 남자의 아버지가 죽어가고 있어. 어쩌면 이제 영영 다시는, 스스로에게 던져왔던 질문에 대한 어떤 대답도 듣지 못하게 되겠지. 이미 죽은 자기 부인처럼. 그들에게는 답이 있어야 해. 그래야 한다고 생각한다. 사람들은 그냥 집밖으로 걸어나가 사라지지 않아. 언제나 어떤 자취를 남기지. 이 두 사건만이 예외야. 그게 두 사건의 공통점이다. 흔적이 없어. 판단할 자료가 아무것도 없어. 두 사건 모두."

"할머니도 아무런 대답도 듣지 못했어요." 에바 린드가 담요 위에 등을 대고 누워 하늘을 바라보며 말했다.

"그래, 아무런 대답도 듣지 못하셨지."

"그래도 아버진 포기하지 않았잖아. 계속 찾고 있잖아. 거기 자주 갔죠?"

"그래. 하르스카피에서 에스키피외르뒤르헤이디 황야로 올라가지. 그곳에서 종종 캠핑을 하기도 하고."

"하지만 아무것도 찾지 못했고요."

"그래. 아무것도. 기억을 제외하곤."

"그것으로 충분하지 않아요?"

"글쎄."

"하르스카피? 그건 뭐예요?"

"산이란다. 네 할머니는 베르귀르가 거기서 죽었다고 생각하셨어. 왜 그렇게 생각하셨는지는 모르겠다. 직감 같은 거겠지. 하르스카피 산은 노정에서 상당히 벗어난 곳이긴 하지만, 바람이 그쪽으로 불고 있었고 우리 둘 다 바람을 피해 피난처를 찾고 있었으니까. 할머니는 자주 그곳에 가시곤 하셨다. 이사를 하기 직전까지만 해도."

"그 산에 올라가봤어요?"

"그럼. 올라가기 수월한 산이다. 이름은 '엄청난 위험'이라는 뜻이지만."

"지금은 거기 가는 걸 그만뒀어요?"

"더이상은 올라가지 않는다. 보는 것으로 만족해."

에바 린드는 그의 말을 반추했다.

"아버지도 한물갔으니까요."

에를렌뒤르는 미소를 지었다.

"그럼 이제 포기한 거예요?" 에바 린드가 물었다.

"네 할머니의 마지막 물음은 동생을 찾았느냐는 거였다. 돌아가

시면서 마지막으로 하신 생각이 그 녀석에 관한 것이었지. 난 가끔 네 할머니가 녀석을 찾았을지 궁금해……. 혹시 다음 세상에서 만나셨을까. 난 사후 세계 같은 건 전혀 믿지 않지만, 나야 신이나 지옥도 믿지 않으니까. 하지만 네 할머니는 다 믿으셨거든. 그런 걸 믿으면서 자라셨지. 할머니는 이생에서의 고통스러운 삶이 시작도 끝도 아니라고 확신하셨어. 그렇게 죽음을 받아들이셨고 베르귀르도 잘 있을 거라고 하셨지. 사람들과 함께."

"노인들은 그러시잖아." 에바 린드가 말했다.

"노인이 아니었어. 한창때 돌아가셨다."

"노인들은 신에게 사랑받는 사람이 젊어서 죽는다고 하지 않나요?"

에를렌뒤르는 딸을 쳐다봤다.

"신들은 날 사랑한 적이 없나 봐요. 그랬다고는 전혀 상상이 안 돼. 날 좋아할 이유도 없었을 테지만."

"인간은 자신의 운명을, 그게 누구든, 신의 손에 맡겨야 하는 걸까? 네 운명은 네가 만드는 거야."

"말이야 그렇게 할 수 있겠지. 근데 누가 아버지 운명을 만들었을까? 할아버지가 그 미친 날씨 속에 산속으로 아버지를 데리고 갔잖아. 대체 무슨 생각으로 아이들을 거기까지 데리고 갔대? 물어본 적이나 있어요? 생각하면 화가 나지 않아?"

"아버지라고 알았을까? 우리를 일부러 폭풍 속에 가두신 게 아니야."

"하지만 다르게 행동할 수 있었어요. 아이들에 대해 생각이란 걸 했다면."

"아버지는 언제나 우리를 잘 돌보셨다."

둘 다 아무런 말이 없었다. 에를렌뒤르는 자동차 한 대가 동쪽 워사흐리기르 통행로를 지나 싱그베들리르를 향해 방향을 돌리는 모습을 지켜보았다.

"난 언제나 나 자신을 미워했어요." 에바 린드가 말했다. "언제나 화가 났어. 가끔은 너무 화가 나서 가슴이 터질 것 같았지. 엄마한테 화가 났고 아버지한테 화가 났고 학교에 화가 났고 날 괴롭히는 쓰레기 같은 인간들에게 화가 났어. 내게서 자유로워지고 싶었어. 나 자신에게서 벗어나고 싶었어. 나 자신을 혐오했어. 나 자신을 학대했고, 다른 사람들이 날 학대하게 내버려뒀어."

"에바……."

에바 린드는 구름 한 점 없는 하늘을 올려다보았다.

"아니, 사실이 그랬는걸. 분노와 자기혐오. 괜찮은 조합이죠. 내가 하는 일이 내가 태어나기도 전에 시작된 무언가의 자연스러운 결과라는 것을 안 이후 많이 생각했어. 나로서는 통제가 불가능한 어떤 것. 무엇보다 아버지와 어머니에게 화가 났어. 왜 날 낳았어? 무슨 생각을 하고 있었던 거야? 무엇이 날 이 세상에 나오게 한 거지? 난 뭘로 태어난 거야? 난 서로에 대해 알지 못하고 알길 원치 않는 사람들의 실수일 뿐이야."

에를렌뒤르는 얼굴을 찡그렸다.

"그것만이 다는 아니다, 에바."

"그래, 그럴지도 모르죠."

그들은 말이 없었다. 그러다 에바 린드가 아버지를 힐끗 보며 말했다.

"그래도 오늘 이건, 멋진 일요일 드라이브인 것 같은데요?"

또 다른 차가 천천히 도로를 달려 비스퀴프스브레카 쪽으로 향하다 륀다레이캬달뤼르 계곡 쪽으로 방향을 틀었다. 차에는 한 쌍의 커플이 두 명의 아이들과 타고 있었다. 조그만 갈색 머리 여자아이가 뒷좌석의 유아 의자에서 그들을 향해 손을 흔들었다. 둘 다 자기에게 손을 흔들어주지 않자, 꼬마 여자아이는 풀이 죽은 모습으로 시야에서 사라질 때까지 그들을 바라보았다.

"나를 용서할 수 있겠니?" 에를렌뒤르가 딸을 보면서 물었다.

그녀는 대답 없이, 머리 뒤에 팔을 받치고 다리를 꼰 모양으로 하늘을 응시하고 있었다. 마침내 그녀가 입을 열었다.

"사람들이 자기 운명에 대해 책임이 있다는 건 알고 있어요. 지금의 나보다 강하고 똑똑한 누군가였다면 스스로 다른 운명을 만들었겠지. 두 사람에게 전혀 신경쓰지 않았을 거야. 그게 유일한 답이니까. 결국 자기 자신을 미워하는 꼴로 끝나지도 않았을 테고."

"네가 너 자신을 미워하게 만들 뜻은 없었다. 나는 몰랐어."

"할아버지도 아들을 잃어버릴 의도는 없었겠죠."

"그래, 그랬지."

어두워질 무렵, 그들은 윅사흐리기르 통행로를 떠나 륀다레이캬달뤼르 계곡 아래쪽 보르가르피외르뒤르로 향했다. 이제 더이상 호숫가에 멈춰 쉬지 않았고, 흐발피외르뒤르 터널을 지나고 캴

라르네스반도를 빙 둘러 집으로 가는 내내 아무 말도 하지 않았다. 에를렌뒤르는 에바를 집 앞까지 데려다주었다. 작별 인사를 나눌 때쯤에는 어둠이 내려앉아 있었다.

함께한 호숫가에서의 시간이 즐거웠노라고 에를렌뒤르는 에바에게 말했다. 그녀는 고개를 끄덕였고 자주 그랬으면 좋겠다고 했다.

“그 사람들이 인근 호수 어디에서 사라진 거라면, 그들을 찾을 수 있는 확률은 로또에 당첨될 확률과 맞먹을 거예요.”

“네 말이 맞겠지.”

둘 다 잠시 아무 말이 없었다. 에를렌뒤르가 핸들 위로 손을 얹으며 말했다.

“우린 닮은 점이 많아, 에바.” 조용히 윙윙거리는 엔진 소리에 귀를 기울이며 그가 말했다. “너와 나. 우린 같은 덩어리의 부스러기야.”

“그렇게 생각해요?” 에바 린드가 차에서 내리며 말했다.

“그래. 그래서 겁이 나.”

그는 차를 몰아 집으로 향했다. 딸과 자기 사이에 해결되지 않은 모든 문제들을 생각하면서. 그는 자기를 용서해줄 수 있겠느냐는 질문에 에바가 대답하지 않았다는 생각을 하며 잠이 들었다. 잃어버린 영혼들을 찾아 이 호수 저 호수를 다니던 하루종일, 그 대답은 그들 사이에서 말해지지 않은 채로 남았다.

28

다음날 오후 에를렌뒤르는 또 한 번 코파보귀르에 있는 집으로 차를 몰고 가, 조심스러운 거리를 두고 차를 세웠다. 창문 너머가 어둡고 차가 보이지 않아 그는 카롤리나가 아직 일터에서 돌아오지 않았구나 하고 생각했다. 그는 담뱃불을 붙이고 참을성 있게 기다렸다. 여자에게 어떤 식으로 질문을 할지에 대해선 아직 확신이 서지 않았다. 그는 지난번 자기가 그라바르르보귀르를 방문한 이후, 카롤리나와 발드빈이 서로 연락을 주고받았을 것이라고 추정했다. 정확히 어떤 식으로인지는 알 수 없지만 그들은 가까운 사이가 분명했다. 어쩌면, 둘 다 연기 학교에 다녔고 그녀가 스타의 꿈을 꾸던 시절 멈춰졌던 그 지점에서 둘의 관계가 다시 시작되었는지도 몰랐다. 오랜 기다림 끝에, 조그만 일본산 자동차가 집 앞에 멈춰 서더니 카롤리나가 차에서 내렸다. 그녀는 두리번거리지 않고, 불룩한 장바구니를 들고 서둘러 집으로 들어갔다. 에를렌뒤르는 삼십 분간 기다린 후 집 앞으로 걸어가 문을 두드렸다.

문을 열기 위해 나왔을 때 카롤리나는 외출복에서 편안한 양털 스웨터와 회색 운동복 하의로 갈아입은 차림에 슬리퍼를 신고 있었다.

"카롤리나 씨이십니까?" 에를렌뒤르가 물었다.

"그런데요." 그녀는 그가 마치 불편을 끼치는 외판원이라도 된다는 듯이 퉁명스럽게 대답했다.

에를렌뒤르는 최근에 싱그바들라바튼 호수에서 있었던 사망 사건을 수사중인 경찰이라고 자기를 소개했다.

"사망 사건이라고요?"

"싱그베들리르 국립공원에서 한 여자가 자살을 했습니다. 잠시 들어가도 되겠습니까?"

"그게 저랑 무슨 상관이죠?"

그녀는 키가 에를렌뒤르만 했다. 이마가 넓고, 짧은 갈색 머리에 짙푸른 눈 위로 눈썹이 섬세한 아치를 그리고 있었다. 양털 스웨터와 헐렁한 하의를 입은 모습으로 판단하건대, 그녀는 날씬하고 목이 길고 몸매가 좋았다. 얼굴은 단호한 인상에다 고집과 냉정함이 묻어 있어 말을 꺼내기가 편하지는 않았다. 그는 발드빈이 매력을 느낀 지점을 알 것도 같았지만 고민할 시간은 없었다. 카롤리나의 질문이 미해결 상태로 남아 있었다.

"그분의 남편을 아실 겁니다. 여자분의 이름은 마리아였습니다. 발드빈이라는 남자와 결혼을 했지요. 연기 학교에 다닐 때 발드빈 씨와 사귀신 걸로 알고 있습니다." 에를렌뒤르가 말했다.

"그래서요?"

"그 문제에 대해 몇 마디 나눴으면 하는 것뿐입니다."

카롤리나는 길 아래 이웃집들을 힐끗 보았다. 그런 다음 에를렌뒤르를 보며 안에서 얘기하는 것이 좋겠다고 했다. 에를렌뒤르가 들어가자 그녀는 문을 닫았다. 단층집이었다. 거실과 부엌 딸린 식당과 욕실이 있었고, 현관 왼쪽으로 방이 두 개 보였다. 가구들은 근사했고 벽에는 그림들이 걸려 있었다. 음식 냄새와 함께 욕실과 방 두 개에서 풍겨 오는 달콤한 화장품 냄새와 목욕 소금 냄새가 집안을 감돌았다. 방 두 개 중 하나는 이것저것 넣어두는 용도였고, 다른 방은 카롤리나의 침실이었다. 문틈으로 벽 한쪽에 붙여놓은 커다란 침대와 큰 거울이 달린 화장대와 꽤 큰 장롱과 옷장이 보였다.

카롤리나는 잰걸음으로 부엌으로 가 가스레인지에서 냄비를 옮겼다. 요리를 하는 도중에 에를렌뒤르의 방해를 받은 것이었다. 집안에 부엌에서 풍기는 음식 냄새가 진동했다. 양고기 구이였다.

"커피를 내리는 중이었어요. 한 잔 드릴까요?" 부엌에서 나오면서 카롤리나가 말했다.

에를렌뒤르는 마시겠다고 했다. 주겠다면 마시는 게 원칙이다. 엘린보르그는 재빨리 이 내용을 습득했다. 시귀르뒤르 올리는 아직도 헤매고 있었다.

카롤리나가 김이 피어오르는 뜨거운 커피 두 잔을 들고 나왔다. 둘 다 아무것도 타지 않고 마셨다.

"발드빈과 저는 연기 학교에 다닐 때 요한네스 선생의 수업에서 만났어요. 돼지 같은 놈. 요한네스 선생 말이에요. 연기도 못하는 주제에. 어쨌건, 전 발드빈이 연기를 그만두고 의학 공부를 시작하면서 헤어졌어요. 왜 그 사람을 조사하고 다니시는지 여쭤봐도 될까요?"

"그분을 조사하고 있다고는 말할 수 없습니다. 한데 듣기로, 사람들은 늘 쑥덕공론을 하니까요, 두 분이 그전부터 아는 사이였고 최근 들어 다시 만나고 있을지도 모른다고 하더군요."

"어디서 그런 소리를 들으셨죠?"

"그건 잊었습니다. 찾아봐야 알겠군요."

카롤리나가 미소를 지었다.

"형사님이 상관하실 일인가요?"

"아직은 모릅니다." 에를렌뒤르가 대답했다.

"그 사람 말이 형사님이 들를지도 모른다고 했어요."

"발드빈 씨가 말입니까?"

"네. 맞아요, 우린 다시 시작했어요. 그 사실을 숨길 필요는 없겠지요. 그 사람에게도 그렇게 말했고 그 사람도 동의했어요. 다시 시작한 건 오 년 전이에요. 연기 학교 동창회에서 만났어요. 발드빈은 함께 졸업하지 않았는데도 왔더라고요. 그는 그 노인네…… 레오노라 말이에요, 장모에게 진절머리가 난다고 했어요. 같이 살고 있었거든요."

"그럼 왜 결혼 생활을 청산하고 당신과 살지 않았습니까? 요새는 흔한 일인데요."

"그러려고 했어요. 제가 우리 상황에 너무 화가 나서 그에게 최후통첩을 했거든요. 그런데 늙은 년이 병이 나는 바람에 아내에게 차마 얘기를 꺼내지 못했어요. 시련이 지나갈 때까지 부인 옆에 있어주고 싶어 했고 그렇게 했지요. 나는 늙은 년이 죽고 나면 그 둘의 관계가 회복되는 게 아닐까 두려웠어요. 아닌 게 아니라 그 사람, 더이상 절 만나러 오지 않았거든요. 관심 있는 사람이라곤 온통 아내뿐이었어요. 곧 극복해냈지만."

"발드빈 씨가 그런 표현을 썼습니까? 늙은 년이라는?"

"그는 더이상 노인네를 견딜 수 없어 했어요. 시간이 지날수록 더 심해졌죠. 못된 심보겠지만 저로선 감사해야 할 일이었는지도 몰라요. 그 사람은 노인네가 집에서 나가줬으면 했는데, 무슨 이유에서인지 아내가 그러지 못하게 했어요."

"그 두 사람에게 아이는 없었습니까?"

"발드빈은 그럴 자격이 없고 마리아 씨는 관심이 없었어요." 카롤리나가 퉁명스럽게 말했다.

"언제 두 분 관계를 공식화하실 생각입니까?"

"고리타분한 시골 신부라도 된 듯이 말씀하시는군요."

"죄송합니다. 그런 뜻은……."

"발드빈은 사려 깊은 사람이에요. 일 년은 기다리고 싶어 해요. 과한 것 아니냐고 했지만 고집을 꺾지 않을 거예요. 일 년은 지나야 한다고 했어요."

"마음이 편치 않으시겠습니다."

"전 이해해요. 비극적인 일이었으니까. 서두를 필요도 없고요." 카롤리나가 말했다.

"마리아 씨가 두 분 관계를 알고 있었습니까?"

"뭘 조사하시는 건지 여쭤도 될까요? 뭘 알고 싶으신 거죠? 발드빈이 무슨 짓이라도 했다고 생각하시는 건가요?"

"그렇게 생각하십니까?"

"말도 안 돼요. 그럴 사람이 아니에요. 그는 의사라고요! 왜 그게 자살이 아니라고 생각하시는 거죠?"

"자살이 아닐 거라고는 생각하지 않습니다."

"무슨 스웨덴 연구인가 하는……."

"들으셨습니까?"

"발드빈이 무슨 소리를 들었다고 하더군요. 대체 무슨 일인지 모르겠어요."

"사건을 마무리할 수 있도록 정보를 수집하는 것뿐입니다. 발드빈 씨가 부인으로부터 삼억 크로나를 물려받았다는 것을 아십니까?"

"최근에야 알게 됐어요. 요전날 제게 말하더군요. 장인이 사둔 땅 값이라던가 그렇지요?"

"코파보귀르에 가지고 있던 작은 땅이 천정부지로 값이 올라 팔렸습니다. 발드빈 씨가 유일한 상속인이지요."

"네, 그런 말을 했어요. 그 사람도 얼마 전에야 알았나 보더라고요. 어쨌든 제게는 그렇게 말했어요."

"돈이 때맞춰 수중에 들어왔다고 들었습니다."

"그래요?"

“그분, 빚이 대단히 많습니다.”

“주식에서 운이 없기는 했어요. 그 정도밖에 모르지만. 실패한 수술 건으로 해결하지 못한 빚에다가, 건설 회사에 투자를 했는데 부도가 났죠. 그런 일에 관해선 얘기를 많이 하지 않아요. 지금까지는 그랬어요.”

“연기는 그만두기로 하신 거죠?” 에를렌뒤르가 물었다.

“네, 거의.”

“이유를 여쭤도 되겠습니까?”

“배역은 많이 맡았어요. 큰 역할은 아니지만…….”

“아쉽지만 저는 극장에 거의 가지 않아서요.”

“좋은 역할을 맡지 못할 거라는 생각이 들었어요. 큰 극장에서요. 경쟁도 심하고요. 굉장히 살벌한 세계거든요. 연기 학교에서 단박에 알게 되죠. 나이가 드는 것도 도움이 안 되고요. 저 같은 중년 여배우를 찾는 사람은 많지 않아요. 금융회사에 좋은 일자리를 얻었지만, 연출자들이 나를 기억하는지 아직 소소한 역할들이 들어오긴 하죠.”

“맡으셨던 중에 가장 큰 역할이 스웨덴 극의 마그달레나 역이었다고 들었습니다. 제목이 뭐더라…….” 에를렌뒤르가 제목을 기억하지 못하는 척하면서 물었다.

“누가 그런 말을 하던가요? 누가 아직도 저를 기억하나요?”

“네, 발게르뒤르라고 제가 아는 여자인데 연극을 좋아합니다.”

“저를 기억하나요?”

에를렌뒤르가 고개를 끄덕였다. 다른 사람과 얘기를 한 이유와 관련해서 거북한 질문들이 쏟아질지도 모른다는 걱정은 할 필요가 없는 것 같았다. 정황에는 상관없이 그녀는 그것을 연기력에 대한 인정으로 받아들인 모양이었다. 에를렌뒤르는 연기 선생이 카롤리나의 야망, 그녀가 이루고자 했던 명성에 대해 했던 말을 떠올렸다. '그녀는 정상에 서고 싶어 했어요.'

"〈희망의 불꽃〉이었어요. 정말 좋은 작품이었고, 맞아요, 그게 제가 맡았던 가장 큰 역할이었어요. 사람들 말마따나 제 전성기였죠."

그녀가 미소를 지었다.

"비평가들에게 특별한 인상을 심어줬다는 뜻은 아니에요. 그들은 그 작품을 구식 키친 싱크 드라마라고 평가했으니까요. 그 양반들이 하는 말이 다 그렇죠. 자기들 말의 반도 이해하지 못하는 치들이에요."

"그 친구 말로는 어쩌면 다른 역할과 혼동하고 있는지도 모른다고 했습니다. 연극 속 마그달레나라는 이름의 인물이 또 하나 있었다더군요."

"그래요?"

"영매라던 거 같은데요." 에를렌뒤르가 말했다.

그는 반응을 살폈지만 카롤리나는 아무것도 눈치채지 못한 듯했다. 헛짚은 것일 수도 있었고, 그녀가 사람들이 생각하는 것보다 나은 배우일 수도 있었다.

"저는 모르는 인물인데요." 카롤리나가 말했다.

"연극 제목은 기억나지 않습니다." 에를렌뒤르가 한 발짝 더 나아가 말했다. "〈사기꾼〉이라던가 그런 제목이었을 겁니다."

카롤리나는 주저했다.

"들어보지 못한 연극이에요. 국립극장에서 공연됐나요?"

"모르겠습니다. 어쨌든, 이 마그달레나라는 인물은 영적인 세계를 믿었습니다. 이곳에 있는 우리 둘이 진짜인 것처럼 그 세계가 진짜라고 믿었지요."

"아."

"발드빈 씨의 부인에게도 비슷한 믿음이 있었습니다. 발드빈 씨가 말씀했으리라 생각합니다만."

"그런 말을 한 기억은 없어요. 전 유령을 믿지 않아요."

"저도 그렇습니다. 발드빈 씨가 그녀가 심령술사, 영매에게서 도움을 구했다는 말을 하지 않던가요?"

"아뇨, 전 몰랐어요. 전 마리아 씨에 대해 아는 게 별로 없어요. 발드빈과 만나서 그 여자 얘기를 하며 시간을 낭비하지는 않았어요. 또 다른 할 일이 있었으니까요."

"그러셨겠지요."

"질문이 더 있으신가요?"

"아뇨, 감사합니다. 우선은 다 질문했습니다."

29

에를렌뒤르는 사건 당시 마그누스와 만나던 여자를 어렵지 않게 추적해냈다. 크리스틴이 이름을 알려주어 전화번호부를 뒤져 주소를 찾아낼 수 있었다. 전화를 걸어 통화를 이어나가려고 했지만 그가 원하는 것이 무엇인지 알자 상대가 대화를 거부했다. 그는 잠시 뜸을 들였다. 달리 공략을 할 방법은, 마그누스가 목숨을 잃은 싱그바들라바튼 호수 사고와 관련해서 새로운 정보가 밝혀졌다고 말하는 것밖에 없었다.

"누구를 만나신 건가요?" 전화기 너머에서 그녀가 물었다.

"성함은 마그누스 씨의 누님 되시는 분께 들었습니다."

"그분이 저에 대해 뭐라던가요?"

"마그누스 씨와 관련된 내용이었습니다."

긴 침묵이 이어졌다.

"이곳에 한번 들르시는 게 좋겠군요." 마침내 여자가 말했다. 이름은 솔베이그였고 기혼이었고 장성한 두 아이가 있는 사람이었다. "이번 주는 낮에 집에 있습니다."

에를렌뒤르가 방문했을 때 솔베이그는 굉장히 조심스러워하면서도 적극적으로, 가능하면 빨리 사안을 처리해버리고 싶어 했다. 그녀는 흥분한 것 같았다. 그들은 현관에 서 있었다. 그녀는 그를 안으로 들이지 않았다.

"글쎄, 무슨 말씀을 드릴 수 있을지. 찾으신 이유를 모르겠네요. 말씀하신 새로운 정보라는 게 뭔가요?"

"두 분에 관한 것입니다."

"네, 그건 전화로 말씀하셨고요."

"그리고 두 분 관계에 관한 것이죠."

"그분이 얘기하던가요?"

에를렌뒤르는 고개를 끄덕였다.

"마그누스 씨의 따님이 최근에 자살했습니다."

"들었습니다."

솔베이그는 침묵에 빠졌다. 친절한 인상에 얼굴이 고운 그녀는 취향을 살린 옷을 입고 있었다. 포스보귀르 교외, 비슷한 주택들이 연이어 늘어선 거리의 조그만 집에 살며 간호사로 일했고 이번 주는 저녁 근무를 했다.

"잠시 들어오셔야겠군요." 결국 그녀가 거실 쪽으로 길을 내주었다. 에를렌뒤르는 코트를 벗지 않은 채로 소파에 앉았다.

그녀가 한숨을 쉬고는 말했다. "뭐라 말씀드려야 할지 모르겠습니다. 그간 아무도 그때 일에 의문을 갖지 않았죠. 그 불쌍한 아이는 그렇게 됐고요. 형사님은 이제야 아무도 의문을 갖지 않고 의문을 가져서도 안 됐던 사건에 접근하셨군요."

"어쩌면 그것이 문제로 이어졌을 겁니다. 다른 태도를 취하는 사람이 없었다는 게요. 마리아 씨에게 문제가 된 거죠. 이런 생각을 해본 적 있으십니까?"

"생각해본 적 있느냐고요? 어땠을 것 같으세요? 레오노라가 마리아를 돌봤습니다. 그 애에게 다가갈 수 있는 사람이 없었다고요."

"가족은 보트에 같이 타고 있었습니다. 마그누스, 레오노라, 마리아."

"그럼 알고 계시는 건가요?"

"네."

"셋 다 보트에 있었습니다." 솔베이그가 확인해주었다.

"무슨 일이 있었던 겁니까?"

"오랫동안 그 문제에 대해 생각했어요. 마그누스와 저의 관계 말이에요. 우리는 레오노라에게 싱그베들리르 별장에서 그 얘기를 꺼낼 생각이었어요. 가능한 한 원만하게 정리해볼 생각이었죠. 마그누스는 제가 같이 가주길 바랐지만 레오노라와 친한 친구였던 저는 차마 그럴 수가 없었어요. 제가 있었다면 상황이 달라졌을지도 모르지요."

솔베이그는 에를렌뒤르를 쳐다봤다.

"형사님께서는 제가 비열하다고 생각하시겠지요?"

"저는 아무런 생각도 하지 않습니다."

"레오노라는 언제나 고압적이었어요. 다른 사람을 지배하려 들었죠. 마그누스를 완전히 휘둘렀습니다. 일이 뜻대로 되지 않으면 그를 괴롭혔고요. 사람들이 옆에 있을 때조차 그랬죠. 마그누스는 제게 의지했어요. 그는 좋은 사람이었어요. 우리는 비밀리에 만나기 시작해, 이유는 알 수 없지만 사랑에 빠졌어요. 처음에는 그가 안됐다는 생각으로 시작했을 거예요. 그러다 같이 살고 싶어지자 레오노라에게 알려야 했죠. 저는 레오노라 모르게 그와 불륜으로 엮이고 싶지 않았습니다. 그렇게 작당하고 싶지 않았어요. 모든 걸 밝히고 싶었어요. 저는 견딜 수가…… 우리 사이를 비밀로 둘 수가 없었죠. 마그누스는 말하는 걸 미루고 싶어 했지만 제가 밀어붙였어요. 결국 그 사람이 레오노라에게 그 주말 싱그베들리르에서 진실을 말하기로 했죠."

"친구분은 아무것도 의심하지 않았습니까?"

"네, 전혀 의심하지 않았어요. 레오노라는 그랬어요. 사람을 믿었습니다. 나는 그 믿음을 배신했어요. 마그누스도 그랬고요."

"사고 후에 레오노라 씨를 만난 적이 있습니까?"

솔베이그는 눈을 감았다.

"더 잘 아시지 않나요? 당시 사건 수사가 진행되었을 텐데요. 완벽하게 간단히 처리됐죠. 이후로 아무도 어떤 의문도 품지 않았고요. 의문을 품을 사람이라곤 저뿐이었겠지만 저도 의심하지 않았어요."

"그분을 만났습니까?"

"만났어요. 한 번. 끔찍했어요. 소름 끼쳤죠. 마그누스의 장례식이 있고 나서 얼마 후였어요. 전 죽기 전에 그 사람이 레오노라에게 우리 관계를 말한 줄 몰랐습니다. 그래서 장례식에서 아무 일도 없었던 듯이 행동하려고 했죠. 하지만 레오노라가 제게 눈길을 주지 않으려 하는 걸 단박에 알 수 있었어요. 말도 걸지 않으려 했죠. 제가 존재하지 않는 듯이 행동했어요. 그래서 마그누스가 말했다는 걸 알았어요."

"그분께서 만나자고 했습니까, 아니면……?"

"레오노라가 전화를 해 왔어요. 그라바르르보귀르로 와달라고 하더군요. 차갑게 저를 맞았고요."

솔베이그는 말을 멈추었다. 에를렌뒤르는 참을성 있게 기다렸다. 그는 오래된 상처들을 들추어내야 하는 그녀의 불편함을 감지했다.

"레오노라는 마리아가 학교에 갔고, 호수에서 무슨 일이 있었는지 제게 정확하게 알려주고 싶다고 했어요. 그게 뭐든 알 필요가 있냐고 묻자 비웃더니 그리 간단히 빠져나가지는 못할 거라고 하더군요. 전 그 말뜻을 알 수가 없었습니다."

"마그누스가 너희 둘 일을 얘기했어. 둘이 같이 살기 위해 나를 떠나겠다고 하더군." 레오노라가 말했다.

"레오노라, 난……."

"닥쳐." 레오노라가 언성을 높이지 않은 채로 말했다. "무슨 일이 있었는지 말해주겠어. 하지만 그전에 네가 알아야 할 점이 두

가지 있어. 내가 마리아를 보호해야 했다는 거, 그것이 너희 두 사람의 잘못이라는 걸 알아야 해. 너의 잘못과 마그누스의 잘못. 너희가 우리를 이렇게 만들었어."

솔베이그는 입을 열지 않았다.

"대체 무슨 생각을 했던 거야?" 레오노라가 물었다.

"네 마음을 아프게 하고 싶진 않았어."

"마음을 아프게 해? 너는 네가 무슨 짓을 저질렀는지 전혀 모르는구나."

"마그누스는 행복하지 않았어. 그래서 내게 의지한 거야. 그는 불행했다고."

"거짓말. 그는 불행하지 않았어. 네가 내게서 그를 훔쳐갔어. 네가 그를 유혹했지."

솔베이그는 말이 없었다.

"난 너와 다투고 싶지 않아." 솔베이그가 마침내, 조용히 말했다.

"그래, 이미 엎질러진 물이야. 이제 와 아무도 아무것도 바꿀 수 없어. 그러나 나 혼자 짐을 짊어지고 싶지는 않아. 너 역시 책임이 있어. 마그누스도 그렇고. 너희 둘 다."

"아무도 그런 사고를 책임질 순 없어. 그는 물에 빠졌잖아. 그건 사고였어."

레오노라는 뜻 모를 미소를 희미하게 지었다. 상태가 좋지 않아 보였다. 집은 어둡고 싸늘했고, 레오노라는 온전한 정신이 아니었다. 술을 마시고 있었거나 뭔가 독한 약을 먹은 게 아닌가 싶었다.

"그가 물에 빠진 건 사고가 아니야." 레오노라가 말했다.

"무슨 소리야?"

"사고가 아니었다고."

"하지만…… 신문에서……."

"그래. 신문에는 그렇게 실렸지. 하지만 거짓말이야."

"거짓말?"

"그래, 마리아를 위한 거짓말."

"무슨 소리야?"

"왜 그를 빼앗아간 거야? 왜 우리를 그냥 내버려두지 않았어?"

"그가 내게 왔어, 레오노라. 마리아를 위해 대체 무슨 거짓말을 한 거야?"

"모르겠어? 우리가 그 보트에 같이 타고 있었어. 마리아도 우리와 같이 있었다고."

"너희와……? 하지만……."

솔베이그는 레오노라를 뚫어져라 바라보았다.

"마그누스는 보트에 혼자 있었어. 신문마다 그렇게 기사가 났다고."

"거짓말이었어. 내가 한 거짓말. 나도 마리아도 그와 함께 있었어."

"왜…… 왜 거짓말을 해야 했던 거야……? 왜……?"

"지금 말하고 있잖아. 마그누스는 사고로 물에 빠진 게 아니야."

"무슨 소리야?"

"내가 그를 밀었어. 내가 밀어서 균형을 잃은 거야."

솔베이그가 다시 입을 연 것은 오랜 시간이 지나서였다. 에를렌뒤르는 침묵을 지키며 들은 이야기 속에서 고통을 느낄 수 있었다.

"레오노라가 마그누스를 밀어서 물속에 빠뜨린 거였어요. 모녀가 그 사람이 물에 빠지는 모습을 봤고요. 마그누스가 레오노라에게 저에 대해 말했답니다. 그날 아침 심하게 다퉜는데 마리아가 그걸 모르고 같이 보트를 타고 나가자고 한 거죠. 마그누스가 굉장히 화가 나 있었다더군요. 다시 다툼이 시작되었고, 엔진이 갑자기 멈췄지만 다툼은 더 심해지기만 했대요. 그러다 마그누스가 엔진을 살피기 위해 자리에서 일어나자, 레오노라가 그를 밀쳤고 모든 일이 순식간에……. 그 사람의 몸이 뱃전을 넘어간 거예요."

레오노라는 말없이 솔베이그를 바라보았다.

"그를 구할 수는 없었어?" 솔베이그가 물었다.

"우리가 할 수 있는 일은 아무것도 없었어. 보트가 심하게 흔들리고 있었고 자칫하면 우리도 물속에 빠질 참이었으니까. 보트는 마그누스로부터 멀어져갔고, 간신히 균형을 찾았을 때 그의 모습은 사라지고 없었어."

"어떻게 그런 일이 있을 수가 있어!" 솔베이그는 숨이 턱 막혔다.

"네가 무슨 짓을 저질렀는지 알겠어?" 레오노라가 말했다.

"내가?"

"마리아는 슬픔을 가누질 못해. 자기 때문에 아버지가 죽었다고 생각하지. 우리가 다툰 것도. 모든 것이 다. 모든 것을 내면화했다고. 자기가 아버지의 죽음에 책임이 있다고 생각하는 그 애 마음이 어떨 거 같아? 그 애가 어떤 기분일 거 같아? 내가 어떤 기분일 거 같아?"

"의사한테 데려가야 해, 전문가한테. 그런 일에는 전문가의 도움이 필요하잖아."

"마리아는 내가 돌봐. 다른 사람에게는 말하지 않는 게 좋을 거야. 그래봐야 나는 모든 것을 부정할 테니까."

"이 이야기를 하는 이유가 뭐야?"

"너 혼자 죄를 면하게 둘 수는 없으니까. 나는 네가 그걸 알기를 원해. 너도 나만큼 책임이 있으니까!"

그녀가 이야기를 마친 뒤에도 에를렌뒤르는 말없이 오랫동안 솔베이그를 응시했다. 마침내 그가 물었다.

"왜 경찰에 가지 않았습니까? 무엇이 발목을 잡았습니까?"

"저는…… 전 제게도 책임이 있다고 생각했어요, 레오노라의 말처럼. 그 일에 대해서요. 그녀는 순식간에 절 찔러 들어왔어요. '네 잘못이야.' 분노에 찬 낮은 목소리로 윽박지르더군요. '모든 게 네 잘못이야. 네 책임이야.' 저를 향해 오롯이 분노를 쏟아냈죠. 두려움과 슬픔과 레오노라에 대한 이상한 걱정으로 마음을 가눌 수가 없었어요. 모든 일이 무거웠죠. 너무 무거웠습니다. 너무나 충격적이었어요. 완전히 무방비한 상태로 듣기도 했고요. 그리고 가엾은 마리아가 있었죠. 차마 레오노라에 대한 진실을 말할 수가 없더군요. 그럴 수가 없었어요. 그리고…….”

“말씀하십시오.”

“너무나 비현실적인 일이라 믿을 수가 없었어요. 그런 일이 일어났다는 게 도저히 믿기지 않았어요.”

“마리아를 보호하고 싶었던 겁니까?”

“제 입장을 이해해주실 수 있을까요? 누구도 벌받지 않기를 바랐어요. 그건 누가 봐도 사고일 수밖에 없었습니다. 아무도 레오노라의 진술을 의심할 것 같지 않았어요. 레오노라는, 딸아이가 학교에 가 있을 때를 제외하고는 한시도 그 애 곁을 떠나지 않겠다고 했죠.”

“이런 일을 알고 살아간다는 게 쉽지는 않았을 겁니다.”

“맞아요. 쉽지 않았어요. 그러니 두 사람이, 특히 마리아가 어땠을지 생각해보세요. 그 아이가 자살했다는 소리를 들었을 때…… 왠지 놀랍지가 않았어요. 전…… 자책했습니다. 레오노라가 제 행동을 책임지지도 않고 도망치게 두다니. 누구도 진실을 모르게 만들고 도망치게 뒀다니.”

“보트에서는 무슨 일로 다툰 겁니까?”

“마그누스는 레오노라가 뭐라 하든 그녀 곁을 떠나겠다고 했대요. 그 사람이 내게 한 말이기도 하고요. 자기를 함부로 대하는 것에 지쳤고 더는 참을 수 없다고, 남은 것은 마리아의 양육권 합의 문제뿐이라고요. 레오노라는 절대로 딸에게 접근하지 못하게 하겠다고 했어요. 아이를 볼 생각은 꿈에도 하지 말라고요. 둘은 마리아가 보는 앞에서 다퉜어요. 그 애가 모든 일이 자기 탓이라고 생각한 것도 무리가 아니죠."

"그후 다시 친구분과 마리아 씨를 만난 적이 있습니까?"

"아뇨. 한 번도요. 둘 다 보지 못했습니다."

"다른 증인은 없었습니까?"

"네. 호수에는 그 식구뿐이었어요."

"방문객도 없었고요?"

"네."

"관광객도?"

"네, 관광객도 없었어요. 마그누스와 제가 별장에 갔던 그전 주하고는 달랐어요. 그 사람과는 두 번인가 그곳에 갔었어요. 몰래 갔었죠. 나중에 그 사람이 그때 우연히 마주친 여자에 대해 이야기했었어요. 도시 인근의 호수들을 연구하는, 호수에 매료된 여자였다고 하더군요. 별장 바로 근처에서 마주쳤다고요. 지도를 보고 있었고 산드클뤼프타바튼 호수로 올라가는 길이었다고 해요. 처음 듣는 호수 이름이라 기억에 남았어요."

"그 여자가 차를 타고 있었는지 아십니까?" 에를렌뒤르가 물었다.

"타고 있었을걸요."

"어떤 차였는지는?"

"노란색이었을 텐데……."

"노란색이라고요? 확실합니까?"

"네. '미니' 뭐라고 부르지 않나요? 그 차가 자작나무 숲을 지나가는 걸 봤거든요."

"그 차를 운전하던 사람이 마그누스 씨께서 말씀하신 여자분이라고 생각하십니까?" 에를렌뒤르가 의자 앞쪽으로 몸을 당겨 앉으며 물었다.

"그래요. 별장 바로 근처였으니까요."

"'미니'라고 하셨습니까? '오스틴 미니'를 말씀하시는 겁니까?"

"네, 그거예요. 조그만 차."

"노란색 오스틴 미니였다고요?"

"네. 왜 그러시죠?"

에를렌뒤르가 자리에서 일어났다.

"산드클뤼프타바튼 호수로 가는 길이었다고요?"

"네. 대체 왜 그러시는 거예요?"

"옆자리에 사람이 있었습니까?"

"몰라요. 대체 왜 그러시는데요? 내가 뭐라고 했기에요?"

"젊은 남자가 타고 있었을 가능성이 있을까요?"

"모르겠어요. 누군데 그러세요? 아는 사람들인가요? 아는 사람들이에요?"

"아닙니다." 에를렌뒤르가 말했다. "아니, 알 수도 있습니다. 아니, 그렇지는 않겠지요. 산드클뤼프타바튼 호수라고 하셨습니까?"

"네, 산드클뤼프타바튼 호수라고 했어요."

30

산드클뤼프타바튼 호수라니. 그는 별달리 주목하지 않고 그곳을 지나쳐 갔었다. 레이캬비크에서 차로 한 시간 정도 되는 거리였고, 싱그베들리르의 북쪽 도로가에 있었으며, 아르만스페들 산과 라가페들 산 가운데 있었고, 블라스코가헤이디 황야로 향하는 오르막길 아래쪽이었다. 존재를 간과할 수 없는 스캴드브레이뒤르 산이 북동쪽에서 호수를 내려다보고 있었다.

소르베르그귀르라는 이름의 잠수부는 탐사 경험이 풍부해 아이슬란드 남서부에 있는 호수들을 잘 알았다. 실종자들을 찾기 위해 부둣가에서 잠수를 했던 것에 더해, 소방대에 몸담은 적도 있었고 밀수 사건 조사 시 경찰 지원을 맡기도 했다. 실종 신고가 들어온 뒤 해안가를 뒤지거나 바다 및 호수를 수색하기 위해 꾸려진 팀 안에는 언제나 그가 있었다. 그러나 결국 잠수로 먹고사는 것을 그만두고 대신 기술을 배워 정비소를 차리더니, 지금은 그게 업이었다. 에를렌뒤르는 가끔 포드를 끌고 가 정비를 부탁하곤 했다. 소르베르귀르는 키가 이 미터에 육박해 볼 때마다 거인같이 느껴졌다. 빨간 머리와 턱수염, 수영 선수처럼 기다란 팔의 거인. 유머가 많고 곧잘 웃었는데 웃을 때마다 튼튼한 치아가 반짝반짝 드러났다.

"잠수부들 놔두고 왜 이러세요? 그중에 골라잡으시죠. 전 이제 안 해요. 아시잖습니까?"

"알지, 알아. 그래도 말해봐야 손해 볼 것 없으니까……. 아직 장비는 있지, 그렇지?"

"그럼요."

"고무보트도?"

"네, 작은 거지만."

"우리 일은 안 하지만 아직도 잠수는 간간이 하지?"

"간혹가다요."

"이건, 어떻게 말을 해야 할까, 공식 수사 건은 아니야. 개인적으로 손을 댄 문제라고나 할까. 수고를 해주면 내 주머니에서 돈이 나갈 거고."

"형사님, 제가 어떻게 형사님 돈을 받습니까?"

소르베르귀르는 한숨을 내쉬었다. 에를렌뒤르는 그가 경찰 일을 그만둔 이유를 알고 있었다. 어느 날 레이캬비크 항구에서 잠수를 해서 찾아낸 여자의 시체가 결정타였다. 여자는 삼 주째 실종 상태였고, 소르베르귀르가 발견한 사체는 어지간히도 부패해 있었다. 그는 다시는 그런 끔찍한 광경을 보고 싶어 하지 않았다. 그 여자나 여자를 닮은 누군가가 끊임없이 출몰하는 악몽이 이어졌고, 그는 한밤중에 숨을 헐떡이며 잠에서 깨어났다. 그는 다시 그런 일이 되풀이되는 것을 원치 않았다.

"오래된 실종 사건이야. 아주 옛날 일이지. 청년 실종 사건들이었는데, 어쩌면 사건 둘이 해결될 거야. 몇십 년째 정체되어 있다가 어제 돌파구를 찾았어. 극히 미미한 단서이긴 하지만 적어도 자네에게 말을 해봐야 한다고 생각했지. 양심상." 에를렌뒤르가 말했다.

"달리 말해, 제게 죄의식을 전가하고 싶으신 거군요." 소르베르귀르가 말했다.

"다른 사람은 떠오르질 않더라고. 자네보다 나은 사람을 알아야 말이지."

"말씀드렸다시피, 저는 이제 그런 일 그만뒀습니다. 이젠 엔진만 조사한단 말입니다."

"알지, 알고말고. 다른 기술이 있었다면 나도 이 일을 그만뒀을 거야."

"돌파구가 뭔데요?"

"이 사건에서?"

"네."

"경찰에선 지금껏 두 개의 실종 사건에 관계가 없다고 생각해왔는데, 실종 당시 그들이 함께 있었을 가능성이 제기됐어. 대학 진학 예비 학교 졸업반이었던 남학생과 대학에서 생물학 공부를 하던 연상의 여학생. 둘 사이의 연결 고리는 아무것도 없고 두 사건 다 전혀 단서가 없었지. 실마리가 하나도 잡히지 않은 게 최근까지 수십 년째인데, 어제서야 내가 귀드룬, 애칭으로는 두나라고 불렸던 여학생이 싱그베들리르에서 목격됐다고 생각되는 정보를 얻었네. 산드클뤼프타바튼 호수로 가는 길에 말이야. 오늘 아침 날짜를 확인해봤지. 물론 일치하지는 않아. 싱그베들리르에서 그 여학생 같은 인물이 목격된 때는 늦가을이었어. 당시에는 혼자였을 것 같네. 그로부터 몇 달 뒤에 이 젊은이들이 실종되었어. 남학생은 1976년 2월 말에 실종 신고가 들어왔지. 여학생은 그해 3월 중순이었고. 그후 둘의 행적에 대한 단서는 전혀 나타나지 않았는데, 사실 그 자체가 이상한 일이지. 짧은 시차를 두고 발생한 두 사건 다에 공통적으로 아무 흔적이 없다니? 대개는 어딘가에 흔적이 남기 마련이야. 하지만 이 두 사건에서는 정말 아무것도 발견되지 않았어."

"이십 대가 십 대와 어울리다니 이상하지 않습니까? 게다가 여자 쪽이 나이가 더 많다면."

에를렌뒤르는 고개를 끄덕였다. 잠수부는 어느새 사건에 관심을 기울이고 있었다.

"맞아. 둘을 연결시킬 구체적인 고리는 전혀 없어."

그들은 정비소에 있는 소르베르귀르의 사무실에 앉아 있었다. 직원 세 명이 차를 수리하느라 열심이었고 간혹 사무실 쪽으로 시선을 던졌다. 유리로 만든 우리나 다름없는 사무실은 작업장에서도 훤히 보였다. 주기적으로 전화벨이 울려 대화를 방해했지만 에를렌뒤르는 전화가 소르베르귀르의 집중을 방해하도록 내버려두지 않았다.

"그날 날씨도 확인해봤네. 이상하게 추웠지. 호수 대부분이 얼어붙어 있었을 거야."

"벌써 이론을 세우신 것 같군요."

"그래. 하지만 극도로 미미한 가정에 불과하니까."

"다른 사람이 모르게 진행해야 합니까?"

"문제가 복잡해져서 좋을 것 없지. 뭘 발견하면 전화를 주게. 뭐가 없으면 그냥 미결 사건으로 끝인 거야."

"산드클뤼프타바튼 호수로는 들어가본 적이 없습니다. 여름에는 너무 얕고, 봄 해빙기 때 말고는 깊지가 않거든요. 그쪽엔 다른 호수들도 있습니다. 리틀라브륀나바튼, 레이다르바튼, 웍사바튼 호수 같은."

"그렇지."

"이름이 뭐죠? 그 둘."

"다비드와 귀드룬. 귀드룬은 두나라고도 하고."

소르베르귀르는 작업장을 내다보았다. 새로 온 손님이 그들 쪽을 보고 있었다. 단골이라 소르베르귀르는 고개를 끄덕여 보였다.

"작업 준비를 해주겠나?" 에를렌뒤르가 자리에서 일어나며 물었다. "시간이 궁한 처지야. 아들이 실종되고 나서 내내 답을 기다리던 노인이 죽음의 문턱에 있거든. 가시기 전에 아들 소식을 전해줄 수 있다면 얼마나 좋겠나. 가능성이 희박하다는 걸 알지만 지금 할 수 있는 유일한 일이라 시도해보고 싶다네."

소르베르귀르가 물끄러미 바라보았다.

"잠깐만요. 지금 저보고 만사를 제쳐두고 당장에 착수하라는 말씀이십니까?"

"점심은 먹어야겠지."

"오늘요?"

"뭐랄까……. 자네가 가능할 때. 그래줄 수 있겠지?"

"제게 선택의 여지가 있습니까?"

"고맙군. 전화하게."

에를렌뒤르는 별장을 찾아가는 데 애를 먹었고 갈림길을 두 번이나 지나친 후에야 표지판을 발견했다. 표지판은 낮게 자란 관목들에 가려져 있다시피 했다. '솔반귀르.' 그는 갈림길로 들어서 호수를 향해 차를 몰았고 별장 옆에 차를 댔다.

그는 이번에는 자기가 무얼 찾고 있는지 알았다. 그는 혼자였고, 아무에게도 하려는 일을 말하지 않았다. 설사 말하게 되더라도 사건이 해결되고 나서 할 작정이었다. 아직 너무 모호했다. 아직은 증거가 부족했다. 옳은 일을 하고 있는지도 확신이 안 섰다.

그는 마리아의 부검을 담당한 경찰 법의학자를 만나, 그녀가 사망 시각 직전에 수면제를 복용했는지 여부를 물었다. 법의학자는 소량이 발견되긴 했지만 죽음을 야기할 정도로 많은 양은 아니었다고 했다. 마리아가 수면제를 복용한 것이 사망 시각 얼마 전인지 계산이 가능한가 물었지만 단정적인 대답이 돌아오지는 않았다. 법의학자는 사망한 날에 먹었을 거라고만 했다.

"범죄 가능성을 보시는 겁니까?"

"꼭 그렇지는 않습니다." 에를렌뒤르가 대답했다.

"꼭 그렇지는 않다고요?"

"가슴에 화상 자국이 있던가요?" 에를렌뒤르가 머뭇거리며 물었다.

그들은 법의학자의 사무실에 앉아 있었다. 부검 보고서를 펼쳐 들어 보고 있던 법의학자가 고개를 들었다.

"화상 자국이라고요?"

"멍자국이라도." 에를렌뒤르가 급하게 덧붙였다.

"뭘 찾고 계시는 겁니까?"

"저도 모릅니다."

"화상 자국을 발견했다면 알려드렸겠지요." 법의학자가 오만한 말투로 말했다.

에를렌뒤르에게는 별장 열쇠가 없었지만 별문제는 아니었다. 그의 관심은 베란다에 있었고, 좀더 구체적으로는 옥외 욕조와 호숫가 사이의 거리에 있었다. 호수에는 살얼음이 끼었고, 서리에 뒤덮인 물가 바위들에 물결이 철썩거렸다. 거리는 얼마 되지 않았다. 모래가 쌓여 만들어진 작은 길이 지금은 얼어붙은 개울을 지나 호숫가까지 이어져 있었다. 에를렌뒤르는 발게르뒤르에게 빌린 공병을 꺼내 호수의 물을 채웠다. 그리고 호숫가에서 베란다까지의 거리를 쟀다. 다섯 걸음. 베란다 발치에서 욕조까지는 여섯 걸음. 욕조는 알루미늄과 안전유리로 만든 뚜껑으로 덮여 작고 단순한 자물쇠로 잠겨 있었다. 그는 차에서 가지고 온 잭으로 자물쇠를 후려쳤다. 그리고 뚜껑을 들어올렸는데 굉장히 무거웠다. 뚜껑은 들어올려 집 벽에 달린 고리에 고정시키게 되어 있었다. 에를렌뒤르는 이렇게 온천처럼 꾸민 욕조에 대해 아는 게 없었다. 이런 곳에 들어가 앉아본 적도 없었고, 그러고 싶은 생각도 없었다. 그는 마리아가 자살한 이후에는 욕조가 사용되지 않았을 거라고 추정했다.

도시를 떠나오기 전에 그는 건축자재 공급업자에게 들러, 자기를 전문가라고 소개하는 직원 한 명과 얘기를 나눴다. 에를렌뒤르가 알고 싶은 것은 수도관을 제어해 욕조에 물을 채우는 방법이었다. 비웠다가 채우는 거죠, 뭐. 직원은 처음에는 적극적으로 나오다가, 에를렌뒤르가 구매에 관심이 없다는 것을 알고 나자 세일즈맨의 화법을 버리고 그제야 참고 들어줄 만한 이야기를 시작했다. 그는 에를렌뒤르에게 컴퓨터 제어 시스템을 갖춘 모델을 보여주며, 요새는 그게 인기라고 확신에 찬 목소리로 말했다. 에를렌뒤르가 망설임 끝에 물었다.

"이제 제일 나은 시스템인가요?"

직원은 얼굴을 찌푸렸다.

"많은 사람들이 수동식을 선호하기는 합니다. 본인들이 직접 꼭지를 열고 욕조에 물이 차면 잠그고 싶어 하지요. 보통 욕실에서 하는 것처럼 말입니다. 온수 조절은 일반 수도꼭지로 합니다."

"수동이 아니라면 어떻게 작동합니까?"

"제로크로싱 테크놀로지를 이용하지요."

"제로크로싱 테크놀로지?"

에를렌뒤르는 직원을 위아래로 훑어보았다. 솜털이 보송보송한 풋내기였다.

"네, 보통 욕실에서 사용하는 전자 제어 시스템이죠. 버튼을 누르면 원하는 온도의 물이 채워집니다. 물을 비우는 버튼은 따로 있고요."

"주입구와 배출구가 분리되어 있습니까?"

"아뇨. 같은 관을 이용합니다. 아래쪽 필터를 통해 물이 빠져나가죠. 올라오는 물길도 같습니다."

"같은 물은 아니겠지요?"

"그럼요, 당연히 그럴 리는 없죠. 필터로 걸러진 새 물이 올라오는 겁니다. 개중에는 시스템 착오를 의심하는 사람들도 있어요. 사실 저라면 이런 제품은 구입하지 않을 거예요."

"왜죠? 무슨 문제라도 있습니까?"

"아무리 자동 세척식이라 해도 마지막으로 사용한 물의 잔여물 입자들이 파이프에 남는 경우가 있을 테니까요. 파이프 안에 뭔가가 계속 남아 있는 거죠. 그래서 사람들이 수동식을 원하는 겁니다. 물론 터무니없는 생각일 수도 있어요. 이 시스템을 전적으로 믿는 사람들도 있으니까요."

그와 얘기를 나눈 후 에를렌뒤르는 별장 사건을 담당했던 범죄수사과 감식 전문가에게 전화를 했다. 그는 욕조를 채우고 비우는 조그만 제어반을 본 것 같은 기억이 난다고 했다.

"그러니까 그 욕조는 전자 제어 방식이라는 거지?" 에를렌뒤르가 물었다.

"내 생각에는 그래. 다시 봐야 확실히 알 수 있겠지만."

"전자 제어 방식의 이점이 뭐지?"

"글쎄, 제로크로싱 테크놀로지를 이용한다는 건데." 감식 전문가가 설명을 시작하자마자 에를렌뒤르는 깊은 한숨과 함께 전화를 끊었다.

에를렌뒤르는 물끄러미 욕조를 바라보다가 꼭지를 찾아 주변을 살폈지만 아무것도 발견하지 못했다. 판매 직원 말로는 욕조 근처에 있기도 하지만 대개는 베란다 바닥 아래에 있다고 했다. 베란다에서 꼭지가 감춰진 공간으로 연결될 만한 바닥 문이라곤 찾아볼 수 없었기에, 에를렌뒤르는 전자 제어 방식일 거라고 한 동료의 말이 맞나 보군 하고 생각했다. 그는 욕조 안으로 몸을 기울여 아래쪽 필터 쪽으로 구부린 다음 간신히 필터를 비틀어 헐겁게 했다. 어스름이 내리고 있었지만 그에게는 손전등이 있었다. 수도관 아래쪽으로 손전등을 비췄다. 수도관 안에 소량의 물이 얼어붙어 있었다. 에를렌뒤르는 또 다른 공병을 꺼내 수도관 안쪽에 있는 얼음을 떼어내어 담았다.

그리고 무거운 안전유리 뚜껑을 닫고 부서진 자물쇠를 제 위치로 돌려놨다.

그리고 나서는 별장 주변을 둘러보았다. 뒤쪽으로 보트를 넣어 두는 곳으로 추정되는 헛간이 보였다. 조그만 창문에 얼굴을 대고 보니 안쪽에 보트가 있었다. 오래전 그 비극이 일어났던 날, 마그누스와 레오노라가 탔던 바로 그 보트일까, 에를렌뒤르는 궁금해졌다. 통나무 더미들이 헛간에 기대어 낮게 쌓여 있었다.

헛간은 조그만 자물쇠로 잠겨 있었지만 에를렌뒤르는 좀 전처럼 쉽게 부숴버렸다. 그는 안쪽으로 손전등을 비춰보았다. 보트는 낡고 바스라지고 있는 모양으로 보아 오랫동안 사용하지 않은 것 같았다. 보트 양편으로 작업대가 있었고 저쪽 벽에는 바닥에서 천장까지 선반들이 보였다. 그중 바닥 가까이 있는 선반에 오래된 스웨덴제 후스크바르나 선외 모터가 놓여 있었다.

에를렌뒤르는 조심스럽게 선반과 바닥에 손전등을 비춰보았다. 헛간에는 별장에서 발견됨 직한 온갖 것들이 있었다. 외바퀴 손수레와 삽 같은 원예 용구들, 가스 용기와 바비큐용 도구, 페인트 통과 나무에 칠하는 바니시, 다른 공구들. 에를렌뒤르는 무얼 찾는지도 정확히 모르면서 여기저기 손전등을 비추며 십오 분가량 헛간에 서 있었다. 그리고 마침내 깨달았다.

그것은 말쑥하게 놓여 있었다. 아무도 그 기계를 숨기려고 애쓴 것 같지 않았고, 외려 그 반대에 가까워 보였지만, 어느 쪽인지 분명치는 않았다. 이렇게 보면 비품처럼 보였고 저렇게 보면 잡동사니 같았다. 그렇지만 일단 찾는 것이 무엇인지 깨닫자 그것이 눈에 들어왔다. 그는 그 위로 손전등을 비추었다. 커다랗고 두꺼운 서류 가방처럼 보이는 네모반듯한 기계. 쥐죽은듯 고요히 놓인 모양새에도 불구하고, 그 기계는 에를렌뒤르에게 동부의 황야에서 동사할 뻔했을 때 느꼈던 이상하고 오래된 두려움을 일깨웠다.

레오노라는 언제나 그 사고는 자기들만의 비밀이며 아무도 실제 있었던 일을 알아서는 안 된다고 했다. 그렇지 않으면 그들이 강제로 이별하게 될지도 모른다고 했다. 입을 다무는 것이 최선이라고 했다. 언제나 누구의 잘못도 아닌 사건들이 일어나게 마련이고, 그 일도 그런 사건이라고, 이제 와 바뀔 수 있는 것은 없고, 보트에서의 일을 그대로 말해봐야 이득될 게 하나도 없다고 했다. 마리아는 어머니를 전적으로 믿고 따랐다. 그때 한 거짓말의 후폭풍이 나타나기 시작한 것은 한참 후였다. 그녀의 어머니가 아무리 원해도 마리아의 삶은 예전과 같아질 수 없었다. 다시는 온전해질 수 없었다.

시간이 지나면서 마리아는 아버지의 죽음 이후 그녀를 괴롭혔던 환영과 절망에서 회복되어갔다. 불안 또한 수그러들었다. 그러나 죄의식은 언제나 마음을 떠나지 않았고, 싱그바들라바튼 호수에서의 사건이 떠오르지 않고 지나가는 날은 거의 없었다. 그 일은 낮이든 밤이든 어느 때라도 불쑥불쑥 떠올랐다. 생각이 떠오르면 바로 잠재우는 법을 터득하긴 했어도 생각 자체는 사라지지 않았다. 그 일을 아무에게도 말할 수 없는 고통, 그때 일을 누구에게든 털어놓아 마음의 짐을 덜 수 없어서 생긴 고통은 견딜 수 없는 것이라, 그녀는 목숨을 끊는 것, 고통과 번뇌를 영원히 내려놓는 것에 대해 자주 생각하곤 했다. 매일, 가끔은 하루에도 몇 차례씩 신경을 쏟아 강제로 침묵을 유지하는 것보다 더 괴로운 것은 없었다.

그녀는 정상적인 방식으로 아버지를 애도할 수 없었다. 아버지에게 작별 인사를 해서도 안 됐고, 그리워해서도 안 됐다. 그것이 가장 고통스러웠다. 그녀는 아버지를 몹시 사랑했고 그 역시 언제나 딸에게 다정했기 때문이다. 그녀는 그 사건 이전의 아버지에 대한 기억에 빠져들지도 않았다. 그녀는 자신에게 그런 사치를 허락하지 않았다.

"용서해주렴." 레오노라가 속삭였다.

마리아는 평소처럼 어머니의 침대맡에 앉아 있었다. 레오노라에게 남은 시간이 많지 않다는 것을 둘 다 알았다.

"무슨 말씀이세요?"

"그른…… 일이었어. 모든 것이, 처음부터. 나…… 나를 용서해주렴……."

"괜찮아요." 마리아가 말했다.

"아니……. 괜찮지 않아. 나는…… 난 너를 생각했다. 너를 위해서 그랬어. 넌…… 그걸 이해해야만 해. 난 네게 아무 일도…… 아무 일도 일어나지 않길 바랐단다."

"알아요."

"하지만…… 나는…… 난 그 일에 대해 침묵하지 말았어야 했다."

"어머니는 제게 최선이 되는 길을 원하셨던 거예요."

"그래……. 하지만 이기적이기도 했지……."

"아니에요."

"날 용서해줄 수 있겠니?"

"걱정하지 마세요."

"용서해주겠니?"

마리아는 말이 없었다.

"내가 죽으면 사람들에게 그 일에 대해 말할 테냐?"

마리아는 대답하지 않았다.

"사람들에게…… 말하렴." 레오노라가 신음하듯 말했다. "제발…… 너 자신을 위해서…… 사람들에게…… 모두 말하렴."

31

연이은 이틀 동안 에를렌뒤르는 마리아가 사망한 채 발견된 그날 저녁 별장에서 일어났을 일들에 대한 정보를 좀더 수집하고 다녔다. 그는 아직 자신의 추리를 공개할 준비가 되어 있지 않았고, 발드빈과 카롤리나를 따로 만나야 좋을지 같이 만나야 좋을지를 두고 고민중이었다. 그는 조사 내용을 아무에게도 알리지 않았다. 시귀르뒤르 올리와 엘린보르그는 그가 굉장히 분주하다는 것은 알았지만 뭐 때문인지는 알지 못했고, 발게르뒤르조차 평소보다 더 그에게서 소식 듣기가 힘든 형편이었다. 그의 머릿속은 온통 그 사건 생각뿐이었다. 다른 거라면 산드클뤼프타바튼 호수에서 올 전화를 기다리고 있었다.

지난 며칠 동안, 동부의 버려진 농장과 황야로 가고 싶다는 열망이 때때로 마음을 사로잡으며 안에서 자라났다.

오트밀 죽과 식초에 절인 간 소시지를 앞에 놓고 앉아 있는데 누가 문을 두드렸다. 문밖에 발게르뒤르가 서 있었다. 그녀는 뺨에 키스를 하고 자연스레 안으로 들어왔다. 그리고 코트를 벗어 의자에 걸친 다음 부엌 식탁에 앉았다.

"소식이 통 없어서." 그녀가 오트밀 죽을 떠먹으며 말했다. 에를렌뒤르는 간 소시지도 한 조각 잘랐다. 그가 좋아하는 만큼 시지는 않았지만, 그래도 기다릴 테니 절임 통에서 바로 건져내달라고 정육 코너에서 고집을 부려 사 온 것이었다. 십 대 소년인 점원은 시큰둥한 표정으로 그의 말에 따랐다. 시큼한 국물 속에 손 담그는 게 좋을 리 만무했다. 장을 보는 김에 시큼한 양고기 롤 약간과 지방질이 많고 뼈가 붙어 있는 닭 가슴살, 그리고 젤라틴과 함께 굳힌 양 머리도 조금 샀다. 그것들은 바깥쪽 발코니에 있는 초절임 통에 넣어두었다.

"일이 바빴어." 에를렌뒤르가 말했다.

"무슨 일인데?"

"그 사건."

"유령들?"

"그렇다고 볼 수 있지. 커피 마실래?"

발게르뒤르는 고개를 끄덕였고, 에를렌뒤르는 커피를 내리기 위해 일어났다. 지쳐 보인다며 그녀는 쓰지 않은 휴가가 남아 있느냐고 물었다. 그는 제법 되지만 지금까지는 쓸 필요를 못 느꼈다고 대답했다.

"요전날은 어떻게 됐어? 하들도라를 만난다고 하지 않았어?"

"좋지 않았지, 뭐. 그 사람을 만난 게 잘한 일인지 모르겠어. 우리는 너무 많은 부분에서 의견 일치를 볼 수가 없어."

"예를 들어?" 발게르뒤르가 조심스럽게 물었다.

"글쎄 뭐, 여러 가지 것들."

"거기다 하고 싶은 말은 없었고?"

"해봤자 딱히 의미가 없어. 그 사람은 내가 자기에게 충실하지 않았다고 생각해."

"그랬어?"

에를렌뒤르는 얼굴을 찌푸렸다. 발게르뒤르가 고개를 돌려 커피 머신 옆에 선 그를 쳐다보았다.

"어떻게 보느냐에 달렸지." 그가 말했다.

"그래?"

에를렌뒤르는 한숨을 쉬었다.

"그 사람은 우리 둘의 관계에 전심을 다했어. 나는 그러지 않았고. 커다란 배신이었던 셈이지, 내가 관계에 마음을 다하지 않았다는 사실이."

"그 얘길 듣고 싶었던 게 아니야. 나하고는 상관없는 얘기잖아. 오래전 일이고 우리하고도 관련이 없고. 우리 관계와는." 발게르뒤르가 말했다.

"나도 알아. 그런데…… 이제 그 사람을 좀더 이해할 수 있을 것 같아. 그 사람은 지금껏 같은 생각만 하고 있으니까. 분노하는 원인도 그거고."

"상대가 알아주지 않는 사랑?"

"그 사람이 한 말은 사실이야. 하들도라는 충실하게 행동했어. 나는 안 그랬고."

에를렌뒤르는 커피를 두 잔 따라 부엌 식탁에 앉았다.

"'가장 큰 고통은 사랑하는 것, 헛되이 사랑하는 것.'" 발게르뒤르가 누군가의 말을 인용하여 말했다.

에를렌뒤르가 그녀를 바라보았다.

"그래, 그 말이 맞는 것 같아." 그는 곧바로 화제를 바꿨다. "또 다른 관계를 수사하는 중인데 말이야, 뭘 어떻게 해야 할지 난감해. 오래전 일인데, 솔베이그라는 여자가 절친한 친구의 남편과 불륜에 빠졌어. 관계는 재앙으로 끝났고."

"무슨 일이 일어난 건지 물어봐도 될까?"

"전모를 밝힐 수나 있을지 모르겠어."

"이런, 미안하네. 누구에게나 밝힐 수 있는 얘기가 아닌가 보지?"

"아니, 그렇지 않아. 남자는 죽었어. 싱그바들라바튼 호수에서 익사했지. 문제는 그 아내가 그의 죽음에 얼마나 영향을 미쳤는가 하는 거야. 그 딸이 어느 정도까지 자책을 했는가 하는 것하고."

"아."

"심하게 자책했을 수도 있지. 부모가 자기를 두고도 말다툼을 했으니까."

"당신이 꼭 어떻게 해야 하는 일이야?"

"뭘 해낼 수 있을지도 모르겠어."

에를렌뒤르는 침묵에 빠져들었다.

"남은 휴가는 어때? 쓰고 싶지 않아?" 발게르뒤르가 물었다.

"써야겠지."

"어떻게 쓰고 싶은데?"

"며칠 동안 나를 놓아버린다거나 뭐 그런 거?"

"무슨 소리야? 난 아프리카 카나리아제도 같은 곳에 가는 걸 얘기한 건데."

"그렇군. 난 그런 일은 경험이 없어서."

"뭐야, 아이슬란드를 떠나본 적이 없단 말이야? 외국에 가본 적이 없어?"

"응."

"가보고 싶지 않아?"

"그다지."

"에펠탑, 빅벤, 엠파이어스테이트빌딩, 바티칸궁전, 피라미드 같은 것들 보고 싶지 않아?"

"쾰른성당은 보고 싶기도 해."

"그럼 가서 보면 되잖아?"

"그 정도까지 관심이 크지는 않으니까."

"스스로를 놓는다는 건 무슨 뜻이야?"

"동부에 가고 싶어. 며칠 동안 사라지고 싶어. 가끔 그러거든. 하르스카피 산……."

"그게 뭐?"

"그곳이 나의 에펠탑이야."

카롤리나는 코파보귀르의 자기집 문간 계단에서 에를렌뒤르를 다시 보게 됐는데도 놀라지 않는 눈치였고, 곧장 그를 안으로 들였다. 며칠 동안 관찰한 결과, 그녀는 9시에 일터로 갔다가 6시쯤 돌아오고, 오는 길에 동네 가게에 들러 저녁거리를 구입하는 굉장히 단조로운 일상을 이어갔다. 저녁 시간은 집에서 텔레비전을 보거나 책을 읽거나 했다. 어느 날 저녁은 여자 친구 하나가 들르기도 했다. 카롤리나는 커튼을 쳤다. 에를렌뒤르는 차 안에 버티고 앉아, 자정을 얼마 남기지 않은 시각에 여자 친구가 돌아가는 모습을 보았다. 빨간색 롱코트를 입은 친구는 거리를 걸어 내려가더니 모퉁이를 돌아 사라졌다.

"아직도 발드빈의 부인에 대해 정보를 수집하고 다니시는 건가요?" 카롤리나는 에를렌뒤르를 거실로 안내하며 직설적으로 물었다. 딱히 대답을 들으려고 한 질문은 아니었다. 카롤리나는 짧은 시간 차를 두고 경찰이 두 차례나 집을 방문한 것이 전혀 신경쓰이지 않는 듯 행동하기로 결심한 모양이었다. 연기인지 여부는 판단할 수 없었다.

"발드빈 씨와는 얘기를 해보셨습니까?"

"물론이죠. 우린 재미난 일이라고 생각하고 있어요. 형사님은 우리가 정말 마리아 씨에게 무슨 짓이라도 했다고 생각하시는 건가요?"

역시나 대답에 크게 개의치 않는 질문이었다. 에를렌뒤르가 그렇게 믿는다는게 너무 이상한 일일 뿐, 심각하게 받아들일 필요도 없다는 투였다.

"가당치 않은 생각일까요?"

"터무니없는 생각이죠." 카롤리나가 단호하게 말했다.

"돈이 걸려 있습니다." 에를렌뒤르가 거실을 둘러보며 말했다.

"정말 이 사건을 살인 사건으로 보고 조사하시는 거예요?"

"사후 세계를 궁금해해본 적이 있습니까?" 에를렌뒤르가 자리에 앉으며 물었다.

"아뇨, 왜요?"

"마리아 씨는 그랬습니다. 거의 언제나 그랬습니다. 죽기 전 몇 주 동안은 그 생각만 했다고도 볼 수 있지요. 영매를 찾아가서 답을 구하려 했습니다. 이런 이야기, 어디서 들어보신 적 있지 않으십니까?"

"영매가 뭐하는 사람인지는 알아요."

"전 마리아 씨가 찾아간 영매를 압니다. 이름은 안데르센이고 집에 가져가라며 그분께 카세트테이프를 주었지요. 또 다른 영매를 찾아간 것도 알고 있습니다. 아직 행방을 추적해내지 못한 여자 영매입니다. 마리아 씨는 그 영매를, 혹은 그 영매가 스스로를 마그달레나라고 불렀습니다. 관련해서 아시는 게 있습니까?"

"아뇨."

"저는 그녀를 굉장히 만나보고 싶습니다." 에를렌뒤르가 말했다.

"전 평생 영매에게 가본 적이 없어요." 카롤리나가 말했다.

에를렌뒤르는 자신의 추측을 밝혀야 할지 계속해서 변죽을 울려야 할지 가늠하며 한참 동안 그녀를 바라보았다. 추론은 있었지만 아직 입증할 도리가 없었다. 아무 결론에 도달하지 못한 채 가능성 사이를 오가는 중이었다. 이제 행동을 취할 때라는 걸, 사건을 해결해야 할 때라는 걸 알면서도 머무적거릴 수밖에 없는 건 간단히 부정해버리면 그만인 미약한 토대의 의심들만 있을 뿐 의지하고 진전시킬 내용이 너무 없었기 때문이다. 시간을 들이면 몇 가지 증거를 캐낼 가능성도 있었지만, 사건 전체에 신물이 난 터라 속히 마무리하고 다른 일들로 눈을 돌리고 싶었다.

"영매 연기를 해보신 적이 있습니까?" 그가 물었다.

"무대에서 말인가요? 아뇨, 없어요."

"마그달레나라는 이름의 영매는 모르신다는 거지요?"

"네."

"무대에서 연기를 해보신 적도 없고요."

"네, 저는 마그달레나라는 사람은 몰라요."

"사람을 풀어 확인해봤습니다. 레이캬비크 지역에는 그런 이름의 영매가 없다고 합니다."

"하고 싶은 말씀을 하시는 게 어때요?"

에를렌뒤르는 미소를 지었다.

"그래야 할지도 모르겠군요."

"그러세요."

"제 생각을 말씀드리겠습니다. 저는 당신과 발드빈 씨가 마리아 씨가 자살하도록 몰아갔다고 생각합니다."

"뭐라고요?"

"그분은 어머니를 여의고 상태가 매우 좋지 않았습니다. 이 년 동안 암과 투병하는 어머니의 모습을 보아야 했고, 죽기 전 끔찍한 고통을 견디며 괴로워하는 모습도 지켜봐야 했습니다. 온갖 것들을 상상하며, 눈물의 계곡과도 같은 이생보다 나을지 모르는 다른 세계가 존재하는 증거를 찾기 시작했습니다. 어머니가 보내기로 약속한 신호를 기다렸지요. 마리아 씨를 벼랑 끝으로 내모는 것은 그다지 어려운 일이 아니었습니다. 어둠을 극도로 무서워하는 분이었지요. 어머니가 더 좋은 곳에서 잘 지내고 있다는 확신에도 불구하고, 어머니가 죽은 후 신경과민 상태였고요. 그분이 학자였는지는 모르지만 이성으로 정리되는 문제가 아니었습니다. 마음 깊이 뿌리내린 신념과 희망과 사랑의 문제였지요. 그분은 온갖 것들을 상상했습니다. 그라바르보귀르에 어머니의 환영이 나타났습니다. 영매에게 갔고요. 그 부분에서 맡으신 역할이 있지 않습니까? 마리아 씨를 벼랑 끝에 세우는 데 일조한 역할이 있을 겁니다."

"무슨 뜻이죠? 증거라도 있나요?"

"없습니다. 당신들은 둘 다 계획을 치밀하게 세웠습니다."

"대체 왜 그런 짓을 저질렀을 거란 말씀이세요?"

"어마어마한 돈이 걸려 있으니까요. 발드빈 씨에게는 심각한 부채가 있습니다. 의사로서 벌이가 괜찮다고 해도 빚을 갚을 정도는 못 되지요. 당신들 둘은 마리아 씨만 없어지면 평생 떵떵거리며 편하게 살 수 있었습니다. 저는 훨씬 적은 돈에도 살인을 저지른 사람들을 많이 압니다."

"그걸 살인이라고 부른다는 말씀인가요?"

"달리 뭐라 부를 수 있을지 모르겠군요. 생각을 해본다면 말이지요. 당신이 마그달레나입니까?"

카롤리나는 냉철한 표정으로 에를렌뒤르를 한참 바라보았다.

"이제 가보시는 게 좋겠군요." 마침내 그녀가 말했다.

"결국 자살로 이어질 동기가 될 말을 마리아 씨에게 했습니까?"

"전 더이상 드릴 말씀이 없어요."

"마리아 씨의 죽음과 관련하여 일조한 역할이 있습니까?"

카롤리나가 자리에서 일어났다. 그녀는 현관으로 걸어가 문을 열었다.

"나가주세요."

에를렌뒤르 역시 자리에서 일어나 현관으로 걸어갔다.

"마리아 씨에게 일어난 일에 극미한 기여라도 했다는 것을 인정하십니까?"

"아뇨. 그녀는 불행했고 그래서 자살했어요. 이제 나가주시죠." 카롤리나가 말했다.

"발드빈 씨가 의대 시절 행했던 실험 얘기를 하던가요? 한 젊은이를 죽였다가 소생시킨 실험이었습니다. 알고 계십니까?"

"무슨 말씀이세요?"

"저는 그것이 시작점이었다고 생각합니다."

"뭐가요?"

"발드빈 씨에게 물어보십시오. 트리그비라는 남자를 아는지. 지금도 연락을 하고 지내는지."

"이제 나가주시겠어요?"

에를렌뒤르는 포기하지 않고 현관에 고집스레 서 있었다. 카롤리나의 얼굴이 서서히 달아올랐다.

"저는 그 별장에서 있었던 일을 알 것 같습니다. 아름다운 이야기는 아니지요."

"형사님이 무슨 말씀을 하시는지 모르겠어요."

카롤리나가 문밖으로 밀어냈지만 에를렌뒤르는 포기하지 않고 끝까지 말했다.

"발드빈 씨에게 제가 제세동기에 대해 알고 있다고 전하십시오."

현관문이 쾅하고 닫혔다.

32

에를렌뒤르는 어둠 속에 몸을 숨기고 앉아 불확실한 마음으로 기다렸다.

그는 그날 아침 늦게 잠에서 깼다. 에바 린드가 전날 저녁에 들렀고, 둘은 발게르뒤르에 대한 얘기를 나누었다. 그는 에바가 그녀를 그다지 좋아하지 않으며, 발게르뒤르의 차가 아파트 앞에 주차되어 있으면 그녀가 나오기를 기다렸다가 문을 두드린다는 것을 알고 있었다.

"좀 너그럽게 대해주면 안 될까? 네 얘기가 나오면 발게르뒤르는 언제나 네 편을 드는데 말이야. 잘 지내보겠다는 생각으로 마음을 열면 서로 좋은 친구가 될 수도 있어."

에바가 대꾸했다.

"관심 없어요. 아버지가 만나는 여자들에게는."

"여자들이라니 무슨 소리야? 발게르뒤르뿐이야. 다른 여자는 없었어."

"진정해요. 커피 좀 있나?"

"왜 온 건데?"

"뭐, 그냥 지루해서."

에를렌뒤르는 의자에 앉았다. 에바 린드는 맞은편 소파에 누웠다.

"여기서 자고 가려고?" 에를렌뒤르가 시계를 보며 물었다. 자정이 한참 지나 있었다.

"몰라요. 작은아버지 얘기가 나오는 부분 읽어주면 안 돼요?" 에바 린드가 말했다.

에를렌뒤르는 가만히 딸을 바라보다가 자리에서 일어나 책장으로 갔다. 그는 그 글이 수록된 책을 빼낸 후 돌아와 자리에 앉아서는, 그때 그 사고와 아버지의 속수무책과 침울하고 침잠한다고 묘사된 자신의 성격과 동생의 유해를 찾아다닌 자신의 모습이 담긴 글을 읽어 내려갔다. 다 읽고 얼핏 딸을 보니 잠이 든 것 같았다. 책을 소파 옆 조그만 탁자 위에 내려놓고 무릎에 손을 올리고 앉아, 그는 글쓴이에게 어머니가 얼마나 화가 났었는지 생각했다. 시간이 꽤 지난 후 에바 린드가 한숨을 내쉬었다.

"아버지는 그 이후로 작은아버지를 계속 살아 있게 하려고 애쓰고 있어요."

"글쎄다, 난……."

"이제 그분을 죽을 수 있게 놔드릴 때가 되지 않았어요?"

에바 린드가 눈을 뜨더니, 고개를 돌려 아버지에게 시선을 고정했다.

"이제 그분이 죽게 놔드려야 하지 않아?" 그녀가 다시 한번 물었다.

에를렌뒤르는 여전히 아무런 대답도 하지 않았다.

"이 일에 웬 간섭이야?" 마침내 그가 말했다.

"왜냐하면 아버지가 불행하니까. 가끔은 나보다 더 불행한 것 같고."

"너와 상관있는 일인지 모르겠다. 내 일이야. 난 내가 하지 않으면 안 되는 일을 하는 거고."

"그럼 동부인지 고향인지로 가요. 거기 가서 하지 않으면 안 되는 일을 하라고요. 그분을 보내고 자유로워져요. 그게 아버지를 위하는 길이야. 그분을 위하는 길이기도 하고. 그분을 죽게 놔줘. 그게 두 사람을 위하는 길이에요. 그분에게서 자유로워져야 해요. 그 유령으로부터 자유로워져야 한다고요."

"이 일에 웬 간섭이야?"

"간섭이라면, 사돈 남 말 한다고 보네요."

둘 다 한동안 말이 없다가 에바 린드 쪽에서 집에 가기 성가시니 소파에서 자도 되느냐고 물었다.

"그래라. 여기서 자."

에를렌뒤르도 자러 가려고 자리에서 일어났다.

"그럴 필요가 있었으면 애당초 그랬을 거예요." 에바 린드가 소파 구석으로 얼굴을 돌리며 말했다.

"무슨 필요?"

"아버지 용서하는 문제요."

에를렌뒤르는 진입로에 멈춰 서는 자동차 소리에 소스라쳐 몽상에서 깨어났다. 차문이 열리고 자갈길을 지나 보트가 있는 헛간으로 다가오는 발소리가 들렸다. 한쪽에 하나씩 나 있는 두 개의 조그만 창문으로 햇빛이 들어와 공중에 흩날리는 먼지들을 비췄다. 창문 너머 고요한 가을 날씨 속에 거울처럼 잔잔한 싱그바들라바튼 호수 위로 햇살이 반짝이고 있었다. 문이 열리더니 발드빈이 들어와 등뒤로 문을 닫았다. 잠시 뒤 천장에서 전등불이 들어왔다. 발드빈은 아직은 에를렌뒤르의 존재를 눈치채지 못했다. 뭔가를 찾는가 싶더니 허리를 숙였다. 다시 허리를 편 그의 팔에 제세동기가 들려 있었다.

"오시지 않나 보다 생각했습니다." 앉아 있던 구석자리에서 일어나 빛 속으로 걸어나오며 에를렌뒤르가 말했다.

발드빈은 깜짝 놀라 하마터면 기계를 떨어뜨릴 뻔했다.

"세상에, 놀랐잖습니까!" 그는 숨을 몰아쉬더니, 안정을 되찾은 후에는 대단히 화난 표정을 지으려 했다. "뭡니까……? 지금 상황을 어떻게 받아들여야 하죠? 여기서 뭘 하고 계시는 겁니까?"

"선생이 여기서 뭘 하고 계신지가 보다 합당한 질문이 아닐까요?"

"저는…… 여긴 제 별장입니다……. 무슨 소리를 하시는 겁니까? 제가 여기서 뭘 하든 형사님이 상관하실 일이 아니잖아요. 대체…… 왜 저를 따라다니시는 겁니까?"

"오시지 않을 거라고 생각하려던 참이었습니다. 하지만 선생은 더이상 참을 수 없었을 테지요. 제세동기를 안전한 곳으로 치워야 했을 겁니다. 선생의 양심이 선생 뒤를 쫓아다니기 시작했으니까요. 선생은 이제 예전처럼 확실하게 그것으로부터 도망칠 수 없을 겁니다."

"도대체 무슨 말씀인지 모르겠군요. 절 그냥 내버려두시면 안 될까요?"

"마리아 씨 때문입니다. 오래된 유령 이야기처럼 마리아 씨에 대한 생각이 뇌리 속에서 떠나지 않습니다. 마리아 씨 관련해서 선생에게 드리고 싶은 말이 너무나 많습니다. 그녀 자신이 선생에게 묻고 싶었을지도 모르는 질문들이 아주 많습니다."

"대체 다 무슨 허튼소리입니까? 자물쇠를 부수고 들어오신 겁니까?"

"요전날 그랬지요. 생각의 빈칸을 채우려다 보니."

"무슨 헛소리를 하시는 겁니까?"

"선생의 입으로 듣길 바랐습니다."

"전 헛간을 정리하려고 온 겁니다." 발드빈이 말했다.

"그러시겠지요. 또 한 가지 문제가 있습니다. 욕조에 호수 물을 사용하신 이유가 뭡니까?"

"네?"

"욕조 수도관에서 샘플을 채취했습니다. 별장과 욕조의 상수원은 언덕 위의 우물입니다. 별장 내부의 전기 시설에 의해 데워지고 온수 장치 속으로 주입되죠. 그러니 선생의 욕조 수도관에 싱그바들라바튼 호수의 미세한 토사가 남아 있을 이유가 없지 않겠습니까?"

"무슨 말씀을 하시는 건지. 저희는 가끔…… 여름이면 호수에서 수영을 하고 이후 다시 욕조에 몸을 담그곤 했습니다."

"저는 지금 그보다 훨씬 많은 양의 물에 대해 말씀드리는 겁니다. 저는 그 욕조에 호수의 물이 가득채워졌을 거라고 생각합니다."

여전히 제세동기를 든 채, 발드빈은 헛간 밖으로 나갔다. 기계를 차 뒤쪽에 실으려는 모양이었다. 에를렌뒤르가 뒤를 따라가 기계를 낚아챘다. 발드빈은 저항하지 않았다.

"전문의를 만나봤습니다. 아무도 모르게 심부전을 일으키려면 어떻게 해야 하는지 물었지요. 결단력과 많은 양의 차가운 물이 필요할 거라고 하더군요. 선생은 의사입니다. 동의하십니까?"

발드빈은 대답 없이 차 트렁크 옆에 서 있었다.

"옛날 트리그비에게 사용했던 방법이었지요? 선생은 마리아 씨에게 어떤 약물도 사용할 수 없었습니다. 흔적을 남기는 모험을 해서는 안 됐으니까요. 부검을 할 경우 말입니다. 선생에게 허락된 것은 추위를 잠재워줄 미량의 수면제뿐이었습니다." 에를렌뒤르가 말했다.

발드빈이 차 트렁크를 꽝 내리치더니 흥분하여 같은 말을 반복했다.

"무슨 말씀을 하시는지 모르겠습니다. 형사님도 모르시긴 매한가지일 겁니다. 마리아는 목을 맸어요. 상상하시는 것과는 달리 그녀는 욕조에서 죽지 않았습니다. 부끄러운 줄 아십시오!"

"저는 마리아 씨가 목을 맸다는 것을 알고 있습니다. 다만 정확한 이유를 알고 싶은 것뿐입니다. 무엇보다 선생과 선생의 여자친구가 어떤 식으로 그렇게 상황을 몰고 갔는지가 궁금하고요."

발드빈은 에를렌뒤르의 말을 더 듣느니 차를 몰고 사라질 태세였다. 운전석 쪽으로 걸어가 차문을 열고 안에 오르려던 그가 문득 멈춰 서더니 고개를 돌려 에를렌뒤르를 보았다.

그가 문을 쾅 닫으며 거칠게 말했다. "정말 지치는군요. 이런 식으로 계속 괴롭힘을 당할 수는 없습니다. 원하시는 게 뭡니까?"

그는 에를렌뒤르를 향해 걸어왔다.

"선생에게 그런 아이디어가 떠오르게 한 건 트리그비였지요, 안 그렇습니까? 제가 알고 싶은 건 어떻게 당신들 둘이 그분을 욕조 안으로 들어가게 했는가 하는 것입니다." 에를렌뒤르가 침착한 목소리로 말했다.

얼굴이 붉으락푸르락 달아오른 발드빈이 자기를 바라보는 에를렌뒤르를 노려봤다.

"'당신들 둘'이라고요? 무슨 뜻입니까, '당신들 둘'이라니요?"

"선생과 여자친구분 말입니다."

"형사님, 대체 제정신입니까?"

발드빈이 격한 어조로 물었다. 에를렌뒤르가 대꾸했다.

"왜 별안간 제세동기가 염려되신 걸까요? 부인께서 돌아가신 뒤 줄곧 손을 타지 않고 여기 있었는데요. 왜 이제 와서 감쪽같이 없애버려야 했던 걸까요?"

발드빈은 대답하지 않았다.

"제가 카롤리나 씨에게 그런 말을 했기 때문인가요? 겁이 나시던가요? 아무래도 없애는 편이 좋겠다는 생각이 들던가요?"

발드빈은 한마디도 하지 않고 노려보기만 했다.

"별장에 들어가 잠시 앉는 게 어떻겠습니까? 제가 지원을 요청하기 전에 말입니다." 에를렌뒤르가 말했다.

"증거가 있습니까?"

"구린내 나는 의심뿐입니다. 확실히 알고 싶은 마음이 간절하지요."

"그러고 나선 어쩔 겁니까?"

"어쩔 거냐고요? 모릅니다. 선생은 아십니까?"

발드빈은 침묵했다.

"자살을 돕거나 고의로 누군가를 자살하게 만든 사람들을 고발 조치하는 것이 가능한지는 모르겠습니다. 두 분이 바로 그랬지요. 체계적으로, 망설임 없이. 돈 문제가 껴 있었을 겁니다. 액수가 상당한데다 선생은 재정적으로 곤란에 빠져 있었으니까 말입니다. 물론 여자친구분 문제도 있지요. 마리아 씨가 서둘러 죽어준다면 선생은 원하는 모든 것을 얻을 수 있었을 겁니다."

"대체 그게 무슨 소립니까?"

"살기 힘든 세상입니다."

"형사님은 아무것도 증명할 수 없습니다. 다 허튼소리예요!"

"무슨 일이 있었는지 말씀해보십시오. 시작은 언제였습니까?"

발드빈은 여전히 망설이고 있었다.

"사실 저는 무슨 일이 있었는지 대충 안다고 생각합니다. 제 생각이 틀렸다면 그건 그때 가서 얘기할 일이고요. 우선 선생이 얘기를 해주셔야 합니다. 유감스럽게도 선택의 여지는 없어 보입니다."

발드빈은 말없이 가만히 서 있었다.

"시작은 언제였습니까?" 에를렌뒤르가 휴대전화를 꺼내며 재차 물었다. "지금 말씀을 하시지요. 아니면 경찰들이 들이닥쳐 이곳을 뒤질 겁니다."

"마리아는 건너가고 싶다고 했습니다." 발드빈이 낮은 목소리로 말했다.

"건너가고 싶다고 했다고요?"

"장모님이 돌아가신 후였습니다. 마리아는 경계를 넘어가 어머니에게 닿을 수 있는 곳으로 가고 싶어 했습니다. 제게 도와달라고 했습니다. 그게 전부입니다."

"경계라고요?"

"한 글자 한 글자 알려드려야 합니까?"

"그리고요?"

"안으로 들어가지요. 저희를 평화롭게 놔두시겠다면 마리아에 대해 말씀드리겠습니다."

"마리아 씨가 죽었을 때 선생도 별장에 있었습니까?"

"진정하세요. 어떻게 된 일인지 말씀드리겠습니다. 이제 때가 된 것 같습니다. 어떤 책임도 부정하려 들지 않겠습니다. 저희 둘은 그녀에게 정직하지 않았지만, 저는 그녀를 죽이지 않았습니다. 제가 어떻게 그런 짓을 한단 말입니까? 어떻게. 그건 믿어주셔야 합니다."

33

그들은 별장으로 들어가 부엌에 앉았다. 안은 싸늘했다. 발드빈은 라디에이터를 켜지 않았다. 상황을 오래 끌지 않을 생각이었다. 그는 이야기하기 시작했다. 체계적으로, 조목조목, 분명한 목소리로. 대학에서 마리아를 만난 얘기며, 그라바르르보귀르에서 레오노라와 같이 생활한 얘기며, 어머니가 죽고 나서 이 년 동안 마리아의 상태가 어땠는지를 설명했다. 예행연습이라도 했나 싶은 순간이 있었지만, 그 외의 측면에서 발드빈의 설명은 그럴듯하고 일관성 있게 들렸다.

카롤리나와의 관계는 몇 년 동안 이어지고 있었다. 둘은 연기학교에 다닐 때 잠깐 만난 적이 있지만 당시에는 진지한 관계로 이어지지 못했다. 그러다 발드빈은 마리아와 결혼을 했고, 카롤리나는 다른 남자친구들과 동거를 하거나 혼자 지내거나 했다. 다른 남자와는 가장 길게 만난 것이 사 년이었다. 그러던 중 그녀와 발드빈은 다시 만났고 예전 관계를 회복하게 되었다. 마리아는 알지 못했다. 그들은 비밀리에 규칙적이지는 않지만 한 달에 최소 한 번은 만났다. 둘 다 자신들의 관계를 더이상 진전시키려 하지 않다가, 레오노라가 암 진단을 받기 직전에 카롤리나가 발드빈에게 아내를 떠나 같이 살면 안 되겠느냐는 말을 하기 시작했다. 그는 반대하지 않았다. 장모와의 동거가 그의 결혼 생활을 짓눌렀다. 마리아에게도 차츰 자기는 장모와 결혼한 것이 아니며 그러고 싶지도 않았다는 뜻을 분명히 전달하고 있었다.

레오노라가 병이 들자 마리아는 딛고 서 있던 발아래 땅이 무너져내린 듯했다. 레오노라의 삶이 바뀐 것처럼 그녀의 삶도 변해버렸다. 그녀는 환자의 곁을 떠나지 않으려 했다. 마리아는 죽어가는 어머니 옆에서 밤을 보냈고, 발드빈은 다른 방으로 거처를 옮겼다. 그녀는 일을 완전히 포기해버렸고, 친구들과도 연락을 두절하다시피 했으며, 집에 고립됐다. 그러던 어느 날 건축업자 하나가 연락을 취해 왔다. 레오노라와 마리아가 코파보귀르에 있는 조그만 땅의 공동소유주라는 것을 알고 땅을 매입하고 싶다는 것이었다. 그 지역은 급부상중이라 땅값이 천정부지로 치솟아 있었다. 땅이 있다는 건 알았지만 자기들에게 그런 부를 가져다주리라는 상상은 해보지 못한 터였고, 건축업자가 매입 제안을 해 왔을 무렵에는 거의 잊고 지내던 땅이었다. 업자가 제시한 가격은 천문학적이었다. 발드빈은 글자로도 그런 숫자를 본 적이 없었다. 마리아는 눈썹 하나 까딱하지 않았다. 그녀는 세상사에는 도통 관심

없이 온통 어머니에게 신경을 쏟았다. 그녀가 발드빈에게 매매 건을 처리하게 하자 그는 변호사를 고용해 도움을 받아 가격과 지불 기한에 동의하고 서류를 만들고 매매 신고를 했다. 별안간에 그들은 발드빈이 망상조차 해보지 못한 부자가 됐다.

마리아는 어머니의 건강이 악화되면서 점점 더 자신을 고립시켰고, 레오노라가 세상을 뜨기 전 마지막 며칠 동안은 방에서 나오지 않았다. 레오노라는 집에서 죽고 싶어 했다. 모르핀 공급량을 확인하기 위해 주치의가 정기적으로 찾아왔을 뿐 다른 사람은 들이지 않았다. 레오노라가 세상을 떴을 때 발드빈은 부엌에 혼자 앉아 있었다. 그는 마리아가 침실에서 통곡하는 소리를 듣고 이제 모든 것이 끝났다는 것을 알았다.

마리아는 그후 몇 주 동안 사람들을 만나지 못했다. 그녀는 발드빈에게 어머니가 죽기 직전 둘 사이에 오간 대화의 내용을 들려주었다. 만약 사후 세계가 존재한다면 레오노라가 마리아에게 신호를 보내기로 했다는 내용이었다.

"부인이 프루스트에 대한 이야기를 선생에게 했다는 겁니까?" 에를렌뒤르가 끼어들어 물었다.

발드빈이 깊은 한숨을 쉬었다.

"마리아는 진정제와 항우울제를 복용하는 불안정한 상태였습니다. 그래서 저에게 얘기한 일은 곧 잊어버렸죠. 전 제가 한 일을 떳떳하게 여기지 않습니다. 어떤 일은 굉장히 비도덕적이었습니다. 저도 압니다. 하지만 엎질러진 물은 도로 담을 수 없으니까요."

"프루스트에서 시작한 겁니까?"

"『잃어버린 시간을 찾아서』였습니다. 적절한 제목이지요. 모녀는 언제나 잃어버린 시간을 찾아서 되돌아가는 것 같았습니다. 저는 이해할 수 없었습니다만."

"선생은 무엇을 했습니까?"

"지난여름 어느 날 밤에 책장에서 책을 빼내 바닥에 놓아두었습니다."

"선생과 카롤리나 씨가 부인에게 미끼를 놓은 겁니까?"

"네, 그것이 시작이었습니다." 발드빈이 조용히 말했다.

커튼을 치지 않은 별장은 싸늘했고 안이 어두웠다. 에를렌뒤르는 마리아의 삶이 끝난 거실을 힐끗 보았다.

"카롤리나 씨의 생각이었습니까?" 그가 물었다.

"카롤리나는 그 일이 어떤 결과로 이어질지 궁금해했습니다. 저보다 더 멀리까지 가서 끝장을 보고 싶어 했죠. 전…… 전 마리아가 이생 저편에 뭐가 있는지, 사후 세계를 탐구해보고 싶어 한다면 도울 준비는 되어 있었습니다. 아내는 굉장히 자주 장모님과 사후 세계를 두고 이야기했습니다. 제게도 했죠. 사후 세계를 생각하면서 큰 위안을 받았어요. 이생에서의 삶이 끝이 아니라는 생각에서 위안을 얻었습니다. 그녀는 죽음이 다른 생의 시작이라고 생각하고 싶어 했어요. 관련 서적들을 읽으며 인터넷으로 몇 시간이고 조사를 했습니다. 주제 전반에 걸쳐 매우 깊이 연구했지요."

"그러니까, 선생은 갈 데까지 가기를 원치는 않았다는 말입니까?"

"네, 절대 아니었습니다. 그러지도 않았고요."

"하지만 두 분은 마리아 씨의 취약점을 건드렸지요?"

"비열한 술책이었다는 건 압니다. 늘 마음에 걸렸습니다."

"멈출 만큼은 아니었나 보지요?"

"제가 무슨 생각을 했는지 모르겠습니다. 카롤리나가 제 뒤에 있었어요. 시도 때도 없이 위협을 가해 왔습니다. 결국 해보겠다고 동의하고 말았지요. 저 역시 궁금했던 것도 사실입니다. 마리아가 저편에 대한 기억을 가지고 의식을 회복한다면 어떻게 될까? 사후 세계에 대해 사람들이 하는 말이 전부 사실일까?"

"선생이 부인을 소생시키지 않으면 어떻게 될지도 궁금했겠지요. 그것이 핵심 아닙니까? 돈."

"무시할 수 없었던 것이 사실입니다." 발드빈이 인정했다. "자기 손에 다른 이의 목숨이 달려 있다는 것을 알면 기분이 묘해집니다. 의사였다면 아셨을 겁니다. 묘하게 강렬한 느낌이지요."

어느 날 밤 발드빈은 거실로 살금살금 들어가 책장에 꽂혀 있는 프루스트의 '스완네 집 쪽으로'를 빼내어 조심스레 바닥에 놓아두었다. 마리아는 아직 자고 있었다. 그는 그녀에게 평소보다 조금 많은 양의 수면제를 주었다. 그녀가 알지 못하는 다른 약물도 주었다. 정신을 혼란스럽게 만드는 환각제였다. 마리아는 그를 믿었기에 약을 먹었다. 그는 남편인데다가 의사였다.

그는 그녀가 있는 침대로 다시 돌아갔다. 카롤리나가 영매 역할을 하겠다고 제안한 터였다. 발드빈은 다른 사람의 추천을 들었다며 마그달레나라는 영매를 만나보라고 마리아를 부추기기로 했다. 그들은 마리아가 아무런 확인 조사도 해보지 않으리라는 것을 알고 있었다. 그녀는 무엇을 의심할 수 있는 상태가 아니었다. 그녀는 발드빈을 맹목적으로 믿고 있었다.

그녀는 너무 쉬운 희생양이었다.

발드빈은 그날 밤 잠을 이루지 못했고, 마리아보다 먼저 깨어 침대 밖으로 나와 그녀가 잠든 모습을 바라보았다. 그녀는 몇 주 동안이나 평화롭게 잠을 자지 못했다. 그는 잠에서 깬 그녀가 거실로 나가면 충격에 사로잡힐 것을 알고 있었다. 이제 더이상 책장을 바라보고 앉아 있지는 않았지만 그녀의 시선은 하루에도 몇 번씩 그 쪽을 향하곤 했다. 그녀는 레오노라의 신호를 기다렸다. 그리고 이제 그것을 받을 참이다. 극도로 긴장한 상태에 있는 그녀는 발드빈을 의심하지 못할 터였다. 그에게 그 책에 대해 얘기했다는 것조차 기억하지 못할 것이다. 이제 그녀는 확신할 것이다.

그는 부엌으로 나가기 전, 살며시 마리아를 흔들어 깨웠다. 그는 그녀가 자리에서 일어나는 소리를 들었다. 그날은 토요일이었다. 곧이어 마리아가 부엌 문가에 나타났다.

"이리 와봐. 내가 뭘 발견했는지 봐!"

"뭔데?"

"도착했어!" 마리아가 속삭였다. "신호야. 어머니가 선택했던 책이야. 바닥에 놓여 있었어. 책이 바닥에 놓여 있었다고! 어머니가…… 어머니가 신호를 보내왔어."

"마리아……."

"아니, 진짜야."

"마리아……."

"왜?"

"그 책을 바닥에서 발견했어?"

"응."

"글쎄, 그건……."

"펼쳐져 있는 페이지를 좀 봐." 마리아는 바닥에 펼쳐져 있는 책 쪽으로 그를 데리고 갔다.

그녀는 시구를 큰 소리로 읽었다. 발드빈은 자기가 책을 바닥에 내려놓았을 때 그 부분이 펼쳐진 것은 순전히 우연임을 알고 있었다.

이제 숲은 검건만,
아직 하늘은 푸르러…….

"딱 들어맞는다고 생각하지 않아? 이제 숲은 검건만, 아직 하늘은 푸르러……. 이게 메시지야." 마리아가 말했다.

"마리아……."

"어머니는 자신이 약속하신 방식으로 메시지를 보내왔어. 어머니가 메시지를 보냈다고."

"물론 그건…… 믿기지 않는 일이야. 당신과 장모님 둘이서 약속했던 거라면……."

"어머니가 말씀하신 그대로야. 약속하신 방식 그대로라고."

마리아의 눈에 눈물이 고였다. 발드빈은 아내를 부축해 의자로 가 앉혔다. 그녀는 슬픔과 기쁨이 교차하는 굉장히 감정적인 상태였다. 이어진 며칠 동안 그녀는 오랜 시간 찾지 못했던 평화를 경험했다. 오랫동안 기다려온 화해의 감정이었다.

일주일쯤 뒤에 난데없이 발드빈이 물었다.

"영매에게 말해보는 게 좋지 않을까?"

오래지 않아 카롤리나는 카나리아제도에 가 있는 친구의 아파트에서 마리아를 맞았다. 마리아는 발드빈과 카롤리나가 사귀는 사이였다는 사실은커녕 같이 연기 공부를 했다는 것도 전혀 몰랐다. 둘은 일면식이 없었다. 마리아는 발드빈과 연기 공부를 같이 했던 예전 친구들에 대해서는 아는 바가 거의 없었다.

카롤리나는 향을 피우고, 잔잔한 음악을 틀고, 어깨에 낡은 숄을 둘렀다. 그녀는 연극을 즐기고 있었다. 아이섀도를 칠하고, 눈썹을 진하게 그리고, 얼굴각을 날렵하게 살리고, 진홍빛 립스틱을 바르며 분장하는 시간도 즐거웠다. 발드빈을 통해 자신의 심령 능력을 보여주는 데 유용할 다양한 정보들을 얻었고, 그를 상대로 예행연습도 마친 터였다. 그녀는 마리아의 어린 시절, 발드빈과의 결혼 생활, 어머니와의 끈끈한 유대 관계, 마르셀 프루스트에 대한 것들을 알고 있었다.

"당신이 행복하지 않다는 것이 느껴져요." 둘이 자리에 앉고 나자 카롤리나가 말했다. 그리고 능력을 펼쳐 보이기 시작했다. "당신은…… 당신은 고통을 겪었어요. 많은 것을 잃었군요."

"어머니가 최근에 돌아가셨어요. 저희는 아주 가까웠어요."

"그분을 그리워하고 있군요."

"많이요."

카롤리나는 연기의 전문성을 갖추기 위한 일환으로 난생처음 영매를 찾아가보기도 했다. 그녀는 영매가 하는 말에는 별다른 관심을 두지 않았고, 영매의 언어 사용, 손과 머리와 눈의 움직임, 호흡법에 주목했다. 그녀는 마리아 앞에서 무아경에 빠진 척해야 할지, 자기가 만난 영매처럼 그저 뭔가를 감지하는 척하는 얼굴로 질문을 던져야 할지를 두고 고민했다. 카롤리나는 레오노라를 만나본 적은 없었지만 그녀에 대해 잘 알았다. 발드빈이 한 장 준 사진을 그녀는 자세히 살펴두었다.

마침내 때가 되자 무아경에 빠지는 것은 생략하기로 했다.

"강한 존재가 느껴지네요." 그것이 시작이었다.

그날 밤 마리아와 발드빈이 나란히 침대에 누웠을 때, 그녀는 교령 의식에서 있었던 일을 자세히 들려주었다. 발드빈은 마리아가 얘기를 마친 연후에도 오랫동안 아무 말도 하지 않고 가만히 있었다. 그러더니 마리아에게 고개를 돌리며 말했다.

"의대 시절에 내가 알고 지내던 친구에 대해 얘기했던가? 이름이 트리그비였나 그래."

34

에를렌뒤르가 이야기를 들으며 식탁 맞은편에 앉아 있는 동안 발드빈은 눈을 피했다. 에를렌뒤르 등뒤의 거실을 보거나 식탁 아래를 보거나 에를렌뒤르의 어깨를 볼 뿐, 한 번도 시선을 마주치지 않았다. 어딘가 찔리는 데가 있는 듯한, 뭔가를 꺼리는 눈빛이었다.

"결국 마리아 씨가 선생에게 저편으로 건너가게 해달라고 간청했다는 말씀이시겠지요." 에를렌뒤르가 혐오감이 담긴 어조로 말했다.

"그녀는…… 바로 미끼를 물었습니다." 발드빈이 식탁으로 시선을 낮추며 말했다.

"선생은 아무도 모르게 그분을 없앨 수 있었고요."

"그럴 생각이었습니다. 인정합니다. 하지만 전 그럴 수 없었습니다. 결국 그럴 만한 역량이 없었습니다."

"역량이 없었다고요!" 에를렌뒤르의 목소리가 높아졌다.

"사실입니다. 저는 마지막 걸음을 디딜 수가 없었습니다."

"무슨 일이 있었습니까?"

"저는……."

"무슨 짓을 했습니까?"

"마리아는 일을 조심스럽게 진행시키려고 했습니다. 죽음을 두려워했습니다."

"우리 모두가 그렇지 않습니까?" 에를렌뒤르가 말했다.

그들은 침대에 누운 채 새벽이 밝아오도록 마리아의 심장을 멈추는 문제를 논의했다. 저세상으로 건너갈 수 있을 정도로 충분히 오래여야 했지만 해가 될 만큼 길어서는 안 됐다. 발드빈은 의학 공부를 할 때 친구들과 트리그비에게 행한 실험에 대해서, 그가 어떻게 죽었고 그들이 어떻게 그를 소생시켰는지를 들려주었다. 대상자는 아무것도 느끼지 못했고, 죽음에 대한 기억도 없었고, 빛도 인간의 형체도 보지 못했다는 말도 했다. 발드빈은 큰 위험을 감수하지 않고도 임사를 경험하는 방법을 알고 있다고 했다. 위험이 없는 것은 아니고, 마리아도 그 사실을 알아야 하지만, 육체적으로 문제될 것이나 두려워할 것은 없다고 했다.

"날 어떻게 다시 살려낼 건데?" 그녀가 물었다.

"약이 있어. 흉부 압박과 인공호흡 같은 응급조치도 있고. 전기충격을 가할 수도 있어. 제세동기 말이야. 하나 준비해둘 거야. 우리가 실험을 하게 된다면 아무도 모르도록 아주 조심해야 해. 합법적인 일이 아니니까. 잘못하다간 의사 자격을 박탈당할 수도 있어."

"여기서 하는 거야?"

"한다면 별장이겠지. 뭐, 공상일 뿐이잖아. 정말 그러진 않을 거잖아."

마리아는 말이 없었다. 그는 그녀의 숨소리에 귀를 기울였다. 그들은 속삭이듯 말하며 어둠 속에 누워 있었다.

"해보고 싶어." 마리아가 말했다.

"안 돼. 너무 위험해."

"별거 아니라고 했잖아."

"그래……. 그렇지만 말이 그렇다는 거지, 실제로 하는 것은 다른 문제야."

그는 지나치게 당황하는 척은 하지 않으려고 했다.

"하고 싶어." 마리아가 다소 결연한 어조로 말했다. "왜 별장이야?"

"아냐, 마리아. 그만둬. 나는……. 도를 넘는 일이 될 거야. 내가 그런 일을 할 수 있을 것 같지 않아."

"물론 내가…… 정말로 죽어서, 당신을 떠날 위험이 있지."

"정말 위험해. 그런 위험을 감수할 필요는 없어."

"하지만 나를 위해 해줄 거지?"

"나는…… 모르겠어. 나는…… 우린 이런 얘기를 해선 안 됐어."

"나 하고 싶어. 당신이 날 위해 해줬으면 좋겠어. 당신이 할 수 있다는 걸 알아. 난 당신을 믿어, 발드빈. 당신보다 믿는 사람은 없어. 나를 위해 해주겠어? 제발 부탁이야."

"마리아……."

"우린 할 수 있어. 괜찮을 거야. 당신을 믿어, 발드빈. 하자."

"일이 잘못될 수도 있어."

"난 위험을 감수할 준비가 되어 있어."

사 주 후, 마리아와 발드빈은 싱그바들라바튼 호수에 있는 별장으로 차를 몰았다. 누구의 방해도 받지 않는 환경이어야 했고, 베란다에 있는 옥외 욕조가 유용하겠다는 생각이 들었다. 체온을 낮추어 심장을 멎게 하려면 차가운 물이 많이 필요할 터였다. 발드빈은 다른 방법들도 언급했지만 이 방법이야말로 위험성이 가장 덜한 최적의 방법이라고 했다. 그는 수색대원들이나 산악 구조대원들도 비슷한 상황에서 사람을 소생시키는 훈련을 받는다고 했다. 눈이나 물속에서 사람을 발견했는데 이미 늦지 않았다면 신속하게 취해야 하는 조치를 배운다고 했다. 따뜻한 담요로 몸을 감싸 체온을 올리고, 심장이 멎었다면 무슨 수를 써서라도 심장이 다시 뛰게 해야 한다고 했다.

남편과 아내는 호수에서 양동이로 퍼온 차가운 물과 얼음 조각들로 욕조를 채우기 시작했다. 호수가 지척이었기 때문에 시간이 오래 걸리지는 않았다. 날씨는 쌀쌀했고 발드빈은 마리아에게 욕조에 들어가기에 앞서 몸이 낮은 온도에 적응하도록 옷을 가능한

한 얇게 입으라고 했다. 마지막으로 그는 호숫가의 바위에 얼어붙은 얼음을 깨부수어 담아 와서는 욕조를 채웠다. 그즈음 마리아는 한기를 덜 느끼게 해줄 거라며 발드빈이 건넨 순한 수면제를 두 알 먹은 상태였다.

마리아는 시편과 짧은 기도문을 암송한 후 욕조 안으로 몸을 굽히며 들어갔다. 한기가 살을 에는 듯했지만 그녀는 의연했다. 그녀는 천천히 물속으로 들어갔다. 무릎, 그다음은 허벅지, 엉덩이, 몸통. 욕조에 앉자 물이 가슴에 이어 어깨, 목까지 차올랐다. 수면 위로는 머리만 나왔다.

"괜찮아?" 발드빈이 물었다.

"굉장히…… 추…… 춥네." 마리아는 숨을 몰아쉬었다.

몸의 떨림은 어쩔 수 없었다. 발드빈은 몸이 한기에 적응하면 곧 떨림이 멈출 거라고 했다. 머지않아 의식을 잃을 거라고 했다. 졸리기 시작할 텐데 깨려고 저항하면 안 된다고 했다.

"원래는 졸음과 싸워야 하지만." 발드빈이 미소 지으며 말했다. "이번 경우는 아니야. 당신은 잠이 들고 싶은 거니까. 그냥 몸을 맡겨."

마리아는 애써 미소를 지었다. 머지않아 떨림이 멈췄다. 그녀의 몸은 이제 새파랗게 질렸다.

"나는…… 알아야 해……. 발드빈."

"알아."

"나는…… 당신…… 믿어."

발드빈은 심장에 청진기를 갖다 댔다. 심장박동이 급속히 느려지고 있었다. 마리아가 눈을 감았다.

발드빈은 그녀의 심장박동이 조금씩 희미해져가는 소리를 들었다.

그리고 마침내 멈췄다. 그녀의 심장이 박동을 멈췄다.

발드빈은 손목시계를 보았다. 몇 초가 지나갔다. 둘은 일 분이나 일 분 삼십 초 정도 기다리기로 약속했다. 발드빈은 그 정도가 안전하다고 생각했다. 그는 마리아의 머리가 물속으로 잠기지 않게 지탱했다. 다시 몇 초가 지나갔다. 삼십 초. 사십오 초. 매 초가 영원 같았다. 초침은 느릿느릿 움직였다. 발드빈은 불안해졌다. 일 분. 일 분 십오 초.

그는 마리아의 팔 아래로 손을 넣어 단번에 그녀를 욕조 밖으로 끌어냈다. 모직 담요로 몸을 감싸고 별장 안으로 데려간 다음 커다란 라디에이터 옆 바닥에 눕혔다. 그녀에게선 생명의 징후가 보이지 않았다. 그는 인공호흡을 한 다음 심장마사지를 했다. 시간이 많지 않다는 것은 알았다. 어쩌면 물속에 너무 오래 두었을지도 몰랐다. 그는 그녀의 폐 속에 공기를 불어넣었고, 가슴에 귀를 갖다 댔고, 다시 심장마사지를 했다.

그는 그녀의 가슴에 귀를 갖다 댔다.

희미하게 심장이 뛰기 시작했다. 담요로 그녀의 몸을 문지르며 라디에이터에 더 가까운 쪽으로 그녀를 옮겼다.

그녀의 심장이 다시 빠르게 뛰기 시작했다. 그녀가 숨을 토해냈다. 그가 간신히 그녀를 소생시켰다. 그녀의 피부는 더이상 백지장이 아니었다. 약간의 홍조가 떠올라 있었다.

발드빈은 안도의 한숨을 내쉬며 바닥에 주저앉아 마리아를 오랫동안 바라보았다. 그녀는 평화롭게 잠을 자는 것 같았다.

잠시 뒤 그녀가 눈을 떴다. 그리고 다소 어리둥절한 표정으로 천장을 바라보더니 그를 향해 고개를 돌리고는 오랫동안 바라보았다. 그는 미소를 지었다. 별안간 마리아의 몸이 떨리기 시작했다.

"끝…… 끝났어?" 그녀가 물었다.

"응."

"나…… 봤어. 어머니를……. 내게 다가오는 모습을……."

"마리아……."

"날 깨우지 말았어야 했어."

"당신, 돌아오는 데 이 분 이상 걸렸어."

"어머니는…… 너무 아름다웠어. 너무…… 아름다웠어. 난…… 잡고 싶었어. 날…… 깨우지 말았어야 했어. 당신은…… 그러지…… 말았어야 했어."

"그런 소리 하지 마."

"당신은…… 날…… 깨우지…… 말았어야…… 해."

발드빈은 에를렌뒤르를 심각한 얼굴로 바라보았다. 그는 일어나, 욕조에서 죽었던 마리아가 살아났을 때 누워 있었다고 주장하는 라디에이터 옆에 서 있었다.

"저는 마리아를 죽게 내버려둘 수 없었습니다. 죽게 두는 건 쉬운 일이었겠죠. 하지만 그럴 수는 없었습니다. 침실에 눕혀뒀으면 다음날 거기서 발견되고 아무도 아무것도 몰랐을 겁니다. 흔한 심장마비라고 생각했겠지요. 하지만 전 그렇게 할 수 없었습니다."

"대단히 고결하십니다."

"그녀는 저편에 뭔가가 있다고 확신했습니다. 장모님을 봤다고 했습니다. 처음에는 힘이 전혀 없었기 때문에 제가 침대에 눕혀주었습니다. 잠이 들었고 두 시간 동안 내리 잤습니다. 그동안 저는 욕조를 비우고 닦아내고 정리했고요."

"그러니까 그 말씀은, 이번에는 마리아 씨가 영원히 그편으로 돌아가고 싶어 했다는 겁니까?"

"그녀의 선택이었습니다."

"계속 말씀해보시지요. 잠에서 깨어난 이후에는 무슨 일이 있었습니까?"

"우리는 얘기를 나눴습니다. 그녀는 건너갔을 때 겪은 일을 분명히 기억하고 있었습니다. 스스로 그렇게 말했습니다. 사람들이 말하는 내용과 유사했습니다. 긴 터널, 빛, 친구와 가족이 기다리는. 마침내 평화를 얻었다는 느낌이 들었다고 했습니다."

"트리그비 씨는 아무것도 보지 못했다고 했습니다. 그냥 암흑이었다고요."

"형사님께서 보다 열린 태도를 취해야 하는 걸까요? 저 역시 모르는 일입니다. 마리아의 경험이었으니까요. 그녀는 기분이 좋았습니다. 저는 시내로 돌아왔고요." 발드빈이 말했다.

"차를 각자 타고 오셨습니까?"

"마리아는 몸 상태를 회복해야 해서 좀더 있기로 했습니다. 여기서 아내와 함께 밤을 보내고 저는 다음날 점심때 시내로 돌아왔습니다. 아시다시피 저녁에 마리아가 제게 전화를 했지요. 그즈음에는 완전히 회복이 됐는지 목소리가 좋았습니다. 자정 전에는 집에 돌아오겠다고 했습니다. 그것이 목소리를 들은 마지막이었습니다. 어리석은 짓을 저지를 거라는 생각은 하지 못했습니다. 목숨을 끊을 거라는 생각은 하지 못했어요. 그런 생각은 스쳐지나가지도 않았습니다."

"선생의 실험이 방아쇠가 되었다고 생각합니까?"

"모르겠습니다. 장모님이 돌아가신 직후에는 마리아가 그럴 수도 있겠다 싶었지만요."

"선생은 부인에게 일어난 일에 일말의 책임도 느끼지 못합니까?"

"물론…… 물론 느끼고 있습니다. 책임은 느끼지만 전 그녀를 죽이지 않았습니다. 그런 짓은 절대 할 수 없었습니다. 저는 의사입니다. 사람을 죽이지 않습니다."

"선생이 부인과 함께 이곳에 있을 때의 일을 증언해줄 증인은 없습니까?"

"네, 저희밖에 없었습니다."

"안 그랬다면 의사 자격을 박탈당하겠지요."

"네, 그럴 겁니다."

"하지만 마리아 씨의 돈이 있으니 별 상관이야 있겠습니까?"

"저에 대해 마음대로 생각하십시오. 상관없습니다."

"카롤리나 씨에게는?"

에를렌뒤르가 지적했다.

“뭘 말하는 겁니까?”

“선생이 마음을 바꿔먹었다는 말을 했습니까?”

“아뇨, 그 사람을 보지 못한 상태라…… 아직 말하지 못하고 있었는데, 마리아가 죽었다는 소식을 들었습니다.”

에를렌뒤르의 휴대전화가 울리기 시작했다. 그는 코트 주머니에서 휴대전화를 꺼내 들었다.

“여보세요? 소르베르귀르입니다.” 저 너머의 목소리가 말했다.

“누구시라고요?”

“소르베르귀르라니까요, 잠수부. 레이캬비크 동쪽 호수들을 몇 군데 살펴봤습니다. 지금 거기에 있습니다.”

“아, 소르베르귀르. 미안하네. 머릿속이 복잡해서. 무슨 소식이라도 있는 건가?”

“흥미로워하실 만한 걸 발견했습니다. 소형 크레인을 불렀고 경찰에게도 알렸습니다만 형사님이 당도하시기 전까진 아무것도 하지 않을 생각입니다.”

“뭘 발견한 거지?”

“자동차인데요. 오스틴 미니입니다. 호수 한가운데서요. 산드클뤼프타바튼 호수에서는 아무것도 발견하지 못해서 인근 호수들을 살펴봤습니다. 실종 당시가 꽁꽁 얼게 추운 날씨였습니까?”

“그랬지. 그랬을 거야.”

“호수로 뛰어든 것 같습니다. 도착하시면 보여드리지요. 윅사바튼 호수에 있습니다.”

“차 속에 사람이 있나?”

“시체가 두 구 있습니다. 보기엔 남자 하나 여자 하나 같아요. 알아볼 수는 없지만 찾으시는 사람들 같습니다.”

소르베르르귀르는 잠시 말이 없더니 재차 말했다.

“형사님이 찾으시는 사람들요.”

35

윅사바튼 호수로 가는 길에 에를렌뒤르는 노인이 죽음의 문턱을 두고 누워 있는 요양원에 전화를 걸었다. 그들은 그를 바꿔주지 않으려 했다. 노인은 그날 밤을 넘기지 못할 모양이었다. 시간문제였다. 노인 대신 당직 의사에게 전화 연결이 됐는데, 그는 환자에게 몇 시간밖에 남지 않았다고 했다. 몇 분에 지나지 않을 수도 있었다. 정확히 얼마나 남았는지 아는 것은 불가능하고 다만 남은 시간이 쏜살같이 흐르고 있다고만 했다.

에를렌뒤르는 포드를 몰고 달렸다. 호프만나플뢰트 평원을 가로지르고, 메이야르사에티 산을 지나고, 산드클뤼프타바튼 호수를 끼고 달려, 뢴다레이캬달뤼르 계곡 방향으로 좌회전을 했을 때는 벌써 어둠이 내리고 있었다. 소형 크레인이 윅사바튼 호수의 북쪽 끝에 자리를 잡고 있었다. 멀지 않은 곳에 소르베르그귀르의 지프차가 서 있었다. 에를렌뒤르는 도로에 차를 세우고 산소 탱크를 메고 있는 잠수부에게 걸어갔다. 크레인의 고리를 잡고 잠수 준비를 하는 중이었다.

"운이 좋았어요." 인사를 주고받은 뒤 소르베르귀르가 말했다. "발부리에 차가 걸렸거든요."

"그 사람들이라고 생각하나?"

"어쨌거나 차종이 같아요. 안에 두 명이 타고 있고. 빛을 비춰 봤는데 짐작하시겠지만 그다지 보기 좋은 상태는 아니에요."

"그렇겠지. 날 위해 이런 일을 해줘서 고맙네."

소르베르귀르는 크레인 기사가 내려주는 큰 고리를 잡고 호수로 들어갔다. 물이 허리께까지 차올랐다. 이윽고 소르베르귀르가 물속으로 사라졌다.

에를렌뒤르와 크레인 기사는 호숫가에 서서 소르베르귀르가 다시 수면 위로 나타나기를 기다렸다. 크레인 기사는 키가 크고 마른 남자였는데, 호수 속에 자동차가, 시체 두 구가 들어 있을지도 모르는 자동차가 있다는 것밖에 몰랐다. 정보를 좀더 얻어내고자 노력했지만 에를렌뒤르는 비협조적이었다.

"오래된 사건입니다. 오랫동안 잊혔던 비극적인 사건. 흔한 일이지요."

에를렌뒤르는 침묵 속에 호수를 바라다보며 소르베르귀르를 기다렸다.

발드빈을 떠나오면서는 작별 인사라고 부를 만한 것을 건네지 않았다. 발드빈과 카롤리나가 마리아에게 한 짓이 얼마나 역겨운

짓인지 말해주고 싶었지만 그래봐야 무슨 소용인가 싶었다. 그런 행동을 할 수 있는 사람들은 어떤 훈계를 들어도 개의치 않을 것이다. 양심이나 도덕심을 자극받는 사람들이 아니었다. 발드빈은 수사와 관련하여 차후 조치에 대해 묻지 않았고, 에를렌뒤르는 아직 판단을 내리지 못한 상태였다. 무엇을 믿어야 할지 알 수 없었다. 법정에 세운다 해도 발드빈이 모든 걸 부정할 수도 있었다. 그가 진실을 말한 것은 에를렌뒤르뿐이었고, 에를렌뒤르는 사실을 입증하기 힘들었다. 마리아의 심장을 멈추게 했다가 소생시켰다는 사실을 인정하면 발드빈은 의사 자격을 박탈당할 가능성이 컸지만 별 타격이 되지 않을 터였다. 처벌을 받을지 여부도 미지수였다. 기소를 하려면 증거가 필요할 텐데 에를렌뒤르는 아직 이렇다 할 증거를 확보하지 못했다. 소송 절차가 진행됨에 따라 위협을 느껴 발드빈이 진술을 번복하기로 마음먹는다면, 그는 그녀를 죽인 것은커녕 죽기를 원한 마리아를 부추기고 그녀의 심장을 일시적으로 멈추게 했다는 것조차 부정할지 몰랐다. 마리아를 자살로 내몬 일련의 의도된 사건들은 실마리만 있을 뿐 증거가 미약했다. 제아무리 비도덕적이었기로서니 술책밖에 없었던 것을 고발할 수는 없었다.

소르베르그귀르의 머리가 물 밖으로 모습을 드러냈다. 기사가 크레인에 올라탔다. 소르베르그귀르는 케이블을 감아올리라는 신호를 보냈다. 도로에 경찰차 두 대가 나타났다. 차등을 번쩍거리며 번개처럼 달려오고 있었다. 크레인의 권양기가 가동됐다. 굵은 케이블이 권양기에서 천천히 조금씩 감기기 시작했다.

소르베르귀르는 물가로 기어나와 잠수 장비들을 벗었다. 그리고 에를렌뒤르가 있는 포드 쪽으로 걸어왔다. 에를렌뒤르는 조수석 문을 열고 저녁 뉴스를 들으며 서 있었다.

"기쁘시겠습니다." 소르베르귀르가 말했다.

"글쎄."

"가족에게는 직접 말씀하실 겁니까?"

"한쪽은 이미 늦어버렸는지도 모르겠군. 남자 쪽 어머니는 얼마 전에 세상을 떠났고, 아버지는 지금 죽음의 문턱에 있으니까. 언제라도 가실 수 있다는군."

"그럼 서두르셔야겠네요."

"노란색인가?" 에를렌뒤르가 물었다.

"차요? 네, 노란색입니다."

크레인이 굉음을 냈다. 경찰차 두 대가 멈춰 서더니 경찰관 네 명이 내렸고 그들을 향해 걸어왔다.

"저건 버리시는 겁니까?" 소르베르귀르가 물었다.

그는 에를렌뒤르가 조수석에 둔 제세동기를 가리켰다. 마리아와 발드빈의 별장 헛간에 있던 것이었다. 발드빈과 대화를 나눈 후에 아무렇게나 던져둔 참이었다.

"아니, 또 다른 사건과 연관이 있는 물건일세."

"언제나 일이 많으시군요."

"그렇지. 운 좋게도."

"저런 골동품은 본 지가 오래됐습니다. 고장난 제세동기도 쓸모가 있나 보지요?"

"그런가 보지." 에를렌뒤르가 별생각 없이 말했다.

케이블이 수면 위로 파문을 일으키더니 곧이어 자동차가 모습을 드러냈다.

"잠깐. 뭐라고 했나? 고장이 났다고?" 에를렌뒤르가 어리둥절한 표정으로 물었다.

"뭐 말입니까?"

"저게 고장났다고 했잖아."

"모르십니까?"

"그래. 저런 것들에 대해선 아무것도 몰라."

"전혀 쓸모가 없는 물건이에요. 보세요, 플러그가 망가졌잖습니까. 여기 와이어도, 전극 연결 부분도 그렇고. 사용할 수가 없어요."

"하지만……."

"왜 그러시는데요?"

"확실한가?"

"소방대 생활만 수년입니다. 이건 고철 덩어리에 불과해요."

"그는……."

에를렌뒤르는 소르베르귀르를 물끄러미 응시했다.

"고장난 것이란 말이지?" 그가 신음하듯 말했다.

오스틴 미니가 천천히 물 밖으로 나와 물가로 이동하는 동안 크레인의 권양기에서 끽끽 소리가 났다. 크레인 기사가 권양기를 멈추자 경찰들이 가까이 접근해갔다. 물, 모래, 진흙이 차 안팎에서 쏟아져 내렸다. 앞좌석에 사람 형체로 보이는 시체 두 구가 있었다. 끈적끈적한 점액과 수초로 덮였어도 차 측면 여기저기에 노란색 페인트의 흔적이 보였다. 차창의 유리는 온전했지만 트렁크는 열려 있었다.

에를렌뒤르가 조수석을 열어보려고 했지만 꿈쩍도 하지 않았다. 그는 운전석 쪽으로 돌아갔다. 금이 가 있었고 움푹 팬 자국이 있었다. 안쪽을 들여다보니 해골 두 개가 보였다. 귀드룬일 사람이 운전석에 앉아 있었다. 머리카락이 단서였다. 에를렌뒤르는 조수석에 앉은 사람이 다비드일 거라고 생각했다.

"문에 왜 이런 자국이 있지?" 에를렌뒤르가 소르베르귀르에게 물었다.

"차가 어떤 상태였는지 아세요?"

"새 차는 아니었지."

"이 사람들, 시간이 많지 않았어요. 여자가 자기 쪽 문을 열려고 바동댔겠지만 소용없었을 겁니다. 그쪽에 바위가 있었어요. 조수석 쪽으로는 문을 열 수 없었지 싶습니다. 고장이 났었을 거예요. 창문 내리는 장치도 듣지 않았던 모양이지요. 안 그랬다면 내리려고 했을 겁니다. 이런 상황에서 가장 효과적인 방법이거든요. 차가 상당히 낡았던 모양이에요." 소르베르귀르가 말했다.

"차 안에 갇혔단 말이지?"

"네."

"목숨이 꺼져가는 동안에."

"그나마 고통이 오래가지는 않았을 겁니다."

"어떻게 호수 저기까지 가게 된 걸까?" 그가 윅사바튼 호수를 바라보며 물었다.

"호수가 얼어 있었다는 것 말고 달리 명백한 설명이 있겠습니까? 여자가 얼음 위로 차를 몰았을 겁니다. 흥분했었는지도 모르지요. 여자도 상황을 알긴 했을 겁니다. 그러다 순간 얼음이 바지직, 하고 깨졌고요. 물은 차가웠고 수심은 충분히 깊었습니다." 소르베르귀르가 말했다.

"그렇게 사라져버린 것이로군."

"삼십 년 전은 물론이고, 지금도 이맘때는 인근을 지나다니는 차량이 많지 않습니다. 목격자는 없었댔죠. 이 정도 크기 얼음 구멍이라면 있었는지도 모르게 다시 막혔을 겁니다. 도로는 통행이 가능한 상태였나 봅니다, 여기까지 올 수 있었던 걸 보면."

"저게 뭐지?" 에를렌뒤르가 좌석 사이에 놓인 덩어리를 가리키며 물었다.

"살펴봐도 됩니까? 과학수사 팀에서 봐야 하지 않나요?"

에를렌뒤르는 듣고 있지 않았다. 벌써 운전석으로 손을 뻗어 흉미를 돋운 물체를 쥐었다. 조심스럽게 빼냈지만 이미 망가져버렸다. 그는 두 동강이 난 물건을 손에 들고 소르베르귀르에게 보여주었다.

"그게 뭡니까?" 잠수부가 물었다.

"내 생각엔…… 책이야." 에를렌뒤르가 두 개로 나뉜 형체를 살피며 말했다.

"책요?"

"그래. 이 지역 호수들에 대한 책이겠지. 남자가 여자에게 선물

했을 거야."

에를렌뒤르는 소르베르귀르의 손에 그 책을 올려주었다.

"너무 늦기 전에 그 남자 아버지에게 가봐야 해." 그는 시간을 확인했다. "우리가 그들을 발견해낸 것 같네. 의심의 여지가 없어. 노인에게 알려줘야 해. 아들은 사랑에 빠졌던 거라고, 그것뿐이었다고. 갑작스레 그들 곁을 떠나려는 의도는 없었다고. 그것은 사고였다고."

에를렌뒤르는 포드를 향해 발걸음을 재촉했다. 급하게 서두르는 이유는 요양원으로 가기 전에 전화 통화를 한 통 더 해야 하기 때문이었다. 진실을 위해.

그녀는 호숫가에 홀로 앉아 물의 속삭임에 귀를 기울이는 조그만 여자아이였다. 그녀는 호수를 바라보다가 그곳에 일렁이는 빛과 아름다움을 발견하는 젊은 여자였다. 아이 옆에 무릎을 꿇고 앉은 나이든 여자였다가, 다시, 속삭임에 귀를 기울이고 말 속에 깃든 용서를 듣는 조그만 아이였다. 물로부터 전해진 속삭임은 이렇게 말했다. 나의 아가야.

그녀가 의식을 회복하기까지는 오랜 시간이 걸렸다. 그녀는 끝 모를 피로와 나른함에 눈조차 뜰 수 없었다.

"발드……빈." 그녀가 한숨을 내쉬듯 말했다. "그건 사고였어. 아버지 일은…… 그건 사고였어."

그녀는 발드빈을 볼 수 없었지만 그가 옆에 있다는 것을 느꼈다.

더이상 춥지 않았고, 마치 무거운 짐이 떨어져나간 기분이었다. 그녀는 이제 무엇을 해야 하는지 알 수 있었다. 그녀는 말을 할 것이었다. 모든 일에 대해. 호수에서 일어난 모든 일에 대해. 그녀는 들으려는 사람에게는 누구에게라도 그 일에 대해 말할 것이었다.

발드빈을 부르려는데 더이상 숨을 쉴 수가 없었다. 무언가가 그녀의 목을 조여 왔다.

그녀는 눈을 뜨고 발드빈을 찾았지만 그를 볼 수 없었다.

그녀는 힘없이 자기 목을 움켜잡았다.

"이래선 안 돼." 그녀가 속삭였다.

"이래선 안 돼……."

36

에를렌뒤르는 그라바르보귀르의 막다른 골목에 있는 발드빈의 집으로 차를 몰았다. 그는 차고로 이어지는 진입로에 차를 세웠다. 마음이 급했다. 자신이 잘하는 것인지 확신이 서지 않았다. 곧장 노인에게 가보고 싶었지만, 오로지 발드빈만이 대답해줄 수 있는 제세동기에 관한 질문들이 마음을 괴롭혔다.

그는 벨을 누르고 기다렸다. 두 번째로 벨을 누르면서 보니, 집에서 약간 떨어진 길가에 세워진 카롤리나의 차가 보였다. 세 번째로 벨을 누르자 안쪽에서 인기척이 들리고 문이 열렸다. 발드빈이 나왔다.

"또 오셨습니까?"

"들어가도 되겠습니까?"

"다 끝난 거 아니었습니까?"

"같이 계십니까?"

발드빈의 시선이 에를렌뒤르를 지나 카롤리나의 차로 향했다. 그는 고개를 끄덕였고 에를렌뒤르를 안으로 들였다. 문을 닫은 후 발드빈은 에를렌뒤르를 거실로 안내했다. 카롤리나가 머리를 정리하며 침실에서 나왔다.

"더이상 숨길 필요 없다고 생각했습니다. 형사님께 다 말씀드렸으니까요. 카롤리나는 다음주에 이 집에 들어오기로 했습니다." 발드빈이 말했다.

"그런 말 할 필요 없어. 그분이 우리하고 무슨 상관이라고." 카롤리나가 말했다.

"맞습니다." 에를렌뒤르가 미소를 지으며 말했다. 병원으로 가려면 한시가 급했지만 느긋한 인상을 주려고 노력하고 있었다. "하지만 다른 사람들은 두 분이 다소 조심하기를 바랄 겁니다. 지나치게 관심을 끌어봐야 좋을 것 없지요."

"우리는 숨길 게 없어요." 카롤리나가 말했다.

"확실합니까?"

"무슨 말씀을 하시는 겁니까? 전부 말씀드리지 않았습니까. 별장에 살아 있는 마리아를 두고 나왔다고요."

"그렇게 말씀하신 것은 기억합니다."

"그럼 이곳에는 무슨 일로 오신 거죠?"

"선생은 사건의 전모에 대해 거짓말을 했습니다. 그리고 저는 과연 이번에는 두 분을 설득하여 진실을 말하게 할 수 있을지 궁금합니다. 그럴 수 있다면 신선한 반전이 되겠지요." 에를렌뒤르가 말했다.

“전 아무 거짓말을 하지 않았습니다.”

“왜 이이가 거짓말을 한다고 생각하시죠? 왜 우리가 거짓말을 한다고 생각하세요?” 카롤리나가 물었다.

“두 분 다 거짓말을 일삼기 때문이지요. 당신은 발드빈 씨의 부인에게 거짓말을 했습니다. 등뒤에서 음모를 꾸몄지요. 마리아 씨 앞에서 연극을 했어요. 발드빈 씨는 자기가 마지막 순간에 손을 뗐다고 주장하지만 그래도 범죄는 범죄니까요. 두 사람은 처음부터 거짓말을 했습니다.” 에를렌뒤르가 말했다.

“말도 안 되는 소리 그만하십시오.” 발드빈이 말했다.

“어떻게 입증하실 생각이세요?” 카롤리나가 물었다.

에를렌뒤르는 희미한 미소를 지으며 시계를 봤다.

“입증은 못 합니다.”

“그럼 원하시는 게 뭐예요?”

“진실을 듣고 싶을 뿐입니다.”

“진실을 말씀드렸지 않습니까? 제가 한 일을 자랑스러워하는 것은 아니지만 전 마리아를 살해하지 않았습니다. 그런 짓은 하지 않았어요. 그녀는 제가 별장을 떠나고 나서 자살했습니다.”

에를렌뒤르는 한마디도 하지 않고 오래오래 발드빈을 응시했다. 발드빈의 시선이 슬쩍 카롤리나를 향했다.

“저는 생각이 다릅니다. 선생은 부인을 자살하게끔 떠미는 것 이상의 짓을 했습니다. 선생은 부인을 죽였습니다. 부인의 목에 올가미를 씌웠습니다. 부인을 들보에 매달았습니다.” 에를렌뒤르가 말했다.

카롤리나는 소파에 앉아 있었다. 발드빈은 부엌 문가에 서 있었다.

"어째서 그런 말씀을 하시는 겁니까?" 발드빈이 물었다.

"두 사람은 마리아 씨에게 거짓말의 거미줄을 치더니, 여전히 거짓말을 일삼고 있습니다. 두 사람이 하는 말은 한마디도 믿을 수 없어요."

"그거야 형사님 문제겠지요." 카롤리나가 말했다.

"네, 제 문제이지요." 에를렌뒤르가 동의했다.

"아무것도 모르시면서……."

"밤에 잠이 오던가요?"

발드빈은 대답하지 않았다.

"어떤 꿈을 꾸십니까?"

"그이를 내버려두세요. 그이는 아무 짓도 하지 않았어요."

"당신에게 떠밀려서 한 일이라고 하더군요." 에를렌뒤르가 카롤리나를 똑바로 보며 말했다. "이분은 당신 잘못이라고 했습니다. 모든 책임을 당신에게 전가하는 듯한 인상을 받았습니다만."

"거짓말이야." 발드빈이 말했다.

"이 모든 일을 뒤에서 조종하셨다고 들었습니다."

"이 사람 말 듣지 마." 발드빈이 끼어들었다.

"진정해." 카롤리나가 발드빈을 가만히 바라보며 말했다. "나도 이분이 왜 이러는지 다 아니까."

"그럼 발드빈 씨가 주동자였던 거군요?" 에를렌뒤르가 물었다.

"헛고생하지 마세요. 발드빈은 본인 좋을 대로 얘기할 수 있어요." 카롤리나가 말했다.

"물론입니다. 그러니 저로선 이분이 하시는 말씀 같은 건 무시해야 하지 않을까 생각합니다. 자신에 대해서도 그렇고, 당신에 대해서도 그렇고, 마리아 씨에 대해서도 그렇고 말입니다."

"어떻게 생각하시든 형사님 문제예요." 카롤리나가 말했다.

"두 사람은 배우입니다. 두 사람은 마리아 씨를 놓고 연기를 했습니다. 시나리오를 썼지요. 배경을 선택했고 무대를 골랐습니다. 그분은 아무것도 의심하지 못했습니다. 자기에게 제세동기가 사용되지 않았다는 걸 알기 전까지는 말입니다."

"제세동기라고요?" 카롤리나가 말했다.

"물론 그 물건이 거기 있었던 것은 배경에 살을 붙이기 위해서였을 뿐입니다. 그쪽 세계에선 그런 걸 뭐라고 부르나요? 소품이라고 하나요? 작동시킬 의도 따위는 없었지요. 안전 대책이었던 적도 없었고요. 그 기계는 마리아 씨의 목숨을 구하는 용도가 아니었습니다. 한 명의 관객을 위해 당신들이 고안해낸 무대 소품이었을 뿐이지요. 바로 마리아 씨요."

카롤리나와 발드빈이 순간 시선을 마주쳤다. 발드빈의 시선이 바닥을 향했다.

"고장난 기계였습니다." 에를렌뒤르가 카롤리나를 보며 말했다. "별장에서 회수해야 했던 것이 그 때문입니다. 발드빈 씨는 부인을 속이는 데 그 기계를 이용했습니다. 자기가 진지하게 실험에 임하고 있고, 그녀를 안전하게 지키기 위해 최선의 노력을 다

할 거라는, 거짓된 뜻을 보여주기 위해서 말이지요."

"지금 무슨 말씀을 하시는지 알기나 하십니까?" 발드빈이 말했다.

"물론 잘 알고 있습니다. 선생은 마리아 씨를 살해했습니다. 부인이 먼저 죽어야 선생 수중에 들어올 돈이 필요했으니까요. 선생은 이분을 만나고 있었지만 마리아 씨가 알기를 원치 않았습니다. 돈 때문에 이혼을 하면 안 됐겠지요. 하지만 카롤리나 씨를 원했습니다. 부인과 사는 것이 결국 지겨워지기도 했겠지요. 장모가 늘 함께였고, 죽은 다음까지도 그 존재가 집안을 떠나지 않았을 테니까요. 마리아 씨는 오직 그 생각뿐이었습니다. 아마 당신은 부인에게 오래전부터 마음이 떠났을 겁니다. 그러니 방해 요소밖에 되지 않았겠지요. 선생의 앞길을 가로막는, 두 사람의 앞길을 가로막는."

"그런 허튼소리를 입증하실 수 있어요?" 카롤리나가 물었다.

"발드빈 씨에게 부인이 죽었다는 소식을 전하기 위해 제가 이 집에 온 날 저녁, 이곳에 계셨습니까?"

카롤리나는 잠시 주저하다가 고개를 끄덕였다.

"그날 떠나면서 백미러로 거실 창가에서 뭔가 움직이는 걸 봤다 싶었습니다."

"당신이 여기 오지 말았어야 했어!" 발드빈이 카롤리나에게 벌컥 화를 냈다.

"별장에서 무슨 일이 있었던 겁니까?" 에를렌뒤르가 물었다.

"말씀드린 그대로이고 그뿐입니다."

"제세동기는요?"

"그녀를 안심시키고 싶었습니다."

"저는 마리아 씨가 죽기까지 있었던 일에 대해 선생이 하신 말씀 대부분이 참이라고 생각합니다. 그분이 자발적으로 자기를 죽여달라고 했을 거라고도 생각합니다. 하지만 살기를 원하기도 했지요. 저는 마리아 씨가 욕조에서 의식을 잃은 이후의 일은 선생이 전부 거짓말을 했다고 생각합니다."

발드빈은 대답하지 않았다.

"뭔가가 틀어져서 자살처럼 보이게 꾸며야 했을 테지요. 선생의 바람대로 그분이 죽어줬다면 보다 깔끔했을 겁니다. 선생이 하나하나 준비한 대로 말입니다. 그분은 욕조에서 죽었어야 했습니다. 하지만 그렇지 않았지요, 안 그렇습니까?" 에를렌뒤르가 말했다.

발드빈은 침묵을 지키며 바라볼 뿐이었다.

"뭔가가 틀어졌습니다. 마리아 씨가 의식을 회복하고 말았지요. 원래는 욕조에서 끌어내어 침대에 눕힐 계획이었을 겁니다. 심장마비를 생각했겠지요. 아무도 아무것도 알지 못했을 겁니다. 부검을 한들 심장마비로 인한 자연사 판정이 났을 테고요. 의사시니 다 알고 있었을 테지요. 선생에게는 아무 탈이 없었을 겁니다. 그분은 미끼를 물었습니다. 선생은 그저 배신하기만 하면 됐습니다. 부인의 믿음을 배신하기만 하면 됐습니다. 오랫동안 절망의 벼랑 끝을 서성이던 순진무구한 사람의 믿음을 배신하는 것으로 끝이었지요. 그다지 고결하다고는 볼 수 없지만 뭐, 영웅이 될 생각도 없는 분이니까요."

카롤리나는 바닥을 내려다봤다.

"선생은 부인을 침대에 눕혔을 겁니다. 시내로 부리나케 돌아오기 전에 마지막으로 맥을 짚어볼 생각이었겠죠. 집에 전화를 했고 카롤리나 씨가 받았지요. 선생은 부인이 전화를 건 걸로 보이게 하고 싶었습니다. 그리고 마지막으로 맥을 확인했는데 놀랍게도 부인은 아직 살아 있었습니다. 죽지 않았습니다. 미약하게나마 심장이 뛰고 있었지요. 숨을 쉬기 시작했던 것이지요. 잘못하다간 깨어날지도 모를 일이었습니다."

카롤리나는 조용히 이야기를 듣고 있었다. 그녀는 에를렌뒤르의 눈을 피하고 있었다.

"마리아 씨는 정말 깨어났을 겁니다. 선생이 말했던 대로 눈을 떴을 겁니다. 다른 세상에 건너갔다 왔는지도 모르지요. 정말 뭔가를 보았을 수도 있습니다. 아무것도 보지 못했을 확률이 높지만요. 자신의 경험에 대해 선생에게 무슨 말인가를 했을 테지만, 시간이 얼마 없었습니다. 지쳐 있기도 했고."

발드빈은 아무런 대답도 하지 않았다.

"선생이 무슨 짓을 하는지 알았을 겁니다. 그러나 저항을 하기에는 기운이 너무 없었겠지요. 경찰에선 저항의 흔적을 발견하지 못했습니다. 올가미가 목을 조여 질식사했다는 것은 알고 있습니다만."

카롤리나는 자리에서 일어나 발드빈에게 갔다.

"조금씩 숨이 끊어져갔고 그분은 죽었습니다."

카롤리나는 발드빈에게 팔을 두르고 에를렌뒤르를 바라봤다.

"이런 식이 아니었습니까? 결국 그렇게 죽은 게 아닙니까?" 에를렌뒤르가 물었다.

"그녀가 원해서 한 일이었습니다." 발드빈이 대답했다.

"일부는 그럴지도 모르지요. 전부는 아닙니다."

"그녀가 제게 그렇게 해달라고 간청했습니다."

"청하니 들어주셨단 말씀인가요?"

발드빈은 표정 없는 얼굴로 에를렌뒤르를 바라봤다.

"이제 그만 가주시면 좋겠습니다."

"그분이 무슨 말을 하지 않았습니까? 장모에 대해서 말입니다."

발드빈은 고개를 저었다.

"장인에 대해서는 어떻습니까? 틀림없이 무슨 말인가를 했을 텐데요."

"가주십시오. 큰 착각을 하시는 것 같습니다. 계속 이러시면 고소하겠습니다."

"아버지에 대해 아무 말도 하지 않았습니까?" 에를렌뒤르가 다시 한번 물었다.

발드빈은 대답하지 않았다.

에를렌뒤르는 오래도록 그를 바라보다가 현관으로 갔다.

"이제 어떡하실 생각이신가요?" 카롤리나가 물었다.

에를렌뒤르는 현관문을 열고 뒤를 돌아봤다.

"해내셨습니다." 그가 말했다.

"뭘 말인가요?"

"하기로 마음먹은 일 말입니다. 두 분 잘 어울리는 한 쌍입니다."

"무슨 조치를 취하실 게 아닌가요?"

"제가 할 수 있는 일이 많지 않습니다." 에를렌뒤르가 문을 닫으면서 말했다. "윗분들에게 보고야 드리겠지만……."

"잠시만요." 발드빈이었다.

에를렌뒤르는 다시 뒤를 돌아봤다.

"그녀는 아버지에 대해 말했습니다." 발드빈이 말했다.

"그럴 줄 알았습니다. 결국은 그랬으리라고 생각했습니다."

발드빈은 고개를 끄덕였다.

"전 마리아가 자기 어머니를 만나려는 줄 알았습니다."

"하지만 그렇지 않았죠, 안 그렇습니까?"

"네."

"아버지를 만나고 싶었던 겁니다, 그렇지요?"

"그녀는 이해가 잘 안 되는 말을 했습니다. 아버지가 자기를 용서해줬으면 한다더군요. 장인에게 무슨 용서를 받아야 했던 겁니까?"

"선생 같은 사람은 절대 이해하지 못할 겁니다."

"뭘 말입니까?"

발드빈이 에를렌뒤르를 똑바로 보며 물었다.

"그게…… 혹시…… 마리아였습니까? 마리아는 장인이 죽을 때 보트에 함께 타고 있었죠. 자기 때문에 그런 일이 벌어졌다고 자책했습니까?"

에를렌뒤르는 고개를 저었다.

"선생은 자신이 얼마나 가련한 사람을 희생시켰는지 알지 못할 겁니다." 그는 이렇게 말하고 문을 닫았다.

에를렌뒤르는 요양원으로 쏜살같이 내달려 노인이 있는 병동으로 올라갔다. 그는 병실에 있지 않았다. 다른 곳으로 옮겨졌다고 했다. 에를렌뒤르는 서둘러 그곳으로 향했다. 노인은 두꺼운 보를 덮고 누워 있었다. 보이는 것은 노인의 머리카락과 수척한 얼굴과 보 위에 놓인 앙상한 두 손뿐이었다.

"방금 돌아가셨어요." 함께 온 간호사가 말했다. "평화롭게 가셨어요. 고통은 없으셨어요."

에를렌뒤르는 침대맡에 앉아 노인의 손을 잡았다. 그리고 나지막이 말했다.

"다비드는 사랑에 빠졌었나 봅니다. 아드님은……."

에를렌뒤르는 한 손으로 노인의 이마를 쓸어주었다. 그는 차에 갇혀 마침내 탈출이 불가능하다는 것을 깨달았을 귀드룬과 다비드의 모습을 상상했다. 추운 물속에서 생명이 잦아들고 심장이 멈추었을 때 그들은 자신들의 운명을 받아들이며 서로의 손을 잡았다.

"조금 일찍 오면 좋았을걸 그랬습니다." 그가 말했다.

간호사가 그를 홀로 두고 병실을 나가주었다.

"그 녀석, 여자를 만났지 뭡니까." 긴 침묵을 깨고 에를렌뒤르가 말했다. "혼자 죽지 않았어요. 사고였어요. 자살하지 않았어요. 절망을 느끼지도 불행하다는 생각을 하지도 않았습니다. 그

녀석, 행복했어요. 여자를 만나 사랑에 빠졌고, 사랑하는 여자와 드라이브를 갔던 겁니다. 둘 다 좋아서 피가 뜨거웠어요. 어떤 건지 아시죠? 두 사람은 함께 죽었습니다. 그 녀석은 자기 여자와 있었어요. 집에 돌아가면 얘기하려고 했을 겁니다. 대학생이고 재미있는 여자고 호수에 미쳐 있는 여자라고요. 자기 여자라고. 이제 영원히, 그 녀석 여자가 되었겠군요."

37

에를렌뒤르는 한때 자기가 살던 버려진 농장 옆에 서서 하르스카피 산을 올려다보고 있었다. 피오르 위로 낮게 가라앉고 있는 얼음처럼 차가운 안개 때문에 산세를 보기가 쉽지 않았다. 그는 채비를 잘 갖추고 왔다. 오래된 등산화를 신고, 두터운 방수 바지에 따뜻한 오리털 재킷을 입었다. 엄숙한 침묵을 지키며 오래도록 산을 바라보던 그가 지팡이를 짚고 작은 배낭을 멘 모습으로 발걸음을 내디뎠다. 이제 겨울잠에 빠져든 고요한 자연의 품으로 안기며 그는 발걸음을 재촉했다. 그리고 오래지 않아 차가운 안개 속으로 사라졌다.

해설

방황하는 아이슬란드인

> 에를렌뒤르는 붉은 더벅머리에 땅딸막하고 단단한 몸매였다. 그는 수사과에서 가장 베테랑이었는데 대개는 자기 식대로만 일을 했다. 상관이나 동료들은 그하고 싸우는 걸 그만둔 지 이미 오래였다. 오랫동안 그런 식으로 일해왔고, 에를렌뒤르 자신도 그것을 마음에 들어 했다.

이상은 유일하게 2연속 유리열쇠상■을 받은 '에를렌뒤르 형사' 시리즈의 3권 『저주받은 피Mýrin』에 등장하는 묘사다. 세상에, 이 얼마나 고색창연한 표현인가! 대실 해밋이나 레이먼드 챈들러의

■ 해마다 북유럽 전체에서 출간된 미스터리 작품을 통틀어 그중 최고의 작품에 수상하는 북유럽 최고 권위의 추리소설상. 이 상을 2회 수상한 작가도 손에 꼽지만, 2회 연속 같은 시리즈로 수상한 것은 2017년까지 인드리다손이 유일하다.

시대에나 어울릴 법한 고독한 싸움꾼, 세계와 불화하는 야경꾼이 21세기에도 인기 있는 주인공이 되기엔 우린 비슷비슷한 미스터리를 너무 많이 읽어오지 않았던가? 경찰이라는 촘촘한 조직 내에서, 엄격한 위계질서 내에서 저 같은 독불장군이 여전히 가능하단 말인가? 하지만 아이슬란드 작가 아르드날뒤르 인드리다손은 직업인으로서의 경찰이 겪는 애환을 사실적으로 묘사하는 데에는 관심 없다. 그는 경찰 조직을 스쳐지나가는 배경 정도로만 남겨두고, 곧장 주인공 에를렌뒤르의 내면 깊숙한 곳으로 파고든다. 이 시리즈가 천착하는 부분은 범죄라는 수수께끼만큼이나 에를렌뒤르라는 인물의 공동空洞이 품고 있는 수수께끼이기 때문이다. 다수의 경찰소설이 현실성을 가장 튼튼한 토대로 내세우는 요즘 시대에 이런 선택은 약점으로 지적될 수 있지만, 동시에 '에를렌뒤르' 시리즈가 이십여 년 동안 끈질기게 장점으로써 유지해온 지점이기도 하다. 그러니까 인근 국가 스웨덴에서 마이 셰발과 페르 발뢰가 1965년 '마르틴 베크' 시리즈를 시작하면서, 경찰을 주인공으로 한 범죄소설이 약자를 억압하는 국가 시스템 전반에 대한 비판적 텍스트로 기능할 수 있다는 사실을 증명하며, 동시에 경찰이 어떻게 범죄를 대하고 해결하는가를 세밀하고 현실적으로 묘사하는 것을 중요한 원칙으로 만들었던 걸 생각해보라. 인드리다손은 경찰 수사의 디테일과 조직 내 구성원으로서의 고뇌 등을 덜어내는 과감한 선택을 통해, 주인공의 개인적 고통과 사적인 불행이 그의 직업과 어떤 식으로 연관을 맺는지 세심하게 들여다보는 또 다른 길을 개척해냈다. '에를렌뒤르' 시리즈가 전 세계 40개국에 번역되어 천만 부 이상의 판매고를 올리는 열렬한 호응을 받은 데에는 그 같은 시도에 대해 독자들 역시 큰 매력을 느꼈다고 보아야 할 것이다.

『하드보일드 센티멘털리티』(김재성 옮김, 뮤진트리 펴냄, 2011)에서 저자 레너드 카수토는 미국 하드보일드 소설의 거장 로스 맥도널드가 창조해낸 탐정 루 아처를 공감의 화신으로 평가하면서, 맥도널드가 루 아처에게서 사생활을 완전히 '박탈'해버림으로써, 그런 "무사無私" 혹은 "익명성" 때문에 아처가 "공감하는 만인"이 될 수 있었음을 보여준다. 『소름』(김명남 옮김, 엘릭시르 펴냄, 2015), 『지하 인간』, 『위철리가의 여인』 등을 통해 소개된 루 아처에게는 사건 당사자들 이외에 혈연이나 지연 등으로 엮인 사적인 관계망이 등장하지 않는다. 그가 오래전에 짧은 결혼 생활을 끝내고 죽 혼자 지내고 있다는 정도의 정보만 제시될 뿐이다. 그가 맞닥뜨리는 사건들은 대부분 '나쁜 부모' 밑에서 고통받는 자식들로부터 시작된다. 부모들이 과거에 저지른 죄는 자식들에게 그대로 상속되거나 혹은 영문도 모르는 자식들이 대신 속죄해야 하는 상황으로 바뀐다. 루 아처는 그에 대해 진심으로 분노하고, 죄 없는 젊은이들을 구원하기 위해 동분서주하며 스스로를 아예 그들의 유사-아버지로 위치시킨다. 즉 몰두할 만한 사생활이 없기 때문에 아처는 자신이 맡은 사건들에 온전히 몰입하고 거기 연루된 이들과 유사 가족을 이룬다는 설정이 가능해진 것이다.

어쩌면 아이슬란드의 고독한 형사 에를렌뒤르 스베인손이야말로 루 아처의 가장 가까운 후계자가 될 수 있지 않을까. 그에게는 평생을 쫓아다니는 어두운 기억이 있다. 수십 년 전, 열 살의 에를렌뒤르는 여덟 살 난 동생 베르귀르의 손을 잡고 아버지와 함께 산에 갔다가 갑자기 휘몰아친 눈 폭풍에 휘말렸다. 무시무시한 화이트아웃 현상에 휩싸여 형제가 사라지자 아버지는 정신을 놓았고, 마을 사람들이 수색대를 조직하여 강추위를 뚫고 추적에 나섰을 때 에를렌뒤르는 가까스로 발견되어 목숨을 건졌지만, 그가 손을 놓친 여덟 살 동생은 영영 사라졌다. 그때 이후, 에를렌뒤르의 일부분도 사라졌다.

경찰로서 에를렌뒤르가 가장 관심을 갖고 집요하게 추적하는 사건은 실종 사건이다. 그는 살해당해서든 혹은 제 발로 걸어나가서든 이후 행방이 묘연해진 사람들의 흔적을 찾는 일에 전심전력을 기울인다. 또한 남겨진 사람들의 고통과 고독과 자책감에 귀기울이며, 넋두리 같은 원망을 듣는 일을 지겨운 '시련'으로 여기지 않는다. 그는 기꺼이, 사라진 사람들과 남겨진 사람들의 수호천사가 되고자 한다.

그리고 루 아처보다 한발 더 나아가, 죽은 이들과 사라진 이들과 슬퍼하는 이들의 마음을 지극히 사적으로 받아들인다. 어떤 면에서는 자신이 담당하는 사건 모두를 '사유화'한다. 그에게는 모든 실종자가 시신조차 찾을 수 없었던 베르귀르이며, 부모의 이혼 때문에 자신이 버림받았다고 생각하며 마약중독에 빠져들어 길을 잃은 친딸 에바다. 심지어 『저주받은 피』에서는 수십 년 전 죽은 소녀의 이름을 갓 태어난(그리고 숨을 거둔) 손녀에게 그대로 물려주고자 한다. 유령의 이름을 자신의 가계도에 포함시키겠다는 의지는 어쩌면 자신도 유령과 다를 바 없다는 점을 인정하는 제스처일까. 어떤 의미에선 가련한 소녀를 부활시키려는 의도였겠으나, 그 이름에 새겨진 비극은 좀 다른 형태로 되풀이된다. 그는 집에 돌아와서도 황야에서 사라진 이들의 연대기를 읽으며 저녁 시간을 보내고, 직장에 나가서는 실종된 이들의 오래된 서류철을 만지작거린다. 실종과 죽음의 비밀을 풀기 위해 에를렌뒤르가 내딛는 아이슬란드의 땅은 매 제곱미터마다 그의 개인적인 상처의 지도가 되며, 죽은 이들의 혹은 남겨진 이들의 슬픔의 영토가 된다.

작가 인드리다손은 프랑스 매체 《르피가로》와의 인터뷰에서 "나는 열렬한 해골의 찬미자다. 특히 묘지 바깥의 해골 말이다"라고 반쯤 농담처럼 말을 건네면서, 곧이어 "내가 가장 관심 있는 인물은 '살아 있는 해골'", 즉 "'상실'을 맞닥뜨린 사람들, 시간 속에 얼어붙어버린 사람들"이라고 설명한 바 있다. 작가의 단언처럼, 에를렌뒤르는 무덤에서 울려 퍼지는 죽은 이의 외침과, 어딘가로 사라진 이의 흩어진 속삭임에 귀기울여 거기에 형체를 부여하는 재능을 발휘한다. 그는 자신도 모르는 사이 깊은 땅속에 수십 년 동안 묻혀 있던 해골을 (말 그대로) 발굴하는 고고학자이자, 죽은 이와 산 사람을 기꺼이 연결시키는 영매가 되어버린다.

> 엘린보르그와 올리는 에를렌뒤르가 이렇게 질문을 던지는 것을 바라보기만 했다. 목소리가 점차 속삭이는 톤으로 변해가고 있었다. 더이상 그들과 얘기를 나누고 있는 것이 아니었다. 에를렌뒤르는 자신의 내면으로 사라져버렸다. 덩그라니 외진 마음속으로.

그는 가슴에 손을 얹고 본능적으로 문질렀다. 그는 자신이 뭘 하고 있는지 알아차리지 못하는 것 같았다. (『저주받은 피』)

손가락 다섯 개가 넓게 벌어진 것이 마치 흙 속에 있는 사람이 무언가를 잡으려는, 아니면 자기 몸을 보호하려는, 어쩌면 자비를 빌려는 모습 같았다. 에를렌뒤르는 충격 속에 서 있었다. 뼈들이 관용을 기원하듯 그를 향해 땅 위로 솟아 있었다. 저녁 바람 속에 전율이 그를 관통하고 지나갔다.

살아 있었어. 에를렌뒤르는 생각했다. (……) "당신, 산 채로 묻힌 겁니까?" (시리즈 4권 『무덤의 침묵』)

갑작스레 튀어나온 뼈 앞에서 충격받은 에를렌뒤르의 핸드폰이 울린다. 딸의 목소리가 들린다. "도와주세요, 제발" 이 말뿐이었다. 에를렌뒤르는 이제 도움을 청하는 산 자와 죽은 자 모두에게 응답해야 한다.

시리즈 5권 『목소리Röddin』는 그처럼 상실의 시공간에 기꺼이 몸을 내맡기는 에를렌뒤르의 수사 방식이 가장 극명하게 형상화되는 작품이다. 모두가 행복한(혹은 행복하다고 자기 확신을 가져야만 하는) 크리스마스 시즌, 인파가 붐비는 고급 호텔 지하실에서 도어맨이 시체로 발견된다. 아이들 파티 준비 때문에 산타 복장을 입은 채, 그 빨간 바지가 반쯤 내려간 채. 수십 년간 일했던 호텔에서조차 그는 이름 말고는 알려진 게 아무것도 없는 존재였다. 지상의 화려함과 즐거움, 지하의 처참한 고독을 견딜 수 없을 만큼

선명하게 대비시키면서, 에를렌뒤르는 무엇엔가 홀린 듯 아예 호텔에 방을 잡고 수사에 돌입한다. 그의 호텔방도 라디에이터가 고장난 덕에 아주 춥다. 죽은 도어맨이 머물렀던 지하실처럼. 그는 죽은 도어맨이 보이소프라노였던 어린 시절 불렀던 노래 음반을 플레이어에 걸어둔 채, 수십 년 전의 그 목소리를 들으며 죽은 동생의 꿈을 꾼다. 다시는 돌아올 수 없는 과거의 꿈과 부푼 기대, 과거에 비끄러매어진 천상의 아름다운 목소리는 플레이어 위에서 계속 재생된다. 에를렌뒤르의 악몽도 끝나지 않는다. 목소리는 결코 사라지지 않고, 기억과 상처는 결코 사라지지 않는다.

'에를렌뒤르' 시리즈 전반을 훑으면서 발견하게 되는 루 아처와 에를렌뒤르의 또 하나의 친연성. 로스 맥도널드의 작품에서 대개 자식은 부모가 저지른 죄의 영문도 모르는 희생자이며 혹은 부모의 죄를 대신 뒤집어쓴 채 그 방패막이처럼 살아왔다. 연민과 공감의 구현체 루 아처는 가족의 타락이 세계의 타락이라고 생각하며, 산산조각난 신뢰와 애정의 토대를 복구하고자 분투한다. 그에게는 죽음의 수수께끼를 해결하는 것만큼이나 젊은이들의 더 큰 희생을 막아내는 게 가장 중요한 과제다. 비슷하게 아르드날뒤르 인드리다손의 작품에서 에를렌뒤르가 맞닥뜨리는 사건들도 대개 과거로 한참 거슬러 올라가야 한다. 죽은 이의 가족이 저지른 죄가 있다. 오래전 무심결에 지나쳤던 어떤 무의미해 보이는 사건이 제대로 해결되지 않은 채 때 이르게 매장되었다. 생존자들은 어떤 이유에선가 침묵하거나 혹은 과거를 잘못 이해하고 있었다. 현재의 범죄를 이해하기 위해 안간힘을 쓰던 중 끝까지 맞춰지지 않았던 마지막 퍼즐 한 조각을 얻기 위해서, 에를렌뒤르의 시선은 더 멀리, 더 오래전 옛날로 향해야만 한다.

'에를렌뒤르' 시리즈 7권 『저체온증』은 호숫가 별장에서 자살한 채 발견된 마리아의 사연으로 시작한다. 각별한 사이였던 어머니와 사별한 뒤 한동안 극심한 우울증에 시달렸다 하더라도, 최근의 마리아는 자살까지 감행할 만한 상태는 아니었다. 가장 친한 친구였던 카렌은 도저히 이해할 수 없다면서 수사관 에를렌뒤르에게 이의를 제기한다. 처음엔 회의적이었던 에를렌뒤르는, 카렌이 넘겨준 마리아의 육성 테이프를 들은 다음 그 의문에 똑같이 감염된다. 왜 그렇게까지 마리아의 죽음에 신경쓰느냐는 동료의 질문에 에를렌뒤르는 단언한다. "자살 역시 실종 사건이야." 시신이 없기 때문에 그 죽음을 믿을 수 없는 실종 사건처럼, 타당한 이유를 알려주지 않은 채 어떤 유언도 없이 온전히 독단적인 결단을 내려 죽은 이는 은밀한 범죄에 관한 의혹을 품게끔 만든다.

그러면서 에를렌뒤르는 예전에 미해결 사건으로 분류된, 비슷한 시기에 사라진 두 젊은이의 실종 사건 서류를 펼친다. 다비드와 귀드룬, 둘 다 가출을 의심하거나 혹은 살해될 만한 이유가 전혀 없었던 평범한 젊은이들이다. 그들은 마치 아이슬란드의 땅이 입을 벌려 삼켜버린 듯 그냥, 갑자기 사라져버렸다. 어떤 실종이든 죽음이든, 그 사람이 직전까지 이곳에 존재했다는 흔적이 남아 있어야만 한다. 시신도 존재하지 않는 실종은, 그래서 마지막까지 희미한 희망을 저버리지 못하게 만든다. 삼십여 년 동안 혹시라도 자식의 실종과 관련된 단서가 하나라도 발견될까 싶어 "신문을 읽고, 라디오를 듣고, 텔레비전을 보고" 틈만 나면 담당 형사였던 에를렌뒤르를 찾아와 "새로운 소식이 있습니까?"라고 간절하게 질문하는 부모의 얼굴을 떠올리며, 에를렌뒤르는 "아니요, 죄송하지만 새로운 소식이 없습니다" 외에는 답하지 못하는 상황을 더 이상 견딜 수 없다고 생각한다.

> 무엇보다 지금 남자의 아버지가 죽어가고 있어. 어쩌면 이제 영영 다시는, 스스로에게 던져왔던 질문에 대한 어떤 대답도 듣지 못하게 되겠지. 이미 죽은 자기 부인처럼. 그들에게는 답이 있어야 해. 그래야 한다고 생각한다. (본문 307쪽)

저체온증. 소설의 제목이 된 이 단어는, 에를렌뒤르의 동생이 눈 속에서 얼어죽어간 직접적인 이유이기도 하며, 소설 속 현재의 어떤 희생자가 죽어간 이유이기도 하며, 남겨진 사람들의 정신적 상태를 은유하는 말이기도 하다. 극심한 냉기 속에 모든 종류의 신진대사가 둔화되고 혼수상태에 빠지는 상태. 남겨진 이들은 결코 상처를 극복할 수 없다. 어제 일어난 사건이든 수십 년 전 사건이든, '시간이 해답'이라는 말은 적어도 익숙한 체념에 있어서만 절반쯤 옳다. 평생을 '왜?'라는 질문을 짊어지고 살아가며 점차 정신적인 마비 상태에 이른 이들에게 어떻게든 위로와 애도의 기회를 주기 위해, 예상치 못했던 진실의 답을 찾아주기 위해 에를렌뒤르는 그 무기력의 상태를 억지로 뒤흔든다.

시리즈가 거듭되면서 죽음의 비밀을 풀어내는 마지막 순간에

이를 때마다 에를렌뒤르는 자신의 사적 문제(즉 자식들과 동생)를 마주할 용기를 조금씩 얻었다. 단 한 번도, 누구에게도 털어놓은 적이 없던 동생의 실종에 대해 입을 열기 시작했고 딸 에바와 연인 발게르뒤르에게 그의 비밀을 공유했다. 그리고 『저체온증』에 이르러 비로소 그 운명에서부터 벗어날 방법을, 자신만의 답을 찾기로 결심한다. 그는 지금까지 동생의 죽음 때문에 내 삶이 어딘가 뒤틀리고 망가졌다는 운명론적 체념에 일정 정도 몸을 맡기고 있었다. 『저체온증』의 마지막 장면, 동생이 죽어 영원히 사라진 곳으로 짐작되는 하르스카피 산으로 에를렌뒤르가 들어가는 결말은 아주 오랜 방황을 마친 자의 타당한 선택으로 느껴진다. 더이상 타인의 고통을 경유하지 않은 채 자신의 근원적인 상처 속으로 직접 파고들겠다는 의지, 자신의 잘못으로 빚어진 게 아닌 부당한 비극에 순응하지 않겠다는 의지는 신화적인 색채마저 띤다. 때이른 매장은 상처를 더 생생하게 부활시킬 뿐이었다. 에를렌뒤르는 더 늦기 전에 '매장'을 제대로 치르기 위해, 동생과 그 자신의 영혼에 안식을 찾아주기 위해 결연히 산으로 향한다. 그는 운명에 순응하는 자가 아니라 운명에 대항하는 자가 될 수 있을까. 질서정연한 무기력의 상태에서 벗어나 불확실한 혼돈의 활력으로 스스로를 내맡길 수 있을까. 『저체온증』 이후의 에를렌뒤르가 정말 궁금하다.

김용언(《미스테리아》 편집장)

김 이 선
프랑스 투르 대학 언어학과를 졸업했으며 서강대 영문학과 대학원을 수료했다. 옮긴 책으로 『빛과 물질에 관한 이론』, 『카미유 클로델』, 『폴 스미스 스타일』, 『둘런과 모리스의 컬렉션』 등이 있다.

저체온증
Harðskafi (Hypothermia)

1판 1쇄 2017년 3월 31일
1판 3쇄 2021년 10월 18일

지은이 아르드날뒤르 인드리다손 / **옮긴이** 김이선

책임편집 김세화 / **편집** 임지호 이현 / **외주편집** 김지연
표지디자인 이경란 / **본문디자인** 이보람
저작권 김지영 이영은 김하림 / **마케팅** 정민호 정진아 김혜연 정유선
홍보 김희숙 함유지 김현지 이소정 이미희 박지원
제작 강신은 김동욱 임현식 / **제작처** 영신사
독자모니터 엄정현

펴낸곳 (주)문학동네 / **펴낸이** 염현숙
출판등록 1993년 10월 22일 제406-2003-000045호
임프린트 엘릭시르
주소 10881 경기도 파주시 회동길 210
문의 031-955-1918(편집) 031-955-8896(마케팅) 031-955-8855(팩스)
전자우편 editor@elmys.co.kr / **홈페이지** www.elmys.co.kr

ISBN 978-89-546-4549-2 (04850)
978-89-546-4534-8 (세트)

엘릭시르는 출판그룹 문학동네의 임프린트입니다.